U0358386

近代稀见旧版文献再造丛书

民国紅學要籍汇刊（影印本）

王振良 编

第八卷

阿　印　林黛玉的悲剧
高语罕　红楼梦宝藏
徐枕亚　锦囊·石头记题词

南開大學出版社

目录

阿印《林黛玉的悲剧》

阿印，本名李达仁，后改李品珍，笔名史任远。湖南宁乡人。一九三七年加入中国共产党，一九三八年任宁乡县工委书记。一九四三年疏散到福建永安（其间曾失去组织联系），任《建设导报》主笔、东南出版社经理。一九四四年任福建省社会科学研究所助理研究员，为《民主报》撰写社论近百篇，并协助羊枣编辑《国际时事研究》周刊。一九四九年后，在广州铁路局工作并离休。

《林黛玉的悲剧》全一册，阿印著，香港千代出版社（马宝道六十四号）出版，长沙大千印刷公司（东长路一二六号）印刷，一九四八年二月十五日印行。香港大公书店、桂林文化供应社经售。全书凡一四二页，六万余字。无序跋。

本书是关于《红楼梦》研究的文章结集，包括《林黛玉的悲剧》《贾宝玉与理想的人性》《贾宝玉与贾政》《薛宝钗论》《贾宝玉与唐·吉诃德》《小家碧玉的尤二姐》《紫娟与花袭人》等七篇。这些文字全部写于一九四五年至一九四六年，其中最早一篇是《贾宝玉与唐·吉诃德》，作于一九四五年四月十三日，最晚一篇是《贾宝玉与理想的人性》，作于一九四六年十月一日。

阿印《林黛玉的悲剧》，在红学史上有着一席之地，但著作者的身世谜底，直到半个世纪后才逐渐揭开——广东旅游出版社一九九八年重版该书时，将署名直接改作李品珍。李自称是《红楼梦》的『嗜读者』，曾搜集有《红楼梦》诸多版本，可惜在非常时期损失殆尽。

作为红楼人物专论，《林黛玉的悲剧》略晚于张天翼的《贾宝玉的出家》和王昆仑的《红楼梦人物论》，但该书对细节体察入微，品鉴自具特色。兼之作者文笔畅达，擅作抒情式评论，使读者如行山阴道上，移步换景，目不暇接，不像阅读一般学术著作那样枯燥。

林黛玉的悲劇

林黛玉的悲劇

阿　印

香港千代出版社

中華民國三十七年[illegible]月

林黛玉的悲劇

★

1948.2.15

著者 阿印

發行者 千代出版社
香港馬寶道六十四號

印刷者 大千印刷公司
長沙東長路一二六號

大公書店

經售者 香港大道中37號三樓
廣州西湖路一〇二號
文化供應社
桂林中正西路三〇號
上海武昌路476號19室

目次

藻荣藏书

林黛玉的悲劇

一

『紅樓夢』作者曹雪芹以千行的熱淚凝成了林黛玉，讀者也賠盡了眼淚去欣賞他的卓絕的創造。

不是爲了吝惜，讀者對自己身受的痛苦與不幸的遭遇所流的眼淚遠不及爲這位蘇州小姐所流的眼淚多。誰是第一次讀『紅樓夢』的，誰沒有爲這本書裏所寫的悲劇而淌過太多的眼淚！在任何文學作品裏，沒有一個主人公博得我們如許的同情的。茶花女的命運雖使我們無限關心，也只能引起我們深沈的嘆息，我們還和她隔了一層；祝英台林黛玉的故事雖使我們惘然興悲，也不致常縈腦際，我們和她之間尚不是十分親切。林黛玉的悲劇所激起的感情就和這不一樣。她高興，我們就高興；她流淚，我們也要流淚；我們和她的脈搏同其跳動，她似乎成了我們第一個親人。

這種感情是難以解釋的：我們且會爲她而生嫉妬之心，看見寶玉和薛寶釵在一道，就會通體不愉快；看見寶玉和她躺在一起說着耗子偷香芋的故事，就希望那好景常在。一讀着她的故事，就忘記了自己，以百倍的關心守護着她。她「葬花詞」裏的每一句話也成了我們的心聲，卽算心情健康，讀她的「儂今葬花人笑痴，他年葬儂知是誰！試看春殘花漸落，便是紅顏老死時」之句，也會不期然而然地傷痛無已。當探春發起組織海棠社，衆美爭詠『海棠詩』時，我們看到李紈的評語：「若論風流別致，自是這首，若論含蓄渾厚，終讓蘅稿。」便似乎要怪這位大嫂子偏心，而與寶玉一樣感覺：「只是蘅瀟二首還要斟酌。」一到讀及『林瀟湘魁奪菊花詩』，她所做的三首均賽過衆人時，我們才似吐了一口怨氣，也要拍手叫起「極是極公」來。

這還是林黛玉的黃金時代的故事。

2

物換星移，一到「歡樂幾時兮哀情多」的時候，我們的心情便進入了極沈重的痛苦中。如置身泥潭，要掙也掙不脫！自王夫人抄檢大觀園以後，大觀園的極盛時代便已過去，『紅樓夢』的哀史便一步步向最高峯發展下去。緊接着抄檢之後，便是「異兆發悲音」和凹晶館聯詩的凄涼場面的出現。作者的匠心是無所不在的。他以最大的同情心，最超絕的智慧，寫這凄艷悲涼的詩篇。史湘雲是林黛玉的第二個情敵，他們之間曾有過或明或暗的戀愛的鬥爭。渾厚如湘雲，在有一次寶玉示意她不要以戲子比黛玉時，也會說出如下的尖利話來：

「你那花言巧語，別望着我說！我原不及你林妹妹！別人拿她取笑兒，都使得，我說了就有不是！——我本也不配和她說話：她是主子姑娘，我是奴才丫頭麼！」寶玉還要辯解，誰知她說出更尖利的話來：

「大正月裏，少信着嘴胡說，這些沒要緊的歪話！你要說，你說給那些小性兒行動愛惱人會轄治你的人聽去！別叫我啐你！」

作者却在這里把這兩個戀愛場中的悲劇角色放在一道，叫他們同嘗凄涼況味。結果是吟出：「寒塘渡鶴影，冷月葬詩魂」的不祥的詩句來。這是黛玉悲劇的進一步發展。這時候，讀者是說不出的悵惘。

以後，便是晴雯之死，元妃之病，黛玉的悲劇更成定局了。『感秋聲撫琴悲往事』，是寫這一時期的黛玉的。

「風蕭蕭兮秋氣深，美人千里兮獨沈吟。望故鄉兮何處？倚欄杆兮涕沾襟。」

從這位十七歲的姑娘的纖指上彈出的哀音，並不是一般千金小姐的無病呻吟。難怪妙玉聽到：

「人生斯世兮如輕塵，天上人間兮感夙因。感夙因兮不可惙，素心何如天上月」的時候，會要訝然失色。黛玉在這里的忽作變徵之音，正是象徵她自己的命運！至此，每一個有心的讀者都已知道這位姑娘將不久於人世了，而禁不住鼻塞喉哽。

果然，悲劇的結局不久便造成了。接着，便是『顰卿絕粒』，『寶玉瘋癲』，『顰兒迷本性』，『焚稿斷痴情』到『苦絳珠魂歸離恨天』而收束黛玉的故事。這時候，讀者已不是鼻塞喉哽，不是一陣陣的悵惘，而是山洪暴發式的淚流如雨，碎裂心胸。誰看到「香魂一縷隨風散，愁緒三更入夢遙」不是暫時掩卷而讓眼淚流個痛快呢？

千種的關心，千種的悲痛，千行的眼淚，都無法起死回生。

美人一去，永不回來！連寶玉也不能夢見她一次。

黛玉一死，我們更以另眼看『紅樓夢』中人物了，除了對於寶玉仍不惜我們的同情外，對其他的人物，就頓然冷淡了許多。賈母是第一個使我們前後感情迥異的。當大觀園繁華熱鬧的時候，這位老太太確實夠得上「豪爽」兩個字的稱譽。她談笑風生，處處顯出她是那一羣年輕姐妹們的一個好朋友，但當大觀園日卽蕭條之際，她的豪爽也就隨着那些飛花落葉埋葬到汚泥裏去了。她的大度中顯出了鄙吝，達觀中顯出了造作矯揉。他愛寶玉的心情也不免走了樣。最使得讀者對這位老太太不平的是，當她瞧了黛玉的病，查問不出是誰走了鳳姐的奇謀的時候所說的幾句話：

「孩子們從小兒在一處頑，好些是有的；如今大了，懂的人事，就該要分別些才是做女孩兒的本分，我才心裏疼她。若是她心裏有別的想頭，成了什麼人了呢？我可是白疼了她了！你們說了，我倒有些不放心。」還說：

「咱們這種人家，別的事自然沒有的，這心病也是斷斷有不得的！林丫頭若不是這個病呢，我憑着花多少錢都使得；就是這個病，不但治不好，我也沒心腸了！」

這位老太太竟是這麼的道學氣，讀者對於她也就「沒心腸了」。雖然不是這位老太太起了什麼本質上的變化，但讀者的千萬種同情都放在黛玉身上則是很顯然的。這位多才多藝的小姐竟是這麼地抓住了每一位讀者的心！

然而像一切的高貴性格一樣，要得到一點眼淚易，要得到他人的眞正的了解却難！尤其像黛玉那樣孤高的性格，實容易引起他人的誤解。流不盡的江水，流不盡的時光，多少年來，無量數的讀者爲她的不幸而哭過了，但眞正了解她的，我實不忍坦白地說出那個數目來。不少的人索性在事過境遷之後把同情與愛惜一古腦兒放到了寶釵身上。卽不如此，對黛玉也有各種各樣的壞批評。有的說她哭得討厭，有的說她小性兒，有的說她太不健康，有的說她並無能力。每一個讀者都忘記了自己哭她的心情，最容易把一份好感放到三妹妹和史妹妹的身上去。黛玉贏得了很多的眼淚却獲得甚少

6

的愛惜。眞是

「一朝春盡紅顏老，花落人亡兩不知！」

二

不了解黛玉而又爲黛玉流淚，我們不是在隨着作者的感情打轉嗎？

林黛玉實在是中國的社會把她創造出的，曹先生不過用文字反映了這種人。今日的讀者對她的性格不會有太多的愛好，而仍不免對她的命運流太多的眼淚，這問題是値得討論的。人儘可以不了解自己的命運却都會爲自己命運的不幸而痛心。一個人不了解一個人的命運，實在是由於不了解中國的社會和生活的意義。

如果說賈寶玉是中國社會裏性靈中的男子的悲劇角色的代表，則林黛玉的悲劇乃是中國社會裏性靈中女人的悲劇的典型。

賈寶玉的悲劇是，因爲他是一個堂堂男子，他的出身階層與及他在家庭中的地位又不能不使他按着賈政所認可的人模子去做人，而他偏偏做不來。

在中國的封建社會裏，做一個男子原只有這樣幾條路：或者是像賈政那樣，「讀聖賢書」，爲朝廷「效犬馬之勞」，而「淸廉自守」，落一個好聲名。換言之，就是做一個謹謹愼愼的高等奴才。或者是像賈雨村那樣，攢營奔競，表面上仁義道德，骨子裏男盜女娼，利用着自己的權位賺造孽錢，做昧心事，在權勢者前，自己便是個奴隸，在細民之前，自己便是個神明，謀一世不義的食足衣豐。或者是像荆元那樣，寄情山水，排遣餘生，而能獨樂其樂，不爲貧賤所移，縱不能福益羣黎，也算得未曾爲害。或者是像房杜諸人，投一個比較開明的主子，在可能範圍內，做一點多少說得上是福國利民的事。然而這就不多見了。或者是像一般的忠實農民，勤勞一生，生在苦痛之中而能安於自己的苦痛。如果你只是看了「世事洞明皆學問，人情練達卽文章」的聯語，便以爲「縱然室宇精美，鋪陳華麗，亦斷斷不肯在這里了」，便休想走賈政雨村的路，就是房杜的路也走不通，何況想走也不一定有那樣的機會。像陶潛，林逋是走着荆元的道路的。但陶潛就不能忘情於「刑天舞干戚，猛志固常在」。寶寶玉更是無法走荆元的道路的。他不能一刻忘情。他的性格過於熱烈，他具有强烈的愛憎之感。當黛玉初至賈府，兄妹相逢之下，他問黛玉「可有玉沒有？」黛玉回答他「我沒有玉……豈能人人皆有！」他便「登時發作起狂病來，摘下那玉，就狠命摔出，罵道：『什麼罕物！人的高下不識，還說靈不靈呢！我也不要這勞什子！』」讀者在這里常輕輕放過，以爲只是這位哥兒的狂氣發作，實則這是值得重視的地方，這里顯示出他的不合於生存在這個世間了。一個自私的俗物就會因爲自己有人所無的東西而不勝驕傲，這正可以顯出自己的與衆不同，誰肯把自己的寶物順性亂砸？

晴雯死後，他在『芙蓉誄』裏充分表現了他的疾惡如仇的心情。他不能與世俗同流合汚。而賈政偏偏要他一點不易地步自己的後塵；嚴厲的訓斥，狠命的鞭撻，一暗示，一慨嘆，都無非逼着他走他絕不願走的道路。卽算沒有黛玉之死，恐怕他也沒有法子在賈府與賈府所處的當時的社會裏存身下去，所以他的悲慘的結局實不僅因爲他「個人種種的不遂意。」他的悲劇是由當時的社會與及他個人的性格所造成的，一點沒有法子避免。

賈寶玉的悲劇，因此，乃是我們這社會的性靈中的男子的悲劇的範式。

由於我國封建社會裏女性所處的地位與男子的迴然不同，林黛玉的悲劇便和寶玉的悲劇情形不一樣。如果說戀愛的失敗只是貫串寶玉悲劇的一根線，對於黛玉就不然。在黛玉，戀愛的失敗乃是作成她的悲劇的主因。在封建社會裏，男子也是一個社會人，他必須有能够生存在這個社會的一些條件。不然，他便只有隱遁山林或者索性去做和尚。光是戀愛的遂意，還不能够保證他走上人生路。一個女人就不然，她的命運常是决定於她所跟隨的男子的。呻吟於貧困中的不必說，如果她的物質生活的境況尚佳，便只要在戀愛上成功，她便自認是幸福的了。她的天地更小，她的要求也就更低。這並不是說女子在這樣的社會裏比男子幸福，這正證明女子地位的卑下與命運的悽慘。除了可人如意的情郎以外，女子別無精神上的寄託。生活圈子的狹小，人生道路的逼仄，使他們不敢想到家庭以外的世界去。就這樣，隱藏在少女心上的愛情的強烈，其程度往往不是一個男子的可能比得上。愛情便是女子的生命。賈寶玉即算在愛情上成功，仍可以在人生道路上失敗。而林黛玉只要在愛情上成功，她便在人生道路上也成功了。如果她失敗，那只是由於賈寶玉的失敗也便是她的失敗。在這樣的意義上說，林黛玉的戀愛的悲劇比之賈寶玉的戀愛的悲劇更令人傷嘆不絕。

如果要在歷史上，找尋林黛玉一般性格的女性，則卓文君，紅拂是很好的例子。他們一樣是芙蓉爲貌，冰雪爲神。在戀愛生活上，卓文君和紅拂正如五月的映山紅的爛熳。因爲所處時代的不同，他們還不需要像黛玉那樣把情慾隱藏得諱莫如深。天地賦他們以超絕的靈性，使他們在過小的環境中，仍然能認識出那時代的奇男子來。他們不肯放過機會，司馬相如和李靖的琴韻言談一吸引住了他們的芳心，便不惜冒禮法之大不韙以私奔。歷史有眼，他們的韻事遂傳爲千古美談！

然而歷史上究有幾個卓文君？幾個紅拂？就是卓文君，當她青春消逝的時候，還不免歌唱『白頭吟』！

中國的社會只能產生少數的賈寶玉，却產生了太多的賈璉，賈赦，賈蓉，薛蟠。而極少數的寶玉型還不能不受殘酷的壓迫，連自己的生存也毫無把握，黛玉型便更不易尋覓戀愛的對象。而且，鳳毛麟角的寶玉，雖不能說無專一的愛情，但時亦不免「見了姐姐，忘了妹妹」。

至此，誰也該了解林黛玉的何以多愁善感，何以時刻以眼淚洗臉了。她在『五美吟』中詠紅拂，道是「長劍雄談態自殊，美人巨眼識窮途。屍居餘氣楊公幕，豈得羈縻女丈夫？」無如盛世已經過去，封建社會的腐爛日益加甚，紅拂的故事已無法重演了。末世的林黛玉對於這些往蹟只好空自憑弔！苦絳珠的命運竟是這麽苦！

三

曹先生以最大的熱情歌頌着林黛玉的性格，以最大的愛心歌哭着林黛玉的命運。從這位姑娘的初次出現一直到她喊出最後的一句話，「寶玉寶玉！你好！……」，『紅樓夢』的作者總是把同情傾注在她的身上。除了林黛玉的環境與教養把她養成的不大健康的身體，『紅樓夢』作者不得不如實寫出外，她總是得到了全盤的關心的。她的才情，她的容貌，她的心性都近乎了理想境。凡有她出場的地方，無不壓倒羣花；至於那位濁玉公子一到她的面前更頓然失色，就有通靈玉也無用。只有『意綿綿靜日玉生香』裏所寫的那段文章，才談得上兩個人的才情針鋒相對。

寶玉以西廂記妙詞通戲語的那一次，就顯然在智力上鬥不過林黛玉。後來咏海棠，咏菊花，這位寶玉公子竟只好黯然無光。至於在『寄閒情淑女解琴書』裏所描寫的，則更使這位公子眞成了個濁物了：

「寶玉笑道：『可是我只顧愛聽，也就忘了妹妹勞神了。』黛玉笑道：『說這些倒也開心，也沒有什麽勞神的。只是怕我只管說，你只管不懂呢。』寶玉道：『橫豎慢慢的自然明白了。』說着便站起來道：『當眞的，妹妹歇歇兒罷。明兒我告訴三妹妹和四妹妹去，叫他們都學起來讓我聽。』黛玉笑道：『你也太受用了。即如大家學會了撫起來，你不懂，可不是對……』黛玉說到那里，想起心上的事，便縮住口，不肯往下說了。寶玉便笑着道：『只要你們能彈，我便愛聽，也不管牛不牛的了。』」

作者以無限的憐愛極力描寫黛玉的又一例，是下面的這段文字。

「晴雯偏偏還沒聽見，便使性子說道：『憑你是誰！二爺吩咐的，一概不許放進人來呢！』黛玉聽了這話，不覺氣怔在門外。待要高聲問她，逗起氣來，自己又回思一番：『雖說是舅母家如同自己家一樣，到底是客邊。如今父母雙亡，無依無靠，現在他家依栖，若是認眞慪氣，也覺沒趣！』一面想，一面又滾下淚珠來了。眞是回去不是，站着不是，正沒主意，只聽裏面一陣笑語之聲；細聽一聽，竟是寶玉，寶釵二人。黛玉心中越發動了氣；左思右想，忽然想起早起的事來，『畢竟是寶玉惱我告他的緣故。——但只我何嘗告你去了？你又不打聽打聽，就惱我到這步田地！你今兒不叫我進來，難道明兒就不見面了！』越想越覺傷感，便也不顧蒼苔露冷，花徑風寒，獨立牆角邊花陰之下，悲悲切切，嗚咽起來。原來這黛玉秉絕代之姿容，具稀世之俊美，不期這一哭，把那些附近的柳枝花朵上宿鳥棲鴉，一聞此聲，俱忒楞楞飛起遠避，不忍再聽。」

如果在別的場合，作者一定會令寶玉賠盡了小心來安慰她，在這樣的場合，作者便只好這樣把她詩化。

作者寫寶玉的態度就不同。

他對寶玉基本上當然是同情的。但在某些地方，作者總把他寫成不如林黛玉。寶玉的詩才原也出衆，但比起黛玉來，却只好自愧弗如。最有趣的，他寫林黛玉的性格並不要借重那一段前世因緣，便可以鋪敘出許多入情入理的文章來，一寫到賈寶玉的近人情處，他却只好認爲是那一塊通靈寶玉使之然也。他每一寫到寶玉的長處，常不免帶一點瞧不起的神味。對於黛玉的性格，作者是放心大胆肯定的；對於寶玉的性格，作者是從心深處肯定，在表面上，有時就不得不否定一下。這是爲了什麼呢？只因作者所處的社會公認賈政一流人爲正統的士大夫，他自己又是個歿落貴族，實在不好轉一個一百八十度明白地肯定寶玉。而且，寶玉這個人物，在現實世界裏，是很不容易找到的，作者無疑費了最大的苦心才把他創造出來。

他寫那些女子，便不必費同樣大的力量，猶之乎他寫賈璉賈蓉不必費同樣大的力量一樣。因爲現實世界裏多的是那些女子的模特兒，他可以取之不盡，用之不竭。在作者所處的封建社會裏，他定可以發現他所寫的那些女子。就像林黛玉，除了她的才華不易是一個十幾歲的女郎所有的而外，那性格，那聰慧過人處，那多愁善感，都是可以實有的。這並不是一個幻想出來的人物。其他許多女子則更不過作者對身邊人物的實錄而已。他在開宗明義的第一回裏，便坦白地承認了這一點。他所創造的賈寶玉，更是一個十足的女性崇拜者。他說：「女兒是水做的骨肉，男人是泥做的骨肉。」『紅樓夢』裏幾百個人物，男子當中除了一個賈寶玉，實在找不出什麼可愛的性格來了；在女子羣中，情形就不一樣，那英姿絕代，聰慧過人的黛玉不必說，其他如豪爽不羈的史湘雲，敏慧沈毅的賈探春，閒雲野鶴的邢岫烟，詩才横溢的薛小妹，就都令人對他們的命運不盡的關心，對他們的才貌不盡的憐愛。就在了嬛羣裏，也時得見霽月光風：那撕扇子作千金一笑的晴雯固然是一縷多情的白雲，就是麝月，秋紋，侍書，翠縷，鶯兒，紫鵑，又何嘗不使人爲他們的前途祝福頻頻！

『紅樓夢』作者爲黛玉的命運才情歌哭，也爲一切女性的命運歌哭！

賈寶玉這個人物的多情，固然是把自己看作中心，希望一切聰明女性永遠與他同在。但不能說他就沒有對姐妹們的眞實的憐愛。而且，這種愛絕不僅是一種兒女的私情，其中實含着對女性命運的無限的悲憫感情。

當平兒受了賈璉的糟蹋，他把她請到了怡紅院中，幫她理妝一事，也是『紅樓夢』中一個美麗的場面。「今日是金釧兒生日，故一日不樂；不想後來鬧出這件事來，竟得在平兒前稍盡片心，也算今生意中不想之樂，因歪在床上，心內怡然自得。忽又思及賈璉惟知以淫樂悅己，並不知作養脂粉；又思平兒並無父母兄弟姐妹，獨自一人，供應賈璉夫婦二人。賈璉之俗，鳳姐之威，她竟能周旋妥帖，今兒還遭荼毒，也就薄命的很了。想到此間，便又傷感起來。」寶玉公子何嘗是「腹內原來草莽」呢！迎春誤嫁中山狼，他堅決主張把她接回來住在大觀園；探春遠嫁，她自己雖然「不向東風怨別離」，他却百感交集，哀痛莫勝；和金釧兒說句笑話，使金釧兒致死，在她的生日，他便特地去祭她，終日怏怏不樂：這些，都不是拿情愛兩個字可以解釋得的。用句現成話說，他實在算得一個護花使者。難怪大觀園裏的女孩子，心心念念，心上只有一個賈寶玉。

四

這里，有一個道理必須指明，不然，『紅樓夢』作者便只是在無故頌揚女性，而算不得一個寫實主義的聖手了。

賈寶玉儘可以認「女兒是水做的骨肉，男人是泥做的骨肉」而崇拜女性，但『紅樓夢』作者的寫女人却絕非憑恃着詩意的幻想。作者憑他的直感去觀察他的時代，確實看出了女子可愛的遠比男子為多的事實來。但無疑，他不會明白個中道理。他只是歌唱他時代的現實而已。

在理想的社會到來之前，人們的生活過程，大多數是一個墮落的過程。在理想的社會裏，一個小孩子成爲成人，無異飛向神美的天空，前途遠大。但在不合理的社會裏，我們實無法否認「成人生活是由孩子的生活而墮落者」的名言。西方神話裏的半人半馬神是不合理的社會裏人的最好的諷刺：儘管生着個艶麗無比的美女的頭顱，嚮往天空，然而四個蹄子却粘在地上，沈重地提不起。山川靈氣，鍾諸常人，人羣中何嘗不隨時有心胸闊大，才氣超絕，感情細緻的人們出生，然而有幾個人可以衝破現實力量的天羅地網，遂一己之願呢？賈寶玉嘗是這樣的一個人，雖有老太太的鍾愛，又有過人的才華，他還是不能不由自己的道路上墮落下來。從賈政到襲人，無一個不希望他走賈政的道路，而把他自己的世界抛棄。除了孩子時代尚有一點靈性外，年紀一大，就無法避免走世俗的道路。眞用做和尚來反抗的實在並不多。

而女子，却可以有他們與這不同的世界。

中國封建社會裏的女性是沒有社交和社會活動的；他們被關在閨房裏，與世隔絕。

「玉顏不及寒鴉色，猶帶昭陽日影來」，固不僅一種宮怨而已。　今日的進步人士頗難想像到他們何以竟能度過那寂寞的悠長歲月。　除『紅樓夢』之外，我們竟沒有一部文學作品爲萬萬千千的姊妹們的不幸命運而申訴。

眼淚，哀愁，無窮的寂寞……

然而，像一切受苦受難的人們一樣，他們的靈魂倒會開出燦爛的花朵。

在現實世界裏喪失了應有的地位，却不妨開闢出光彩陸離的靈魂的天地來。

在現實世界中，女子只有附庸的地位，也因此，他們不必鍛鍊那一套勾心鬥角的手段，不必參加慘烈的現實世界裏的爭鬥。　他們在生產上失去了地位，倒不必關心那些實際的利害。　男子們努力於攢營奔競，他們却可以冷靜地旁觀。　這些事實決定了他們的性格之一大部分。　男子們非是功利主義者不可，他們却可以做超現實的詩人；男子在理智上力求發展，他們却有餘暇鍾鍊他們的感情。　失之東隅，收之桑榆……

『吠陀經』上有一句名言：「豐阜的女神與無求的菩薩的結合，才是眞的結合。」這是最富於暗示力的一句話。

向女性的靈魂發掘，那實在是一個無盡藏。 有一個十八歲的海濱的女兒說過：「要說女孩子心最美，不如說女孩子心最深。」

當歐洲的黑暗時代，人類生活全然失掉了光輝的時候，使人性還不致完全泯滅者，恐是聖母馬利亞慈祥的面容的功績罷？看到馬利亞，人可以認識眞實的世界；看到那些腦滿腸肥的僧侶貴族，人就只見一個虛僞的世界。 女子的身上保存了較多的人性。

女子的結婚，在舊社會裏，便是自身墮落的起始。 然而，和男子是大有程度之差。 結婚，是女子從一個理想世界進入一個現實世界。 雖然還是旁觀的時候多，但已不像先前那麽對現實世界漠不關心了。

『紅樓夢』的作者是看清楚了這個事實的。 他借賈寶玉的口說過這樣幾句話：「女孩兒未出嫁是顆無價寶珠；出了嫁，不知怎麽，就變出許多不好的毛病兒來；再老了，更不是珠子，竟是魚眼睛了！分明一個人，怎麽變出三樣來？」這並不是寶玉的獃話。人一進入利害場中去，便不斷地墮落下來。

有人責備曹雪芹創造了太多的女性典型，而忽略了男性的描寫，至此該可以明白他的用心了罷？

賈寶玉的怕那些水被人家任意污染，決不是爲了自私，把水看作只有自己可以攪來攪去的。人家所視爲的他的這些獸性，正和他的人生態度是完全一致的。除了林黛玉，沒有另外一個誰可以了解他這份深心。

曹雪芹，這位偉大的寫實主義者，自然不肯一絲一毫歪曲現實。他要歌頌那些好的，值得存在的；要譴責那些壞的，應該滅亡的。除了對於賈政，他仍有最大的敬意而外，對賈璉，賈珍賈薔，薛蟠之輩，他曾經無情地譴責了。誰只要有清明的理智，便知道這些人物實在太不成器。而他們偏偏是當時社會上的中堅人物！作者不能不憤怒，不能不提起他的無情的筆來。他用鳳姐的潑辣去懲罰淫濫的賈璉；用充軍去懲罰昏庸的賈珍：秦可卿也是十二金釵之一，他便安排她早死，使賈蓉無法消受她；他叫薛蟠娶了一位沒有理智的女性夏金桂，香菱扶正顯然是續作者的粗心。還不止此，他叫晴雯風流早天，叫尤三姐情死，叫鴛鴦自殺，使那些庸夫俗子不致沾染他們；叫一個林黛玉乾乾淨淨回她的離恨天。這位理想的女性，除了賈寶玉，是沒有人可以了解，可以配得上她的。如果在寶玉之外，她還可以愛『紅樓夢』上的別的人，就不成其為林黛玉了。「孤標傲世偕誰隱」，直是她的自讚之詞。作者寫湘雲，探春，惜春，晴雯，紫鵑，芳官，蕙香的筆端是充滿了無可奈何的感情的。他傷痛於這些女性的理解力不足以了解自己的命運，於是，寫出黛玉，向那些庸夫俗子提出嚴重的抗議。黛玉之死是作者所最傷心的事情。以最傷心的事作為抗議，作者的悲憤可知了！黛玉之死，便是這麼為千古的靈秀女兒身入地獄；所以她贏得了人間最多的眼淚。

五

有人認林黛玉為一戀愛至上主義者，這便是她的悲劇造成的原因。一個人眞應該為戀愛的失敗而死嗎？

囂囂然，囂囂然，他們似乎眞的抓住了這位女郎的罪狀。其實，這名詞的本身便隱含着至今尚未能自覺的一種人類的愚昧。本沒有什麼鬼神，而人們在鬼神之前戰慄了多少年了；本沒有什麼戀愛至上主義者，而人們却儼然時時看見這個幻象。

一切的悲劇都有其一定的造成的原因。因戀愛而造成的悲劇，戀愛也不過是促成悲劇的因素之一。最大的悲劇是一個人生的肯定者自身的性格與現實環境的格格不入，而又無力戰勝現實，只有一陣陣慘敗下來。這情形，就是那悲劇的主角自身也未見得看得清楚。她的性格和賈府中任何人都合不來，她瞧他們不起。以尤三姐的自殺爲例：這一枝空谷幽蘭是久就不適宜於生存在這個世界上的。有這樣一種存心，她才敢對賈珍，賈璉兄弟鬧出大不敬的事情來，才敢拒絕賈珍的無恥要求。這時候，她已是一個悲劇角色了：她看不起這些人，自然要看不起那社會的一切人；她對柳湘蓮的傾心不過是基於自己憑美麗的空想造作出來的一個幻象。後來，這幻象到了她的眼前，她可以看清楚他，原來全不是她所想像的那麼一回事。這樣，一刀子把自己抹死，不顯然是一個戀愛至上主義者嗎？其實，悲劇不是由她的失戀而開始的，而是開始於她的和這個世界「合不來」的時候。如果她成功了，因爲是一個女人，她便可以躲在一個她熱愛的靈魂之下，舒徐地度其一生，把自己的性格和現實的衝突冲淡了，使自己知也不知道。在寶玉做和尚以後，襲人，寶釵何嘗不親嘗了失戀的凄凉况味，然而，因爲他們的性格和現實環境的融合無間，在襲人便可以改嫁蔣玉函，在寶釵便可以獨守空閨。如果我們據此便說尤三姐是戀愛至上主義者，花襲人薛寶釵較有冷靜的理智，我們不怕人說我們過於淺薄嗎？

黛玉的悲劇也正是她自己的性格造成的。正猶之乎寶玉的悲劇是他自己的性格所造成，而不全是爲了失却了一個人生的知己！

作者寫寶玉，處處不忘記這位哥兒和他的環境的格格不入，寫黛玉，便集中筆力於她的戀愛上的爭戰。

『賈寶玉神遊太虛境』，是叫這位哥兒對人世早早看破點兒；雖然只是一場夢，但夢中幻象有時也確能影響一個人的心情。『賢襲人嬌嗔箴寶玉』，是開始向他透露這個現實世界的眞消息。『不肖種種大受笞撻』，便無異一個晴天霹靂，把他從超現實的半空裏震落到深不可測的幽洞中。到晴雯一死，這位哥兒其實早已心灰意冷了一大半，他一定已感到一切都要破滅了！在『芙蓉誄』裏，他有過這樣的話：「倩風廉之爲余驅車兮，冀聯轡而攜歸耶？余中心爲之慨然兮，徒嗷嗷而何爲耶？」他中心的悲痛，不僅因失一晴雯！

談起禪來，寶玉遠不是黛玉和寶釵的對手，有幾次他都被黛玉問得啞口無言。他不能不認爲：「原來他們比我的知覺在先，尙未解悟；我如今何必自尋苦惱？」但在讀者的印象中，便覺得黛玉寶釵的談禪，不過是出於一種過人的智慧，談談而已，心上並無所謂禪機；而在寶玉便不然，他不會談，但確實爲許多問題所苦惱着，他的談禪是意欲從此尋其逃避。

黛玉雖然也有無可名狀的痛苦，痛苦的根本原因也和寶玉一樣；但其表現方式則頗有不同。她不需要參禪，她沒有正面提出過對人生的懷疑。她集中精力從事於戀愛的爭鬥，希圖從戀愛爭鬥的勝利，一併獲得人生的成功。寶玉見飛花落葉，就傷悼它們的不能長久爲自己而存在；而在黛玉，便要自傷身世。『葬花詞』中的：

「閨中女兒惜春暮　愁緒滿懷無釋處；手把花鋤出繡簾　忍踏落花來復去。柳絲榆莢自芳菲，不管桃飄與李飛；桃李明年能再發，明年閨中知有誰？」和「爾今死去儂收葬，未卜儂身何日喪！儂今葬花人笑痴，他年葬儂知是誰？」便都是這種情緒的流露。

黛玉的心性和生活態度，很多地方和寶玉一樣。但寶玉在別人眼中有時眞是一位獃爺，他的行爲，別人都不解。而黛玉的一舉一動看起來都沒有什麼「不順眼」的地方。

如果她健康一點，不時常那麼悲悲切切，就連寶釵恐怕也無法在賈母心上奪去她的地位。論詩詞格調的超絕，藝術修養的湛深，口齒的鋒尖，言談的出衆，常識的豐富，智慧的出羣，寶玉都遠不是她的匹敵。她對生活有最深刻的了解，對自己命運的安排有完全的把握。有一次，寶玉在她面前談到「寶姐姐便不和我好了不成」，她向寶玉說的那一席話實證明她對一切胸有成竹。看罷：

「只見寶玉把眉一皺，把脚一跺道：『我想這個人，生他做什麼！天地間沒有了我，倒也乾淨！』黛玉道：『原是有了我，便有了人；有了人，便有無數的煩惱生出來：恐怖、顚倒、夢想、更有許多纏礙。剛纔我說的，都是頑話。你不過是看見姨媽沒精打彩，如何便疑到寶姐姐身上去？……』寶開玉豁然朗，笑道：『很是，很是！你的性靈，比我竟强遠了。怨不得前年我生氣的時候你和我說過幾句禪語，我實在對不上來。我雖丈六金身，還藉你一莖所化。』黛玉乘此機會，說道：『我便問你一句話，你如何回答？』寶玉盤着腿，合着手，閉着眼，撅着嘴道：『講來！』黛玉道：『寶姐姐和你好，你怎麼樣？寶姐姐不和你好，你怎麼樣？寶姐姐前兒和你好，如今不和你好，你怎麼樣？今兒和你好，後來不和你好，你怎麼樣？你和她好，她偏不和你好，你怎麼樣？你不和她好，她偏要和你好，你怎麼樣？」寶玉呆了半晌，忽然大笑道：「任憑弱水三千，我只取一瓢飲。」黛玉道：「瓢之漂水，奈何？」寶玉道：「非瓢漂水，水自流，瓢自漂耳。」黛玉道：「水止珠沈，奈何？」寶玉道：「禪心已作沾泥絮，莫向春風舞鷓鴣。」黛玉道：「禪門第一戒是不打誑語的。」寶玉道：「有如三寶。」黛玉低頭不語。

這是何等淸明的頭腦，何等澄澈的理智！

然而，儘管如此，一到戀愛的糾紛困擾她的心靈時，她的感情的強烈便有如泛漲的春潮，無法抑制。她平時待人十分厚道，一到攻擊她的情敵時，她便常是不容情。

在二十八回裏，有一段文字特別生動：

「寶釵褪下串子來給他，他也忘了接。寶釵見他呆呆的，自己倒不好意思起來，扔下串子，回身才要走，只見黛玉蹬着門檻子，嘴裏咬着絹子笑呢。寶釵道：『你又禁不得風吹，怎麼又在那風口裏？』黛玉笑道：『何曾不是在房裏來着？只因聽見天上一聲叫，出來瞧了瞧，原來是個獃雁！』寶釵道：『獃雁在那里呢？我也瞧瞧。』黛玉道：『我才出來，他就忒兒的一聲飛了。』口裏說着，將手裏的絹子一甩，向寶玉臉上甩來。寶玉不知，正打在眼上，噯喲了一聲。……問：『這是誰？』黛玉搖着頭兒笑道：『不敢，是我失了手，因爲寶姐姐要看獃雁，我比給她看，不想失了手。』」

黛玉所最苦惱的是自己的心事不能明言，她在賈府過的幾年日子，乃是疑心與痛苦的絲縷編織成的。但縱然如此，她究竟大胆地不大掩飾她的心事。上面的這段文字，對寶釵實在也是一陣無情的攻擊。在全書裏諸如此類的描寫還有許多。這位少女既然愛着人生，她自然要盡力爭戰，以求她的人生的成功。她的容易哭泣，容易消瘦，都因爲爭戰勞神。在慘烈的戀愛戰場上，她不是一個身經百戰，猶能安然歸來的老將，而是遍體鱗傷，花容月貌，只落得像一枝帶雨梨花。

和湘雲之戰，雖然由於湘雲自己在寶玉面前所露出的弱點使一場熱鬧的厮殺歸於沉寂而拖刀以走，得到了勝利，但那位快樂娃兒的並不顯得費力勞神、而仍然充滿生力，如行雲流水，獨往獨來於大觀園，不更使她自覺精力的不如人而自傷自嘆嗎？這便是雖勝猶敗。又那里禁得起創痕未復，又要重上征場，與那精力充沛，戰略戰術均極高明的薛寶釵作持久的鏖戰？棋逢對手，將遇良材的決戰原已目不容瞬，稍一疏忽，便有命喪疆場的危險，更那里禁得起刺斜里殺出來的奇兵的衆多？黛玉的敗績，不但使她喪失了最後勝利的信心，而且使她不忍熟視身上的新創舊痕。悲憤之餘，她甚至願意在和敵人戰鬥之際，把匕首刺入自己的心窩，幫助敵人結束那一場惡戰。

「黛玉氣得兩眼直瞪，又咳嗽起來，又吐了一口血。雪雁連忙回身取了水來。黛玉漱了，吐在盂內。紫鵑用絹子給她拭了嘴，黛玉便拿那絹子指着箱子，又喘成一處，說不上來，閉了眼。紫鵑道：『姑娘歪歪兒罷。』黛玉又搖搖頭兒。紫鵑料是要絹子，便叫雪雁開箱，拿出一塊白綾絹子來。黛玉瞧了，撂在一邊，使勁說道：『有字的！』紫鵑這才明白過來要那塊題詩的舊帕；只得叫雪雁拿出來，遞給黛玉。紫鵑勸道：『姑娘歇歇兒罷，何苦又勞神？等好了再瞧罷！』只見黛玉接到手裏也不瞧，扎掙着伸出那隻手來，狠命的撕那絹子，却是只有打顫的分兒，那里撕得動。……那黛玉却又把身子欠起，紫鵑只得兩隻手來扶着她。黛玉這才將方纔的絹子拿在手中，瞅着那火，點點頭兒，往上一撂。紫鵑嚇了一跳，欲要搶時，兩隻手却不敢動。……黛玉……回手又把那詩稿拿起來，瞧了瞧，又撂下了。……那黛玉把眼一閉，往後一仰，幾乎不曾把紫鵑壓倒。」

雖然熱愛有人生，但一切的希望都破滅了時，死往往比生更容易。

這時候，她雖不知道寶玉的能否好好地生活下去，但她已得不到寶玉，她是明白的了。

失去了寶玉，便失去了存在的意義，黛玉之死便是這樣。

六

由黛玉一生的歷史，我們知道，作者不但要寫寶玉出家，以說明像寶玉那樣的性格是不見容於當時的世界的，而且要寫黛玉之死，以說明黛玉所愛戀的是不能存在的人物。娶不到黛玉，使寶玉堅定了出家的意志；愛不到寶玉，使黛玉不能不死。寶玉出家和黛玉之死是一個必然性的悲劇！理想與現實衝突的悲劇。而導演這悲劇的，則是中國的封建制度。

『紅樓夢』作者的藝術手腕之高超，使他的創作受到無今無古的歡迎；也因爲他的藝術手腕之過於高超，他的處理人物關係之過於細緻，使生活經驗不够豐富的年輕讀者和一部分粗心的人們，就常不免只看到全盤意義的很小的一面。這是一切偉大的藝術家的悲哀。他寫黛玉的用心是十分深刻的，而人們却只談黛玉的健康，脾氣。甚至還有人怪作者何以不寫黛玉和寶玉私逃。黛玉何以不向寶玉明白提議訂婚，怪作者的反抗性不够强。其實，只要稍一思索，便知道這些責備的不當。在作者的當時，寫那樣的作品已經算得是大胆的了。黛玉和寶玉並不像一位直觀的劇作者所批評的，是小耗子式的人物。他們的反抗是相當堅決的。一位千金小姐的情死，幷不是由於單純的相思病，一位公子哥兒的出家，並不是由於生活的逼迫，便是一種最大的反抗行爲。就對愛的表示的大胆說，在林黛玉那樣的身份，也算够了。她知道什麼人可愛，她就敢愛；敢愛就敢用各種方式表示，這豈是容易的嗎？現在時代進步了兩百年，又有幾個女人眞敢愛其所愛，眞敢大胆表示自己的愛情？自己連打破一點世俗習慣的勇氣都沒有，却希望兩百年前的一位深閨弱質作轟轟烈烈的戰鬥！細心一點的讀者，總可以從那些平凡的故事中，看出作者的最大的憤怒與最深的悲哀來的。

日月易逝，兩百年的時間過去了，曹先生所悲痛的現實正在激變之中。今天的寶玉決不遁向空門，找個人的心安理得，而有膽量肩住黑暗的閘門。但今天的林黛玉並沒有遠遠超越她的先行者。在一個動盪激變的時代，大部分的女子仍然把一切的希望寄託在一個男人的愛情上，做着林黛玉式的夢。下焉者，則仍然呻吟於現實的重壓下，使人容易想起迎春，尤二姐和香菱一班女子來。作一點這樣的反省，便知道黛玉並不軟弱，究竟還肯以生命作孤注之一擲向她所居的世界提出嚴重的抗議來。在這樣的意義上說，林黛玉的悲劇不但反映了現實，而且將令人更勇於改造現實的罷！

一九四五・六・二一。

賈寶玉與理想的人性

一

中國文化向前踏進了一大步之後，人們對問題的了解比「五四」時代深刻得多了，因此，對於賈寶玉的了解也和過去不同。於是，賈寶玉又重新被提到論壇上。

但我一寫下這個題目，我便有點怕，我怕貽笑大方：賈寶玉算什麼呢？會和理想的人性關聯起來？我便只好要求讀者大度一點，讓我試着接觸接觸這個問題看。

我這里要談及的人性問題，也是久被擱置了的。在一個動盪得厲害的大時代裏，人們原無力注意及這些；而且怕一不小心，便會鑽入唯心論的牛角尖去。不談是對的。但一到抗日戰爭進入最後的沈悶時期，由於現實的黑暗，由於許多人的唯利是圖，有心人又覺得提一提人性問題是需要的，於是有不少討論生活態度及人的改造的文章出來。這都是應運而生，很自然的。

眞是呢，凡事怕偏。如果專注意於社會問題的分析，把人的能動的力量看小了，人們是會鬆懈其主觀的努力的，而尤其是在個人的修養方面。近年來有許多滿口進步理論的人，却全無善意，毫不了解人民的痛苦，便是這樣造成的。枝節地了解過去的文化，破碎地學得一點社會科學的知識，算不得一個全人，更不能做社會的改造者。我們要求有明確的知識，堅强的意志，深厚的感情的戰士。基於這個認識，我便時常從實生活中去尋求這樣的人。我發現了不少，我很高興。我還時常逞我的幻想，到歷史上和文學作品上去尋求這樣的人。歷史上自不必說，也很有過這樣的人。我便想從文學作品中，去找一個人，可以做我們生活的旗幟的，像西班牙人的唐·吉訶德，俄羅斯人的比埃爾，美利堅人的山姆叔叔。結果，我找到了賈寶玉。

我總覺得賈寶玉是一個怪人。他和我們有很多地方不同。我們認爲無關宏旨的，他偏認爲十分重要；我們認爲的經濟文章，他偏視爲糞土。我們總認爲他不大有出息，我們却都忘不了他，覺得和他很熟識，還有點喜歡他。隨便在什麼場合，都會有人提起他。

這其中自有緣故，我便時時去想這個問題。

我還把『紅樓夢』裏所描寫的，通盤去想；要通過『紅樓夢』的故事，去理解作者所要顯示，所不知不覺地顯示了的東西。

要這樣地簡單說一句，也是可以的：『紅樓夢』所顯示的，乃是人性與當時的現實的衝突。我們讀過『紅樓夢』，總覺得書中有些美麗的東西，後來，這些美麗的東西，終不能不在命運之前完全破毀。我們就爲這破毀傷心，流淚。這些美麗的東西，可以說就是人性；命運就是當時的現實。賈林的戀愛，晴雯的性格，尤三姐的希望，史湘雲的豪爽，這些都是崇高的人性的表示，但到後來，一樣樣都毀壞了。如果悲劇，是把有價值的東西毀壞給人看，這些便都是悲劇。

賈寶玉的失敗，是人性的失敗；他的沒有出路，是人性的沒有出路。我們看到他出走的時候，看到他那時候所說的那些瘋瘋癲癲的話，我們只感到一陣陣的惘然。我們的心，如跌在一團膠汁中。

因爲他和我們血肉相關，我們才那麼認眞地關心他的悲與歡，成與敗。用文學作品顯示了人性的可貴，與人性和現實衝突得最厲害的，只有曹雪芹的『紅樓夢』；文學作品中人物表現了崇高的人性的，只有一位賈寶玉。

我們讀『三國演義』，會愛關雲長，諸葛孔明，讀『西遊記』，會愛孫悟空，這是什麼道理呢？很簡單，因爲我們從他們身上看出了人性。

把賈寶玉和他們相比，他們又不能不減少部分的光彩。賈寶玉雖沒有成就他們那麼大的事業，但他却表現了更爲崇高的人性。

所以，我要尋出他來做我們生活的旗幟，並不是什麼狂妄。

當然，賈寶玉並不是什麼全人，他有許多地方値得批判。但他的心是滿好的，我們要學習的是他的心。

二

要討論我們所提出的問題，必須先弄淸楚人性是什麼，然後再以此作標準，去衡量寶玉。

人性是什麼呢？

這又是一個難以攪得明白的問題，不像自然現象的有規律可尋，有界說可下。這是由人們的主觀去解說的。各種生活態度不同的人可以下出各種不同人性的界說來。我要再一次要求讀者的大度，讓我說說我的意見看。

一個佛教徒和一個儒家所說的人性的含義，就會很不同。談人性，就先得假定一種對人生的態度。

有的人厭世，有的人入世，這都是各人的自由。厭世的人就會認人生萬事爲惡，只有生命的毁滅是善；入世的人就會認人生的種種活動爲有意義，想種種方法求遂其生，時能作「自强不息」的努力。

要去談生命現象的爲善爲惡，這是十分愚蠢的。它也無所謂善，無所謂惡。生命現象是一種自然現象。

宇宙間萬事萬物，時時在運行不息，創造不息。有此運行，有此創造，才有宇宙萬物的生長，發展與毀滅。萬物只是一個生成，發展與毀滅的過程。自然對人類的生命，無所厚薄；人類的生命也只是一種自然現象。所以，要談什麼人生的意義與價値，是談不出所以然來的。有人問：人生到世上來，到底有什麼意義，什麼目的呢？這問題誰也不能囘答。因爲自然現象是盲目的，沒有什麼意義，也沒有什麼目的。自然在創造時全不管這些。

人所能做的，只是這一樣：就是：人旣被自然搬到世界上來，究竟要如何處理自己的生命，安排自己的生活，才會好些，才會不痛苦些呢？只有在這樣的範圍內，人才是自己的主人。

在這樣的範圍內，人自己要好好去安排自己的生活，也可以去談談人生的意義的。

但這已不是一個自然現象的問題，而是一個人生問題了。

在人生問題上，便可以各人有各人的意見。

但許多意見之中，依然有是非。

像厭世的人，他們希望大家厭世，希望人類絕滅，却只是他們自己的夢想。許多人不願像他們一樣。人類的生活還是在日益豐富下去。這樣的意見，我們便不能首肯。

有些人要玩世不恭，利用自己的財富與地位，去放縱，去玩弄人生。這對人說，是損人利己；對社會說，是腐蝕社會。這也是要不得的。

既有生命，就應該好好生活，使自己過得好，人家也一樣過得好。這里就出現了一種積極樂觀的人生觀。

這是不管生命現象之爲善爲惡，只管有了人類生命以後，如何過得光彩，過得愉快。

經過了多少人的探索，沒有比「愛與創造」四個字更能概括地說出人生的意義的。

只有「愛與創造」，才能使人類生活日益豐富；只有「愛與創造」，才能使人類生活過得愉快。

愛生命，愛人類，愛人類的創造物，與自然結合，這是愛。用這種心情去生活，才覺得一日有一日的歡喜。這便是浮士德所體驗出來的，「天香瀰宇宙，天樂遍寰垓」的生活。

創造新的事物，創造心靈的新天地，創造生活所需的種切，這是創造。把精力用在創造的工夫上，去享樂這創造的過程，享樂創造所得的美果。這便是日新又新的生活。

將愛作爲動力，去從事創造的工作；在創造的工作中，把愛體現出來。一以慰人，一以自慰。

文化不完全是這樣創造出來的，但文化的終極目的，是爲實現愛與創造的社會生活。

目前全世界人民的努力，正向着這一目標。

向着這目標努力的力量，就是進步的力量；和這努力相反的，就是反動的力量。

人生的意義，是爲愛與創造而工作，是在過一種愛與創造的生活。

過的愛與創造的生活的人生，便是有價值的人生；在這里，便可以談人生的價值。

人的精神狀態，無論其爲知的，意的或情的，凡向着這有價値的人生的，便是人性。

凡背着這有價值的人生的，便是獸性。

獸性與人性是一直在鬥爭着的。

文化的進步，可以說便是人性的發揚。

一切的事物都有其歷史性，人性也有其歷史性。時代不同，人性一概念的內含也不同。時代越近，才有越近於理想的人性。

但無論在那一時代，都有向人性傾向强烈的人。那傾向也是重要的。

平劇裏的『四郎探母』與『王寶釧』，那感人處在表現了人性。四郎與王寶釧都不是理想的人性，但有向人性強烈的傾向。要了解這個關鍵，才會充分了解人性的問題。

把人性問題搞清了，我們才可以評論賈寶玉，而且評論『紅樓夢』。

三

要說賈寶玉是個什麼理想的人物，當然也說不上。但人格和人性不同，如果只以人性的標準論他，我們却不能不把他另眼相看。他很近於理想的人性。

前面說過，我們總覺得他和我們不同。老實說，要我們到大庭廣衆之間去談道理，總覺得還是賈政那一套拿得出壼些。縱算我們在心底裏有時也同意寶玉那一套，總是不敢說出來。當然，只把『紅樓夢』當小說看，我們也有胆去稱讚他幾聲的。

就是作者曹雪芹，他也和我們一樣怕事。他也不能不把賈政看得相當神聖。他對賈寶玉沒有要稱讚過，還說他是「天下無能第一，古今不肖無雙」。

不過，曹雪芹總算是客觀地記述了賈寶玉之爲人。他寫出了他的和這世界的格格不入。

他一看見賈政和別人的那一套，他便頭痛；一讓他自己去活動，他便如魚得水。而且活動得那麼自出心裁，那麼美。

他和這世界的格格不入，首先表現在他對人生正路的看法上。人家認為的人生正路，他都視為無物。

還在他的少年時代，一日，賈蓉媳婦秦可卿領他到一間屋子裏，他一看到：「世事洞明皆學問，人情練達卽文章」的聯語，你看他怎麼樣：

「及看了這兩句，縱然室宇精美，舖陳華麗，亦斷斷 肯在這里了。忙說：『快出去！快出去！』」

湘雲是他在寶釵，黛玉以外的女性的知己，但湘雲一提到，要他注意注意仕途經濟的學問，他也會毫不客氣地批駁她：

「『姑娘請別的姐妹屋裏坐坐，我這里仔細骯髒了你知經濟學問的人！』襲人道：『姑娘快別說這話！上回也是寶姑娘，也說過一回，他也不管人臉上過得去，過不去，他就咳了一聲，拿起脚來走了。還里寶姑娘的話也沒說完，見他走了，登時羞得滿臉通紅，說又不是，不說又不是。幸而是寶姑娘，那要是林姑娘，又不知鬧得怎麼樣，哭得怎麼樣呢？提起這些話來，寶姑娘叫人敬重，自已過了一會子去了；我們過不去，只當她惱了，誰知過後，還是照舊一樣。眞眞是有涵養，心地寬大的！誰知這一個，反倒同她生分了。那寶姑娘見賭氣不理她，後來不知賠多少不是呢！』寶玉道：『林姑娘從來說過這些混帳話不曾？若她也說過這些混帳話，我早和她生分了！』」

他把人家以爲的正路，看成只是一條混帳的路！書中有不少這樣的描寫。

其次表現在他對女性的看法上。人家都只把女性看作玩物，看作奴才，他却能尊重女性的人格，能向女性鍾情。

他認爲：男人是泥做的骨肉，是濁物；女人是水做的骨肉，是淸品。

他對那些女孩子就特別用心，使得每一個女孩子都認他爲護花的使者。

甚至放風箏時，一個美人風箏放不上，他也說：

「若不是個美人，我一頓脚跺個稀爛！」

他的行事與言論，都顯出他是一個女性崇拜者。

這當然不是說他只是花叢中的蜂蝶。他的崇拜女性，是因爲他們較沒有男人們的那股酸氣，他們不是這社會的主人，也就沒有那點勢利味。

他是那麼關心每一個女孩子的命運。

再次表現在他對自然的看法上。一般說，不是「天地不仁，以萬物爲芻狗」，而是人之不仁，處處想役使萬物。人對自然，只想利用，沒有想到和自然共鳴。就是風雅之士的愛自然，多數也是把自然看作可玩之物，只是去玩賞。

而寶玉不同，寶玉的愛自然是和自然冥合，把自然當作人格人，而與之作精神上的往來。

在大觀園落成之際，試才題對額時，他曾論及過天然：、

「寶玉道：『却又來此處置一田莊，分明是人力造作而成：遠無鄰村，近不負郭．背山山無脈，臨水水無源．高無隱寺之塔，下無通市之橋；峭然孤出，似非大觀。爭似先處有自然之理，得自然之趣，雖種竹引泉，亦不傷穿鑿？古人云：天然圖畫四字，正畏非其地而强爲其地，非其山而强爲其山，卽百般精巧，終不相宜。』」

更能表示他對自然的態度的，是原書五十八回裏所寫的一段：

「因此不免傷心，只管對杏嘆息。正想嘆時，忽有一個雀兒飛來，落於枝上亂啼。寶玉又發了獃性，心下想道：『這雀兒必定是杏花正開時，他曾來過；今見無花空有了葉，故也亂啼。這聲韻想是啼哭之聲。可恨公冶長不在眼前，不能問他。但不知明年再發時，這個雀兒可還記得飛到這裏來與杏花一會不能。』」

這是無物無我的一種物我交融之境。

他對戀愛的看法，更和他人不同。別人只圖淫樂，只圖婚姻關係的建立，他却要認眞戀愛，希望別人了解他，他也能熱愛他異性的知己。

『紅樓夢』不少的篇幅，是寫的他的戀愛的歷史。

別人都認爲他可以愛寶釵，因爲那實在是一位賢妻良母。在利害的打算上，這是一個好姻緣。

然而賈寶玉偏不。他寧肯愛他多愁多病的林妹妹。

林妹妹在他看來，簡直就是位天仙；他一聽到林妹妹回蘇州的風聞，他竟會迷失本性。

自然，林妹妹也有她的缺點的：她太不健康，容易生氣，容易感傷。但他都認爲不要緊。林妹妹有太多的好處：她美麗，善良，純眞。她的生活態度和他一樣。一樣地痴，一樣地看世界與人生。她能够了解他。他們是一隻琴上的雙絃。他重視兩造的心心相印，心與心的共鳴。

他對這戀愛糾纏，執着。

他可以犧牲一切，不能犧牲他和黛玉的戀愛。

在人我關係的看法上，在事業的看法上，在美惡的看法上，他的意見都和衆人不同。私下地，我們何嘗不佩服他的意見呢？這大約便是我們的「良知」，「靈明」。

在感情的豐富一點上，他更是「情中之聖」。他不但是女孩子們的護花使者，也是萬物的知心人。『紅樓夢』很多地方是寫他這性格。對芳官，對妙玉，對齡官，對劉佬佬虛構的抽柴女兒，對金釧兒，他曾是何等鍾情。對水流花落，他曾是何等傷感。

他的感情豐富到有點痴，有點獃。

在文學作品中，找不出第二人；在實際生活中，似乎也少有。豐富的感情是愛的泉源，是創造的動力。這是寶貝般的東西，十分難得的。所以，以人性的標準論他，他實在算得一個難得的人物。

只因爲歷史的創造，是不斷的艱苦鬥爭的結果，反動的時期，時常是漫長的，人們只能逆性地生存，所以世俗就不敢承認他的生活態度。這其實是人類生活的悲劇。由世俗對賈寶玉的看法上，我們可以體會到人性的泯滅。

我們要發揚人性，我們試以另眼看待賈寶玉。

四

沒有一種悲劇比欲遂其生者在現實的壓榨之下，而不得不毀滅其生活的理想，更充滿悲劇性的。

這有點像使死屍站立起來，使他看見自己的不得不腐爛。

『紅樓夢』所寫的，乃是在歷史的發展階段中，人性與現實激烈衝突的故事。『紅樓夢』曾宣揚過一種生活的理想，那是那時代的人性所要求的生活。那人性碰到了當時的牢不可破的悲慘的現實，找不到出路，結果就造成了『紅樓夢』的大悲劇。

賈寶玉便是這悲劇的中心人物。圍繞着這中心，發生許多不同型的悲劇。這許多不同型的悲劇，乃一齊來加濃寶玉出家的悲劇的氣氛。

許多悲劇中的人物，多是主角的配角，自己常常沒有完整的故事。『紅樓夢』這悲劇中的人物就不同：湘雲有湘雲的悲劇，尤氏姐妹有尤氏姐妹的悲劇，妙玉有妙玉的悲劇，鳳姐有鳳姐的悲劇。每個人都有一個完整的故事。

寶玉是青空裏的明月，他們便是托月的烘雲。

賈寶玉並不是一個厭世主義者。『紅樓夢』作者雖然安排了那種出世思想的一頭一尾，仍然使讀者不敢相信寶玉眞是厭棄了紅塵。

作者不是一個思想家，他無法搞淸楚這些矛盾。

我們也不必管那一頭一尾，我們只看作者所表現的人物是怎樣。

看來看去，每個人都覺得：賈寶玉是太愛人生，太愛世界。　他愛得十分戀戀。

他不但說說，他的行事，便是愛在他身上的體現。

他的心情是那麼細緻，他的關心及於一草一木。　甚至，他對一張書齋裏的美人畫，也不免注其痴情。

這些，便是他身上的孽根子。

他愛到流淚，愛到悲哀，愛到無以自處，想化成一股輕烟。

這樣的性格，如果讓其自求發展，誰也不去摧殘他，那前途，誰能斷定。　說不定，他可以成就非凡的事業。

然而，他所處的家庭，社會，處處不容許他自求發展。　他處處碰壁。

就算他戀愛成功，得到了林黛玉的溫慰，他也不能獲得他人生上的成功的。　兩個大傻瓜攪在一起，是更無法適應他們的世界的。　後來，他還是沒有出路。

寶玉雖不自覺於他的命運，他的內心也有極深的痛苦。　他那麼愛寶釵、黛玉，他却希望有方法，「戕寶釵之仙姿，灰黛玉之靈竅」。仙姿、靈竅，都使他這多感的人苦惱，這是一方面。另一方面，仙姿、靈竅，都是這世界的美麗事物，但世界不容許其好好發展：這也使他悲哀。對探春，惜春，芳官，晴雯諸人的悲劇，他也作一例看。「古今情不盡，」都只是「生關死劫」。花花世界，竟只是「無可奈何天」！這是寶玉痛澈衷腸的悲哀處。

『紅樓夢』作者痛心於這樣的現實，以他卓絕的才情，放懷地歌之哭之，乃創造了這瓌奇的藝術品。

『紅樓夢』作者受了中國文化的深深的薰陶。他是中國文化的精神培植出來的一個好兒女。他有數千年積累下來的生活的智慧。他用這智慧，認識了人生的美麗；用這智慧，歌唱着人生的美麗。

這都是表現在賈寶玉的行事言談裏。

寶玉的追求黛玉，可以說是對於智慧的追求。『紅樓夢』作者把黛玉寫成了一個智慧的化身。

浮士德所追求的就不同。他追求的是知識。這是東西文化精神不同的地方。浮士德的苦惱和賓玉不同，求索的也不同。在文化上，西方人到底尋到了他們的出路。建設了他們的新文化。而我們還是徘徊歧路。今日的寶玉雖然已看到了明白的出路，當時的寶玉確曾迷惘如入五里霧中。數十年積累下來的因襲與傳統的暗雲，使作者看不出前途的光明來。作者沒有社會科學的知識，他不知道他所苦惱的只是一個社會問題。他把一個社會問題看成了人生問題。

社會問題，可以用人力解決；人生問題，却只能加以說明。人無法脫出人生的定命。

在『紅樓夢』作者看起來，人性和醜惡的現實的衝突，只是人生的定命。古今一例，沒有兩樣。

那些生活的色，雖然是那麼美，終究是一場空。賈寶玉雖然戀戀於那些生活的色，至終却不可不大澈大悟，遁入空門。

正因爲作者不知道那是一個社會問題，不相信還有什麼前途，作者的悲哀才最深切，作者的歌哭才最沈痛；『紅樓夢』才成爲一部比任何世界文學名著更感人的作品；賈寶玉才成爲文學作品中最引人同情的人物。

沒有一部文學作品，曾接觸到曹雪芹所接觸的大問題的；沒有一個文學作品中人物，有賈寶玉所感到的深重而無以自解的悲哀的。

這也正說明了中國的現實的悲慘和中華民族的生活的可悲。

賈寶玉的出家，是作者對他所誤認的人生問題的解決。但我們却把他的出家看作作者對現實的嚴厲的抗議。

這里表示這樣一種意思：

「醜惡的現實，你何時才改變？像寶玉這樣好性格的人，你也把他摧殘了！」

作者意識到了人性的可貴，可愛的地方，又意識到了人性在人生世界裏難得到發展，但沒有意識到人生世界是日在進步，日在改變之中，而最終會出現理想的人性。

所以，寶玉的故事，是藝術家對我們麻木的民族生活提出的大疑問。這疑問，是問過去究竟怎麼過下來的？以後打算如何過下去？

作者不是一個思想家，他也弄不清楚。他只覺得賈政的那一套有毛病，賈寶玉的這一套又行不通。前面一團黑漆，找不到出路。

『水滸傳』是『紅樓夢』之前的一部作品。『水滸傳』描寫了宋朝的社會。『水滸傳』作者也寫出了他對現實的意見。但他表示的只是一種憤激，他還有一種信心。『水滸傳』作者有痛苦，但不會有悲哀。

但中國的現實，沒有因『水滸』作者的憤激而起根本上的改變。中國的現實是愈變愈悲慘，愈令人失望。到『紅樓夢』作者的時代，他就連那一點信心也沒有了，他只有一個大疑問。我們依稀看到他淚眼模胡，哀傷地仰頭作天問！

五

談到人性問題，也許有一些人認為迂腐，和現實不相關。在這里，我要更一次的說明，這是一個錯誤的意見。

前面已經說過，人生的意義是在人性的發揚。

在這里，就自然得出這樣的結論：革命的目的，是必須符合人生的意義的。所以革命的終極目的，便是創造理想的人性。

人性與舊社會的衝突，是要從舊的生活方式中解脫出來，革命的目的與這毫無二致。這是十分明白的事。

研究賈寶玉，與革命的事業是相關的。

我們從寶玉身上，可以看出很多缺點來：例加，他的個人主義，他的忽略於知識的追求，他的不願正視現實。他看一切人，一切物都從自己出發，我執相當强，大觀園的女孩子都應該陪伴他。他的知識的貧乏，使他對許多很平常的問題都想不通。他沒有正視現實的勇氣。晴雯之死，金釧之死，都使他格外傷心；但他只是作了痴情的表示，而沒有認識到這是他那個家庭的罪惡。固然，時代不同，我們不應該苛責一個古人，但也宜認識他的眞面目。

然而，無論如何，他是一個好人：好心地，好性格。平心而論，我們之中還很少像他這樣的好人。

對於這樣的一個好人的命運，誰能效太上的忘情而漠然不動心呢？好比，這里有一個家庭，人口稀少，而聰明的子息尤其不多。一旦時來運來，生了一位聰明伶俐的哥兒。這哥兒不但長的好看，還處處逗人喜歡。後來，由於這家庭的愚蠢，不但戕賊了他的性靈，還使他在少年時代便喪失了生命。難道這家庭的人能不傷心而引起一點反省？那家庭的份子，也許有從此便痛恨那個家庭而與之誓不兩立的。

從賈寶玉的性格上，我們看到了生活的神美處；從他的幻想上，我們看到了前途依稀的光明。從他的悲劇上，我們就應該痛定思痛，想到這社會的腐敗的嚴重性，並想到那種舊的生活方式的必須改變。

改變舊的生活方式，基本的方法，當然是改變舊的經濟生活。但在這一運動進行的當中，人們也應該想到：人的自我的改造也必須立刻進行。

我們不能再像過去那樣想，那麼看，那麻待人接物。賈政的那一套是不會有出路的，那只能使我們一代一代在這生死場上演悲劇。

我們至少要有賈寶玉那一點聰明，那一點勇氣。

如果自己的感情不會和舊的生活方式起激烈的衝突，那末，所謂思想上的自覺便不過是一種無血無肉的頭腦的遊戲。　如果改革運動不是爲了改變舊的生活方式，而只是什麼「進步進步」，便不過是一種庸人自擾，或一種罪惡的反動行爲。

在這樣的意義上說，賈寶玉的出家便格外引起我們的沈痛的同情。

賈寶玉的性格已近於理想的人性。　從他，可以了解過去，可以懸想未來。

我們要活，要好好地活！賈寶玉的聲音雖不能代表我們今日的呼號；但從他的悲劇上，我們會自覺到內心的沈痛！

一九四六・十・一。

賈寶玉與賈政

一

『紅樓夢』寫了賈寶玉和林黛玉的心心相印，也寫了他和他的父親賈政的冰炭難容。

這兩個人物的衝突，是『紅樓』故事發展的一種基本的激盪力，這是全部故事的經。

沒有這兩父子的激烈的衝突，『紅樓』故事的發展便會不自然，而寶玉的出家便不一定成爲悲劇，『紅樓夢』也不再是一部現實主義的輝煌的作品了。

『紅樓夢』作者認明了這一點，便處處不忘記述這兩父子相衝突的歷史，那怕在寶玉表現了卓絕的才情，作了『姽嫿行』那樣的名篇的時候，賈政也不但不稱讚他，還反而要駡他幾句。總之，他們只要一覿面，便一個怕，一個怒，兩父子勢不兩立。

兩父子彼此所想的固完全不同，所行的也沒法子相同。賈寶玉又躲在祖母的庇護下，更不管他老子對他的希望如何，只是我行我素。這樣，便把個爲人之父的賈政氣個半死，然而，又有什麼辦法呢？

這樣，賈政的憤怒便更有加無已，他無時不想教訓教訓他這孽子一番。如果，他的那一套不爲寶玉所接受，他便要除去寶玉也在所不惜的。

一個偶然的機會到了。

一日，忠順王府裏的長府官進了賈府，來找唱小旦的琪官，向賈政指明是寶玉勾引來府的。這件事已頗使賈政傷了心，一則，像他這樣的家庭斷不可把名聲壞在這些事情上；二則，忠順王府又是豈可得罪的？平日他原已把寶玉看作個孽障，此番火上加油，自然要結結實實治他一頓子。

60

又怎禁得再加上一個煽風的？

賈政的庶子賈環還要在這時候來煽風。

賈環把金釧兒的投井，說作是由於寶玉的姦逼。　這使賈政眞要氣飛了魂魄：自己的奔波勞碌還有什麼意義？若祖若父的辛苦經營究竟爲了什麼？宗功祖德一下完了！所以要下「今日再有人來勸我，我把這冠帶家私，一應就交與他，與寶玉過去，我免不得做個罪人，把這幾根煩惱鬢毛剃去，尋個乾淨去處自了！」的大決心，怒鞭寶玉。

書上有有聲有色的描寫：

「衆門客見打的不像了，趕着上來，懇求奪勸。　賈政那里肯聽，說道：『你們問問他幹的勾當，可饒不可饒？素日，皆是你們這些人把他釀壞了！到這步田地還來勸解！明日釀到他弑父弑君，你們才不勸不成？』衆人聽這話不好聽，知道氣急了，忙亂着覓人進去給信。　王夫人也不敢先回賈母，只得忙穿衣出來。……賈政……一見王夫人進來，更加火上澆油，那板子越下去得又很又快……寶玉早已動彈不得了。……王夫人連忙抱住哭道：『老爺雖然應當管教兒子，也要看夫妻分上。　我如今已五十歲的人，只有這個孽障，必定苦苦的以他爲法，我也不敢深勸。今日越發要他死」，豈不是有意絕我？既要勒死他，快拿繩先勒死我，再勒死他！……』說畢，抱住寶玉放聲大哭起來。」

賈母一出場，更把個賈政弄得毫無辦法．

「忽聽了嬛來說：『老太太來了！』一句話未了，只聽窗外顫巍巍的聲氣說道：『先打死我，再打死他，豈不乾淨了！』」

賈政和她分說，老太太却是這麼回答：

「你原來和我說話，我倒有話吩咐：只是我一生沒有養個好兒子，却叫我和誰說去！」

最後老太太還吩咐小廝，要收拾東西，和王夫人，寶玉動身回南京去！

情形弄到這般嚴重！弄得個賈政「直挺挺跪着，叩頭認罪」。

「賈母一面說，一面來看寶玉。只見今日這頓打，不比往日，又是心疼，又是生氣。也抱着哭個不了。」

這一場打，使全家重要的人都哭了，這是大觀園的大變，是賈府的重大事件。

若不是仗了祖母的深愛，寶玉也許眞被打死，演不出以後的許多悲劇來了。

這一場打，是『紅樓夢』故事的一個轉捩點。從此，襲人，寶釵更有了用武之地，而晴雯，黛玉等則漸漸走上人生的艱苦道路了。

這是『紅樓』悲劇的開始。查抄大觀園是這悲劇的成熟。

我們不加深思的時候，只看到這兩父子衝突，不知道他們爲何衝突。這不是一個不肖兒子和一個嚴父的衝突。這是兩種哲學的衝突。比起都介涅夫的『父與子』裏所描寫的保羅和巴扎洛夫的衝突來，這是嚴重得多了。保羅和巴扎洛夫的距離究竟還近，這兩父子的距離可眞太遠了。保羅和巴扎洛夫還有他們各個的顯明的哲學觀念，賈政和寶玉却不是這樣。他們的哲學觀念是模胡的，他們不善於說明自己的人生的態度。只有在他們的行動，言談裏，才可以把握住他們的哲學。

賈寶玉那麼重視性靈，重視個性的發展。他追求的是智慧爲師的性靈生活。他希望每一個人適性地活下去。他對每一個女孩子都多情，不是由於肉慾的旺盛，而是由於對性靈生活的神往。他認爲女孩子是山川靈氣之所鍾。他對飛花落葉，都從不吝其痴情。他對人和物的看法都差不多。人和物在他看來，同樣是有靈性的。他醉心的是物我交融的生活。「四時行焉，百物生焉」的天地好生之德，他最能了解。他重視天地間的至情。男女愛悅，朋友相交，都是一種至情的表現。

他的父親賈政却遠不像他那麼迂遠。

賈政所執着的是現實的世界。他認識現實世界決不是寶玉所想的那麼一回事。現實世界只有利害，只有榮辱，只有是非的分別。忠君愛國，顯親揚名，承宗接後，是一個男兒應走的坦途。走得好，是利，是榮，是是；走不好，便是害，是辱，是非。至於爲什麼要這樣，他是不管的。他認爲古之士人如此，現在也如此。他的哲學是簡單的。這一簡單哲學的主要支柱便是人的生存慾。

賈寶玉和賈政對世界與人生的看法不同，其處理的態度也自然不同。從而，對善惡，美醜，是非，眞僞，價值，等等的觀念也就不同。

爲了說明的方便，我們可以說賈寶玉的哲學是一種浪漫主義，賈政的哲學是一種庸俗的現實主義。他們之間的衝突是浪漫主義和庸俗的現實主義之間的衝突。

這和今天的新舊思想的衝突同不同呢？

曰：不同。

今天的新思想不單是從固有的舊思想裏孕育出來的，它還有外來的成分，而且，外來的成分佔多。外來的成分便是所謂西洋文化。細細分析下去，這還是說得籠統的。其實是；西洋的落伍思想和中國的落伍思想結合，便構成了中國當前的舊思想；西洋的進步思想和中國的優良的文化傳統相結合，便構成了中國當前的新思想。這衝突成了世界性的。中國的新舊思想的衝突，是世界新舊思想的衝突在一特定的區域裏的表現。

賈寶玉和賈政所代表的不同的思想，則同出於中國自己的文化傳統。『紅樓夢』裏曾一再觸及釋家思想，作者主觀上也以爲闡揚了釋道。其實，都不大相干。這點後面再談。貫串『紅樓夢』的，是中國固有的文化精神。

賈寶玉和賈政的思想，同一是出於儒家。　儒家思想流變的兩歧，便產生了賈寶玉和賈政的思想。

這是從中國思想史上，可以知道的。

曹雪芹不知不覺地描寫了這一點，讀者也不知不覺地讀他所寫的故事，但誰也沒有意識地作這樣的了解。

還有，我們還可以從『紅樓夢』裏看到各種學派的互相影響以至於合流，而結果，依然沒有出路的事實來。

二

前面所作的肯定，我們有說明一下的必要。

說他們父子倆的思想同出於儒家一源，有什麼根據呢？

這里，就需要先了解儒家。

了解歷史上的事物的眞面目是不容易的。　人的看法不同，看出來的事物的面目也就不同。要了解儒家的眞面目也就艱難。

我們這里力求客觀，且試試看。

儒家的領袖人物是孔子，研究孔子的言行，在了解儒家精神上，當然是重要的。而且，我打算多從孔子思想的精神去了解儒家思想，不想枝枝節節去分論。

孔子言道。他之所謂道，就是仁。他遇人便談仁。他認爲天地之心，父母之心，都只是一個仁字。學子問他爲政之道，爲學之要，他的各種不同的回答，剖析起來，都無非一個仁字的精神。曾子說：「夫子之道，忠恕而已矣。」忠恕其實只是夫子所認爲的達於仁的一條坦途，還不是夫子之道的基本精神。在孔子看來，四時之行，百物之生，那是天地的仁。君君，臣臣，父慈，子孝，那是人類的仁。天地萬物，莫非有情。順乎眞情，便是所謂仁。天地的運轉，日月星辰的流駛，江河的行地，草木的發生，都是至眞至善至美。人之爲仁便是要效法「天」之至眞至善至美處。

這是他對宇宙人生的基本的看法。

孔子的人生理想，是與民同樂，物我交融。他重視詩敎與樂敎，隨時隨地敎人誦詩樂樂。他這種精神，在『論語』的『言志篇』裏表現得最爲明白。子路，曾晳，冉有，公西華侍坐，孔子命其各言其志。子路，冉有和公西華都是其志不凡，希望以經世之才做點大事。孔子都各予以同意，認爲可。但當他問出：「點，汝何如？」底下便有一段傳神的描寫：

「鼓瑟希，鏗爾，舍瑟而作，對曰：『異乎三子者之撰』。子曰：『何傷乎！亦各言其志也。』曰：『莫春者，春服既成，冠者五六人，童子六七人，浴乎沂，風乎舞雩，詠而歸。』夫子喟然嘆曰：『吾與點也！』」

這一段話是非常重要的。全部『論語』，許多地方談爲政，爲學，祭祀，禮教，但那都不過是爲達到一種人生理想的手段。孔子正面地暗示出他的人生理想，只是言志的這一次。他不是稱讚一種優游的生活，他是稱讚曾晳的悟性。只有曾子才了解他的物我交融的人生理想，故爾，喟然嘆曰：「吾與點也」！曾晳借言志的時機，道出孔子所嚮往的人生理想，這是曾晳的智慧過人處。只有這樣去了解孔子對人生的態度，才沒有歪曲他。儒家所樂道的仁民愛物，我們也才可以了解其眞義之所在。

孔子不是一個空想家。他生在一個大變革之前的動盪時代，他看出了前途的光明，他有對新社會新秩序的堅强的信心。他一點不可惜那奴隸社會的崩潰。這樣，就使得他把握了一種活生生的現實主義。

孔子還是一個勇於行的行動家。在魯三月，而魯大治，這是事實上的證明。他對仁，重視「蹈仁而死」；對教，相信「有敎無類」；對政，要做到「近悅遠來」；對人生修養，要做到「從心所欲，不踰矩」。這是何等的氣魄！眞是前無古人！

孔子不是一個空想家，他知道要實現物我交融的人生理想，不是可以一蹴而幾的，而必須經過切切實實的努力。他敎人從平凡的事情上做起：遠之事君愛國，近之應對洒掃。這些都做好了，那遠大的理想自然可以實現。

他相信他的理想的封建王國必可實現。

他的信心的堅强的保障，便是他所把握到的活生生的現實主義。

由於對人生理想之必可實現的信心，他格外樂觀；由於了解到天國必須建立於人類的努力上，他格外積極。他的人生理想，是他的浪漫主義；他的躬行實踐，是他的現實主義。他的人生理想和實踐的結合，便成爲他的活生生的現實主義。

這便是孔子的眞面目。

在全世界的封建文化裏，孔子的思想佔了一個崇高的地位。但是，封建社會的生產力和社會關係終於限制了孔子的理想的實現。孔子的理想，在封建社會裏是帶着危險性的。

但他的思想裏，有不少可以爲統治者所利用，那便是他的忠君愛國的理論。統治者看中了這一點，便要加以利用。漢武帝的獨尊儒術，便是爲此。許多唯利是圖的祿蠹，爲了迎合那些專制魔王，又不惜把孔子的思想加以閹割，加以歪曲。於是，孔子的著述成爲封建時代的聖經，孔子便成了維持封建統治的帮兇了。

孔子的活生生的現實主義只成了歷史上的陳迹，他的人生理想只成爲一種烏托邦。

但美麗的事物永遠是迷人的，星月永遠放着光輝。孔子的人生理想，雖爲封建統治者所不喜，所設法遮掩，但它還是曲曲折折地在找尋生存的道路。一些靈明未喪的詩人文士仍然不忘於那理想國的追尋。

在詩歌散文裏，便時常看得到孔子的人生理想的復活。這裡，便少有那些被歪曲了的忠君愛國的迂腐之論，而時常顯出人類精神的大胆的馳騁來。屈原，陶潛，李白，元稹，柳永，歸有光等人的作品裏，便不時流露出此中消息。這里所流露的，是儒家的浪漫主義的精神。

那些腐儒便只抓住了孔子思想的皮毛，利用它去陞官發財，這些人反自命爲儒家的正統。

孔子如果知道，他不痛哭九泉嗎？

但長期的封建社會的現實所要求的，便是這些腐儒的那一套理論和這些腐儒的鞠躬盡瘁。光輝的理想常被粉碎在悲慘的現實下。

儒家的基本精神，僅存在於詩人文士的遐想裏和少數優秀的文學作品之中。

這並不是武斷。

在我們的民族的日常生活中，都看得出這個分裂的傾向來。

無論是怎樣實利的人物，有時也不能不表示他愛一點風雅。心性儘管醜惡，但居處却不能不種上幾竿竹，幾顆樹，幾枝花，堂中不可不掛上幾張字畫。所作的是殺人如麻，也許所掛的却是「法古今完人」；所作的是男盜女娼，也許所掛的却是「一片冰心在玉壺」。

在談道理，說風情的時際，也顯出同樣的人格的分裂來：所行無一爲義，而滿口忠孝仁愛；所作無異拆白，而滿口純愛眞情。實際生活要求人們走下流無恥的路子，而文化的傳統却要求人們向上。這便是何以有些好聽的名詞只成了欺騙的手段的原因。不假深思的人，把這看作當然，但有心人却知道這是現實的悲慘。無情現實使人們成爲兩重人格的怪物。

宋明理學家曾費大力，要人們悟「道」，居敬窮理，返乎良知，不要爲物慾所蔽。但時勢如彼，他們的努力也只是徒然。而且，他們本身便說來說去，也說不出個道理來。

因爲那不是一個理論的問題，而是一個行動的問題。

到『紅樓夢』作者曹雪芹的時代，那種分裂更甚，由分裂而生的苦惱也更深。

這事實，便表現在賈寶玉和賈政的衝突上。

作者不是一個思想家，他苦惱於他所見及的事實，但不敢加以批判，加以分析。這表現在他對這兩個人物的態度上。

『紅樓夢』作者寫人物都曾顯出他自己的好惡，只有對於這兩父子，他沒有這樣做，他把賈政寫成一個正直好人，賈府只靠他一個人撐持。他的家人無不敬愛他，讀者也無不重視他。同時，他又把寶玉寫成一個十分可愛的人，讀者都同情他。作者雖正面批判過寶玉，「無故尋愁覓恨，有時似傻如狂，縱然生得好皮囊，腹內原來草莽」。但讀者知道他在說反話，一點不相信寶玉眞是個草莽。

作者弄不清究竟要怎麼處理。他也不知道寶玉心性的血統。仔細想想，撇開孔子的現實主義，只留下孔子的浪漫主義，不便是寶玉的思想嗎？寶玉所行所爲，所言所說，不切合於曾皙所說出的孔子的人生理想嗎？寶玉的全部感性生活，其實，只是曾晳所說的沂水春風的生活的引伸。

賈政的言行，也都證明他只算得一個腐儒。

至於，寶玉的愛好『南華』，喜談釋理，這當然是由於道家和佛家的思想曾對中國思想史有不小的影響，但至終這些思想是合流了的，與儒家的人生理想相結合，成爲了一種追求智慧的東方文明的精神。

但這種精神沒有現實的基礎，不像那種腐儒的庸俗的現實主義之易於發皇。

這便是『紅樓夢』作者所苦惱的。他只能神往於自己的烏托邦。

三

孔子的人生理想原也是一個烏托邦，因爲在他當時的社會條件下，是無法實現的。但勇於做夢的人是値得崇敬的，夢，有一天將終成爲事實。有良心的人士將看重這些夢。

因此，他的烏托邦的內容，隨時代的遷移，一天天擴大，一天天具體了。

在他的時代，體會到沂水春風的理想的生活就不容易，而後之人則能在內心上構成這理想的生活的明確的圖畫。

『紅樓夢』作者，在這方面，更是一個無比的會心人。在『賈寶玉與理想的人性』一文裏，我曾指出過寶玉是一個好心地，好性格的人，在孔子看起來，這便是一個仁者，他對孔子的人生理想了解得最爲明白。

但，孔子生在一個大變革之前的動盪時代，他親眼看到現實的激變，他相信他的理想的封建王國必可實現，他自然積極樂觀。卽算「道不行」，他還可以「乘桴浮於海」。曹雪芹的時代可不同了：他只看到長期的封建社會下的現實的醜惡，他不相信他的美麗的人生理想還有實現的時候。他不知道這是一個社會問題，他只以爲人生原就是灰色的，原就沒有什麼意義。他雖然最能會心於那些生活中的色的可愛，但他却意識到色卽是空，無意於對可愛的色的執着。

而恰好，釋家思想那時已在中國社會有了不小的影響，他便想向釋家思想求其逃避。同時，我國固有的道家思想又繫住了他的靈魂。『紅樓夢』上便不少宣揚釋家和道家思想的篇頁。

然而，無論是怎樣光輝的思想，在中國社會裏，它是無法戰勝腐儒的庸俗的現實主義的。中國社會幫了它的忙，使它具有大力量。釋家思想的本身，在中國是否也起了分裂，這里不論，但釋敎徒之間有了分裂，有的依附了腐儒，成了舊社會的渣滓，有的仍能潔身自好，獻身其道，則是明明白白的。道家思想者也一樣，他們都有二重人格：一重腐儒的人格，一重清靜無爲的人格。

道家思想的發揚和釋家思想的輸入，並不能使中國思想界得到一條平坦的出路。儒家的兩派把它們分別吸收了，使它們喪失了自己的地位。

現實如此，『紅樓夢』作者也描寫了這樣的現實。

作者寫了馬道婆子，張道士，智能，但這些人有一點釋家的精神在那里？甚至妙玉，賈敬，又何嘗不仍然是一副俗胎？這些現實使作者寒心。他只好創造另一個烏托邦。

他想：遠遠的什麽地方，總該有聖潔的靈山寶刹，其中有道行高遠的高僧，現身說法，普渡衆生。

那里的芒鞋十里，清磬一聲，都是令人神往的。從那里，定可以渡登彼岸。

結果，他就大着胆子，把寶玉送出了家，送到他所理想的靈山寶刹去了。這叫做慰情聊勝無。現實的悲慘，至於竟使人相信這是人生本如此，這是何等的令人感覺沈痛，發人深省！

『紅樓夢』作者找不到出路，乃預示了中國思想的沒有出路。中國思想無法担任社會改造的指導責任。中國的社會改造，需要借重於另一次的外來思想。他雖然不是一個思想家，想一個有良心的藝術家常能看出他所處的社會的沈痾。不到所謂社會改造，但他却寫出了他對這沈痾的無比的哀感。

中國的社會改造，至目前爲止，還是正在進行的工作。這里有一個思想問題，還有一個行動問題。思想問題上搞錯了，行動問題上也不會有好結果；行動問題上走錯了方向，思想問題也就會走入牛角尖。

在這里，有的人要借重於另一次外來思想，有的人却仍要運用腐儒的庸俗的現實主義。前者希望吸取外來思想的精華、使之與我國固有的優良文化傳統、作有機的結合，而創造一種新文化；後者却希望只借重外來的技術，建設一種復古的封建文化。

事實和歷史都證明後者的企圖是不能實現的。腐儒的庸俗的現實主義已不能負起社會改造的任務。就是從地下起孔子於今日，他也不會只運用他當年所運用的那些方法的。

「聖之時者也」何謂？他斷不會犯時代的錯誤。

新文化的性質，是民主的，科學的，大衆的。我們要把握的新現實主義，是以民主的，科學的，大衆的精神作其內容。

科學給予我們以技術上的明智，民主給予我們以方法上的明智，大衆給予我們以力量的使用和分享文化成果上的明智。

行動，便正是向着這一個目標進行。

在今日，先哲的人生理想，當然有再提示出來的必要。這樣，行動才不算是盲目的。

憑空地去想像什麼「天地與我同流，萬物與我爲一」，是完全沒有用處的。宋明理學家的徒然的努力已告訴了我們這一點。這種境界不是陸子所想像，以靜坐玄想可以達到的。朱子的居敬窮理雖然接近一點，但他對理的認識實在也十分模胡。只有順乎眞情的愛心，才眞可以使我們做到民胞物與。只有不息的創造，才眞可以使我們做到與天地同流。愛與創造的精神的把握，愛與創造的生活的實踐，便可以達於「物我交融」的境界。這是先哲的人生理想的發揚。

抱持着這樣的人生理想，而又想去建設一個封建的王國以求自利的，可還有嗎？二重人格應該使之不再存在了。二重人格的消滅，可以使我們看到人生的眞正的輝光。

從寶玉的故事上，我們可以對中國的文化傳統下一個結論，更可以悟出一條前進的道路來。

這文化傳統提供了豐富的生活的智慧，但無力於建設我們民族的新生活。我們要用浮士德所追求的知識加上賈寶玉所追求的智慧作武器，去建設我們的新生活。這不是一加一等於二的加法，而是一加一等於三的加法。

不到中國的新文化建設成功，寶玉的故事總是令人忘不了；寶玉和賈政的衝突也是隨在可見。有人說，『紅樓夢』的時代已經過去，顯然是由於沒有深刻地了解中國的現實的緣故。

『紅樓夢』是一首哀歌，它歌唱這長期性的封建社會的沈痾，歌唱它的歿落。如今，它還是只在歿落的途程上。

所以，『紅樓夢』這首哀歌，我們依然感着它的親切，它的沈痛。

賈政的一板子一板子，不但打在寶玉的身上，還打在我們的心上。我們不像曹雪芹，對賈政持一種原諒的態度，我們憎恨他，還憎恨一切的賈政。當然，他也只是一個可憐的生物。

賈政的世界不迅速毀滅，寶玉的世界是不會實現的。這應是一個信念。

一九四六・十・六。

薛寶釵論

好風憑借力，送我上青雲

——薛寶釵柳絮詞

一

薛寶釵是一個健康而生力充裕的女性。

桃花命薄，柳絮風輕，已成千古定論．然而柳絮一到薛寶釵的筆下便完全以另一種姿態出現。在林黛玉重建桃花社，吟出「憔悴花遮憔悴人，花飛人倦易黃昏，一聲杜宇春歸盡，寂寞簾櫳空月痕」的悲時感物的詩句以後，由於湘雲的偶然高興，塡了一首詠柳絮的『如夢令』，引起衆姊妹的豪情雅致，各逞才華。但瀟洒如湘雲，沈着如探春亦不脫閨閣多愁善感的窠臼，出語悲凉。作者在這里運用了千鈞的筆力極力抒寫現實主義者的薛寶釵的與衆不同。她在發了一通議論之後，寫出了一首意境翻新的『臨江仙』：

「白玉堂前春解舞，東風捲得均勻。」

這是何等的豪華氣象！難怪湘雲一見，便禁不住讚道：「好一個『東風捲得均勻！』」以下的每一句都寫出了薛寶釵的身份。明明是好景不常，韶華易逝，她却寫出：「蜂圍蝶陣亂紛紛，幾曾隨逝水，豈必委芳塵？」隨風四散，在她則認爲：「好風憑借力，送我上青雲。」只有這種敢於面對慘淡的現實，而永不失那一份衝擊的熱情的精神，可以使一個人有勇氣安排自己的命運，在寶姐姐的心上，何嘗沒有這一份豪情壯志呢？

沒有這個人物，作者只能寫寶黛戀愛，而不能寫寶黛的哀史；沒有這個人物，現實世界裏的上流社會中便沒有了「賢妻良母」，而中國的上流社會的家庭便不會有使許多凡俗沈醉的那股力量。　作者對黛玉曾給以十分的同情，花了很大的筆力介紹那位苦絳珠的臨凡，却也不能不在抒寫上給他所否定的人物——薛寶釵以同等的注意。無論作者怎樣不願意，他也不能不承認她：「生得肌骨瑩潤，舉止嫻雅，……品格端方，容貌美麗，人人都說黛玉不及。……行爲豁達，隨分從時，不比黛玉孤高自許，目無下塵，故深得下人之心。」　這不但作者不願，就是讀者也不甘心。　然而現實畢竟是現實，它不會因人們的主觀願望隨時變改。

這人物一進賈府，便沒有埋沒她的才能，共初，寶玉雖對她不感興趣，她也知道找機會將自己的影子印入他的靈魂深處去。　無論寶玉對她怎樣，或別人對她怎樣，她都不管，她有她的一定的做人的道理，做人的態度。　她似乎沒有自己的存在，共實處處注意自己的存在，處處都在爲自己的前途着想。

元妃歸省，寶玉奉命做詩，「起稿內有『綠玉春猶捲』一句，寶釵轉眼瞥見，便趁衆人不理論，推他道：『貴人因不喜紅香綠玉四字，才改了怡紅快綠。　你這會子偏又用綠玉二字，豈不是有意和她分馳了？……』寶玉聽了，不覺洞開心意，笑道：『該死該死！眼前現成的句子，竟想不到！姐姐眞是一字師了：從此只叫你師傅，再不叫姐姐了！』寶釵也悄悄的笑道：『還不快做去，只姐姐妹妹的！誰是你姐姐？那上頭穿黃袍的才是你姐姐呢！』」這是薛寶釵的初試鋒鋩，這里寫她攷慮問題的周到和滿腹的文章，後來的詠白海棠，她會取得第一，並不是偶然的。

到第二十七回裏，『滴翠亭楊妃戲彩蝶』，作者更是大刀闊斧寫寶釵的本傳。正當大觀園繁華熱鬧，又在萬物向榮的初夏時節，羣仙似的年輕姊妹自有說不盡的賞心樂事。作者連香菱以及其他丫嬛也不叫辜負良辰美景，對於書中的主人公自不肯輕輕放過。關於黛玉，他寫出一個葬花的美麗的故事，使後之人猶不絕地低徊細想，難道對於寶釵可以沒有特別的安排嗎？於是，他用盡苦心，寫出了「楊妃戲彩蝶」的故事。

「想畢，抽身回來，剛要尋別的姊妹，忽見面前一雙玉色蝴蝶，忽起忽落，來來往往，將欲過河去了，引的寶釵躡手躡脚的，一直跟到池邊滴翠亭上，香汗淋漓，嬌喘細細。」這是何等美麗動人的畫面，不但美人千載，躍然紙上，就是一雙玉色蝴蝶也至今使我們見其栩栩如生。但想不到在這樣美麗的場景之後，却是一幕充滿殺機的陰謀的佈置：

「寶釵在亭外聽見說話，便煞住脚，往裏細聽，只聽說道：『你瞧，這絹子果然是你丢的那一塊，你就拿着⋯要不是，就還芸二爺去。』又有一個說：『可不是我那塊，拿來給我罷。』⋯⋯又聽說道：『我要告訴人，嘴上就長一個疔，日後不得好死。』寶釵⋯⋯心中吃驚想道：『怪道從古至今那些姦淫狗盜的人，心機都不錯！這一開了，見我在這里，他們豈不惱了？况且說話的語音，大似寶玉房裏的小紅。她素昔眼空心大，是個頭等刁鑽古怪的丫頭；今兒我聽了她的短見，人急造反，狗急跳牆，不但生事，而且我還沒趣。如今便趕着躲了，料也躲不及，少不得要來個金蟬脫殼的法子。』猶未想完，只聽咯吱一聲，寶釵便故意放重了脚步，笑着叫道：『顰兒，我看你往那里藏！』一面說，一面故意往前趕。⋯⋯」這樣，便輕輕把一場禍嫁到人家身上去了，可憐那黛玉却永遠不知道這位寶姐姐是這等人。

風姿絕代，原應永保她的玉潔冰淸，但因爲現實主義的誤用，庸俗的利害觀念蒙蔽了純眞的天性，就竟至於不擇手段。「戲彩蝶」是作者對她天生秀質的讚美，「使陰謀」是作者無可奈何的悲哀——他沒有力量使一切的人永不失赤子之心。作者的主觀不希望有這樣的一種人物，但他又不能歪曲現實，他便只好寫一個「戲彩蝶」的故事把美人的可愛的一面送了葬，這一回書乃是寶釵的生平的一個概略。

這個故事顯示了寶釵性格的全貌，其後的「以錯勸哥哥」，「諷寶琴」，「薛寶釵吞聲」，「送燕窩」和「瞞消息」等等有關她的事件，都只是這里所顯示的她的性格的發展或補充。一個世俗的現實主義者往往是表面上光明正大，骨子裏却牛鬼蛇神，表面上愛人如己，骨子裏却一味自私；左右逢源，八面討好。世俗的愚人就只有受她的擺佈與播弄。而結果所屆，不但使別人陷於悲劇的苦境，而且使自己也很難逃出悲劇的結局。『紅樓夢』的讀者也有不少把她看成理想的人物，但這些人都不明白她的命運的悲慘；明白她命運的悲慘的，則多半對她的性格保留了批判的自由。

二

一切世俗的現實主義的男子，在男女關係上，往往沒有眞實的愛情，而只有强烈的肉慾；同樣地，一切世俗的現實主義的女子，在男女關係上所執着的，也往往是愛情以外之物。換言之，名位，財產，物質的享受，虛榮的醉心，他們看得比愛情更重要，他們自以爲如此可以避免精神上的痛苦，而實際成了世間最孤獨的靈魂。

在「情中之聖」賈寶玉的心目中，寶釵的地位不但比不上黛玉，而且也比不上湘雲、晴雯，甚至芳官和五兒。寶釵的令他心動，只有在他肉慾抬頭的瞬間，使他醉心於她的肌膚的豐潤。「羞籠紅麝串」便正是着力寫的這一點，晴雯乃是另一階層的黛玉型，她自然能繫住這一位公子的萬縷柔情。芳官和五兒事實上也曾以他們的芳心沁入過他的靈魂深處。湘雲更不用說了，這種洒脫型的女性，除了較爲淺薄是其唯一的缺點外，在戀愛場中，確是能征慣戰的勇將。那性格有點像五月艷陽天，羣花怒放，星月爭輝，使親炙之者一時忘俗。

寶釵是舊社會裏一個典型的「賢妻良母」，談情說愛，她實在算不得一個好的對手。奔騰澎湃的熱情一遇着她說不定便風平浪靜。然而，她並非沒有戀愛的要求，她的要求是伴着身外之物以表現的。如其說黛玉是要吸引住寶玉的心，只要有了寶玉，便可以犧牲一切，那末，寶釵不過是要攫住寶二奶奶的地位，她以爲有了這個地位，也便獲得了寶玉的一切了；如其說黛玉的愛寶玉是由於彼此的心的共鳴而不得不然，那末，寶釵的愛寶玉毋寧因爲寶玉是賈府那個家系的承繼人；如其說黛玉之病是由於把握不住寶玉的心，中心抑鬱所致，那末，寶釵却是冷靜地戰鬥以保全自己，而最終獲得形式上的勝利。即使不然，她終於做不到寶二奶奶，她也不會自傷毫髮，她多的是嫁人的對象。

由於對戀愛的看法不同，她對戀愛的態度也就不同；由於對戀愛態度不同，她介入這場戀愛糾紛的方式也就不同。

她不像黛玉那樣全心靈在寶玉身上做工夫。她只一方面以相當深刻的手段討好衆人，一方面以相當深刻的手段打擊黛玉，寶玉是衆人之中的一個人，黛玉是寶玉第二個戀愛的敵體，這兩樁工夫做成了，寶二奶奶的地位更「舍我其誰」？

她在衆人面前暗暗地用了許多心，上自老太太，下至婆子丫頭都把她看做一個澈頭澈尾的好姑娘，在第五十六回有一段描寫，活畫出這位姑娘的滿腹心機：

「探春笑着點頭兒，又道：『只是弄花草沒有在行的人。』平兒忙笑道：「跟寶姑娘的鶯兒她媽就是會弄這個的。上回她還採了些曬乾了，編成花籃，葫蘆，給我玩呢。姑娘倒忘了嗎？』寶釵笑道：『我才讚你，你到來捉弄我了。』三人都詫異問道：『這是爲何？』寶釵道：『斷斷使不得。你們這里多少得用的人，一個個閒着沒事辦，這會子我又弄個人來，叫那些人連我也看小了。我替你們想出一個人來，怡紅院有個老葉媽，她就是焙茗的娘，那是個誠實老人家，她又合我們鶯兒媽極好，不如把這事交與葉媽，她有不知的，不必咱們說給她，就找鶯兒的娘去商量了。那怕葉媽全不管，竟交與那一個，這是他們私情兒，有人說閒話，也就怨不到咱們身上。如此一行，你們辦的又公道，於事又妥當。』李紈、平兒都道：『很是。』探春又道：『只恐他們見利忘義呢。』平兒笑道：『不相干。前日鶯兒還認了葉媽做乾娘。請飯吃酒，兩家和厚的很呢。』」

這是一個世俗的現實主義者處理問題的極好標本。「斷斷使不得」，是怕「叫那些人連我也看小了。」只要骨子裏「合我們鶯兒媽極好」，繞繞灣子也是很值得的了。就要「見利忘義」也管不得許多。有人以爲這位姑娘只是一位潔身自好的「好好先生」，實在不免小看了她。她的這一套辦法和滴翠亭前所使的那一套金蟬脫殼之計實在是一脈相承的。有時候爲了博得人家一點一文不値的歡心，她還要一手遮天，把靑天白日底下的事實抹煞掉呢。當大家談起黛玉的病，寶玉說了一個藥方子，說只要三百六十兩銀子，王夫人不相信，寶玉說薛大哥哥還服過呢，不信只問寶姐姐的時候，這位寶姐姐的答語却是這麼掃興：

「我不知道，也沒聽見，你別叫姨娘問我。」

這不但有傷寶玉的眞心，實亦有傷黛玉的和氣，然而爲了討好王夫人，她就不惜瞞着自己的良心說話了！

寶釵的這樣處處用心，除了寶玉以外，自然沒有一個人不稱讚她賢良知禮，是舊家庭裏最賢淑的女郎了。寶玉的婚姻的權柄既操在別人的手中，她難道還有不成功的道理嗎？

一涉獵到她戰黛玉的歷史，我們更不能不佩服她的六韜三略的出羣。其初也，加以無情的刺傷，使對手不能不佩服自己的刀法；其繼也，故示優容，使對手不得不承認自己的大將的風度；其終也，加以俘擄，却故意謙恭下士，優禮有加，使對手不能不向

90

自己五體投地地拜服。　寶釵平常是以温厚和平著稱的，但「機帶雙敲」的那一連串的機鋒，便簡直使人受不了：

「黛玉聽見寶玉奚落寶釵，心中着實得意；才要搭言，也趁勢取個笑兒，不想墜兒因找扇子，寶釵又發了兩句話，她便改口說道：『寶姐姐，你聽了兩齣什麼戲？』寶釵因見黛玉面上有得意之態，一定是聽了寶玉方纔奚落之言，遂了她的心願；忽又見她問這話，便笑道：『看的是李逵罵了宋江，後來又賠不是。』　寶玉便笑道：『姐姐通今博古，色色都知道，怎麼連這一齣戲的名兒也不知道，就說了這麼一套？這叫做負荊請罪。』　寶釵笑道：『原來這叫負荊請罪！你們通今博古，才知道負荊請罪，我不知什麼叫負荊請罪！』」一個世俗的現實主義者偶然一用到諷刺，諷刺便變成了冷嘲！

行酒令的時候，顰兒偶然說了一兩句『西廂記』，『牡丹亭』裏的詞曲，她便裝模做樣，怪黛玉看了邪書，而大大教訓了她一頓。　至此，她已把那個孤女糟蹋得夠了，而接着來的，便是一套假惺惺的對黛玉的同情。　於是，便有『金蘭契互剖金蘭語』的場面的出現，温言慰藉了，還不忘送燕窩來，使「黛玉自在枕上感念寶釵」。　一切的詩人氣質的浪漫主義者都容易爲人家的花言巧語所蒙蔽。從此，黛玉便完全向寶釵解除了武裝，而寶釵至此也自覺得不必再向這可憐的孤女使什麼暗箭明槍了。

她的任務已完全達成，不必再在大觀園裏和衆姐妹爭一日的短長，於是，她藉了某一種理由，回她的梨香院去了，她只坐待着「出閣成大禮」的那日子的早早來到，一到了那吉日良辰，她却想也不曾想起在她盛粧艷服，自慶她的人生的大成功之際，却有一個她曾引爲知己的人在瀟湘館裏奄奄一息受靈魂和肉體上的雙重的苦刑！而最使人不平的是，她竟要冒着林黛玉的名兒！

三

人是戰鬥的動物，無論在怎樣的歷史階段，不戰鬥便無從得到生命的昂揚與快樂。

薛寶釵顯然不是一個戰鬥的人物。

她在婚姻上的成功，便是她人生的失敗。她不像黛玉，在婚姻上成了功，在人生上也成了功的。寶二爺和寶二奶奶只是同床異夢，表面上一皮之隔，實際上是千里之差。他們住在同一個家庭，却不住在同一個世界。如果要把他們統一起來，那只有兩條路：或者是寶釵拋棄自己固有的生活態度和寶玉同化，或者是寶玉拗不過她而終於向她所執着的現實世界投降。然而，這又豈是容易的事！寶釵並不是一支彈盡援絕的孤軍，整個的世界都有她的後備，她一定要固執自己的主張。而寶玉呢，也已是身經百戰，永不投降，早有了英雄的名氣，早有了殉道的決心。即不這樣說，至少他也是改不過來了。從揭開面紗，瘋瘋痴痴地說：「我是在那里呢？這不是做夢麼」的那時候起，他們的形骸是日益接近，而心便是日益遠離了。那時候，寶釵再要獲得他往日的那種純眞的友情也已不可能了！他們不是心心相感不得不然地在愛戀着，而是各有一副心腸在建造各自的理想之宮。當着她的面口口聲聲唸着唯一的知己林黛玉，對於一個女人，沒有比這更難堪的了。失去愛情，對於一個人的心理的影響，往往比失去整個的世界更難受的，自從她做了寶二奶奶的那天起，她心心念念要把這位痴郎挽救過來；而他却在悄悄地作走上另一條路的準備工作。她原以爲他在漸漸清醒過來，還有希望走上經世的大道。誰知一旦爆發，就連辛辛苦苦養育他十九個年載的嚴父也只能遠遠地一望他的背影。連這一點温情，他也不向他曾經關切過來的寶姐姐表示了，至情人有時竟會如此無情！一向不輕易表露自己的感情的寶釵在過門之後也時不免以眼淚洗面，有意無意之間也已預感到厄運的卽將來臨罷。

沒有寶釵式的現實主義，寶玉的出家也許不會這樣快，雖然寶玉的出家原不單純是爲了戀愛的失敗，而是由於他的整個的人生觀和當時一般人的人生觀相衝突；但寶釵如果眞能像多情的托月烘雲把他的靈魂兒包裹住，他亦未始不可以向世界歸來。那時候，他縱然創痕纍纍，但等元氣一復，精力復充，說不定仍能戰鬥；更說不定痛定思痛之餘，心志愈益沈雄，而應戰也更從容罷。雖然，這樣的歸來並不見得最終是寶玉的成功，但多繼續一個時期的斷殺，總是値得嘉許的。然而，可惜的很，寶釵竟沒有這份力量，有此力量，她也就不能獲得她的婚姻上的成功了，豐阜的肉體竟只包容着那麼一個凡俗的靈魂！一個理想的女性，不能單把花月淸泉，或者靜靜的虹彩去比擬她，她可以具有這些自然界的美的物事各個的優點。她不但本身將成爲較近理想的人性，而且有力量創造理想的人性。然而，這些道理，都和薛寶釵談不上。她至多了解牆角牽牛花的都麗，而永不會欣賞那天之遠處的絢爛的虹光。她沒有法子不失去寶玉，沒有法子不做悲劇的主人公。

寶玉出家之後，遺給她的是一個俗世的家和一個遺腹子。凡是可以逞思索之力的，都容易想像到以後的一切。落日黃昏依舊是一樣的落日黃昏，古城的駱駝的鈴鐺依舊是一樣的鈴鐺，那家庭裏的卑賤的靈魂依舊是一樣的卑賤的靈魂。唯一不同的是，寶釵而前再沒有一個人用得着她費那麼多的唇舌了。過去是有話無人聽，現在是有話無處說，雖寄希望於腹中的孤兒，然而怎免長夜漫漫之感啊！

於是，她的世界更加縮小，她的活動範圍更加狹隘，連一逞僅有的才華之地也沒有了。一切的年輕寡婦誰不是把滿腔熱淚向肚裏流！綠葉成陰，雖然花落水流，並不能說飛花命薄；但狂風驟起，雖在鬥艷爭妍，也不能不隨風四散，這比沾泥柳絮是更加令人凄絕的。

這時候，要退而求其次，做一個王熙鳳那樣的人物也不可能了。王熙鳳的能夠獨攬大權，究竟還有個逞才華的地盤，固然是因爲她得天獨厚，有過人的聰明才智，但在閨閫生活中，她沒有過大的內顧之憂，使自己的心花怒放，而沒有一種心理上的潛力摧毁她的才華也是一個重要的因素。也許有人說，作者的寫李紈便是爲薛寶釵安排下的寫照，但李紈究竟和薛寶釵不同，這位珠大嫂子原也就薄命得很了，但她的性格是「竹籬茅舍自甘心」，因而所體驗到的寡婦的痛苦也許不會像寶釵的深。寶釵的慾望比她大，心機比她多，詩也比她會做，但詩情却不會像她那樣濃。這樣一個人物，叫她處在那種一籌莫展的冷落落的地位，她的痛苦的深重是可以想像了。她也不像湘雲，湘雲和她丈夫相處的那個時刻是很順乎自然的。而她的丈夫的早夭也是由於病魔的侵襲，而不是由於自己親手把丈夫斷送的。誰如果對湘雲的命運已不盡的哀憐，那末，對於寶釵的遭際將更不禁惘然之感罷。時代不同，所處的地位又不同，要了解寶釵的命運之悽慘是需要最大的同情心的。

急於近功的現實主義者是並不能了解現實的。他們只看到現實的浮光掠影，便天眞地自以爲是現實的主宰，而隨時隨地想予以利用。但結果，是現實的無情巨口吞滅了他們。在政治上如此，在人生路上也如此！而最可悲的是，卽算掙扎得一個暫時的存在，也只是苟且偷生，生不如死；而浪漫主義者呢，就算因戰鬥而毀滅罷，却是光輝的死亡，這樣的一日不勝於人家的一年嗎？

薛寶釵的結局也許是作者對於一個急於近功的世俗的現實主義者的譴責罷？

一九四五・六・二九。

賈寶玉與唐・吉訶德

> 高余冠之岌岌兮，長余佩之陸離
> 芳與澤其雜糅兮，惟昭質其猶未虧
>
> ——屈原

賈寶玉這個人物，一直受着世人的誤解。就是『紅樓夢』作者曹雪芹也未必正確地了解了他，卽算他寫這個人物是爲了自況，我這斷語也依然不會動搖，一個人就是要正確地了解自己也不是容易的事。一方面，他蘸着淚水寫成了這個人物；一方面他又不能不譴責他，說他是——

「無故尋愁覓恨，有時似傻如狂。……行爲偏僻性乖張，……」

其他的人當然更是「仁者見仁，智者見智。」但有趣的是，無論是誰，只要他讀過『紅樓夢』，沒有不爲這個人物的遭遇與結局而一發同情的感歎的。至於那些紅迷，因此或病或瘋，還不在我的話下。同情儘管同情，迷儘管迷，大家却一式地瞧不起這個人物。這個人物不知道在什麼地方有一種魔力，使讀者的人格不能不分裂做二重。就是像胡適博士那樣地讚美『紅樓夢』之爲書的人，也不過是站在文學欣賞的立場，拜倒於這書的文學價值之前，而沒有給過賈寶玉以適當的評價。

如果說時代的進步使人們更容易了解自己或他人之爲人，則我們今天應該有了了解賈寶玉的能力。他縱然不是個什麼理想的人物，也決不會是個草包。他和我們是那麼相近，我們關心他的遭遇，關心他的喜怒哀樂。他見飛花落葉都不免多情，我們也覺得有他那種感情。讀『浮士德』，我們會以虔敬的心情崇仰那位精進不暇的智者浮士德，但我們覺得和他隔得太遠；讀『紅樓夢』，我們雖並不佩服這位寶二爺，但我們實在不知不覺間在愛着他。這是怎麼一回事呢？也許可以這樣說罷：

「我們的愛他，正由於他和我們的不同，但那不同也不時在我們的心上一閃；我們的不佩服他，也正由於他和我們的不同，這不同使他終於無路可走，只好遁入空門，而我們却還能在這繁華世界上攢來攢去。」

這就是說，他所看重的東西，我們往往不看重；他所鄙棄的東西，我們却奉爲至高無上。他的一舉一動，在我們看來都是幼稚，都是荒唐。如果說我們自己也荒唐過，那多半是在我們的年少時代。因爲自己也荒唐過，對於他的行爲就不是完全不了解。我們也愛小孩子，但我們當中很少有人承認小孩子的生活意義卽存在其生活的本身，而往往把它看做成人生活的準備。對賈寶玉，我們也不免有這副神氣。

我們嘗味够了人生的辛苦。我們疲倦，我們胆怯，不敢再用希冀的眼光遙望生活的前景。我們像高爾基在『鵬之歌』裏面所描寫的蛇一樣，自甘於陰濕的沒有光輝的生活。賈寶玉却不甘於我們這一套。如果我們果然都是像唐●吉訶德那樣抱持着一定的理想而爲共孜孜奮鬥的人，誰也不易非議我們。可惜的是，我們大都是像盧那卡爾斯基所批評的，是在困難面前却步以解消我們的「生命差」。如果有一個第三者站在賈寶玉和我們之間，他不免說我們是一羣庸俗主義者。他甚至便把我們歸入王熙鳳，花襲人，薛寶釵，賈雨村那一流。這，誰也不好提抗議。

因此，大觀園裏雖然人多口雜，熱鬧非常，這位寶兄弟却是一位孤獨者。實在不能不說他是預感到我們的生活方式必須改變一下的一個人。然而，誰同情他，誰了解他呢？大家都只把他當做一個情獃子。

他自己呢，確乎在認眞於他的生活。他不願跟着人家跑。他有一副非常細緻的心腸，對於他周圍發生的事故，都具有非常的敏感。尤其是那些姐妹們的心情，那怕是極其隱微之處，他也能够了解，能够寄予同情。他心情的細緻直到了一個可驚的程度。

『紅樓夢』五十八回有這樣一段描寫

「……山石之後，一株大杏樹，花已全落，葉稠陰翠，上面已結了豆子大小的許多小杏。寶玉因想道：『能病了幾天，竟把杏花辜負了！不覺到綠葉成陰子滿枝了！』因此，仰望杏子不捨。又想起邢岫煙已擇了夫壻一事，雖說男女大事，不可不行，但未免又少了一個好女兒，不過二年，便也要綠葉成陰子滿枝了；再過幾日，這杏樹子落枝空；再幾年，岫烟也不免烏髮如銀，紅顏似槁：因此，不免傷心，只管對杏樹歎息。正想歎時，忽有一個雀兒飛來，落在枝上亂啼，寶玉又發了獃性，心下想道：『這雀兒必定是杏花正開時他曾來過，今見無花空有葉，故也亂啼。這聲韻必是啼哭之聲……』」

然而，他的這些地方無不被人視爲可笑。他不能在這個世界追尋到有意義的生活。大觀園荒廢了，知音林妹妹死亡了，他不再有所留戀，毅然決然地遁入了空門……。有意識地追尋有意義的生活，而現實的鐵掌處處把他的希望粉碎，這便是他的故事的悲劇性特別濃厚的理由。

茶花女的悲劇也是令人難忘的，但她自己未能明白地意識到她的悲劇的命運，其程度自不如寶玉的悲劇之深。少年維特的悲劇，則是由於一種偶然性造成的，更不能如他的悲劇的感人。賈寶玉的悲劇乃是中華民族的悲劇，每一個中國人都將因這悲劇而感動。曹雪芹借賈寶玉爲中華民族發出了衷心的呼聲。雖然這個呼聲是由一個知識分子以知識分子所特有的方式而喊出來的，是那麼軟弱，而且，把出路放在渺渺茫茫的空門。……

比起哈孟雷特來，他比哈孟雷特可愛。哈孟雷特是懷疑主義者，沒有行動的中心，只好成爲失敗的英雄。

賈寶玉是某稱意義上的唐•吉訶德。但他不及唐•吉訶德的勇猛，也不及他的魯莽。

唐•吉訶德是一個行動的英雄。他抱着一個自以爲是的理想，以挑戰的精神進入生活中去，結果弄得自己遍體鱗傷而毫無怨言，毫不反顧。賈寶玉沒有他這份魯莽，正相反，有一副異常細緻的心情；賈寶玉也沒有作過任何有力的行動，也不知道如何行動。在這些地方，不能說他像唐•吉訶德。但看他敝屣富貴榮華的那股傻勁和毅然出家的那份決心，不能說他沒有唐•吉訶德的那份精神。他雖不能行動，但到了絕望的當口，他也並不與俗世妥協，而自以爲是地走了。這里他又像唐•吉訶德，他之自以爲是地出走，也如唐•吉訶德之自以爲是地抱着他的理想。

在繁華世界中紛紛擾擾而了無成就，了無意義，他是從這里看出了問題來的。有問題：便必須尋覓解決問題的途徑。他的結論是色卽是空，空卽是色，而最後的歸宿便是出家，於是，他自以爲是地走了。走了就解決了問題。

如果，他所遇着的問題果眞是一個人生問題的話，他這樣的解決法，無疑是值得讚美的。既然是諸行無常，脫輪迴，歸涅槃，自是一條人生的坦途，我們也可以跟着這位先驅者而前行。

可惜的是，這上面大有問題。賈寶玉，我們可以說他是一位善感的詩人：『紅樓夢』的作者也只是一位善感的詩人。要他們分析當前的現實，便不大勝任。中國思想史上的輝煌的思想是儒家，道家和墨家的思想，經過兩千多年的試煉，這些思想並未能催促中國社會前進，倒反被統治者利用了，作爲思想統治的工具。曹先生不能不對他們懷疑。在他的作品中雖創造了賈政一人物，他也並沒有在這個人物身上寄托任何希望。他只有失望，對整個的人生失望。

錯就錯在他把一個社會問題看成了人生問題。如果對人生根本失望，他指出的路，當是比較可行的；但若只是對現實的社會失望，就儘有他途可循——把現實變革過來，把它改成寶哥哥所想望的那個樣子。

然而，這是曹先生的時代限制了他，他無法看出這一個眞理。自秦以後，中國的社會制度始終沒有改變過，卽是秦以來的農民運動也無非被人利用成爲奪取皇位的一個工具。生在這樣的一個社會裏，他之看不出社會改造的可能和改造社會的力量，我們是不應該責怪他的。

這樣看來，他創造的賈寶玉當然不會成爲理想的人物。但無論如何，正如經過鍛鍊可以產生純鋼，曹先生經過心靈上的大痛苦，的確創造了一個可愛的性格，也指明了生活的意義。就是說，他很知道，人究應如何生活和生活的意義在那里。這，在賈寶玉的言行裏，有充分的證據。他只是不知道如何創造適於此等生活的環境。他只好把寶玉送出家去。

至此，我們至少可以得到這樣一個認識：『紅樓夢』是一部富於社會意義的作品，它所提出的是一個大的問題；賈寶玉則是我們民族中看到了前述問題之存在的人們的代表。他究竟荒唐與否，於今當可知道了。

也許可以這樣說：只要賈寶玉所憎惡的現實能夠澈底改造一番，是時的讀者對於他的悲哀恐怕就不免隔膜一點。但如果是有心的讀者，則無論在多少年代以後，在如何幸福的日子裏，也一定可以從他的身上想像到他的時代的現實是多麼可悲。『紅樓夢』將永遠是反映我們民族生活的一部紀念碑性的作品，書中主人公賈寶玉將永遠是令我們民族的每一分子思念不置的一個人。

這里，又不能不提到唐•吉訶德。唐•吉訶德在世界的文學作品所寫的人物中是一個最可愛的行動家，賈寶玉便是世界文學作品所寫的一個最近人情的平凡人。他在大觀園是孤獨的，今天却有多少人在設法把他當時的希望變成現實。他要從空門中回來了。

一九四五・四・一三・

小家碧玉的尤二姐

一

小家碧玉有她自己的一份天眞的理想，而紙醉金迷的上流社會却把她看成不過一件精巧的玩具而已。尤二姐的故事正說明着這一點。就像賈母那樣具有多方面的趣味而又心地善良的老太太，其眼光也不能超越於此。『紅樓夢』六十九回裏有一段有聲有色的描寫，記叙着二姐兒見老太太的場面：

「賈母……忽見鳳姐帶了一個絕標緻的小媳婦兒進來，忙覷着眼瞧說：『這是誰家的孩子？好可憐見兒的！』鳳姐上來笑道：『老祖宗倒細細的看看，好不好？』說着，忙拉二姐兒說：『

這是太婆婆了，快磕頭！』二姐兒忙行了大禮。鳳姐又指着衆姐妹說，這是某人某人，太太瞧過囘來好見禮。二姐兒聽了，只得又從新故意的問過，垂頭站在旁邊。賈母上下瞧了瞧，仰着臉，想了想，因又笑問：『這孩子我倒像那里見過她，好眼熟啊！』鳳姐忙又笑說：『老祖宗且別講那些，只說比我俊不俊？』賈母又戴上眼鏡命鴛鴦，琥珀：『把那孩子拉過來我瞧瞧肉皮兒。』衆人都抿着嘴兒笑推她上去。賈母細瞧了一遍，又命琥珀：『拿出她的手來我瞧瞧。』賈母瞧畢，摘下眼鏡來，笑說道：『很齊全，我看比你還俊呢。』

這已經很够了，我們想像：如果尤二姐也有人格的自尊，受到這樣的稱讚時，誠不知何以自容。然而在她那樣的時代，她是考慮不到這些的。風氣如此，人亦失了自知的能力了。

然而，悲劇也就發生在這里。

一般地說，小家碧玉的女性羣，既不是驕生慣養，像大家弱質的弱不禁風，又不是沒有嘗受到人情的溫暖，像無可告語的貧家女兒。他們大都出身小康之家，不虞粗茶淡飯的缺乏；又因爲生得婀娜可愛，便格外受若父若母的鍾愛，在家庭裏享受到在他們那樣的家庭所不應有的殊遇，成了一家的寵兒。但究竟是生長在平民世界裏，心理的發展往往不會有那種貴族女兒常不免的「自高情意綜」，不會養成那種不近人情的潔癖。他們不是雲中白鶴，却是平明的湖面上可愛的浮鷗。他們固醉心於天上星月輝煌的景象，亦熟悉那些靜無人處的小港小汊中的生活。健康的平民生活把他們撫育得身心俱健，一如盛夏的出水芙蕖。有一個現代人用舊詩詠過這一類型的女性：

「碧水汪汪襯綠裙
菱歌輕唱不勝春
低聲笑問誰家子
道是湖西弄裏人」

質樸的平民生活使他們明白許多生活上的可愛之處，天生他們不會無情。但由於理智力的制限，他們中多少人便往往不了解自己階層生活的可愛，手觸着可愛的現實生活，而眼睛總是夢胡胡的望着遠方，希望那穹窿着的虹橋上面，有一個飄然的王子翩來，攜手共登而去。但幻想究竟只是神話裏的安琪兒，而自身原不過污泥中的白藕紅蓮，不能進入一個神話世界裏去。於是只好在此時此地尋求他們理想的伴侶。這一來，那些浮浪少年又覓得了一片草長鶯飛的綠洲；而這些無猜的女性便走到了墮落的邊緣了。旣沒有豪門大宅在他們和外面的世界之間隔下一道藩籬，又不免醉心於自己所沒有的花紅紫綠的身外之物，要離開自己的世界，走入另一個世界去，無論在他們自己或其父母，都認爲用不着再三考慮。就這樣，他們最容易墜入水深火熱當中去。

對於大家閨秀，因爲家庭的權勢、的閥閱、的社會關係，那些浮浪子弟到底不敢隨便糟蹋，雖然骨子裏也不過把那些女性看做裝飾品和某種發洩的機器。就像孫紹祖那樣的「狠」一見賈政襲了世職，也不能不打發迎春回家看望一遭兒。對於這些小家碧玉便恣睢逞性，無所不爲了。賈珍賈璉之流的對付尤二姐，尤三姐，不過是此類女性受蹂躪的一副標本而已。

尤三姐，在許多『紅樓夢』讀者的心中，是佔有崇高的地位的。凡屬有情，無不爲這位烈性女子的義烈行爲所感動；而尤二姐則只獲得一把同情淚，談不到向她致其崇敬。其實，他們的悲劇，在根本上，是完全一樣的。出身他們這一階層的千萬的女性，和他們同一命運的，也正不乏其人。作者寫尤氏姐妹的故事只是爲了示例而已。

二

尤二姐是賈珍的太太尤氏的異父異母的姊妹，和三姐兒同是尤老娘從別姓帶到尤家來的女兒，正是一位小家碧玉。她的教養固然不同於金陵十二釵的林、薛、王、史，也不同於花大姐和晴雯。賈母說她比鳳姐還俊，賈璉也「貪圖二姐美色」，可見得她確有不凡的姿首。而當賈蓉和她調情的時候，她拿起個熨斗便打，和她搶砂仁吃，她吐了他一臉的渣子，當賈璉把九龍珮拴在手絹上丟給她，她只裝看不見，但一等有人來，便若無其事地收拾得無影無踪。從這些瑣事細節看來，她斷不是那一類完全的老實人兒。『紅樓夢』作者寫人物的手法的傑出，是由於他看得見那些人物的心深處，而不像有些粗心的作者那樣只見人物的一面。

她來賈府之前，雖然已經歷過一些人世的滄桑，然而她並未失却孕育她的希望的那一份信心；十多年的少女生涯雖有如一條彎曲的秋天的溪水，受過砂石的碰撞，泛過鮮麗的浪花，然而心地總是清明澄澈。賈璉的對她不免有心，才是她的悲劇的開始。但她自己是把這理解爲她一生的黄金時代的。不到自己的年歲老大，人事經驗豐富，心情深切痛楚的時候，這類女性甚至要拒絕那些眞正誠意的關切。知道撫今追昔，自傷身世的時候，早已是盛年難再，水流花落了！尤二姐則是連這樣的撫劍傷懷的餘裕也沒有。

『紅樓夢』作者描寫她的終身大事的筆墨是洽合她這種女性的身份的：

「至次日五更天，一乘素轎，將二姐兒抬來，各色香燭，紙馬並鋪蓋以及酒飯早已預備得十分妥當。一時，賈璉素服坐了小轎來了，拜過了天地，焚了紙馬，——那尤老娘見了二姐兒身上頭上，煥然一新，不似在家模樣，十分得意。——攙入洞房。是夜，賈璉和她顚鸞倒鳳，百般恩愛。……那賈璉越看越愛，越瞧越喜，不知要怎麼奉承二姐兒才過得去，乃命鮑二等人不許提三說二，直以奶奶稱之，自己也稱奶奶，竟將鳳姐一筆勾倒；有時回家，只說在東府有事。賈璉又將自己積年所有的體己一並搬來給二姐兒收着；又將鳳姐兒素日爲人行事，枕邊衾裏，盡情告訴了她：只等一死，便接她進去。二姐兒聽了，自然是願意的了。」

像她這種天眞無邪的少女那里會知道那些人世的艱辛和人生途程的多坎多坷。豐衣足食的靜水似的生活把她固有的幻想的翅膀兒也折斷了。如果說晚霞的斑斕或蒼鷹的飛翔曾引動過她少女時代的情懷，至此，就連那樣的一點豪情也沒有了，而只會把關心放到衣著和丈夫的生活的細節上去。如果丈夫的愛情永不衰退，便將如一株温室裏的花草迎送着日月星辰的來去，從年歲的推移上，感覺到自己的存在是眞實的。不然，便將從此受肉體與精神上的苦刑。尤二姐所遭遇的顯然是後一種的命運。

『紅樓夢』的作者爲了使她的悲劇迅速發展，必須爲她安排下一個適當的悲劇的環境。在賈府中，賈璉的家庭是再適當沒有的了。沒有賈璉的淫濫，棄舊迎新，沒有那麼迅速，而秋桐便不容易進至賈璉的身邊，鳳姐便會少一個助手；沒有鳳姐的嫉妬殘酷，她還有一個苟延殘喘的機會，香消玉殞便不會見之於婚後的一個短時期。

作者把賈璉打發出去，使尤二姐少了護庇人，完全解除武裝墜入鳳姐的掌握中去。千古梟雄都有其過人的智慧與狠毒的心腸，王熙鳳對尤二姐殺雞却用的牛刀。她一把賈璉偷娶二姐的前情後節打聽得清清楚楚之後，柳眉一皺，計上心來，把尤二姐玩弄得比貓玩耗子更慘。在六十八回有這樣一段描寫：

「興兒笑道：『快回二奶奶去，大奶奶來了！』鮑二家的聽了這句，頂梁骨走了眞魂，忙跑進去，報與尤二姐。尤二姐雖也一驚，但已來了，只得以禮相見；於是忙整理衣裳，迎了出來。至門前，鳳姐方下了車進來。二姐一看，只見頭上都是素白銀器，身上月白緞子襖，青緞子掐銀線的褂子，白綾素裙；眉彎柳葉，高吊兩梢；目横丹鳳，神凝三角。……周瑞，旺兒的二女人攙進院來。二姐陪笑，忙迎上來拜見，張口便叫姐姐，說：『今兒實在不知姐姐下降，不曾遠接，求姐姐寬恕！』說着便拜下去。鳳姐忙陪笑還禮不迭；趕着拉了二姐兒的手，同入房中。鳳姐在上座，二姐忙命丫頭拿褥子便行禮，說：『妹子年輕，一從到了這里，諸事都是家母和家姐商議主張。今兒有幸相會，若姐姐不棄寒微，凡事求姐姐的指教，情願傾心吐胆，只伏侍姐姐。』說着，便行下禮去。鳳姐忙下座還禮，口內忙說：『皆因我也年輕，向來總是婦人的見識，一味的只勸二爺保重，別在外邊眠花宿柳，恐怕叫老爺太太躭心：這都是你我的痴心，誰知二爺倒錯會了我的意。若是外頭包占人家姐妹，瞞着家裏也罷了，如今娶了妹妹作二房，這樣正經大事，也是人家大禮，却不曾合我說。我也勸過二爺：早辦這件事，果然生個一男半女，連我後來都有靠。不想二爺反以我爲那等妒忌不堪的人，私自辦了，眞眞叫我有冤沒處訴。我的這個心，惟有天地可表。……目今可巧二爺走了，所以我親自過來拜見。還求妹妹體諒我的苦心，起動大駕，挪到家中，你我姐妹同居同處，彼此合心合意的諫勸二爺謹愼世務，保養身子：這才是大禮呢。……你我三人，更加和氣，所以妹妹還是我的大恩人呢。要是妹妹不合我去，我也願意搬出來陪着妹妹住；只求妹妹在二爺跟前替我好言方便方便，留我個站脚的地方兒，就叫我伏侍妹妹梳頭洗臉，我也是願意的！』說着，便嗚嗚咽咽，哭將起來了。二姐見了這般，也不免滴下淚來。」

這樣的花言巧語，貓哭老鼠，豈是尤二姐那樣的人所能洞燭其奸的！

王鳳姐之威之能，不但在想得出主意，而在能不動聲色，百般忍耐，使她的機謀得以一一實現。這一場假仁假義的言詞，竟使個尤二姐「便認爲她是個好人」，而跟着她進入大觀園去。鳳姐利用了賈璉的國孝家孝中偷娶，名正言順地把尤二姐藏在大觀園，叫下人不得聲張；同時，還要到賈母面前顯她的大度和顧全事實，做得八面玲瓏。暗暗地却唆使尤二姐的退婚的未婚夫張華控告賈璉。這一下，不但制服了賈璉，賈珍，尤氏一干人，還把個賈母氣個半死，而她却假惺惺稱正直好人，處處都只有她爲這個家着想。對尤二姐呢，也只有她特別寬，使尤二姐至死都不知道她的陰毒。即算是政治舞台上的縱橫捭闔的老政客也不一定有她這樣的手腕高强而一點不着痕迹。更使人驚嘆的是，她把個敵人綑縛在天羅地網之中了，却還不肯親手殺人，一定要叫那個頭腦簡單，心性狠惡的秋桐去充當表面上的劊子手！看那秋桐的天眞處罷：

「那秋桐聽了這話，越發惱了，天天大口亂罵，說：『奶奶是軟弱人！那等賢惠，我却做不來！奶奶把素日的威風，怎麼都沒了？奶奶寬洪大量，我却眼裏揉不下沙子去！讓我和這娼婦做一會，他纔知道呢！』鳳姐兒在屋裏，只粧不敢出聲兒，氣的尤二姐在房裏哭泣，連飯也不吃，又不敢告訴賈璉。」

鳳姐還利用秋桐在賈母，王夫人之前無端的糟蹋她。至此，尤二姐在這個世界上已成了孤零零的一個可憐生物！連她腹內的胎兒都成了她的催命符了。身子已有重病，再加以庸醫的亂投虎狼藥，把胎兒打了下來：這一方面是絕了她的僅有的希望，一方面加重她的疾病，她不得不死了。「吞生金自盡」，其實也只是加速自己的毀滅而已！沒有這種行爲，她那身子也是熬不了多久的。

三

像尤二姐那樣性格的女子，嫁了賈璉那樣的男子，就算沒有鳳姐和秋桐，她也只能有一個悲劇的結局。如果她的悲劇一定要有鳳姐等人才會發生，這便和『紅樓夢』作者寫悲劇的態度不一致，而尤二姐的命運便只是一個庸俗的故事。

以鳳姐之潑辣俊麗，猶不能使賈璉完全就範，則像平兒，尤二姐，秋桐輩，如果沒有鳳姐是更將迅速一一被拋棄的。有鳳姐，他尙可以從平兒到多姑娘，從多姑娘到尤二姐，從尤二姐到秋桐；沒有鳳姐，他不將更加淫蕩無度嗎？以賈璉那樣的性格，秋桐倒和他是天生的一對。秋桐進房，他便把其他的人一一忘諸腦後了，作者乃借此向我們解剖他所創造的這個淫濫人物。尤二姐卽不呑金自盡，也必將以其他方式斷送她如花的青春的。

尤二姐病入膏肓的時候，她的妹子三姐忽在夢中手捧鴛鴦寶劍而來，說：「姐姐，你爲人一生心痴意軟，終久吃了虧！休信那妒婦花言巧語，外作賢良，內藏奸猾。她發狠定要弄你一死方罷。若妹子在世，斷不肯令你進來。就是進來，亦不容她這樣！此亦係理數應然，只因你前生淫奔不才，使人家喪倫敗行，故有此報。你速依我，將此劍斬了那妒婦，一同回至警幻案下，聽其發落。不然，你白白的喪命，也無人憐惜的！」這與其說是烈性女子的尤三姐對她姐姐今後的指點迷途，毋寧說是她對她的懦怯的姐姐過去行爲的一種譴責。因爲，她的剛烈的自殺究竟保全了她的肉體與靈魂的純潔，而二姐的自戕色相却只落得一場受苦。作者寫三姐之死，有色有聲，連她模胡淚眼中也帶着義烈的光輝，所以說是「揉碎桃花紅滿地，玉山傾倒再難扶」。而寫二姐之死則纏綿婉轉，落寞凄清。

但無論是有色有聲，或落寞凄淸，一樣都是悲劇。作者的歌之詠之，無非表示他作爲一位人類靈魂的工程師的對於這些小家碧玉的女性𡙁的命運之深切的關心，和無可奈何的悲痛。

一九四五·七·三·

紫鵑與花襲人

一

『紅樓夢』作者創造人物具有非凡的才能，這一點在紫鵑和花襲人的塑造上更顯得明白。沒有紫鵑，黛玉將喪失她部分的光彩；沒有花襲人，寶玉的性格也不會那麼突出。作者寫紫鵑只輕輕地塗抹了幾筆，寫襲人却費了極大的篇幅。但這兩個人物同樣地引讀者的注意，這就是說作者寫他們同樣地費盡了心機。

晴雯是丫嬛羣裏的黛玉，作者却把她安置在寶玉的身邊；紫鵑是女性中的寶玉，作者却不叫她替代襲人：這里顯出了作者的非凡的匠心。

如果說『紅樓夢』是一部舊社會裏的女性的哀史，那末，作者對於紫鵑的命運的關心，也不減對於黛玉，而對於襲人的譴責，也不欲直投於襲人。 有些『紅樓夢』的研究者把襲人當作元兇巨惡去誅伐，顯然沒有了解作者的深心和女性的悲慘命運。

紫鵑和花襲人是兩個型的人物：如果說紫鵑是一首美麗的小詩，花襲人便是一篇句斟字酌的散文；紫鵑是一片藍天中的白雲，花襲人便是一江不能休止的春水。 與寶玉勾搭的是襲人，和寶玉慪氣的是紫鵑。 雲雨情和紫鵑的不理寶玉兩段文章，作者領我們進入了兩個不同的世界，分明地看出兩個不同的性格來。

看她倆一生的事蹟，令人想起古之忠臣義士。 兩個人都忠於其主。 黛玉一死，紫鵑終於出家，心跡表現得那麼明白，不必說了；就是襲人，在寶玉走後，雖然改嫁了蔣伶，算不得有始有終，然在寶玉在日，那種柔順，那種處處的爲寶玉打算，也就會令人想起「鞠躬盡瘁，死而後已」的忠臣的苦心孤詣來。 但一樣的忠心，却有兩樣的動機。 紫鵑的愛黛玉，有如一個愛美的藝術家愛一件卓絕的創造，已置身於忘我之境；襲人的愛寶玉，却有如一個販賣珠寶的商人愛他的珍貴的寶物，處處不忘那寶物的高價。紫鵑的關心黛玉，乃至是爲了黛玉；襲人的關心寶玉，則半爲寶玉，半爲自己，而最終都不過爲了自己。紫鵑主觀上沒有想到忘我而處處忘我：襲人處處想忘我而處處不忘我。紫鵑是一位浪漫的熱情詩人，襲人則是一位重視功利的熱中之士。

由紫鵑的性格決定了紫鵑的悲劇，由襲人的性格安排了襲人的下場。固然，人的生活的過程有時會大大影響一個人的性格，但人的性格更多機會去安排自己的生活。

在舊社會裏，容易產生花襲人，不易產生紫鵑。產生花襲人是舊社會自己暴露自己的黑暗；產生紫鵑是爲舊社會增添一位哀傷的歌者，爲它歌一闋送終之曲。夜鶯雖然唱不去黑暗，夜鶯的悽婉的鳴聲却令人警醒。

二

可以想像，紫鵑是生長在寂寞中的孩子。我們不知道她的身世，不知道她怎樣地度過她的幼年的。甚至她何時落在賈府的家庭裏，我們也無法查考。她開始在人們面前露面，是被派到林黛玉身邊以後。如果林黛玉只是一道美麗的水上的縠紋，紫鵑便是一片隨水飄流的桃花，偶然飄進了那道縠紋，便粘在左近不再離開了；而這一遇合便產生了不少的畫意詩情。沒有林黛玉的智慧超絕，空有紫鵑的敦厚溫柔；沒有紫鵑的深愛其主，林黛玉的一生將更形慘淡。有紫鵑，才可以開始編造瀟湘主人的歷史。

評論紫鵑的一生是不容易的，這固然由於作者對她只費了很少的筆墨，更主要的，是她的性格的不易說明。正像瀟湘館的鸚鵡和斑竹的性格，只有在和其主人映照的時候，才較易於把捉一般。有黛玉，才可以評論紫鵑的一生。

說一個人完全會忘記自己，似乎是遠於事實的，但紫鵑的事蹟却確乎處處表現了忘我。這也許由於在舊社會裏，某一種被侮辱的靈魂已不敢有自己對前途的希望，只把對幸運的希冀放在一個別人的身上，遂認別人的奪得人生的錦標便是自己的全生命，全宇宙。紫鵑只是想到黛玉好，黛玉應該幸運，却不知道黛玉要如何才可以獲得幸運。雖然在寶黛的戀愛上，她也曾用過一片心，但使用的究竟是詩人的方法，在實際世界中，是終不免於失敗的。

紫鵑第一次顯出聰明伶俐，是在『瀟湘館春困發幽情』的那一回。寶玉和黛玉在

屋裏說話，

「只見紫鵑進來，寶玉笑道：『紫鵑，把你們的好茶，倒碗我吃』！紫鵑道：『那里有好的呢？要好的，只好等襲人來。』黛玉道：『別理他，你先給我舀水去罷！』紫鵑道：『他是客，自然先倒了茶來才舀水去。』說着，倒茶去了。」

這短短的數語已活畫出一個聰明女兒的心性來：她先開一點小小玩笑，而後又能不失大體。讀者如見其形，如聞其聲。後來，寶黛戀愛發展到最高峯時，紫鵑更漸漸演着重要的角色了。她時時在希望寶黛的相愛，時時想在他們的戀愛上盡一點微力，一覷着有什麼機會，她都不放過。有一年春季的一個佳節，寶玉到瀟湘舘去，在迴廊上碰着紫鵑在坐着做針線，寶玉便向她身上抹了一抹，紫鵑趁着這個機會認眞地爲黛玉試了試寶玉，結果將一個寶玉弄得死去活來。這在小說中是稀有的奇文。當紫鵑說黛玉要遠着寶玉，把這位多情種子氣獃了，坐在山石上去出神滴淚了一頓飯工夫以後，讀者便以爲這段文章至此該做完了，料不到底下還有一大段描寫：

「說着，便出了瀟湘舘，一竟來尋寶玉。走至寶玉跟前，含笑說道：『我不過說了那兩句話，爲的是大家好，你就一氣跑了這風地里來哭，弄出病來還了得！』寶玉忙笑道：『誰賭氣了？我因爲聽你說得有理，我想你們旣這樣說，自然別人也是這樣說，將來漸漸的都不理我了；我所以想到這里，自己傷起心來了。』紫鵑也便挨他坐着。寶玉笑道：『方才對面說話，你尙走開，這會子又來挨我坐着？』紫鵑道：『你都忘了：幾日前你們姊妹兩個正說話，趙姨娘一頭走了進來，我才聽見她不在家，所以我來問你。正是前日你和她才說了一句燕窩就歇住了，總沒提起，我正想着問你。』寶玉道：『也沒什麼要緊……』……紫鵑道：『在這里吃慣了，明年家去，那里有這閒錢吃這個？』寶玉聽了，吃了一驚，忙問：『誰家去？』紫鵑道：『妹妹回蘇州去。』寶玉笑道：『你又說白話，蘇州雖是原籍，因沒了姑母，無人照看，才就了來的，明年回去找誰？可見你扯謊！』紫鵑冷笑道：『你太看小了人，你們賈家，獨是大族，人口多的，除了你家，別人只得一父一母，房族中眞個再無人了不成？我們姑娘來時，原是老太太心疼她年小，雖有叔伯，不如親父母，故此接來住幾年；大了該出閣時，自然要送還林家的。終不成林家女兒在你賈家一世不成？林家雖貧到沒飯吃，也是世代書香人家，斷不肯將他家的人，丟與親戚落恥笑。所以早則明年春天，遲則秋天，這里縱不送去，林家亦必有人來接的。前日夜裏姑娘和我說了，叫我告訴你，將從前小時頑的東西，有她送你的，叫你都打點出來還她；她也將你送她的，打點在那里呢。』寶玉聽了，便如頭頂上響了一個焦雷一般。……晴雯見他獃獃的一頭熱汗，滿臉紫脹，拉他的手，一直到怡紅院中。」

這一場近情近理的漫天大謊話竟把個寶玉弄得人事不省。後來還是紫鵑親自向寶玉說明了，才使寶玉慢慢地好起來。經過這一次平地大風波，紫鵑總算探知了寶玉的心事，深信寶黛婚姻之必成了。她的心從此才平靜下來。

幾天之後，她在服侍寶玉回去以後，曾趁夜深人靜之際，向黛玉說過：

「寶玉的心倒實，聽見咱們去，就那樣起來。」

黛玉啐她，她就說：

「這不是白嚼蛆，我倒是一片眞心爲姑娘，替你愁了這幾年了。無父無母無兄弟，誰是知冷知熱的人？趁早兒老太太還明白硬朗的時節，作定了大事要緊。俗語說，『老健春寒秋後熱』，倘或老太太一時有個好歹，那時雖也完事，只怕耽誤了時光，還不得趁心如意呢。公子王孫雖多，那一個不是三房五妾，今日朝東，明日朝西？娶一個天仙來，也不過三夜五夜，也就丟在脖子後頭了，甚至於憐新棄舊，反目成仇的。若娘家有人有勢的還好些；若姑娘這樣的人有老太太一日還好一日；若沒了老太太，也只是憑人去欺負罷了！所以說拿主意要緊！姑娘是個明白人，豈不聞俗語說的，『萬両黃金容易得，知心一個也難求』？」

這是紫鵑對寶黛婚姻正面提出的意見，是紫鵑關心黛玉的正面的說明。這位姑娘不但了解許多婚姻的悲劇，還顯然深知寶玉的爲人。黛玉宜視彼爲元臣，寶玉宜引彼爲知己。

雖然勇於做夢的人是可愛的，但人的夢想却十九易於破滅。紫鵑姑娘的夢也終於在醜惡的現實之前撞破了！她所希望的寶黛婚姻終於不能成爲事實。這是紫鵑最傷心的地方。更使她晝夜難安的，是黛玉的也深知深愛她。黛玉平常不大和她談心事，但在臨終的時節，却向紫鵑說過一篇沈痛的言語，這是紫鵑永遠難忘的：

「妹妹，你是我最知心的。雖是老太太派你服侍我這幾年，我拿你就當作我的親妹妹。」

所以黛玉一死，紫鵑的世界便已完全破滅。她的教養和經驗都不足以使她了解黛玉悲劇的性質和因果，她只是直覺地認爲寶玉負心。她愛黛玉，便不能不恨寶玉；又因爲愛黛玉，她不能不愛黛玉所愛的人，所以對於寶玉的恨便成了一種很複雜的情緒。這在黛玉死後她的不肯理睬寶玉的事蹟中，有很好的說明。『紅樓夢』上寫紫鵑這一時期的複雜情緒，工夫可說已到爐火純青。最動人的畫面是下面的這一段：

「想定了主意，輕輕的走出了房門，來找紫鵑。那紫鵑的下房也就在西廂裏間。寶玉悄悄的走到窗下，只見裏面尚有燈光，便用舌頭舐破窗紙，往裏一瞧。 見紫鵑獨自挑燈，只是不做什麼，呆呆的坐着。寶玉便輕輕的叫道：『紫鵑姐姐，還沒有睡嗎？』紫鵑聽了，嚇了一跳，怔怔的半日才說，『是誰？』寶玉道：『是我。』 紫鵑聽着，似乎是寶玉的聲音，便問：『是寶二爺嗎？』寶玉在外輕輕的答應了一聲。 紫鵑問道：『你來做什麼？』寶玉道：『我有一句心裏的話，要和你說說。 你開了門，我到你屋裏坐坐。』 紫鵑停了一會兒，說道：『二爺有什麼話，天晚了，請回罷，明日再說罷！』寶玉聽了，寒了半截；自已還要進去，恐紫鵑未必開門；欲要回去，這一肚子的隱情，越發被紫鵑這一句話勾起。 無奈說道：『我也沒有多餘的話，只問你一句。』 紫鵑道：『既是一句，就請說！』寶玉半日反不言語。 紫鵑在屋裏不見寶玉言語，知他素有痴病，恐怕一時實在搶白了他，勾起他的舊病，倒也不好了。 因站起來細聽了一聽，又問道：『是走了，還是傻站着呢？有什麼話又不說，儘着在這里嘔人。 已經嘔死了一個，難道還要嘔死一個麼？這是何苦來呢！』說着，已從寶玉舐破之處，往外一張，見寶玉在那里獃聽。 紫鵑不便再說，回身剪了剪燭花。 忽聽寶玉嘆了一聲道：『紫鵑姐姐，你從來不是這樣鐵心石腸，怎麼近來連一句好好兒的話都不和我說了！我固然是個濁物，不配你們理我；但只我有什麼不是，只望姐姐說明了。 那怕姐姐一輩子不理我，我死了倒做個明白鬼呀！』紫鵑聽了冷笑道：『二爺，就是這個話，還有什麼？若就是這個話呢，我們姑娘在時，我也跟着聽熟了！若是我們有什麼不好處呢，我是太太派來的，二爺倒是回太太去。 左右我是丫頭們，更算不得什麼了！』說到這里，那聲兒便哽咽起來。 說着，又醒鼻涕。 寶玉在外，知她傷心哭了，便急的跺脚道：『這是怎麼說！我的事情，你在這里幾個月，還有什麼不知道的！就是別人不肯替我告訴你，難道你還不叫我說，叫我憋死了不成！』說　，也嗚咽起來了。……這里紫鵑被寶玉一招，越發心裏難受，直直的哭了一夜。思前想後，寶玉的事，明知他病中不能明白，所以衆人弄鬼弄神的辦成了。後來寶玉明白了，舊病復發，常時哭想，並非忘情負義之徒。今日這種柔情，一發叫我難受。只可憐我們林姑娘，眞眞是無福消受他。如此看來，人生緣分都有一定。在那未到頭時，大家都是痴心妄想；及至無可如何，那糊塗的也就不理會了；那情深義深的，也不過臨風對月，洒淚悲啼。可憐那死的未必知道，那活的眞眞是可憐傷心，無休無了。算來竟不如草木石頭，無知無覺，也心中乾淨。想到此處，倒把一片酸熱之心，一時冰冷了。」

這段文章不但寫出了紫鵑對寶玉的複雜情緒，還寫出了紫鵑對人生的看法，並且預伏了紫鵑的結局。

喪失了所愛的，而自己又能向人生提出疑問，最終並尋不出正確的答案，去走凡灰冷於人生的人所走的現成路子，是十分自然的。所以紫鵑的出家並不是一個意外。

三

襲人的性格不同，在人生戰塲上的爭戰的方法也就不同。

襲人也是出身卑賤，但她不安於困厄的命運。她時時不忘爬高枝，爭一個較好的明日。偶然的機會使她落入賈府的家庭，偶然的機會使她被派到寶玉的身邊。她便能善用這些難得的機會。大觀園裏許多女孩子也許眞能愛寶玉，但他們都不善於爭到寶玉；而襲人在心深處是並不愛寶玉的，她却偏能爭到寶玉。只有英雄才能光明磊落地戰鬥，但成功的往往是那些善使陰謀的小人。

襲人在寶玉屋裏爭到一個準妾的身份，不是憑的顏色，聰明或某種才能，而只是利用了一個可以利用的機會，和寶玉幹了一回肉體上的羅曼司。

自此以後，她在『紅樓夢』故事上便成了一個重要的人物。

襲人的聰明與學養不足以了解賈府那樣的家庭的出路，但她却看淸楚了賈府的權勢人物之爲誰。她知道賈政是這一家庭的權威，而王夫人，鳳姐輩又是圍繞着賈政這個中心的。更由於習慣的力量，她認識了賈政的生活態度是正統的，一切有爲子弟都應該像他那樣去做人。這就使得她在主觀上以賈府的「忠臣義士」自居。對於賈寶玉，她是把他看作不肖子弟的。只因爲他是這一家系繼承人，她希望他「成人」心切才對他關懷備至，希望用一個女人的密意柔情去薰陶出一個頂天立地的人物來。

抱定了這樣的目的，她就一直向着這個目的努力。在大觀園裏，凡有助於她這個目的達到的力量，她便盡力爭取；有防礙的因素，她便盡力去消除，她是王夫人在大觀園的耳目。她最先做的是穩定自己的地位：「初試雲雨情」得到了肉體上的保障，「良宵花解語」便探知了寶玉的心事，繫住了寶玉的靈魂。『紅樓夢』十九回上有這樣的描寫：

「襲人便笑道：『這有什麼傷心的？你果然留我，我自然不出去了。』寶玉見這話有因，便說道：『你倒說說，我還要怎樣留你？我自己也難說！』襲人笑道：『咱們素日好處，自不必說。但今日你安心留我，不在這上頭，我另說出三件事來。你果然依了我，就是你眞心留我了：刀擱在脖子上，我也是不出去的了。』寶玉忙笑道：『你說那幾件，我都依你！好姐姐，好親姐姐！別說兩三件，就是二三百件，我也依的；只求你們同看着我，守着我，等我有一日化成了飛灰；飛灰還不好，有形有跡，還有知識；等我化成一股輕煙，風一吹便散了。那時候，你們也管不得我，我也顧不得你們了。那時憑我去，我也憑你們愛那里去就去了。』」

征服了寶玉的心，襲人便趁勢說出了她對寶玉的希望來：不要在閨閣中胡鬧，要粧出個讀書樣子來。襲人便這樣建立了她的「初出茅廬第一功」。以後就一步步緊逼。史湘雲來了，賈寶玉偶然往黛玉房中請湘雲梳洗了一回，襲人便用盡了心機，用萬種的嬌嗔與萬縷的柔情去警勸他，結果使寶玉發了重誓：

「寶玉見她嬌嗔滿面，情不自禁，便向枕邊拿出一根玉簪來，一跌兩段，說道：『我再不聽你說，就同這簪一樣！』」

花大姐成功了，而寶玉便從此墮入了襲人用柔情與機詐織成的絲網中，無以自拔了。

花大姐自己站住了脚跟，便四方八面施放她的明槍暗箭，趁機會在賈母，寶玉，甚至湘雲之前，一方面賣弄自己的賢惠，一方面破壞別人。她認爲的大敵，第一個當然是林黛玉。這時候，她已用心於爭取王夫人，鳳姐等的信任，和排擊她所不喜歡，她所畏懼的一切人。

寶玉挨賈政的痛打，原是『紅樓夢』上的一件大事。處身如花大姐，原應該爲寶玉一掬同情之淚。但和她這樣的人原不足以言義。她反利用了這件事變作了她在王夫人面前鞏固地位的基石。當王夫人問她寶玉被笞的原因時，試看她說出些何等的言詞來：

「襲人道：『論理，我們二爺，也得老爺教訓教訓；若老爺再不管，不知將來做出什麼事來呢！』王夫人一聞此言，便合掌念聲『阿彌陀佛！』由不得趕着襲人叫了一聲『我的兒，虧了你也明白這話，和我的心一樣！我何曾不知管兒子！先時，你珠大爺在，我是怎麼管他！難道我如今倒不知管兒子了！只是有個緣故，如今我想，我已經五十歲的人了，通共剩了他一個，他又長得單弱，況且老太太寶貝似的，若管緊了他，倘或再有好歹，或是老太太氣壞了，那時上下不安，豈不倒壞了？所以就縱壞了他！……』襲人見王夫人這般悲感，自己也不覺傷了心，陪着落淚。又道：『二爺是太太養的，太太豈不心疼？就是我們做下人的，伏侍一場，大家落個平安，也算是造化了。要這樣起來，連平安都不能了。那一日，那一時，我不勸二爺，只是再勸不醒。偏生那些人，又肯親近他，也怨不得他這樣。總是我們勸的倒不好了！今日太太提起這話來，我還記掛着一件事，每要來回太太，討太太個主意，只是我怕太太疑心，不但我的話白說了，且連葬身之地都沒了！』王夫人聽了這話，內中有因，忙問道：『我的兒，你只管說！近來我因聽見衆人背前面後都誇你，我只說你不過在寶玉身上留心，或是諸人跟前和氣，這些小意思。誰知你方才和我說的話，全是大道理，正合我的心事。你有什麼，只管說什麼，只別叫別人知道就是了。』襲人道「我也沒什麽別的說，我只想着，討太太一個示下，怎麼變個法兒，以後竟還叫二爺搬出園外來住，就好了。』」底下還說了一篇「君子防未然」的大道理，使得王夫人引爲腹心，把個寶玉完全交給她。她自己一步步向上爬，却不顧坑陷了園子裏許多姐妹！林黛玉在這一回還受了她正面的糟蹋。

在寶黛的戀愛上，她永遠是一個破壞者。她雖然沒有了解人們性格的能力，但由於習慣所使，她也深知「同氣相求」的道理。由於平日的相處，她深知黛玉不是自己一路人，自己無法和黛玉共處。黛玉的成功便是她的失敗，這一點，她看得十分明白。只有寶釵合她的要求。首先，對寶玉的希望，寶釵和他一個樣；其次，寶釵的做人的方法也合她一樣。在愛情上，寶釵不會糾纏，這就使她相信自己還有用武之地。當然，她也不會有更高的奢求，在家庭裏，除寶玉之外，她自然安於一人之下，萬人之上的地位。她心心念念要拉攏寶釵，拒斥黛玉。但黛玉在大觀園裏也有她的崇高的地位，不是襲人所易於排擊的。她於是只好利用每一個機會於藏藏隱隱中排擠黛玉。這些地方，顯出她的小聰明和居心的狠毒。一直到寶玉提親，賈府準備爲他娶寶釵的時節，襲人也不過如下地委婉說明寶黛的情史：

「那襲人同了王夫人到了後間，便跪下哭了。王夫人不知何意，把手拉着她說：『好端端的，這是怎麼說？有什麼委屈，起來說！』襲人道：『這話奴才是不該說的，這會子因爲沒有法兒了！』王夫人道：『你慢慢的說！』襲人道：『寶玉的親事，老太太已定了寶姑娘了，自然是極好的一件事；只是奴才想着：太太看去，寶玉和寶姑娘好，還是和林姑娘好呢？』王夫人道：『他兩個因從小兒在一處，所以寶玉和林姑娘又好些。』襲人道：『不是好些……』便將寶玉素與黛玉這些光景，一一的說了。還說：『這些事都是太太親眼見的，獨是夏天的話，我從沒敢和別人說。』」

這一席話就使得鳳姐設下那一個偷娶寶釵的奇謀來。而襲人自己還以爲可以不負道義上的責任。

自這一件事作成以後，花大姐對於林黛玉的戰鬥才算完結。

凡是讀過『紅樓夢』的，都知道花大姐的得意之作不僅這一件。在大觀園最熱鬧的時候，她不去徵逐園中的繁華，却潛心於剪除異己。第一個犧牲在她手下的便是那「彩雲易散」的晴雯。這一件事，就是寶玉也很明白，他在『芙蓉誄』裏，便說過：「剖悍婦之心，忿猶未釋」的沈痛的言詞。在死晴雯之外，逐芳官蕙香，間秋紋麝月，都是她的著名的事蹟。

在寶玉和寶釵結婚以後，花大姐的工作算大體完成了。寶玉的身邊就只有寶釵，鶯兒和她三個人最爲貼近了。却不曾料到她得到了自己的世界，寶玉却沒有了自己的世界。襲人所爭到的寶玉已不是她想像中的寶玉了。她在寶玉身上用盡了心，最終不過博得寶玉對鶯兒說的：「你襲人姐姐是靠不住的！」

寶玉的這話，是看淸楚了襲人的爲人而後說的，倒不是從太虛幻境中得到了什麼啓示。

許多『紅樓夢』的讀者常要非議襲人的再嫁，以爲這是襲人一生的汚點。其實，那是責備得非其人。襲人的再嫁，是完全和她的生活態度調和的。襲人說許多仁至義盡的大道理，並不是她眞的了解那些道理；她不過利用那些道理去達到她自己的目的。世間不有許多卑賤小人却口口聲聲叫着禮義廉恥嗎？而對於寶玉，則前面久已說過，她是並無眞實的感情的。在爭取寶玉的妾位的一役裏失敗了，她不能不企求退而求其次的成功。當寶利昏迷了一個人的心的時候，他是更不知道世界上還有什麼道義，還有什麼可貴的東西的。

襲人的行事不已完全說明了她的爲人嗎？

四

如果有所謂命運的話，那末，命運便是諸種的偶然在一種必然性之下揉合而造成的不得不然的遭際，至終要避免也避免不了。你生在那樣的時代，你便會遇到那樣的必然。個人的力量超越不了一個時代的必然性。要紫鵑與花襲人去做戰鬥的女性以求解放自己，那是那時代的必然所不允許的。一個人只能在那時代的必然許可的範圍之內活動。好比，有太平天國的起義，才可以有洪宣嬌的叱咤一時。如果，紫襲的地位，性格不同，也許可以作黛玉，作寶釵，作趙飛燕，作楊貴妃。但他們的地位限制了他們，而兩個不同的性格又決定了他們採取不同的生活態度。兩個人的結局是以兩種不同的生活態度在大觀園這特定的範圍內活動的必然的結果。如果命運是這樣解釋的話，則命運支配人們的力量不能不說是相當巨大。

如果許我們作一種假定，紫鵑與襲人生在一個合理的社會裏，每個人都能做自己的主人，以他們的聰明，他們是可以開出燦爛的生命之花來的。那時候，風的吹，月的明，草的綠，花的開，都將向他們顯示不同的光景的罷？何至於紫鵑在黛玉一死便灰冷於人生，襲人把自己的聰明才力專用於勾心鬥角呢！『紅樓夢』作者的傷痛也許是這樣地發出來的。而現實偏偏是那麼醜惡，不讓紫鵑與襲人好好地活下去！在無可奈何的時候，紫鵑只好出家，襲人只好把她的希望寄托於再嫁。

紫鵑的出家與妙玉的出家不同。妙玉是身體不好，無法嫁人；紫鵑則是由於心的傷痛，精神生活已到了絕望之境，不能不出家以求其逃避。她的出家很和寶玉相似。她不能委屈自己去遷就世俗，使自己做一具活屍。但像她那樣一個弱女子，她又不能戰勝世俗。既不能投降，又不能却敵，最終只好逃入另一個世界去。逃避的方法本來還可以選擇自殺，但也許是由於紫鵑的嫌其庸俗，也許是作者對於紫鵑的加意愛惜，不忍見她的玉容委地，故爾選擇了出家的罷。但這安排是頗有見地的，出家更適合於紫鵑的性格，也更能表現作者對於紫鵑命運的關心。

襲人離開了賈府，作了蔣玉函的正配，看起來，原是一個人生戰場上的勝利者，她的庸俗的現實主義奏了功。但如果人的生活的意義不單是爲了存在，還有一個更重要的目的——發揮人性的話，我們試一分析襲人的精神生活，便會發覺她是一個可憐的生物的。我們從她身上看得出一點什麼崇高的東西來嗎？人的生活的理想，人性的尊嚴，人與人之間的相愛：這些可貴的東西，從襲人身上找得出來嗎？千方百計，除了達到了保持個體的生物的目的以外，還有什麼呢？

處處要保持人性，這是紫鵑的生活態度；寧可失却人性，不可犧牲實利，這是襲人的生活態度。紫鵑表現了高尚的人性，而不能遂其生；襲人雖生存了，而看不到人性的光輝。這是兩種不同型的悲劇。

兩種悲劇給予人們的痛苦也不同。紫鵑式的悲劇，使身當之者有如一個傷兵不得不被鋸去一條腿或一隻手，是那麼透心窩地疼痛；而襲人式的悲劇，則使身當之者有如一個黃腫病患者被人當作胖子，久之，連自己也相信爲胖子，頭腦昏然，渾忘了痛苦。要紫鵑那樣的人，去效襲人的苟活是不可能的。但實際社會裏，紫鵑那樣的人並不多。大多數的人都可以效襲人的苟活，『紅樓夢』作者對襲人的結局是用的實錄的手法。有趣的是，許多『紅樓夢』讀者都知道譴責襲人，却原諒自己性格的像襲人處。他們明白自己的不得不然的苦衷，却不願同樣地去了解襲人。

『紅樓夢』作者是可以了解襲人的；他對襲人不是沒有譴責，但更希望的是，借襲人的故事，去譴責他當時的現實。因爲過於苛責了襲人，反而會放過那醜惡的現實；只有把襲人當作一個値得悲憫的，同樣是舊社會下的犧牲者的可憐的生物，才會對舊社會引起更深更大的憎惡來。

『紅樓夢』作者很明白苟活與追求人生的眞意義，在人生的價値上大不同。他用他的精妙的作品說出了他的意見。但苟活，在世俗的眼中，也許比追求人生的眞意義要强得多。如何提醒這些苟活者，則是一個偉大的藝術家的使命。

一九四六・九・二九・

代
千

高语罕《红楼梦宝藏》

高语罕，原名高超。安徽寿县正阳关盐店巷人。一八八七年生，一九四八年卒。早年赴日本留学，入早稻田大学就读。一九〇七年毕业回国，到安庆从事秘密反清活动。辛亥革命后，任安徽青年军秘书长，与陈独秀结识。不久即追随陈独秀从事文化事业。晚年仍孜孜于教育和文学研究并卓有实绩。

《红楼梦宝藏》全一册，高语罕著，本书最早的版本名为《红楼梦宝藏六讲》，重庆陪都书店民国三十五年七月出版，民国三十八年一月再版时更名为《红楼梦宝藏》，本书所用为再版本。发行人为冯珊如。全书二百五十页，系高语罕的讲稿汇编，主要是对《红楼梦》人物的评论。共有《开山白》《一面镜子》《贾宝玉》《王熙凤》《几个奇女子》《两个老太婆》《红楼梦的宝藏》六讲。

《一面镜子》是要提供一种研究的新观点；《贾宝玉》叙述和分析林黛玉、薛宝钗、史湘云及其参伍错综的关系；《王熙凤》讲述其个人才性及与贾府的兴亡关系；《几个奇女子》客观地描述和分析大观园中几个杰出的女子，如妙玉、尤三姐、鸳鸯、司棋、晴雯、平儿、袭人等的生活特色；《两个老太婆》，略述贾母和刘姥姥两个不同典型妇人的关系与个人的事迹，同时贾氏东西两府的大事，及元春、迎春、探春、惜春四姊妹的事迹亦附焉；《红楼梦的宝藏》，详细叙述《红楼梦》的文学风格、描写技术和造字用语的特点，并附带研究曹雪芹的前八十回与高鹗的后四十回之间的优劣异同。六讲的题目，分之可以做六个独立的单位，合之可成为整个体系。其中，第一讲是方法论，第二至第五讲是材料的示范。作为史的叙述，第二至第五讲全是事实，由作者加以贯串、剪裁和叙述。作为演讲稿，《红楼梦宝藏》为吸引听众，其内容多具有故事性。不过，因为高语罕入眼角度另有山水，故读来别具丘壑，其中部分观点，对当下的红学研究仍有相当的启迪。

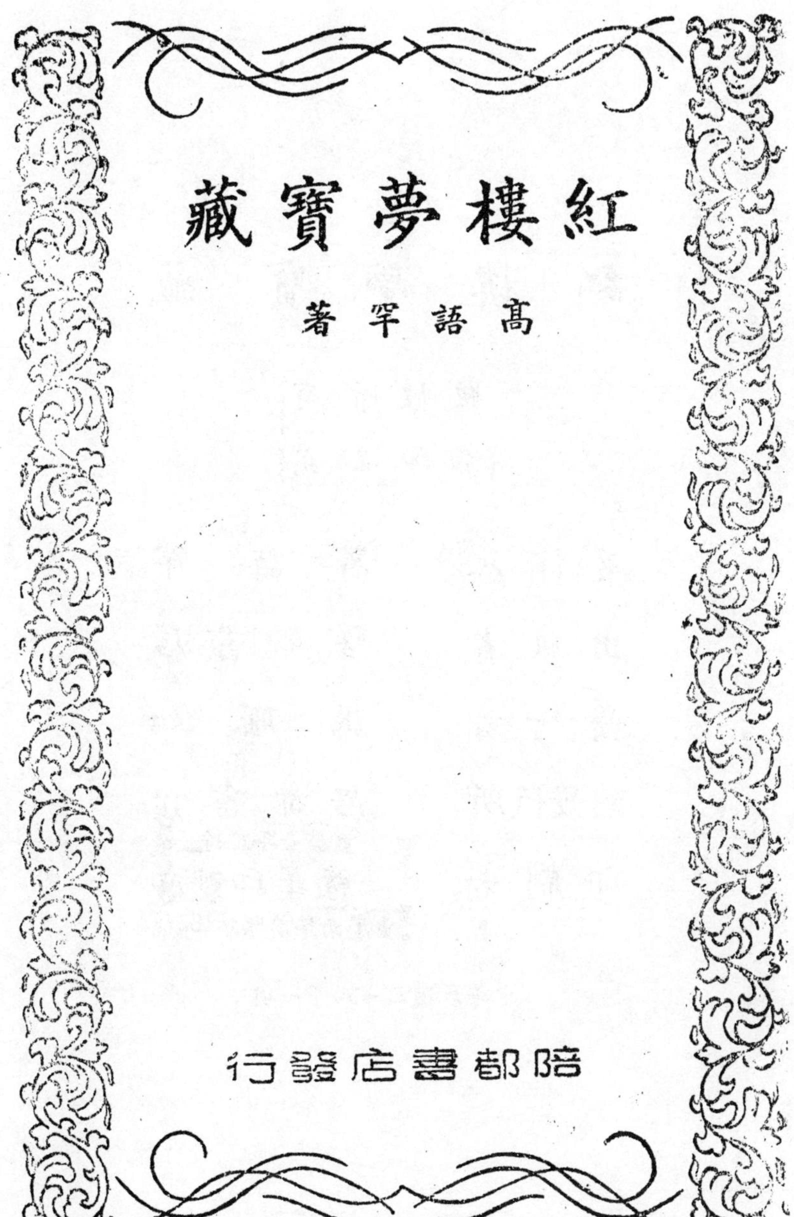
紅樓夢寶藏
高語罕著
陪都書店發行

紅樓夢寶藏

著作人 高語罕
出版者 陪都書店
發行者 馮珊如
總發行所 陪都書店
重慶青年路特一號
印刷者 福華印製廠
重慶南岸前驅路185號

中華民國三十八年一月

紅樓夢寶藏

開山白

諸君！在這個舉世波靡，砲火連天的當口，我來大談紅樓，一定有很多人要引以爲怪，這理由不能不略略表白一下。第一，我在這個大時代中却是個閒人，就是無事可做的人，隨便談談我想沒有人責備我，甚至可以原諒我，再進一步說，歐洲許多大哲學家或大科學家每當大動亂時代都能現亂不聞地專門攻究他們研究的問題，如歌德之於文學，康德之於哲學，拉瓦節之於科學，我雖不敢妄比前賢，然而其用心則一也。有人說，專門研究專門講說，在這時代固不能廢，然而爲什麼獨擇這一種平素只供人消遣的小說——紅樓夢呢？這也有說，第一，有些朋友常常聽見我愛瞎三話四地談紅樓，並且以爲我對於紅樓夢的見解，與前此說紅樓的迥然不同，時時慫恿我找一個機會把它公開出來，我本是個『一罐子不響，半罐子叮噹』的人，這句皖北的土話或許在座的君諸不大懂，我且借看梁任公的一段話解釋一下。任公說：「我讀到「性本善」則教人以「人之初」則已，』又自己批評道：『殊不思「性相近」以下尚未通，恐幷「人之初」一句亦不能解…………』任公且如此，所以我也就竊不自量，大膽「嘗試」一下。而且現在雖然大家都忙於打仗，不暇談文藝，但是一般國民生活上，尤其是執干戈而衛國的戰士們，需要精神的食糧；一旦大戰告終，藝術生活的要求必然更加普遍更加提高，則今日之講究也可做將來的準備。那麼，又有人說，文藝的要求固然是很迫切，現在出版亦雖然貧乏，但新的作品也不在少處，又何必從一兩百年前的陳紙堆中翻出這部盡人皆知的小說來講呢？我却不敢贊同這種意見，因爲在百事貧乏的中國，文藝的創造自然也不能例外，縱有些好的作品，也實在太少。我們青年人應當從事學習，尤應當從我們的古典作品中去學習，猶之乎革命後的蘇俄青年要從莎士比亞，王爾德，左拉，巴爾扎克，托爾斯泰，朵思退夫斯基，普希金等等的偉大作品去學習，一樣。若果我這個見解不錯，那麼，紅樓實在是我們百讀不厭，獨步千古的一部不朽的傑作！它的價值實在可以和左邱明的春秋傳，屈原的離騷，司馬遷的史記並駕齊驅。和它先後或同時的幾種大著，如水滸，儒林外史，三國演義，西遊記等等，都不能同日而語，等量齊觀。中國人向來對於小說的觀念是錯誤的，他們——不是公子遭難，便是小姐養漢的記錄——所謂『其文不雅訓，縉紳先生難言之，』在紅樓夢的作者曹雪芹時代，一般人尤其是上流人，對於這種進步形式的文學作品，都懸爲厲禁， 寶玉讀會眞記，即西廂記乃是茗烟偷着買給他，避着人讀的，後來又傳給黛玉讀，並且極口稱讚它『眞是好文章，你若看了連飯也不想吃呢！』果然，林黛玉也是『越看越愛……但覺詞句警人，餘香滿口，雖看完了，却只管出神。』）第二十三回）這是曹雪芹的紅樓夢的淵源所在。

那時一般社會爲舊文學和八股式帖所籠罩，只有少數天才的青年作家具大勇無畏精神，才會從其中發展出新的文學。乾嘉以後，這種觀念漸漸改變，士大夫亦多注意它的價値。不過他們對它的觀察大半是牽強附會，穿鑿失眞。這種觀察，共有三派：第一派以爲紅樓夢乃是『全爲清世祖與董鄂妃而作兼及當時諸名王奇女。』這派以王夢阮爲代表，但據歷史年代的考察，清世祖生時，小宛已十五歲，順治元年世祖方七歲，小宛已二十一歲了；順治八年正月二日，小宛死，年二十八歲，而清世祖那時還是一個十四歲的小孩子，如何能入宮邀寵？即這一層已足駁倒這一種主張。第二派以爲『紅樓夢是清康熙朝的政治小說』，他們以爲它的作者抱有民族思想甚摯，意在『弔明之亡，揭清之失』書中謂賈寶玉影射僞朝之帝系；林黛玉影朱竹垞，妙玉影射姜西溟(宸英)，她如薛寶釵，探春，王熙鳳，惜春，寶琴，劉老老皆有所影射，又有人謂襲人蓋影射貳臣巨魁洪承疇等等，甚至一婢一僕皆一一爲之比附，此種轉灣又轉灣的强詞奪理，實在自相矛盾，經不起一駁，這一派以蔡子民先生的石頭記索隱爲代表。第三派以爲『紅樓夢記的是納蘭成德的事，『謂成德有幾首悼亡詩是影射黛玉，這也是莫須有的武斷之詞，那末這種『千篇一律』的悼亡詩可以隨便安在任何一個薄命紅顏頭上，其錯誤也與石頭記索隱猜謎罷。

在這一時期，紅樓夢還是沉淪在極少數士大夫的床頭案底，做他們茶餘酒後的談資。甲午戰敗，中國在政治上雖然失敗，但一般士大夫猛然覺醒，以爲非歡迎或吸收西方文化不可，於是歐美日本的文學藝術越過萬里長城，衝入我們古代的『精神堡壘』，梁啓超輩才破天荒地重視小說文藝。及至五四運動，中國的新啓蒙運動抬頭，文學革命的旗幟一樹，白話文學在某種意義上取文言文的形式而代之，於是紅樓夢，水滸，儒林外史幾部古典名著始爲文化界所重視，胡適之先生等一一爲之考證，予以新的評價，而紅樓夢尤爲學者所珍視。適之先生考證的結果，斷定紅樓夢是曹雪芹做的，是他的『自傳』，他斷定『紅樓夢是一部自然主義的傑作；』他斷定曹雪芹（霑）的祖父曹寅決不像一個『貪官汚吏，他家所以後來衰敗，他的兒子所以虧空破產，大概是由於他一家都愛揮霍，愛擺闊架子，講究吃喝，講究場面……交結文人名士，交結貴族大官，招待皇帝……』（胡適：紅樓夢考證）但是他不曾知道，或至少他不曾告訴我們，每個偉大文學家或偉大人物的自傳，同時就是他所生存時代全部或某部分的社會史；他不知道，或則他沒告訴我們，『愛揮霍，愛擺闊架子，講究吃喝，講究場面……』等等不唯是曹寅一人一家的特色，乃是中國貴族社會一般的特性，甚至在東西各國的貴族社會，一般說來，也不能例外；他沒告訴我們生長在貴族家庭的曹雪芹爲何能寫出這種深刻地暴露當時貴族地主社會的文藝傑作來，他也沒告訴我們紅樓夢寫實這主義的傑作中，包括些並遺留給我們些什麼寶貴的東西，和我們怎樣對這寶藏富豐的作品中做再進一步的分析，研究，和吸取。他們的眼光只注在紅樓夢的一般的表現形式，他們研究的領域只限制在考證學的範圍內。這却不能怪他們，乃是時代有以限之。我們應該起來彌補這個缺憾。這種工作固然太艱鉅，但我們不應自餒，我們要接着他們的步伐再進一步，要使一般讀者了解紅樓夢的眞正偉大的價值所在，因此我就不揣冒昧，先來嘗試這一『開步走』的工作，所以我還定如下六個題目，六次講完：

第一講　一面鏡子

第二講　賈寶玉

第三講　王熙鳳

第四講　幾個奇女子

第五講　兩個老太婆

第六講　紅樓夢的寶藏

這六個題目，分之可做六個獨立的單位；合之可成爲整個體系。諸位聽衆先生都是忙人，能以場場都聽，固然可以整個了解這一講演的全般內容；若萬不得已爲工作或爲它事所限，不能全聽，則聽了某一單位，也不致漫無結論。我現在且把六講的內容，簡單地提示一下：第一講『一面鏡子』是要提供大家以研究紅樓夢的新觀點，就是我們怎樣來了解紅樓夢？第二講『賈寶玉』把林黛玉，薛寶釵，史湘雲與他們的參伍錯綜的關係都加以敍述和分析；第三講『王熙鳳』敍述她個人的一切才與性以及與賈府的興亡關鍵。第四講『幾個奇女子』把大觀園中幾個傑出的女子如：妙玉，尤三姐，鴛鴦、司棋、晴雯、平兒、襲人等等的生活特色與以客觀的描述和分析。第五講『兩個老太婆』把賈母和劉老老的兩個不同典型婦人的關係，各人的事蹟敍述一番，而賈氏東西兩府之大事與元春，迎春，探春，惜春四姊妹之事亦附焉。第六講「紅樓夢的寶藏」是把紅樓夢在文學的風格上，在描寫的技術上，在造字用語的特點上與以詳細的敍述，並附帶研究曹雪芹的前八十回紅樓夢與高鶚的後四十回紅樓夢的優劣與異同。總而言之：第二至第五講是紅樓夢之史的敍述，第一講是講：我們怎樣了解紅樓夢？第六講是講：說明或清算我們用這種方法研究紅樓夢究竟得到些什麽？

不過大家看了我這個說書的目次一定會有人疑問：爲什麽十分之九都說女人呢？這并不是我的杜撰，因爲紅樓夢作者自己說得明明白白如下：

「今風塵碌碌，一事無成，忽念及當日所有之女子，一一細考較去，覺其行止見識皆出我之上，我堂堂鬚眉，誠不若彼裙釵。我實愧則有餘，悔又無益，大無可如何之日也！」（第一回）

又說：

「閨閣中歷歷有人，萬不可因我之不肖，自護己短，一并使其泯滅也。」（同上回）

可見作者之寫此書，除自寫其生平外，主要目的卽在描寫當日他所親見親聞並與之朝夕相處的幾個傑出的女子。自然我們談到這些主要的脚色時，在在都要講到那些不題名的人物如賈政，賈赦，賈敬等等，要講到賈珍，賈璉，賈芸，賈薔等等，講到賈雨村，甄士隱，薛蟠，夏金桂，邢大舅，王仁等等，甚至談到黛玉的鸚鵡，鳳姐的馬桶等等，只要他，牠或它有關係。我說書時，完全站在客觀方面，純從紅樓夢所敍述事實，

加以合理的分析，絕不參以個人主觀的成見和道德觀念。再者，我的主要對象是前八十回的紅樓夢，然爲敍述成有始有終的故事，也往往採用後四十回。經過名家的長期考證，我們知道前八十回是曹雪芹做的，後四十回是高鶚續的，後者的出世要比前者晚幾十年。逃難之中，參考書缺之，所引書籍及作者姓名，往往全憑記憶，不能一一備述出處，這也是要附帶聲明的。現在『閒言少述，書歸正傳』吧：

一 一面鏡子

諸位看見我選擇這一個題目做第一礮，恐怕有許多人覺得茫然，一定會有人說。破題兒第一遭就弄這個『悶葫蘆！』也許有人說：「阿！我曉得了！這不就是紅樓夢第十二回中那個跛脚道人送給賈瑞看的那面叫做『風月寶鑑』的鏡子吧！我却答道：『也是的，也不是的』這話怎講？待我慢慢說來。在這裏，請大家恕我冗長，讓我略述文學之史的發展，大凡一部偉大的作品不是憑空結椽地生出來的，必須各有它的社會根源，從左、國、離騷，變而爲遷史，再變而爲班書：從秦漢的散文變爲魏晉的散文；從六朝的駢體，變而爲唐韓昌黎宋歐陽修以來的散文，都可以看出它們在文學形式上的變遷痕跡，最顯著的是駢體對偶之文。因爲司馬遷是一個有心胸，有天才，有遠識，有骨氣的歷史家，同時又是偉大的文學家，他的散文描寫是獨步千古的，雖在漢室專制的氛圍中，他能以他那巧妙而深刻的技術暴露出當時統治者的種種黑暗面，不以成敗論人而作項羽本紀；不以地位限人而作孔子世家；替民間豪傑之士出氣而作游俠列傳，而許多豪貴有力之人不入傳記其筆削之嚴，益難能可貴。班書體例雖完密，而其行支已開排偶之風，其史家風格，視子長有愧色遠矣。以後政治壓迫愈甚，文人多無風骨可言，遂不得不斂精勞神於聲律對偶之文，至韓昌黎始起而變之，使文字形式復直接秦漢之舊，所謂文起八

下

一面鏡子

代之衰是也。就這一點說，韓氏是有功的。到了宋元，在韻文方面，由詩產生出詞來，在散文方面，則產生出宋元以來之散曲雜劇為當時最流行的文學，這乃是中國文學史上一個解放時代。到了明代，散曲雜劇又復消歇，而平話小說大盛。明清之交，士大夫多以這種文學為消閒解悶的東西，但是時代的進步雖然在八股試帖詩的鐵箍之中，仍然有突破牢籠和網羅的偉大天才，給我們產生了幾部空前的文學作品來，那就是：水滸，西遊記（明代），儒林外史和紅樓夢（清代）等等。水滸傳是說梁山泊上一百零八個好漢落草造反，用現代社會科學名詞說，就是農民反抗地主貴族迫壓的叛亂的故事，這故事本是宋史上有的。但正史總是把這些人看成草寇似的，給他們加上許多暴戾恣睢的渲染，水滸傳是小說家言，但是野史倒比正史來得合理。原來這故事已經經過宋元以來數百年的傳說，到了明代經過羅貫中施耐菴等的紀述遂成了現在的水滸傳。它雖然也在描寫一般英雄好漢上山落草，掠州破縣，但從它的敘述中可以看出他們揭竿反叛的客觀原因，即政治的和經濟的原因；就是說它把『官逼民反』四字，真正寫得躍躍紙上，如聞其聲，如見其人。文章也是輕刀快馬，堪與它內容媲美。作者在序言裏雖聲明『上不及朝廷……』極力掩護自己的真面目，但字裏行間，憤世嫉俗慷慨激昂的情緒，真是有聲有色！西遊記是以唐玄奘取道西域留學印度取經而歸的故事為根據，而敷衍出來的。這故事更是經過長期的傳說，這傳說也經過幾多演變發展經過吳承恩（舊說邱處機）之手寫成的。這部小說雖然是神出鬼沒，雲來霧去，忽然天上，忽然人間，外面披上一件神仙鬼怪的外衣，實則是一部極諷刺之能事的一部社會小說。孫猴子所謂美猴王不過是花果山上一個毛猴而已，但因玉皇大帝的天宮政府太腐敗，那些天兵天將平昔養尊處優，而文臣謀士又皆昏庸老朽，不曉得人間——地上的一切情形，他們那裏看得起一個毛猴？但當這毛猴反上天宮，橫衝直撞時，一經交手，却把他們打得屁滾尿流，弄得玉皇政府束手無策，又改變政策，想拿官爵牢籠他。但只給他一個「未入流」的名義——弼馬溫，老孫幹得不高興又闖出南天門，舉起叛旗，玉皇政府無法，只得求救於西方佛祖，才收服了這猴王，這是何等無用！而天上政府所有一切組織和享受又皆從人間政府的模擬想出，這是何等的諷刺阿！至於它敘述的生動有致，趣味盎然，讀之神往，是其文學技術的高明處。至於唐玄奘到印度取經和留學，沿途經過的大半是重山峻嶺，深池巨川，從毒蛇猛獸的吞食中出入，幾經險阻，始達目的地，十七年後，卒學成而歸，創立唯識宗，開中國佛教史上的新紀元，這史實也是極富於教訓的。儒林外史是全椒吳敬梓偉論。它的筆鋒針對着明朝的科舉制度（考試制度）之流毒，致使當時士大夫都變成冬烘頭腦，他們平素對於兵刑錢穀諸大端漠不關心，當政者正爲的要他們不關心這些事，故想出這種巧妙的傷人腦筋，使之終身在其中打滾的文學形式——八股文和試帖詩——所以范進之流，實在可笑可憐之至，此書的描寫技術極其尖刻。有位嚴貢生的兄弟是個土財主，平素爲人極其慳吝，到臨死的時候，只是眼望着油燈不肯斷氣，於是大家紛紛議論：他的阿哥說，他有心事要等我到，對我說話；但他的妻子却說，不是的，他的心

一面鏡子

事唯有我知道，一面說，一面走上前去，把油燈裏的燈草撥掉一根，說是他以為兩根燈草大浪費了油。果然，燈草一撥，他便登時斷了氣。這是何等深刻的描寫啊！而且儒林外史不但暴露了明朝的科舉的考試制度之致命的弱點，並且也給它未來的敵人——清朝——做了命定的預言。因為明之亡，亡於士大夫之無能，無恥，而其所以無能無恥，乃是科舉制度有以成之；清室入主中國，師明之統治中國的故技，仍以八股試帖為取士之道，其用意也原要以功名牢籠士大夫，以此極不合理的文學形式來盤踞士人的腦筋，把他們的精力銷磨在咬文嚼字，接搭對偶之中，結果士不知政，將不知兵，革命黨一起，便如摧枯拉朽地被消滅了。這一部小說對於前清是何等的諷刺啊！明朝還有一部小說直到今日還有最大吸引的魔力，那就是三國演義。這部小說人人皆知，不必介紹，它的魔力是它的那種生動流利的文字；但是它擁劉排魏的正統思想以現代史家的眼光觀之，實在應該淘汰。至於它那描寫的規律也太遠於史實。它把諸葛孔明描寫成一個心計多端，詭詐百出，呼風喚雨，撒豆成兵的張天師，實則『諸葛一生唯謹慎』而出師一表及其立身行己都表現得他是一個忠厚誠篤的老成人。用現代文學眼光觀之，實無多大價值。我敢斷言：此後它在青年中的影響將必日即於消沉了。但有此等小說作前導，纔產生出空前的一部傑作——紅樓夢來：紅樓夢前八十回是曹雪芹作的，後四十回是高鶚續的，前面已經說過。曹雪芹的紅樓夢（高鶚續作，我們在第六次將與以分析和比較）不惟在清季為一種空前的著作，直到現在，中國文壇上恐怕還找不出一部足以與它相頡頏的作品。曹雪芹自他的父輩上溯，祖孫三代做南京（有時並做蘇州）『織造』，他本是漢軍旗，據說他的祖父曹寅很有文學藝術的素養，家中藏書極富，平昔又好延攬各方賢士大夫；同時，他家裏又做過巡鹽御史，這兩種官職都是位尊而多金，又因爲他們是旗人，又因爲他們住在江南很久，所以清太祖六次下江南，他們家就接了四次駕。曹雪芹生在這種富麗堂皇，風騷高雅而又富于文學美術的環境中，他的天分又高，自然而然地薰陶和養育成一種文學藝術的天才了，後來家道中衰，寄居北京西郊，貧窮幾不能自給，甚至喝稀飯過日子。紅樓夢大概是在這個時代——即前述『大無可如何之日』寫的。書中所述完全是寫他自己的身世，古人的名著大都是有憤而作：

『昔西伯拘羑里，演周易；孔子戹陳蔡作春秋；屈原放逐，著離騷；左邱失明，厥有國語；孫子臏脚而論兵法；不韋遷蜀，世傳呂覽；韓非囚秦，說難孤憤。——大抵聖賢發憤之所爲作也。此人皆有所鬱結，不得通其道也，故述往事，思來者……』（太史公自序第七十）

曹雪芹也說：『編述一集以告天下，知我之負罪固多，然閨閣中歷歷有人，萬不可因我之不肖，自護已短，一并使其泯滅也。』（第一回）或許有人說：『既這麼著紅樓夢不過是曹雪芹的自傳吧了。』是的，但是每一個偉大作家的自傳，同時，也就是他生存時代的一部社會史。因爲每一個自傳都是實寫者自己的生活（物質的和精神的）。和遭遇。人的生活不是孤立的，而是在人山人海的羣居共處，互相影響，互相錯綜的生活中的一點一滴。人的生活既如此複雜，他的遭遇自然也就是酸甜苦辣，悲歡離合，各有不同了。因爲我們的原始祖先，一開始便是羣居其衆的，所以西人有言，人是社會的動物。說到個人的生活，同時就不能不聯想到他的周遭，就是說，他的一切都不能與社會絕緣。諸位大概有一些是讀過胡適先生的四十自述的；讀到他的自述時，是不是要時時和十九世紀之末與二十世紀之初的中國政治，經濟，外交，教育，交通，文化等等的現象相接觸呢？馮玉祥先生的自傳諸位大概也是讀過的，諸位讀它的時候，是不是腦筋中常常浮泛着一幅民國前後的中國的軍事，政治，武器，戰爭以及軍事教育，士兵生活等等圖畫呢？因此，我們讀了四十自述，不但曉得胡適先生個人在這四十年中的生活和遭遇，並且曉得他所經歷的時代曾經是怎樣一個時代，他所生息的社會曾經是怎樣一種社會，至少它們的輪廓我們是可以得其彷彿的了，推而至於其它一切傳記或自傳一類的小說，皆是一方面描寫自己，同時也就反映着它的著者所處的時代和社會。這一層，紅樓夢尤其做得功德圓滿，毫髮無遺憾。

或許有人說：寫實小說，只是寫實而已，有什麼希奇？實則這是誤解了寫實主義的內容。寫實主義並不是把你的遭遇，生活，見聞或思想隨你的意思描寫出來，便算完事，而是要在你所生活，所遭遇，所見聞的森羅萬象，紛紛芸芸之中，分別出輕重主客，本末，深淺來。然後把握住現象的內幕，問題的核心，事實的主要因素和歷史的動力等等，摘尤加以處理，加以組織技巧地敍述出來，實在不是一件容易事！所以法國的偉大文學家巴爾扎克1779—1850爲要創作寫實作品，特地降低自己的物質生活，住在很僻靜的小街上，『常到郊外去看看那裏的生活方式，那裏的居民的性格』『因爲，』他說，『我是不大喜歡修飾的，而且穿得像工人一般，所以一點也不使他們見外，當他們大家站在一堆的時候，我也混進他們中間去，留心的看看他們爭論各種生意經，就是在那時候，觀察之對於我，已經成了直覺的了；它幷不忽略外表的肉體，但是它更深入，深入到內部的心靈，或者寧可以這樣說，它把我們外表的瑣事把握得這樣完善，所以它能即刻超過這些瑣事而更深入，他給我這樣一種勢力，使我覺得自己遇着自己所觀察的那一個人的生活，使我在不知不覺中，把自己代替他，像天方夜譚那個回教僧一樣，當他向某一個說了某些話的時候，他就占有這個人的肉體和靈魂了。』（恩格思論巴爾扎克）就是說，他考察那個人的生活時，就設身處地同他過着一樣的生活，有着一樣的心靈，懷着一樣的感覺，起着一樣的思想。這就是法國寫實主義派大師巴爾扎克說他要寫作，而走到貧民窩與庸衆爲伍的故事。若是寫實主義那樣容易，巴爾扎克又何必去吃這些苦頭呢？但是光能捨得身子與庸衆爲伍，犧牲自己的高貴舒適生活和世俗尊榮的地位還不夠。因爲社會的一般現象。除了少數居高位的人而外，要想見到貧民的生活現象並不難，所難的是怎樣能遇到這種現象便把它抓住，不讓它打你面前空空滑過，這需要另一種工具，就是社會科學，歷史科學，哲學，心理學，生理學或其它藝術等等的造詣。所以每一個寫實主義大師都是社會科學家，歷史科學家，哲學家，心理學家生理學家和藝術家。某一種社會現象在常人看來，一文不值，然在寫實主義的文學大家看來，却是極可寶貴的材料或題材；而在一般凡庸作家所看見的，認爲必需描寫的材料，在天才的寫實主義作家看來，却極不重要。因爲偉大的寫實主義作家，除了他自有生以來，稟賦的天才外，還富有熱烈的同情心與上述各種科學的精深的修養，遂從其中養成一種極明快，極深刻，極銳利的眼光、極深遠的幻想 Einbildungskraft，和極偉大的描寫技術，才能從森羅萬象，紛紜錯雜之中，看出現象的重要成分，加以合理的處理，把它組織起來，這纔能成爲寫實主義的作品。

譬如紅樓夢，設非曹雪芹身歷其境，所謂「親見親聞」，怎樣能寫出這樣一部偉大的作品？但是，卽使「親見親聞」，設使沒有曹雪芹那樣細心的體貼，精密的觀察，也寫不出它這樣深刻的小說，設使沒有他那篤性至情，汎仁深愛，又怎樣能以把它寫得那樣可泣可歌，一唱三歎？設使他沒有綜合極錯綜的現象，處理極複雜的材料的天才以及精巧絕倫的描寫技術，也不會把它寫得這樣勻稱，這樣美麗，這樣生動！假使曹雪芹對於中國的詩歌沒有深造，則大觀園的歷次詩社的敍述尤其是姽嫿將軍長歌從何處下手呢？林黛玉對香菱說詩的那種意境又從何處得來呢？大觀園那些題名與對聯又如何能想得那樣典雅堂皇呢？清代八旗詩人敦誠答雪芹詩有云：

『曹子大笑稱「快哉」，擊石作歌聲琅琅，知君詩膽昔如鐵，堪與刀影交寒光！我有古劍尙在匣，一條秋水蒼波涼！君才抑塞倘欲拔，不妨斫地歌王郎！』

據此，則知雪芹實有很大的詩才，且負奇氣，但其詩不傳，眞正可惜可歎！假使雪芹對於中國幾千年的建築藝術沒有研究或心得，那他對於偌大的一個大觀園的場面又怎樣能加以井井有條的描畫呢？假使雪芹對於中國的繪畫藝術沒有素養，薛寶釵代惜春設計描畫大觀園圖，舉凡調色，布局，分光，以及關於藝術種種問題，又怎樣能以說得頭頭是道，絲絲入構呢？假使雪芹對於佛學，至少對於中國佛學，或至少對於禪宗沒有問過津，那寶黛之間的談禪和寶妙間的一些機鋒又怎樣能以說得如情如理，舉重若輕呢？假使雪芹對於中國的儒道兩家的內容沒識得透澈，那他又怎樣對於它們加以褒貶或敍述呢？凡此皆足以證明紅樓夢這部偉大寫實主義作品的著者之所以成功不是偶然的啊！不是光會寫幾句「你呀」「我呀」或「的」呀「嗎」呀的能徼倖成功的。必須博古通今才有可能的。我們再看托爾斯泰（1828_1910 Tolstoi, Léo Vikdaievitch）的代表作——戰爭與和平是用他的哲學（無抵抗主義）爲基礎，描寫十九世紀的俄國和世界種種世相的偉大作品；左拉1840_1902的『盧貢家族的運命』是用心理學，生理學，遺傳學描寫并分析法蘭西第三帝國時代之一班新貴族的一切生活，一切形相和一切心理狀態的傑作。現代還生存的『未來世界』的作家韋士 H. O. Wells 的文藝作品大都是運用機械科學，化學物理等科學和知識爲題材寫出來的。韋氏的著作雖屬於理想（有時且失之幻想，流於非科學，如他對於中日戰爭的預言？）但它仍然是建築在現代科學和客觀條件之上的，也不能逃出現實。這樣看來，寫實作品並不是一件容易的事，更不是人人能做得到的。可見紅樓夢的寫實的成功非同小可。

有人說：那麼，紅樓夢是寫實主義的作品，難道水滸、儒林外史等等不是寫實主義作品嗎？誰說不是？但是水滸的描寫固然不錯，它那短小精悍的造句遣詞雖然難得，但它所描寫的農民社會和梁山泊的生活極其單調，沒有紅樓夢所包含的這樣豐富複雜，這樣波瀾壯闊！儒林外史的描寫技術雖然深刻，但它的組織不相聯貫，各篇各自獨立，不像紅樓夢體大思精，自始至終，脈絡貫通，才稱得起長篇巨製，所以紅樓夢實是一部空前的寫實主義的偉著。章回小說到了紅樓夢纔算完成了它在明清之際文學發展的使命。

但這也不是無因的，我們知道文學的內容對於它的形式是有着決定的影響的。社會的經濟——生產的發展——到了一定階段，從前矗立在它上面的一切建築，如各種社會制度，政治制度等等便不能和它相適合，而由此反映這些物質生活，因而精神生活的一切社會意識形態也必不能與之相適應；不但不能適應，反而做了它發展的障礙，而必需加以變革。文學上的表現形式就是這樣。因爲某一時代某一社會，它的物質生活一經轉變到另一階段，那表現它的一切意識形態的文學形式也必然要發生變革，我們前面略述的中國文學之史的發展就是這個原故。明清之交的章回小說，便是十七十八兩世紀日趨于繁榮的中國社會生活的產物，它之產生所以濟宋元以來的平話和元明以來的詞曲之窮，所以是應運而生的。但紅樓夢出世，集了章回小說之大成，同時也就結束了章回小說的命運，因爲此後再沒有一部章回小說勝過它的或和它抗衡的。因爲雅片戰爭以後，列強的兵艦大砲轟開了我們的萬里長城，中國的經濟政治都起了極巨的變化，由太平天國的革命可以證明這一點：其後甲午戰敗，八國聯軍，是中國的經濟政治又經過一次巨變，由戊政變證明了這一點；其後辛亥革命，反對帝制，反對北洋軍閥，是中國的經濟政治又一巨變，由五四的文化運動得到證明。至此中國的經濟政治已走上一新階段，不獨思想上起了大變化，卽表現思想的形式——文學也起了變化。這就是說，內容決定形式，卽在紅樓夢本身也可得到證明：賈政命寶玉、賈環、賈蘭等題詠『姽嫿將軍』林四娘時，賈蘭做了一首七絕，賈環做了一首五律，寶玉却不以爲然：他說：

『這個題目，似不稱近體，須得古體，或歌或行，長篇一首，方能懇切。』（第七八回）

寶玉所謂『不稱』，就是說絕與律詩太單調，太拘於格律音節，不能把姽嫿將軍爲國爲夫慷慨赴死的偉大場面，寫得淋漓盡致。故必用古體卽歌行來描述它。因爲歌行的句調長短，比較自由，音節亦較近於自然。這便是內容決定形式一個更有力的證據。這在杜甫，白居易等的集子中，隨在都可以得到證明的，推之其它文藝也莫不如此。在紅樓夢出世前後素來被認爲『稗官野史』，『被認爲『其文不雅馴，縉紳先生難言之』的小說家言，也漸漸爲一般社會所承認，所重視，甚至視爲生活所必需了。實則眞想知道古今來的眞正史實，與其讀那堂哉皇哉的斷爛朝報的正史——官書，毋寗讀稗官野史，因爲在不平等的時代只有稗官野史才是極可寶貴的社會史。一部廿四史中，眞正値得我們稱贊的，只有遷史，其它十九皆是『奉令承敎』的官書：不能稱爲信史，所以陳壽的三國志，後人稱之爲『穢史，』良有以也。因爲正史的編修沒有不受當時或繼盛朝而起的統治者的指示或嚴重監視的，凡與統治者的威望和利益相抵觸的記載，雖屬鐵一般的史實也只得割愛；而所紀載的大都不離乎歌功頌德之詞，所述說的大都是神汗巨慝，獨夫民賊之流。至於野史稗乘，拘束顧忌較少，可以振筆直書，藏之名山，不布之於當時，必傳之於後世。

曹雪芹著紅樓夢，據說原稿寫得極其率眞露骨，屢經改纂，始成今本。所以第一回便說：『曹雪芹於悼紅軒中披閱十載，增删五次；纂成目錄，分出章回，又題名「金陵十二釵」』原來這書——石頭記——通稱紅樓夢，後來又改名情僧錄，東魯孔梅溪又題曰風月寶鑑，它本有一段很慘痛的歷史，後來再說，現在只顧名思義，就曉得它（本書）乃是人間男女的一面愛的鏡子，所有癡男怨女，我我卿卿，離合悲歡，生生死死，都一一映入這面鏡子，——這一部書裏。其實這面鏡子也許就是本書一件薔薇的外衣，故意把人的眼光移在風月方面，逃避當時政治上的注意，所以那時雖已流傳人間，但僅有極少數士大夫取爲消閒排悶之資，並沒把它當做正經書看。這便無異于沉淪海底一般。直到五四運動前後，這部書纔眞正蒙到一般人的青眼，這一面鏡子纔刮垢磨光，重以晶瑩澈照的光輝與世人相見。所以我說的『這面鏡子』並不止是鑑戒人間的風月冤業，反照男女悲歡離合的鏡子，而是遜淸初年整個時代，整個社會的一面鏡子。這面鏡子比風月寶鑑不知要擴大多少倍呢？我想諸位聽了這話，一定會有人要笑我『未免過分誇張，』

實則不然！無論什麼超時代的作品，它的出發點和它的根據總脫離不了它的作者所生息其中的時代和社會。巴爾扎克的人間喜劇，（商務出版的），譬如他的『鄉下醫生』吧，其中所反映出來的每一條江河，每一座城池，每一個教堂，每一個村莊，每一個人物的裝束穿着，每一件藝術品，每一件武器，以及軍的教育或編制都脫不了十八世紀和十九世紀上半期的法蘭西的物質生活的本相。左拉的『盧貢家族的運命』所敘述的每一革命人物，每一革命行動，每一宴會，每一周旋，每一座談，都在暴露法蘭西第三帝國前後，革命運動中一切實際生活的真相和反映這種生活的家庭組織和關係，國家政治之興衰更替，農民生活情形，和人民心理狀態都如實地光照在它上面。托爾斯泰的『戰爭與和平』也是如此。托爾斯泰生存在十九世紀下半期和二十世紀的初頭，這時俄國從一八六〇年代以後，工業受了歐美先進國家的影響正在資本主義化，農村土地一天天地在集中，因而農村一天天地革命化，同時，它的貴族便日即於沒落，然而他還在掙扎，所以托氏的作品在這『現存的而且相當鞏固地組織舊式的貴族的生活和文化的氛圍中』產生出來，『就不能不取材於貴族家族，莫斯科附近的領地』，被得堡（現今的列寧格拉）的宮殿，莫斯科別墅，看家人，農奴，地主、年貢、以及具備一切獨特「色彩」秩序，風俗的，經濟的，政治的，家庭的生活；此外，還須在這些組織上以構造的形相建立本能的反應，風習，以及見解，道德規範、意見，定見，藝術趣味，科學知識，信條，迷信，疑惑等等。』凡此種種都隨在在托爾斯泰的這部偉著中表現着。托爾斯泰是位世界的大文學家，天才的藝術家，偉大哲學家，而且是偉大的寫實主義的作家，他在進求他的寫實主義的使命時，他對於俄國的貴族政治，農奴政治，專制政治以及俄國貴族的豪奢，地主的剝削都與以極深刻極客觀的描畫，並予以極無情的批評。但同時，他是貴族出身，因而他對於貴族政治的興衰存亡不能忘情，所以一談到貴族政治權應該顛覆或是應該維持的問題，他就彷徨起來，徘徊在歧路之上了。於是可敬又可憐的托爾斯泰就不能不乞憐于宗教了，就不能不提出他的『無抵抗主義』的哲學，企圖給行將沒落的俄國貴族打救命針了！所以他的作品，就表現矛盾來。伊里奇說：『托爾斯泰是俄國革命的一面鏡子』。伊先生的意思是說：看了托爾斯泰的代表著作，我們便可以認清俄國如何必需資本主義化，俄國的土地如何日郎于集中，俄國的人民大衆如何日益革命化，俄國革命從一八六〇年代以後到一九〇五年，從一九〇五年，到一九一七年，究是怎樣一種過程。就是說，托爾斯泰本身和他的著作所表現的矛盾——『一方面一個天才的藝術家不僅給了我國（俄國）生活一幅無比的圖畫，而且給了世界文學以最上等的作品；一方面對于社會的虛偽和謊言極有力的直接和誠直的反抗；另一方面又是一個「托爾斯泰主義者」即一個腐爛的，帶神經病氣質的輾轉于汚泥中的人；……一方面對於資本主義的剝削，加以無情的批評，暴露政府的兇殘，揭穿一切司法的和行政管理的喜劇，顯示在財產的增加和文明的進步與工人羣衆的貧窮，粗暴和痛苦的增長之間的矛盾深度；另一方面又愚蠢地宣傳『不要用武力去抵抗罪惡；』一方面是最清醒的寫實主義，撕毀任何一切的假面具；另一方面又鼓吹世界最討懨的那種東西——『Religion』所以托爾斯泰的著作就是俄國革命過程中的一面鏡子，它把俄國那時社會上的一切矛盾都鬚眉畢現地照了出來。紅樓夢把十七八世紀的中國社會的種種矛盾給我們照了出來；它給我們照出當時宮庭貴族的奢侈生活，大觀園中賈府的老老少少，男男女女鎮日價的各種享樂；他們只知窮奢極欲，不復知人間有什麽痛苦，他們認不得『當票』是什麽；他們不曉得米多少錢一升布多少錢一尺。我們現在且拿寶玉的一個大丫頭——襲人回家探母一事做比吧！當她要回家，鳳姐派了周瑞家的帶了一個跟著出門的媳婦，又帶着小丫頭，雇了大車一輛，小車一輛，又派四個有年紀的跟車。至於襲人頭上戴着幾枝金釵珠釧，身上穿着桃紅百花刻絲銀鼠襖，葱綠金彩繡綿裙，外面穿着青緞灰鼠褂，鳳姐遠以爲不闊氣，又給她一件大毛子的——石青刻絲八團天馬皮褂子；又嫌她的彈墨花綾水紅紬裏子灰包袱不夠漂亮，給她一個玉色紬裏的哆囉呢包袱；又給她一件半舊大紅猩猩氈的大氅——雪褂子。（五十一回）一個大丫頭出門，乃有這樣的排場，這樣的奢華，則當時貴族的生活已可窺見一斑了。

我們再看看大觀園中公子小姐們吃螃蟹吧！劉老老看了之後，發表了一段談話的故事便明白了。故事是這樣的。

『周家瑞的道：「早起，我就看見那螃蟹了；一觔只好稱兩個三個，這麽兩三大簍，想是七八十觔呢！」周瑞家道：「若是上上下下都吃，只怕還不夠。」平兒說：「那裏都吃？不過都是有名的吃兩個呢？那些散衆也有摸着的，也有摸不着的。」劉老老道：「這樣螃蟹今年就值五分一觔，十觔五錢，五五二兩五，三五一十五，再搭上酒菜，一共到有二十多兩銀子，阿彌陀佛！這一頓的錢，彀我們莊家人過一年的了！』（第三十九回）

現在的人聽來，『二十多兩銀子』並不一定會表示驚訝，因爲現在重慶一桌比較像樣的酒席就要壹萬數千元到兩萬元，但是在差不多二百年前的中國社會的經濟生活，這個數目也就夠駭人的了，因爲他們吃一頓螃蟹就我們莊家人一年的嚼用！若果這種描寫還不夠，我們再拿趙媽媽下面話做個說明，她說：

『……如今還有現在江南的甄家。阿呀呀！好世派！獨他家接駕四次，若不是我們親眼看見，告訴誰也不信。別講銀子成了土泥，憑是世上有的，沒有不是堆山積海的。「罪過可惜」四字竟顧不得了！」』（第十六回）

這裏我要附帶說明一下：紅樓夢中所謂「甄家，」實際上就是「賈家」，賈者假也；「甄」者眞也。因爲曹雪芹明明告訴我們『將眞事隱去，』故用『賈雨村』一名畫龍點睛。而且甄家賈家都是指的『曹家』，因爲康熙帝南巡六次，曹家在江南接了四次駕，可以考見。作者之所以如此故弄玄虛，自然是適應當時的政治環境之不得已的辦法。還有書中所謂大觀園並不在北京而是在南京，據袁子才的記載，他的隨園就是大觀園的故址；所謂書中『長安』也不是指陝西的長安，而是泛指當時的京城北京，因爲著者既用種種方法避免指實朝代和政治首都，故渾用「長安」一詞，暗指北京，猶之乎我們現在常常在書信說：「長安大不易居」乃是指各人所身居的戰時國都，即重慶。讀書不可拘泥，否則爲古人所欺矣！

在土地關係和農民問題上，紅樓夢有一段極詳盡的敘述，給我們把它透視得清清楚楚。當寧國府的黑山村烏莊頭，烏進孝送租課來時，他的稟帖和帳目，恕我冗長，把它們讀給諸位聽聽：紅稟上寫着：

「門下烏進孝叩請爺、奶奶萬福金安，並公子小姐金安，新春大喜大福，榮貴平安，加官進祿，萬事如意。」（第五十三回）

單子上面寫着：

「大鹿三十隻，獐子五十隻，麅子五十隻，暹猪二十個，湯猪二十個，龍猪二十個，家獵猪二十個，野羊二十個，青羊二十個，家湯羊二十個，家風羊二十個，鱘、鰉魚二百個，各色雜魚二百斤，活雞鴨鵝各二百隻，風雞、鴨、鵝各二百隻，野雞、野貓各二百對，熊掌二十對，鹿筋二十斤，海參五十斤，鹿舌五十條，蟶乾二十斤，榛、松、桃、杏瓤各二口袋，大對蝦五十個，乾蝦二百斤，銀霜炭上等選用一千斤，中等二千斤，柴炭三萬斤，御用臙脂米二担，碧糯五十斛，白糯五十斛，粉粇五十斛，雜色粱穀各五十斛，下用常米乙千擔，各色乾菜一車，外賣粱穀牲口各項折銀二千五百兩，外門下孝敬哥兒玩意兒：活鹿兩對，白兔四對，黑兔四

對，活錦雞兩對，西洋鴨兩對……』（同上回）

諸位看了這大堆租穀百物，我想沒有一位不驚訝的，但這不過是寧府所擁有的土地八九分之一的出息而已；而且是歉收的年成的收獲，因爲賈珍皺眉道：

『我算定你至少也有五千兩銀子來。這彀做什麼的？如今你們一共只剩了八九個莊子，今年倒有兩處報了旱潦，你們又打擂台，眞正是別叫過年了！』（第五十三回）

從這一篇冷酷而慘忍的數字帳目中，我們可以看出當時貴族佔有的土地是多麼的廣大，再加上八九倍，那更是龐然怪物了！況且據賈珍的口氣看來，就是八九個這樣大的莊子，已經是衰敗的時代，以前隆盛時，這樣的莊子還要多呢？寧府如此，榮府的土地所有當亦在伯仲之間。諸位或許要問：當時貴族擁有的土地爲什麼這樣多呢？又爲什麼後來日漸減少了呢？第一件乃是清初一個極嚴重的問題，因爲八旗入關以後，亂圈人民的土地，鬧了很大的亂子，原來，明太祖朱元璋藉着驅逐蒙古統治者和解除農民痛苦，即利用民族主義和弔民伐罪的口號，推翻了元朝的政權取而代之，當時佔有民田甚多，由政府派人管理，名曰『莊園。』這種莊園爲害農民，實非淺鮮，兼之地主剝削，政府暴歛，官吏貪汚，弄得人民無以聊生，遂致農民叛亂，相繼迭乘，最後李自成，張獻忠等蜂起，明室之命運以終；滿清入關，席戰勝餘威，藉口明室莊園及荒地，聽入關立功的勳戚王公任意圈地，我記得文康的兒女英雄傳曾經提到這件事；我們再看蕭一山的清代通史上一般紀載原可明瞭：

『先是，清人初入關也，東來諸王及八旗兵丁，强佔田地。視爲己有，圈以標誌，是謂圈地。蓋當混亂之際，又屬異族入主，直不啻取消前朝之土地所有權而以圈畫爲先佔也。此種事實，本不合理，惟以戰勝征服之餘威，此亦爲必然之現象』（蕭一山：清代通史頁四〇〇）

後來清政府雖經許多大臣諍議下詔停止圈地，然民地已入滿人之手的，恐怕難以物歸故主了，這就說明了賈府當時土地爲什麼這樣多的事實。不過貴族的生活是建築在剝削農民的制度上的，他們衣租食稅，不知生計爲何物，結果便養成他們只知驕奢淫佚，安富尊榮，久而久之，必至生之者寡，食之者衆，入不敷出，窘相逼露，遂不得不將擁有的土地或當或賣轉入他人之手，而自己日即於破產，墮落，這種現象，差不多成了東西各國的歷史公例；賈府自然也沒有例外，紅樓夢便給我們照明了這一點。

貴族既佔有了農民的土地，農民無以爲生，只得降爲農奴，爲地主服務；地主既奴役了農民，奪取了農民的膏血，他們自然只有窮奢極欲，荒淫無度了。因而種種醜事便鬧出來了：譬如：賈璉之於多姑娘，鮑二家的尤二姐，甚至孌童：賈珍之包娼窩賭，穢德彰聞，甚至同他的媳婦秦氏都有曖昧之處；王熙鳳之於賈蓉，也是不乾不淨；而賈瑞竟『癩蝦蟆想吃天鵝肉；』（平兒語）金桂之於她所詭稱的兄弟，後來又忘想勾引薛蝌，而終於自殺；他如賈薔之於齡官（第三十四——三十六回）賈芹在鐵檻寺之於一班

一面鏡子

女尼戲子，莫不鬧下了風流孽案。甚至一般在學裏讀書的小學生都弄得一塌糊塗。原來賈府裏有一個家學，收納族中子弟在內讀書，素有龍陽之癖的薛蟠聽說『塾中廣有青年子弟，因此也假說了來上學，不過是「三日打魚，兩日晒網，」』（第九回）目的只在獵取小學生來滿足他的肉慾。果然，『這學內的小學生圖了薛蟠的銀錢穿吃，被他哄上手的，也不消多記。』（同上回）當秦鍾和香憐在外偷着說話時，內中有一個學生名叫『金榮』的，是賈府璜大奶奶的內姪兒，就吵了出來說：『我可拿住了！還賴什麼？先讓我抽個頭兒！』又笑着說道：『我現在拿住了，是眞的！』說着又拍着手笑嚷道：『貼得好燒餅！你們都不買一個吃去！』誰知這金榮也是薛大爺舊相好！我們從他母親嘴裏便可聽得出。因爲金榮在學裏辱罵秦鍾被寶玉大鬧一頓，自己以爲受了委曲，回家後，自己還在那裏咕咕唧唧，他娘教訓他說：

『好容易我望你姑媽（所謂璜大奶奶）說了，你姑媽又千方百計的向他們西府（榮國府）裏璉二奶奶說了，你才得了這個念書的地方，若不是仗着人家，咱們家裏還有力量請得起先生麼？況且家學裏茶飯都是現成的，你這二年在那裏念書也有好大的嚼用呢！省出來的，你又愛穿件鮮明衣服。再者：因那裏念書，你就認得什麼薛大爺了。那薛大爺一年也幫了咱們七八十兩銀子。你如今要鬧出這個學房，若再要找這樣一個地方，我告訴你吧，比登天還難呢！你給我老老實實的頑回子睡你的去吧，好多着的呢？』（第十回）

我們從金榮的母親這段『教子』的家訓中，可以看出幾件事：（1）金榮這小子雖然拿奸捉盜，但他自已却是薛大爺頭上了手的，還忝不知恥地帶着嘴巴說人長短！『勸世文貼在背後』人之常情！（2）他母親公開承認薛大爺每年津貼他家七八十兩銀子，這銀子她當然知道，不是從周急濟貧的立場出發，乃是買歡取樂的代價！既知之，而公然認之，且勸之忍耐，這金榮之母之爲人，也就可想而知！（3）但她之爲此，豈得已哉？她的說話，還全從經濟生活立場出發，大半因爲是困於經濟，不得已而爲之，因而『生活決定意識，』夫復何言？（4）地主貴族的專制社會中，賣淫的不獨是女子，男子失了業，無計生活的也往往賣淫，前清時代的北京此風極甚；賣淫的男子俗稱爲『兔子』公開地出局，聽人呼喚。直致辛亥革命纔與滿清政權同被消滅。則貴族政治之腐敗，骯髒，世界歷史沒有例外，紅樓夢又給我們明明白白地照了出來。

貴族既強佔了農民的土地，農民對他自不得不成爲隸屬的關係。地主對於農民可以自由地生、殺、予、奪。他們都是大紳粮，都是官宦人家；縱或犯了法，告到官裏，他們都官官相護的，而且地方官對於他們那敢得罪，結果，總是『叫皇天不應』！『有冤無處伸！』薛蟠在家因爭買香菱，打死了馮公子，賈雨村想籤要拿辦，爲門子所阻，他把一張『護官符』遞給雨村；上寫道：

『賈不假，白玉爲床金作馬；

阿房宮三百里，住不下金陵一個史；

東海缺少白玉床，龍王來找金陵王；
豐年好大雪，珍珠如土金如鐵！』

這都是當時民間的『諺俗口碑，』還了得！『賈不假』就是指的賈府；『金陵一個史』就是指的史老太君的娘家史侯家裏；『金陵王』就是指賈政夫人王氏和賈璉夫人鳳姐的娘家；『大雪』就是指的薛姨媽家。結果，賈雨村『徇情枉法，胡亂判斷了！』（第四回）紅樓夢又明明白白給我們照明了！

他們不但生殺予奪可以自由，即對於自己的奴隸——奴才——男女僕人，用錢買來的奴隸或『家生子』的一切也可以自由擺布；奴隸的貞操也操在主人之手，丫頭僕女只要稍微有點頭面的，主人要如何就如何。看上了眼，便收到房裏做妾，不如意了，色衰了，又可賜或送給人，或轉賣，奴隸是不能反抗的。賈赦要賈母的僕女鴛鴦做小老婆，鴛鴦不肯，賈赦便發起怒來，對她的哥哥金文翔說：

『我說與你，叫你女人向他（指鴛鴦）說去，就說我說的：自古嫦娥愛少年，他必定嫌我老了；大約他戀少爺們，多半是看上了寶玉，只怕也有璉兒。若有此心，叫他早早歇了。我要他不來，以後誰敢收他？這是一件。第二件，想着老太太疼他，將來外邊聘個正頭夫妻，叫他休想；憑他嫁到了誰家，也難出我的手心，除非他死了。或是終身不嫁男人，我就服了他！若不然時，叫他趁早回心轉意，有多少好處！』（第四十六回）

賈赦對於一個僕女威逼利誘，要強迫他做妾，甚至以人的生死性命相威迫，以剝奪她的婚姻自由相恐嚇，而賈璉是他的兒子，寶玉是他的胞姪，即使他們眞被鴛鴦『看上了，』更不該與子、姪爭風吃醋，赦老此等行爲也眞夠塌台了的！要知道這種現象，這種兇殘無恥的猙獰面目，乃是貴族社會中的家常便飯！這又是這一面鏡子給我們赤裸裸地照出來的。

再從另一方面看：紅樓夢又告訴我們清初的官制——官爵，品級等等。賈蓉的夫人秦氏的喪事，賈珍爲他兒子賈蓉捐個官，爲的要使他已死的媳婦喪禮上風光些，遂開了一張履歷托太監戴權給他去走門路，那履歷寫道：『江南應天府江寧縣監生賈蓉……曾祖原任京營節度使，世襲一等神威將軍賈代化，祖丙辰進士賈敬，父世襲三品爵威烈將軍賈珍，』賈蓉捐了一個『五品龍禁衛。』我們又看賈氏出殯時，『官客送殯的有：鎭國公牛清之孫，現襲一等伯牛繼宗，理國公柳彪之孫，現襲一等子柳芳，齊國公陳翼之孫世襲三品鎭威將軍陳瑞文，治國公馬魁之孫世襲三品威遠將軍馬尙，修國公侯曉明之孫，世襲一等子侯孝廉，繕國公誥命亡故，其孫石光珠守孝不得來。這六家與榮寧二家當日所稱八公的便是。餘者更有：南安郡王之孫，西寧郡王之孫，忠靖侯史鼎，平原侯之孫世襲二等男蔣子寧，定城侯之孫世襲二等男兼京營游擊謝鯤，襄陽侯之孫世襲二等男戚建輝，景田侯之孫五城兵馬司裘良。餘者：錦隣伯公子韓奇，神武將軍公子馮紫英……』這便可以看出清初官爵的大略。清朝官制：一方面有親王、郡王、公侯伯子男

一面鏡子

五等爵；又有各種將軍，又襲用自曹魏至北魏，降至有明相沿爲制的九品官級制，每品又分正從，故九品實有十八級，十八級之外，又有一級名：『未入流。』另一方面則又襲用明代的科舉制度，牢籠士子；同時又開捐納之路，賣官鬻爵，與科舉幷行，清朝的仕途之濫，官制之雜，比明朝更利害。賈珍假習騎射爲名，每日招集許多紈絝子弟在家裏濫賭狂歡，則清人初入關時一點獰悍之風，已消滅殆盡！功勳子弟，習于宴樂，武臣之腐敗亦可以想見，這也是從這面鏡子裏給我們明明白白照了出來的。

康熙（清聖主玄燁一六六二——一七二二）雍正（世宗胤禎一七二三——一七三五）乾隆（高宗弘曆一七三六——一七九五）間與外國通商已頗頻繁，西洋的商品已相當多地輸入中國，如鳳姐身上穿的『翡翠撒花洋縐裙』（第三回）黛玉眼中所看見的寧府大廳中的『猩紅洋毯』和『梅花式的洋漆小几，』（同上回）劉老老在榮府所『聽見咯噹咯噹的響聲：大有以手打羅篩麵一般』的那東西（自鳴鐘），蔣玉涵從小衣兒裏面解下來的那條『茜香國 Siam 女王所貢之物』的『大紅汗巾子』（第二十八回）探春房內的『洋漆架』（第四十回）劉老老在大觀園內陪着賈母吃酒時，大家用的『每人一把銀洋鏨自斟壺，一個十錦琺瑯杯』（同上回）和她在裏面所見的那有『西洋機括』的穿衣鏡，薛寶琴跟她『父親到海沿子上買洋貨』回來告訴賈府裏的人『有個眞眞國的女孩子年十五歲，那臉面就和西洋畫上的美人一樣，也披着黃頭髮，打着臉垂，滿頭戴着都是瑪瑙、珊瑚，貓兒眼、祖母綠、身上穿着金絲織的鎖子甲，洋錦襖袖帶着倭刀……』（第五十二回）寶琴既看見西洋畫則西洋美術品其時已輸入中國可知；其它如瑪瑙倭刀等物當然是外國的了。它如賈寶玉『身上穿着荔枝色哆囉呢的箭袖，大紅猩猩氈盤金彩繡石青妝緞沿邊的排穗褂，』（第五回）和賈母賜給他的那件俄羅斯國拿孔雀毛拈了線織的『雀金呢』的大氅；薛寶釵身上穿的那件蓮青斗紋，錦上添花，洋線番巴絲的鶴氅，都是外國的來路貨。凡此，皆是證明這時東西洋的商品輸入中國已相當繁多。不過這裏應該說明的，紅樓夢時代所輸入的外國商品，不是適應民間一般需要的日用品，乃是適應宮庭貴族的豪貴生活的奢侈品。那時所謂『皇商』大極就是專門爲宮庭貴族採購這些奢侈品的，所以王熙鳳說：『那時我爺爺專管各國進貢朝賀的事。凡有外國人來，都是我們家養活。粵、閩、滇、浙、所有洋船貨物都是我們家的。』所以當時，有個口號兒說：『東海少了白玉床，龍王來找金陵王。』（第十六回）這等奢侈商品因宮庭貴族的生活需要而輸入，也是紅樓夢這面鏡子給我們照了出來的。

現在我們再說紅樓夢一書所反映的中國藝術。大觀園本身的一切結構一切布置；就是中國的古典藝術的典型。假使諸位有到過北京逛過清宮的，一定會聯想到大觀園的輪廓，因爲賈府既是宮庭貴族，則大觀園的建築，對於清宮的模樣，總有許多彷彿的地方，因爲據紅樓夢的敍述看來，着實是經一番鈎心鬬角的計劃的。你不看那『正門五間上面銅瓦泥鰍脊，那門欄窗格俱是細雕時新花樣，並無朱粉塗飾，一色水磨磚牆，下面白石台階，鑿成西番花樣……不落富貴俗套。』你又不看一進大門，便有『一帶翠嶂擋在面前，』使全園風景不致一覽無餘，是何等『邱壑？』你又不看一入石洞，只見佳木葱蘢，奇花爛灼，一帶清流，從花木深處，瀉於石隙之下。再進數步，漸向北邊，平坦寬豁，兩邊飛樓插空，雕甍繡檻，皆隱於山坳樹杪之間，俯而視之，則清溪瀉玉，石磴穿雲，白石爲欄，環抱池沼，石橋三港，獸面銜吐？』你又不看『崇閣巍峨，層樓高起，面面琳宮合抱，迢迢複道縈紆，青松拂簷，玉蘭繞砌，金輝獸面，彩煥螭頭？』（十七回）你又不看『大橋』之下，『水如晶簾一般奔入』（同上回）『或清堂，或茅舍，或堆石爲垣，或編花爲門，或山下得幽尼佛寺，或林中藏女道丹房，或長廊曲洞，或方廈圓庭？』又不看『房內有的『四面皆是雕空玲瓏木板：或流雲百蝠，或歲寒三友，或山水人物，或翎毛花卉，或集錦，或博古，或萬福萬壽各種花樣，皆是名手雕刻的，一格一格，或貯書，或設鼎，或安置筆硯或供設瓶花，或安放盆景，其格式或圓或方，或葵花蕉葉，或連環半壁，眞是花團錦簇，玲瓏剔透，倏而五色紗糊，竟係小窗；倏爾彩綾輕覆，竟如幽戶。且滿牆皆依古董玩器之形摳成的槽子，如琴劍懸瓶之類，俱懸於壁，却是與壁相平的？』（第十七回）這種建築藝術較之意大利或英法各國的建築藝術自各有其特點，而與現代所謂『立體』建築藝術更恰成一個對照。大觀園的建築藝術正是中國農業經濟和商業資本已發展到了高度而西洋的商品和藝術品之輸入已爲相當時之必然的產物。

至於社會的意識形態即『臆底渥邏輯』Idco'ogie 自然也是封建社會的思想在支配

着，第一就是儒敎的思想擁護孔子傳說的禮敎——尊君抑民，它在明淸兩代用以牢籠靑年士子的工具便是科擧。它的形式便是八股試帖。我從十二三歲到十七歲這一個期間也曾經受了它的毒害，八股試帖我也都嘗試過。這種滋味在座的人嘗過的大約不多了，所謂文章經濟，都經過它化爲烏有了！我敢說，明淸之亡，大半是亡於科擧，所謂『作繭自縛』者此也！紅樓夢上所表現的人物如賈政薛寶釵之流皆是這種思想的代表。第二是道敎，奉道敎的人，都托始於老子，和周易其實不相干：道敎始於漢之符籙。他們假托神仙，念咒畫符，搖惑人心，以迎合當世皇帝求仙求長生的幻想，後世因之，到了宋儒又援儒入道，紅樓夢中所表現十八世紀的中國之道敎徒則以賈敬爲代表，他中進士以後，厭棄世事，把爵位讓給他兒子賈珍承襲，自己避居城外元眞觀修鍊服了『祕製的丹砂』之後，竟『功成圓滿昇仙去了』這也就足見道家之爲道家了。宋人又援儒入佛，佛敎哲學的思想而隋唐以後，侵入中國一般之人心既深且溥，斷非道敎可比。不過宋明以來的學者，又爲什麼援儒入佛呢？這也有政治上的原因，漢以後千餘年，中國的君主總是利用孔子做他們保持皇統的思想武器，士大夫縱然皈依佛敎，也不敢公然與儒家相畔，因爲政治上不許可，而韓愈原道一篇，向佛老聲罪致討，所謂不入於楊，則入於墨！不入於老，則入於佛』至比之於『無父無君』『亂臣賊子』。宋代學者大半習禪宗，然不敢公然承認，遂把禪宗的道理嵌入儒家道理，（宋明儒家的語錄，卽從禪宗的語錄脫胎而來。）譬如陽明的致良知本襲于禪，然他也步韓愈後塵爲文闢佛，這也不是偶然的啊！

一面鏡子

至於禪宗雖說是佛教之一，宗派雖說也被稱爲是印度佛法之一，其實達摩西來以後，不說法而只物色天資高明的傳授衣鉢。他們不立語言文字，直指一心，以言哲理，殆難詳究，他們只就一言半句的機鋒去求參悟，絕非一般人所能領會；而禪家之不能爲佛學正宗，[注]也就是這個緣故。紅樓夢中所表現之佛教只是禪而不是佛教哲學。譬如寶玉聽了寶釵念的『魯智深醉鬧五台山』一曲中的：『漫揮英雄淚，相離處士家，謝慈悲剃度在蓮台下，沒緣法轉眼分離乍，赤條條來去無牽挂。那裏討煙簑雨笠捲單行，一任俺芒鞋破鉢隨緣化；』便有動于中，參悟起來，立占一偈道：

『你證我證，心證意證，是無有證，斯可云證，無可云證，是立足境。』

後來被黛玉續了下兩句：『無立足境，方是干淨』境界又更進一層，又經寶釵援引六祖惠能與五祖宏忍的上座弟子神秀及所做偈語不同之處的歷史，解釋一番，說道：『當日南宗六祖惠能，初尋師至韶州，聞五祖宏忍在黃梅，他便充火頭僧。五祖欲求法嗣，令徒弟諸僧各出一偈，上座神秀說道：「身是菩提出，心如明鏡台；時時勤拂拭，莫使有塵埃。」彼時惠能在廚房碓米，聽了這偈說道：「美則美矣，了則未了，」因自念一偈曰：「菩提本非樹，明鏡亦非台。本來無一物，何處染塵埃。」五祖便將衣鉢傳他。今兒這偈云，亦同此意了。只是方纔這句機鋒尚未全了結，這便丟開手不成：』（第二十二回）云云，已把禪宗的淵源和重要關頭說着了，禪宗到了六祖才發揮光大，前此未有多少教理見子世，但禪宗實和智者大師（隋智顗）所創的「天台宗」唐玄奘三藏所創立之「法相宗」即「唯識宗」與夫唐法藏（賢首國師）與實叉難陀所闡揚之「華嚴宗」均為中國佛教哲學之特產物，我們讀了紅樓夢也可對於中國的佛教宗派，至少禪宗得其概略。這也是這面鏡子給我們照出來的。

因此我就把那瘋癲道人所贈給賈瑞的名叫「風月寶鑑」的鏡子擴而大之，變成十七八世紀中國社會的一面鏡子，它不但給我們照出人世間癡男怨女的悲歡離合，並且給我們照出當時的形形色色：

（一）貴族社會的生活：

（二）農民貴族的關係及身分的差別；

（三）商業資本之發達與西洋商品之輸入；

（四）政治制度——如官爵科舉等等；

（五）貴族社會的建築藝術；

（六）貴族家庭之內幕；

（七）社會之意識形態；

（八）人性之善與惡；美與醜，黑暗與光明，崇高與卑鄙，酸甜與苦辣。總而言之：凡社會生活所有的——從底層到上層，從外表到內心，無不與以澈頭澈尾，纖眉畢現，如見肺肝的燭照。

不過這面鏡子，也和那跛脚道士的風月寶鑑一樣，不可照正面，若照正面，只能看

一面鏡子

出森羅萬象的幻影，反倒誤事，應該反面照，才可看出眞相來。所以賈瑞從正面照那個鏡子竟看出他心裏所幻想的『鳳姐姑在裏面點首叫他，』但從反面一照却『只看見一個骷髏立在裏面』這事是足以發人深省的。因爲我們看紅樓夢若不從反面看，那得的結果，一定很惡，而且它的作者已屢屢警告我們說：

『滿紙荒唐言，一把酸辛淚。都云作者癡，誰知其中味？』

這明明告訴我們不要誤會作者的意旨，不要爲表面的文章所誤，要了解其中的滋味，所謂『反面照』這一指導原則本是哲學的最高方法論，西洋的歷史科學言之綦詳，中國和印度古代哲人也往往闡明此理：周易之所變易，所謂『不極而泰來』所謂『滿招損；』以及『太極生兩儀：』老子所謂『一生二，二生三，三生萬物』和『福兮禍所倚，禍兮福所倚；』莊子所謂『方生方死，方死方生』以及印度哲人所謂：『無色相』其解曰『現在色亦無住時。如四念處中說：若法後見壞相，當知初生時壞相，以隨逐微細故不識。如人着履，若初日新而無有故，應當新不應有故。若無故應是常。常故無罪無福，無罪無福故則道俗法亂，復次生滅相常隨作法無有住時，若有住時，則無生滅。以是故現在色無有住；住中亦有生滅。』（大智度論八念）一般俗人對於某種自然現象或社會現象，往往把生滅新故都認爲一成不變的東西，其時一切色相都無常住，都時時刻刻在變，林黛玉看到了這一層說：『試看春殘花漸落，便是紅顏老死時，一朝春盡紅顏老，花落人亡兩不知！』（第廿七回）寶玉也看到這點，所以續莊子胠篋篇說：

『焚花散麝，而閨閣始人含其勸矣；戕寶釵之仙姿，灰黛玉之靈竅，喪滅情意，而閨閣之美惡始相類矣。』（第二十一回）黛玉見到自然和人生的變化而感到悲哀，却只是悲哀而已。寶玉獨到人情的矛盾，而欲以『焚花散麝』等等的『破斗折衡』和『閉明塞聰』的辦法，解決這種矛盾，也只是消極的，因爲他的時代不許可他能以了解自然與社會的運行和發展的法則。不過紅樓夢提出『眞假』二字做爲相反相成的法則的指標，假使我們善看的話，那也就把這面鏡子的正反兩面的內容一語道破了。

二　賈寶玉　林黛玉　薛寶釵　史湘雲附

賈寶玉自然是紅樓夢一書中的主角，林黛玉乃是主中之賓，薛寶釵次之，但是一提到寶玉，就不能不提到黛玉和寶釵；而釵黛之外，史湘雲也是賈寶玉的生活史中次於釵黛而比較其她都重要的一個。所以本講以寶玉爲主題，而釵黛附焉，而湘雲亦附焉，現分節目逐一講去；其節目如下：

第一部分　賈寶玉

（1）寶玉的環境和教養

（2）寶玉的天才

（3）寶玉的人生觀

（4）寶玉的女性崇拜

（5）寶玉的同性愛

第二部分林黛玉

（先交代史湘雲）

（1）黛玉的身份和遭遇

（2）黛玉的性情

現在我們開始講賈寶玉。寶玉生在侯門公府之家，嬌生慣養，是不用說的了。他的容貌自然也是一表非凡，從黛玉眼中看來、他乃是：『面若中秋之月，色如春曉之花，鬢若刀裁，眉如墨畫，鼻如懸膽，眼如秋波。雖怒時而似笑，即瞋視而有情。』這種描寫還是中了駢體文的餘毒，如本書偉大價值頗不相稱，然而我們可以想像出寶玉乃是一個溫文儒雅，倜儻風羣的人物。他家的祖宗，據本書所敍的看來，都是清朝的開國勳臣，既

賈寶玉

富且貴，而他的父輩賈敬政之流，或是科第出身，或曾做過學差，家中常有一些門客，都是講究學問的，那末，寶玉在這個氛圍中長大，自然也就受了不少的熏陶，這一件是値得我們注意的。就寶玉後來對於詩文及其它的表現看來，他乃是一個絕頂聰敏人物，但他家庭教育，學校教育和他的生活環境，却大大地妨礙了他。在此，我們不得不詳細地先敍一敍他的父賈政，字存周的爲人。『政老』這個人就一般紈袴子弟或公子哥兒出身的官僚說，不能不算是一個克家的令子，他父親賈代善死後，長子賈赦襲了官，他是行二，皇帝加恩賜了他一個主事頭銜，入部學習，後陞員外郎。政老爲人，據稱『平靜中和，』『自幼酷喜讀書，又端方正直，』不像他乃兄赦老那樣。後來，因爲大女兒賈元春被選爲貴妃，皇上遂加恩放他做學差，又陞糧道。內官做到郎中。他做糧道時，原來也是一淸如水地要做好官，但是好官不容易做，被他的跟班長隨李十兒等勾通書吏弄糟了，把官也弄掉了，結果又跑回來做京官。這是後話，原來他這樣人乃是當時士大夫的一種典型人物，鎭日價詩云子曰，恨不得背着四書五經走路，而一派的心理和作爲，都不免帶着三分僞君子的氣息。看他對於寶玉的教訓便知道了。他對於寶玉的教育，我給它起個名兒，叫做『喝斥教育』因爲他對於寶玉的教訓，總是閻王爺見小鬼似的，從來沒有和顏悅色，平心靜氣地說過話，讀者不信有事實爲證：當寶玉要到學房入學，來到書房見賈政請訓時，賈政冷笑道：『你如果再要提上學兩個字，連我也羞死了！依我的話，你竟頑你的去，是正經。仔細站髒了我這地，靠髒了我這門！』又叫隨寶玉的跟人向先生說：『什麼詩經古文一概不用虛應故事，只是先把四書一齊講明背熟，是最要緊的！』（第九回）寶玉在大觀園跟着題匾額，做對子，正當大膽批評之時，賈政却呵斥他說：『無知的蠢物！你只知朱樓畫棟，惡賴富麗爲佳，那裏知道這清幽氣象終是不讀書之過！』寶玉忙答道：『老爺教訓的固是，但古人嘗云「天然」此二字不知何意？』正當他和衆賓客辯論時，賈政氣的喝命『扠出去！』纔出去，又喝命『回來！』此後動不動就兇他一頓，在這種威嚇恐怖的空氣中，任何天才，絕不會養育成功，只有日即于戕折的。因爲兒童時代是正在如春芽怒發地發揚他的活力時，但這裏『如束濕薪』的教育態度，只是天才兒童的最大障礙，而他的貴族家庭的富裕驕奢的生活，當時儒家的封建社會的禮教，又給他加上另一種的束縛。但是他却有一個避難所，就是他的祖母，史老太君，我們平常通稱之爲賈母。賈母是他的救苦救難的觀世音！每遇到他父親要責罵他，賈母就來庇護。有一次，因爲寶玉和忠順王的一個得意戲子，唱小旦的琪官，即蔣玉函相好，可巧那天忠順王府派人來到賈府找琪官，專爲賈政所知，一氣之下，把寶玉打得死去活來，若不是賈母來解救，那眞是性命難保。另一方面，他生在僕從如雲，羣花滿眼的富貴窩中，溫柔鄉裏，自然居移氣，養移體，跳不出這種層層包圍的圈子。他不過是個十幾歲的孩子，一出大門，便要驚天動地。譬如：他到他舅舅家裏去拜壽，跟隨就有他的『乳兄貴李、王和榮、張若錦、趙亦華、錢啓、周瑞六個人』（第五十二回）又『帶着焙茗、仲鶴、鋤藥、掃紅四個小廝，背着衣包，拿着坐褥。』騎着『一匹雕鞍彩轡的白

賈寶玉

馬。走路的時候，李貴，王和榮籠着嚼環，錢啓，周瑞二人在前引導；張若錦，趙亦華緊貼寶玉身後。』（第五十二回）這樣一個勢派，前護後擁，左扶右持，是何等排場？至於他在家裏乾娘老媽子，頭等丫頭二三等丫頭一大堆，有白天伺候的，又有上夜的，這簡直活活地給『王子皇孫』描寫一個小照，這樣的人自然與一般民衆沒有交涉的，他好比生長深宮的皇太子一樣，所有民間的疾苦一概不知，民衆的生活也就接觸不到：一次探春要把她所積蓄的錢交給他，要他出外時替她買些竹絲編的耍貨兒來耍，他老實回答說我那裏曉得的；眞的，他不曉得！又一次秦可卿死了出喪，他和秦鍾也跟着鳳姐去送殯，到了村莊上『各處遊玩，凡莊上動用之物俱不曾見過的。』看見『紡車便『稀奇』起來（第十五回）這也和『不辨粟麥』差不多了。這樣的人既然豐衣足食，無憂無慮，又不曉得民間疾苦，自然激不起他上進的，奮發而憤悱的心情了，那麼，讀書還有什麼用呢？因爲以前的帝王曾說過『讀書爲天子，不讀書亦爲天子，』他自然也是這樣想：『讀書爲公子哥兒，不讀書也爲公子哥兒，』所以他一聽見要上學讀書便垂頭喪氣，（這自然不能怪他，乃是環境教育的不善戕折了他；）所以只得一意地享樂，終日在脂粉隊裏生活。徐志摩說，巴黎『好比一床鵝絨被褥，人睡在上面不由得你骨頭不酥軟。』（大意如此），大觀園的生活也和鵝絨被褥一樣，不由得寶玉不如此——享樂，極力的享樂，他的享樂自然在某些方面是和一般的公子哥兒一樣的，但是他自覺力還是很強的，常常感覺到他的生活不合理：他見了秦鍾時，便憎恨起『爲什麼生在這侯門公府之家，若也生在寒儒薄宦之家……………也不枉生一世！我雖比他尊貴，可知綾錦紗羅也不過裹了我這枯枝朽木，美酒羊羔，也只不過塡糞窟泥溝。富貴二字不曾遭我茶毒了！』（第七回）實則他沒茶毒了富貴，富貴却把他茶毒了。不但此也，他看見農民胼手胝足，流汗力田，竟想到古人的『誰說盤中飡，粒粒皆辛苦』的詩句了！所以我說寶玉的天性是很純厚的。又富有極高的天稟，所謂『天才』無處發洩，遂處處發生矛盾：他看不起陞官發財，奔走功名的人，駡他們做『祿蠹』；看不起科名，對於時文八股，尤其深惡痛絕，斥之爲『後人餌名釣祿之階。』（第七十二回）對於『道學話』更加以無情的非笑，他說：『更可笑的是八股文章，拿他誆功名，混飯吃，也吧了，還要說：「代聖立言」，好些的不過拿些經書，湊搭湊搭也吧了。更有一種可笑的：肚子裏原沒有什麼，東拉西扯，弄的牛鬼蛇神，還自以爲博奧，這那裏是闡發聖言的道理？』（第八十二回）這種言論，這種思想，在二三百年後的今日，實在非常平凡，但在滿淸鼎盛，正以八股時文牢籠士大夫的精神爲子孫萬世鞏固邦基的最有力工具的時候，賈寶玉（其實就是曹雪芹自道）竟這樣慷慨激昂地對之大發雷霆，不能不佩服他的先見和勇氣！所以我說寶玉的人生觀是矛盾的人生觀，因爲他的生活是矛盾的生活，一方面是榮華富貴，極盡貴窮奢縱慾之能事，而這種榮華富貴窮奢慾卽建築在農民及一般平民的勤勞困苦的條件上。訴之理性，寶玉是反對這種物質生活的，因而也就反對建築在這種生活之上的建築物！——八股取士，科名思想，和陞官釣祿的意識形態。但是他同時又不敢根本反對這種制度，活習慣又脫離不了這種生活，終日在歧路上徘徊，所以我說寶玉表現出兩種人格：一個是快樂的寶玉：一個是苦腦的寶玉。這種情形在他的整個生活歷程上好比一條紅綠貫追着的一樣。他的天才是很大的，但不愛讀書，他的同情心是很大，但一時跳不出貴族的圈子；他雖不愛讀書，但他稍一留心，便會出人頭地。他又有兩個癖性；一個是女性崇拜狂；一個是同性愛：我們先說同性愛：寶玉之與秦鍾、柳湘蓮和蔣玉函等那種親密情形，絕非泛泛朋友的關係，亦非單純的朋友關係，瓜田李下，寶玉實不能沒有同性愛的嫌疑。如他要在晚上睡覺時，和秦鍾算帳，和柳湘蓮出席說體已話，惹得薛大傻子亂叫。遂被湘蓮毒打一頓；以及他和琪官私換汗巾，從這些地方我們可以揣度一二。但是這在紅樓夢的社會中，所謂龍陽之癖，是司空見慣了的，如賈珍，賈璉，薛蟠等都是老手，寶玉也不過『聊復爾爾』吧了。不足爲奇，也不值多談，現在我們專談他的女性崇拜狂，寶玉在周歲「抓周」的時候，一伸手就『只把脂粉釵環抓來玩弄。』(第二回)到了七八歲時，他又在人類學上做了一個大發明；他說：『女兒是水做的骨肉；男人是泥做的骨肉。我見了女兒便清爽，見了男便覺濁臭逼人。』(同上回)諸位！這不是女性崇拜狂麼？甄寶玉也和賈寶玉同調。『他說：「必得兩個女兒伴着讀書，我方能認得字，心上也明白，不然我心裏自己糊塗！」又常對着他的小廝們說：「這女兒兩個字極尊貴，極淸淨的，比那瑞獸珍禽，奇花異草，更覺希罕尊貴呢！你們這樣濁口臭舌，萬萬不可唐突了這兩個字，要緊要緊！若使要說的時候，必用淨香水茶漱漱口方可。設若說錯，便要鑿牙穿眼的。」其暴虐祖劣種種異常，只放了學進去，見了那些女兒們，其溫厚和平聰明文雅，竟變了一個樣子。因此，他令尊也曾下死笞過幾次，竟不能改。每打的吃痛不過時，他便姊姊妹妹的亂叫起來，後來聽得裏面女兒們拿他取笑：「因何打得急了，只管亂叫姊姊妹妹什麼？莫不叫姊妹去討情討饒，你豈不愧熱？」他回答的最妙；他說：「急痛之時，只叫姊姊妹妹字樣或可解痛，也未可知。因叫了一聲，果覺痛得好些，遂得了祕法，每疼痛之極，便連叫姊妹起來。」』（第二回）甄寶玉簡直把女兒當做「我佛如來」「救苦救難的觀音大士，」這不是女性崇拜狂麼？我們知道甄寶玉就是賈寶玉的影子，眞眞假假前面已經說過了，寶玉後來着實實踐了他這一奇然的理論，對於女兒一律尊敬，不惟對於姊妹們如此，即對於丫環僕人也是一切平等，甚至以身下之，凡是女兒，都是純潔的，而且他所崇拜的女性是專指末嫁女兒說的，已出嫁的女子寶玉便對之表示十分婉惜，甚至加以憎惡。最好大觀園所有的女兒們都一輩子守着他，一個也不要嫁人，那末他就滿意了。當迎春賈赦作主許給那個壞東西（勢利鬼）孫紹祖，又陪了四個丫頭過去時，寶玉跌足道：『從今這世上又少了五個清潔的人了！』因此他對於已嫁人和末嫁的女子間的看法大有不同，當賈母湊了分子給鳳姐做生日那天，寶玉借故出城到洛神廟心祭金釧的時候，他的小廝焙茗也『忙爬下去叩了幾個頭，口內說道：我焙茗跟二爺這幾年，二爺的心事，我沒有不知道的，只有今兒這一祭祀，沒有告訴我，我也不敢問。只是受祭的陰魂雖不知名姓，自然是那人間有一天上無雙的極聰敏淸雅

賈　寶　玉

的一位姊姊妹妹了。二爺心事不能出口，讓我代祝：你若有靈有聖，我們二爺這樣想着你，你也時常來望候望候二爺，未嘗不可。你在陰間保佑二爺，來生也變個女孩兒和你們一處頑耍，豈不兩下裏都有趣了？』（第四十三回）這番話雖出自小兒天眞爛漫之口，但可充分表示寶玉平素女性崇拜狂到了如何程度，連他的小廝都深受影響！興兒形容他最妙，他對尤二姐說：『我們家從祖宗直到二爺，誰不是學裏的老爺嚴嚴的管着念書，偏他不受念書，是老太太的寶貝，成天家瘋瘋癲癲的，說話人也不懂，幹的事人也不知，外頭人人看着好淸俊模樣兒，心裏自然聰明的，誰知裏頭更糊塗，見了人一句話也沒有，所有的好處，雖未上過學，倒難爲他認得幾個字。每日又不習文，又不習武，又怕見人，只愛在丫頭羣兒裏鬧，再也沒有剛氣，有一遭兒見了我們歡喜時，沒上沒下，大家亂頑一陣，不喜歡，各自走了。他也不理人，我們坐着臥着，見了他也不理他，他也不責備。因此也沒人怕他，只管隨便，都過得去。』（第六十六回）這樣的女性崇拜狂，一方面是很普遍的；同時另一方面，它也有它的獨特對象，因此演出一場轟轟烈烈，可泣可歌的戀愛悲喜劇，它的重要角色自然是林黛玉，薛寶釵，史湘雲」。但這三人對於寶玉並不是一般輕重，而是各有不同的關係，不同的扮演，不同的結果的，我且先交代了史湘雲，然後再說林薛二人。史湘雲是賈母的內姪孫女，她也是侯門的小姐，年紀比寶玉還小，從小就和他很親密，她的性情很豪爽，姿態頗有些丈夫氣，詩才很敏捷，同時又有點孩子氣，論她是林薛之間的關係，她是站在寶釵一邊，而與黛玉不諧。史湘雲在思想方面是和薛寶釵襲人一路的；她勸寶玉要與爲官作宰的人接近，談些經濟文章，寶玉大不以爲然，馬上便說：『姑娘請到別的姊妹房屋裏坐坐，我這裏仔細骯髒了你這知經濟學問的人！』（第三十二回）可見寶玉在社會意識方面與她是不相容的。因此湘雲的思想完全是儒道雜揉的思想：有一次她帶她的丫鬟翠縷正在大觀園內走路，引起了下面一段有趣的對話：翠縷道：「這荷花怎麼不開？」史湘雲道：「時候還沒有到呢！」翠縷道「這也是和咱們家池子的裏一樣，是樓子花。」湘雲道：「他們這個還不如咱們的。」翠縷道：「他們那邊有顆石榴，接連四五枝，眞是樓子上起樓子！這也難爲他長！」史湘雲道：「草花也是同人一樣，氣脈充足，長的就好。」翠縷把臉一扭，說道：「我不信這個。若說同人一樣，我怎麼不見頭上又長出一個頭來的人！」湘雲聽了，不由得一笑，說道：「我說你不用說話，你偏好說，這叫人怎麼好答言！天地間都賦陰陽二氣所生，或正或邪，或寄或怪，千變萬化，都是陰陽順逆，就是一生出來，人人罕見，究竟道理還是一樣。」翠縷道：「這麼說起來，開天闢地都是些陰陽了！」湘雲笑道：「糊塗東西！越說越放屁！什麼『都是些陰陽！』况且陰陽兩個，還只是一個字，陽盡了就成陰；陰盡了就成陽。不是陰盡了，又有個陽出來；陽盡了有個陰出來！」翠縷道：「就糊塗了我！什麼是陰陽，沒影沒形的，我只問姑娘：這陰陽是怎麼個樣兒！」湘雲道「這個陰陽不過是氣吧了，器物賦了，總成形質。譬如，天是陽，地就是陰；水是陰，地就是陽；日是陽，月就是陰。」翠縷聽了笑道：是了是了！我今天可明白了！

怪道人都說日頭叫太陽呢！算命的說月亮是什麼太陰星，就是這個理了！」湘雲笑道：「阿彌陀佛！剛剛明白了！」翠縷道：這些東西有什麼陰陽也吧了，難道那些蚊子，蛇蚤，蠓虫兒，花兒，草，兒瓦片兒，磚兒，也有陰陽不成？」湘雲道：「怎麼沒有呢？比如那一個樹葉兒，還分陰陽呢，那邊向上朝陽的，就是陽的；這邊背陰覆下的就是陰。」翠縷聽了點頭笑道：「原來這樣，我明白了！只是咱們這手裏的扇子，怎麼是陰？怎麼是陽呢？」湘雲道：「這邊正面就是陽，那邊反面就是陰。」翠縷又點頭笑了。還要拿幾件東西來問，因想不起什麼來，看見湘雲身上佩的金麒麟，便提起來問道：「姑娘！這難道也是陰陽？」湘雲道：『走獸飛禽，雄爲陽，雌爲陰，牝爲陽，牡爲陽，怎麼沒有呢？」翠縷道：「這是公的，還是母的呢？」湘雪啐道：「什麼公的，母的，又胡說了！」翠縷道「這也吧了！怎麼東西有陰陽，咱們人倒沒有陰陽呢？」湘雲沉下臉說道：「下流東西，好生走吧！越問越說出好的來了！」翠縷道：「這有什麼不告訴我的呢？我也知道了，不用難我！」湘雲樸嗤的笑道：「你知道什麼？」翠縷道：「姑娘是陽，我就是陰！」湘雲拿手帕子掩着嘴笑起來。翠縷道：「說的是了，就笑的這樣兒！」湘雲道：「很是！很是！」翠縷道：『人家說「主子爲陽，奴才爲陰，我連這個大道理也不懂得！」』（第三十一回）這裏所謂『陰陽』實包括儒道整個宇宙哲學和人生哲學概念，很值得我們研究。她們兩人所說：有些是合理的，合乎近代科學，有的是中國的玄學，須加以精細的分析。湘雲後來雖嫁了一個才貌雙全的丈夫，但他不幾年便得癆病死了，湘雲遂做了寡婦，從此她便退出大觀園這個舞臺了。她雖然是一個不平凡的女子，然她的表現只如上述，我們因爲要談林與薛，只好把她從略。前人有批評她的兩句詩，說是：『除卻尤家三妹子，無人能比史湘雲』其實湘雲與尤三姐所處情勢截然兩樣，不可同日而語。現在我們且說林黛玉。黛玉是賈母的嫡親外孫女，他的父親林如海本是鼎甲——探花——出身，後來做揚州鹽政，如海夫婦膝下無兒，只此一女，愛如明珠，遂延賈雨村爲師，專教黛玉。這賈雨村與賈府此後興衰有密切關係，在此，不得不略敍一下。原來雨村寒微時，寄居蘇州閶門外十里街仁清巷葫蘆廟內，廟旁住着一家鄉宦，姓甄，名費，字士隱。雨村本是『湖州人氏，也是詩書仕宦之族，』因家道中落，流落他鄉，欲『進京求取功名來到蘇州』大概是因經濟困難，遂爾滯留於此，暫寄居廟中安身，每日賣文作字爲生，故士隱常與他交接。後得士隱資助，進京便得了科名，不久便做了縣官，後因『貪酷』又『恃才侮上』『被上司參了一本，』說他「性情狡猾，擅改禮儀，外沽清正之名，暗結虎狼之勢，使地方多事，民命不堪」等語，革了職』，以後因如海（伴送黛玉進京）介紹得賈府提拔，扶搖直上，做到樞府大臣，這是後話，暫且不提。却說，黛玉的天資非常高明聰慧，又是書香之家，家庭的學術氛圍自然很濃厚，又得雨村的教導，自然是不凡的了，雖然，當寶玉問：『妹妹可曾讀書?』『黛玉道：『不曾讀書，只上了一年學，些許認得幾個字，』那不過是她的謙辭，不可據爲定論。黛玉既是絕頂聰敏，只因喪母就養於外家，兼之體質素弱，多愁善感，自不消說；

因之病不離身，藥不離口，自然而然地形成她的一種孤高性情，猜忌的心多，因此也就給她的周遭和以後的生活歷程，造出許多障礙，生出許多煩惱。這且不說，自從她到了賈府，在這種一切不用過問的優美環境中，讀書論文，都不愁沒有觀摩，沒有伴侶，自然是很合於理想的了，於是黛玉的文學天才也就一日千里地發展起來，她對於文學的見解直到現在，我認為還是值得我們稱讚的，我且把她教香菱做詩的一段事，說出來，給大家評評，便不會以我是『誇張之詞』了。香菱央求黛玉道：

「我這一進來（指進大觀園伴寶釵說。罕）你得空兒，好歹教給我作詩，就是我的造化了。」黛玉因笑道：「既要學作詩，你就拜我為師。我雖不通，大略也還教的起你！」香菱笑道：「果然這樣，我就拜你為師，你可不許膩煩的。」黛玉道：「什麼難事？也值得去學。不過是起，承，轉，合，當中承轉，是兩付對子。平聲的對仄聲，虛的對實的；實的對虛的。若果有了奇句，連平仄虛實不對都使得的。」香菱笑道：「怪道我常弄本舊詩，偷空兒看一兩首，也有對的極工的；也有不對的。又聽見說：一三五不論，二四六分明，看古人的詩上，亦有順的，亦有二四六上錯了的，所以天天疑惑。如今聽你一說，原來這些規矩竟是沒事的，只要詞句新奇為上」，黛玉道：「正是這個道理！詞句究竟還是末事：第一，是立意要緊，若意趣真了，連詞句一都」不用修飾，自是好的，這叫做『不以詞害意』」，香菱笑道：「我只愛陸放翁詩，『重簾不捲留香久，古硯微凹聚墨多，』說的真切有趣。」黛玉道：「斷不可看這樣的詩，你們因不知詩，所以見了這些淺近的就愛，一入了這個格局，再學不出來的。你只聽我說：你若眞心要學，我這裏有王摩詰全集，你且把他的五言律一百首細心揣摩透熟了，然後再讀一百二十首老杜的七言律；次之，再把李青蓮的七言絕句讀一二百首，肚子裏先有了這三個人做底子，然後再把陶淵明，應，劉，謝，阮，庾，鮑等人的一看，你又是這樣一個極聰明伶俐的人，不用一年工夫，不愁不是詩翁了！』（第四十八回）

從黛玉這一番詩學教說中，我們至少可以看出她的文學見解如下：（1）文學的內容所謂（『立意』，所謂『意趣』是也）第一；而形式次之。有了好的，卽眞的意趣，詞句都不用修飾，這是何等大膽而天才的主張！賈寶玉批評薛蟠胡謅的曲子道：『押韻就好！』（第二十八回）這句話從反面嘲笑那些只注重格律——形式——而忽視內容的詩家，與黛玉的詩論恰好互相發明。這是一（2）黛玉的詩論取法於魏晉唐的大詩人，不屑屑於宋詩的淺易。淺易的詩若果命意深遠，耐人尋繹，還是好詩。譬如香菱引的王摩詰的句子：『大漠孤煙直，長河落日圓。』就字面解釋，何等淺易，但它的意境却深遠極了。就是說：『詩的好處有口裏說不出的意思，想去却是逼眞的；有似乎無理的，想去正是有理有情的。』香菱因此又悟道：『想來煙如何直，日自然是圓的。這「直」似無理，「圓」字似太俗，合上去一想，倒像是見了這景的。若說再找兩個字，竟再找不出兩個字來。再還有『日落江湖白，潮來天地青』這『白』『青』兩個字也似無理，想來必得這兩個字纔形容的盡。念到嘴裏，倒像有幾千斤重的一個橄欖似的。』（第四十八回）黛玉的文學天稟固然超羣出衆，卽她的弟子香菱這種見解，對於她的詩主『意境』的理論，也闡發得頗爲透澈了。香菱後來果然做得好詩，這事本身就是一個極大的敎訓：『天下無難事，只怕心不專』；『思之思之，鬼神通之。』皆此意也。不過詩人的意境並不是一件容易事；一方面要具有天才的幻想力；有了這種幻想力，才可以對於自然現象，或社會現象加以深刻的觀察，才可以有意想不到的詩的意境出來。另一方面，須有極超人的功力，從深思力索中努力，也可以得到意外的收獲。前者李青連，後者如老杜的詩，便是好例。因此，我們就知道黛玉是大觀園中一位特出的詩人了。黛玉不但有文學天才，她說話也有驚人的技巧，卽薛寶釵也不得不佩服她說：『……顰兒這促狹嘴！他用春秋的法子，市俗的粗話，撮其要，删其繁，再加潤色，比方出來一句一是句：這「母蝗蟲」三字把昨兒那些形景都現出來了，虧他想得倒也快！』所以文學的因素不但是天才的幻想力，並且要天才的創造力。黛玉可以說是二者俱備了。黛玉的詩如：咏白海棠：『偷來梨蕊三分白；借得梅花一縷魂。』之句；如咏菊：『滿紙自憐題素怨；片言誰解素秋心！』之句，皆可想見其詩之工，而其才之秀，也就可見一斑。

從音樂與文學聯繫說，黛玉的造詣也是非凡的。有一次寶玉問道：『妹妹這幾天作詩沒有？』黛玉道：『自結社會以來，沒大作。』寶玉笑道：『你別瞞我！我聽見你吟的什麼「不可惙，素心如何？天上月！」你擱在琴裏，覺得音節分外的響亮，有的沒有？』黛玉道：『你怎麼聽見了？』寶玉道：『我那一天從蓼風軒來聽見的……我正要問你：前路是平韻，到末了忽變轉了仄韻是個什麼意思？』黛玉道：『這是人心自然之音，做到那裏，就到那裏，原沒有一定的。』（第八十九回）『人心自然之音』是何等遠見的主張！詩三百篇以及古今偉大詩人的作品，皆不出乎此！

至於薛寶釵，她與林黛玉所生的家庭與所處的環境有同有異。同的是都是生在貴族的家庭。林黛玉的家世既如前說，薛寶釵就是前述的俗謠『豐年好大雪』的薛家。她家與賈府、王府都是至親，自已家裏又是皇商，自然也是頂刮刮的金枝玉葉。又因父親去世，哥哥薛蟠不成材，綽號獃霸王，專門擅禍吃人命官司，因此她母親王氏夫人，原來就是賈政夫人的親姊妹，越發鍾愛她。寶釵的性情溫和，處世老成，她母親遇到疑難，總是取決於她。她不惟對於母親一味地孝順，即對於其親友，甚至對於婢僕都一概處以忠正和平，所以紅樓夢作者自己敍述道：『薛寶釵年紀雖不大，品格端方，容貌美麗。人謂：黛玉所不及。而寶釵行為豁達，隨分從時，不比黛玉孤高自許，目下無人，故深得下人之心。便是那些小丫頭亦多與寶釵頑笑。如此，黛玉心中便有些不忿之意，寶釵則渾然不覺。』（第五回）寶釵處世又非常乖覺，處處留心，務必不使人懼怕她，懷恨她。一天她聽見小紅和墜兒正在一間房裏說私話，她怕她們曉得她走過，聽了她們的私話，恐怕『人急造反，狗急跳牆，不但生事，而且我還沒趣』她便故意放重脚步，故意說是追黛玉的，使她們不疑心。『誰知小紅聽了寶釵的話便信以為真，讓寶釵去遠，便拉墜兒道：「不得了！林姑娘蹲在這裏，一定聽了話去了！」墜兒聽說，也半日不言語。小紅又道：「這可是怎樣呢？」墜兒道：「便聽見了，管誰筋疼！各人幹各人的就完了！」小紅道：「若是寶姑娘聽見了，還罷了！林姑娘嘴裏又愛尅薄人，心裏又細，他一聽見了，倘或走露了，怎麼樣呢？」』（第二十七回）由此可見黛釵兩人的性情不同，處人的態度不同，因此，一邊不得人緣，一邊遍得人緣。因此大觀園的上層人物對於她們兩個的態度也大不相同。如鳳姐，如史湘雲，如王夫人等甚至賈母都不知不覺地傾向寶釵而疏遠黛玉。只以鳳姐給寶釵做生日的禮物看來便知大概，當寶釵的生日快到時，鳳姐問賈璉怎麼辦，賈璉說：『有林妹妹的例』，但是鳳姐因老太太要給她做生日，便把禮物增多，這中間的消息也就可想而知了。總而言之，黛玉，陽剛之美也；寶釵，陰柔之美也。那末薛寶釵的才學如何呢？大概可以說，她的文學修養也不亞於黛玉，惟其性情偏於現世方面，所以她對於人生也就不免有些遷就，因此她在文學上的表現，也就不得不受影響。她曾就結社賦詩問題向湘雲發表意見說：『詩題也不可過於新巧了。你看古人中，那裏有那些刁鑽古怪的題目和那極險的韻？若題目過於新巧，韻過於險，再不得好詩，終是小家子氣。詩固然怕說俗話，然亦不可過於求生，只要頭一件：主意清新，措辭就不俗了，究竟也算不得什麼，還是紡績針黹是你我的本等。一時間了，倒是於身心有益的書，看幾章，是正經。』（第三十七回）這就是說，寶釵只把詩當做女孩子的玩意兒，最好是讀『於身心有益的書，』這自然是聖經賢傳了。並且她很注意女紅——

針黹——，意在言外，就是三從四德，女子無才便是德的觀念了。所以當黛玉在酒席上行令時，說了一句牡丹亭：『良辰美景奈何天；』一句西廂記上的詞：『紗窗也沒紅娘報！』（第四〇回）寶釵便責備她，後來看她羞愧，『因拉她坐下吃茶，款款的告訴他道：「你當我是誰？我也是個淘氣的。從小兒七八歲上，也殼個人纏的。我們家也算是個讀書人家，祖父手裏也極愛藏書。先時人口多，姊妹兄弟在一處，都怕看正經書。弟兄們也有愛詩的，也有愛詞的，諸如這些西廂，琵琶以及元人百種，無所不有。他們背着我們偷看，我們也背着他們偷看。後來大人知道了，打的打，罵的罵，燒的燒，丟開了。」』（四二回）這話是眞，在前清末年，我已進了學，入安徽陸軍測繪學堂讀書，記得暑假回家，小皮箱內帶了本西廂記，被母親發覺了，書沒收了，並受了一次嚴厲的斥責！這一層，寶釵和黛玉暨寶玉都有同感。不過寶釵總以爲：『咱們女孩兒家，不認識字倒好。男人們讀書不明理，尙且不如不讀書的好，何況你我？連做詩寫字等事，這也不是你我分內之事，究竟也不是男人分內之事。男人們讀書明理，輔國治民，這更好了。只是如今並不聽有這樣的人，讀了書倒更壞了，這並不是書誤了他，可惜把書蹧蹋了。所以竟不如耕種買賣倒沒有什麼大害處。至於你我只該做些針線紡織的事纔是。偏又認得幾個字，既認得了字，不過揀那正經書看也吧了，最怕見些雜書，移了情性，就不可救了。』（同上回）寶釵認爲女孩兒最好不讀書，既讀書，也不應該讀那些所謂『雜書；』不讀雜書，自然要讀『正經書，』所謂正經書，大概不外是八股文，試帖詩，等

賈寶玉

而上之，至於四書五經了。不但做詩寫字不是女孩兒家的分內之事，也不是男人分內之事，這種見解是深深地中了『女子無才便是德』的愚民政策的毒，因爲寶釵的話，完全是儒家的正名定分，尊君抑民，重男輕女，要到孔廟吃冷猪頭的心理所形成的意識形態，雖然黛玉被她的一番話所感動，那是由於情，而不是由於理。因爲黛玉對於詩詞小說，始終沒有說過這樣的話。寶玉看了西廂記，對黛玉說：『眞正這是好文章，你若看了，連飯也不想吃呢！』果然黛玉看了，笑道：『果然有趣！』後來黛玉聽了那十二個女子演習戲文所唱的牡丹亭上的句子：『蛇紫嫣開遍，似這般都付與斷井頹垣』『良辰美景奈何夫，賞心樂事誰家院』等等：便『心下自思：「原來戲上也有好文章，可惜世人只知看戲，未必到領略其中的趣味。」想畢，又後悔不該胡想，躭誤了聽曲子。』及至聽道『只爲你如花美眷似水流年』便『不覺心動神搖，』又聽道『你在幽閨自憐』等句越登如醉如癡，站立不住，便一蹲身，坐在一塊山子石上細嚼「如花美眷，似水流年」八個字的滋味』去了。再者她以寶玉的芙蓉詩中有『紅綃帳裏，公子情深；黃土隴中，女兒命薄』不如用現成的眞事改爲「茜紗窗下公子多情」寶玉說：「好極好極！到底是你想得出，說得出。可知天下古今現成的好景好事儘多，只是我們愚人想不出來吧了』（第七十九回）是則黛玉的文學天才比寶釵高多了，是則寶玉黛玉領略或欣賞文學的心情比寶釵高多了，至少，比她自然多了，沒有什麽作僞或矯情的觀念攙雜其間。實則彼之所謂『雜書』乃文學上品；所謂『正經書』乃陳死人語也。不過，平心而論，若果沒有林黛玉，則薛寶釵富首屈一指，寶釵內心中也必有『一時庾亮』的遺憾！至於她的藝術見解也値得我們提一提的。有一天賈母高起興來，要教惜春把大觀園全景畫出來，正當那些少奶奶小姐們商量該怎樣畫時，『寶釵道：「藕丫頭雖會畫，不過是幾筆寫意。如今畫這園子，非離了肚子裏有邱壑的，如何成畫？這園子卻是像畫兒一般，山石樹木，樓閣房屋，遠近疏密，也不多，也不少，恰恰的是這樣。你若照樣兒往紙上一畫，是必不能討好的。這樣看紙的地步遠近，該多該少，分主分賓，該添的要添，該藏該減的要藏要減，該露的要露。這一起了稿子，再端詳斟酌的，方成一幅圖樣。第二件這座樓台房舍是必要界劃的，一點兒不留神，欄杆也歪了，柱子也斜了，門窗也倒粧過來，階砌也離了縫；甚至桌子擠到牆裏頭去；花盆放在簾子上來，豈不倒成了一張笑話兒了？第三，要安插人物，也要有疏密有高低，衣褶裙帶，指手足步，最是要緊。一筆不細，不是腫了手，就是粗了脚。染臉撕髮，倒是小事。依我看來，竟難的很。……」』（第四十二回）據這話看來，寶釵不但對於畫的藝術有了很成熟的理解，她的說話乃是經驗之談，不是憑空妄想，而且她對於光學上的投影術和幾何上的比例和角度都有很精到的認識，我想，寶釵對於這種藝術一定是個過來人，不過她是『善易者不談易』，『良賈深藏若虛』罷了。不信，你看她給惜春設計，開的各種繪畫的工具和材料那一大篇帳，豈是光紙上談兵的人所能想像的？這一層黛玉既未嘗插嘴，寶玉也顯得是外行了。

我們說了半天，究竟本書對於薛林的美兒有沒有詳細的描寫呢？自然有的。黛玉之美，在寶玉看來乃是：『細看形容與衆不同：兩彎似蹙非籠煙眉，一雙似喜非喜含情目；態生兩靨之愁，嬌襲一身之病。淚光點點，嬌喘微微，閑靜似嬌花照水，行動是弱柳扶風。心較比干多一竅，病如西子勝三分。』（第三回）寶釵呢？在寶玉看來，又是一樣：當他去看薛姨媽時，『掀簾一步進去，先就看見寶釵坐在炕上作針線，頭上挽着黑漆油光的鬢兒，密合色棉襖，玫瑰紫二色金銀鼠比肩褂，葱黃綾棉裙。一色半新不舊，看去不覺奢華，唇不點而紅；眉不畫而翠。臉若銀盆，眼如秋水。罕言寡語，人謂裝愚；安分隨時，自云守拙。』（第八回）寶玉眼中的林黛玉和薛寶釵已經表現得很清楚。不但她倆的外觀的美是大不相同，即她倆內心所形諸外的表情也是截然兩樣。但是我覺得寶玉所看見的，還沒有賈璉的一個小么興兒所批評的爲曲盡形容之妙。當尤二姐嫁了賈璉，瞞着鳳姐在外面住，有一天二姐和興兒擺龍門陣，二姐問長問短，興兒道：『奶奶不知道：我們家的姑娘不算外，還有兩位姑娘，眞是天下少有！一位是我們姑太太的女孩兒，姓林，一位是姨太太的女孩兒，姓薛。這兩位姑娘都是美人兒一樣；又都知書識字的。或出門上車，或園子裏遇見，我們連氣兒也不敢出！』『尤二姐道：「你們家規矩大：小孩子進得去，遇見姑娘，原該遠遠的藏躲着，敢出什麼氣兒呢？」興兒搖手道：「不是那麼不敢出氣兒，是怕這氣兒大了，吹倒了林姑娘；氣兒煖了，又吹化了薛姑娘！」』（第六十五回）這話雖然完全是孩子，但把一個林姑娘形容得弱不禁風，婷婷嫋嫋；把一個薛姑娘形容得玲瓏剔邊，冰雪聰明，她們的自然美都窮容形相適如其分地烘托出來了！觀止矣，蔑以加矣！寶玉處在這二美之間，究如何處置？如何選擇呢？我們可以先下一句斷語：寶玉愛黛玉，也愛寶釵；但是『魚我所欲也，熊掌亦我所欲也。二者不可得兼，舍魚而取熊掌。』到了這個當口，寶玉自然是舍寶釵而取黛玉。只是，結果，黛玉沒有得到，倒娶了寶釵，這其間經過了一個長期的激烈鬥爭，於是快樂的寶玉，變成了一個悲哀的寶玉。

黛玉自從到賈府以來，便是同寶玉住在一起，朝夕相處，額鬢厮摩，形跡親密，兩小無猜，兼之賈母既因念亡女而憐外孫女，又因愛孫推愛至於他所鍾愛之人——黛玉，理至順，情至正也，但好事多魔，憑空來了一個薛寶釵，弄到後來，賈寶玉竟娶了寶釵，黛玉因此桂折蘭摧，月落花殘，以鬱，以病，以死，寶玉雖被迫而與寶釵結婚然情之所鍾，其何能已，結果竟剃度出家，擺脫一切，這一段公案實值得我們細細分析；不惟博古，亦以知今；不惟知人，亦以鑒已。我們讀過紅樓夢的，都知道黛玉在這一場戀愛的鬥爭中犧牲了；寶玉在這中間也失敗了，求其原因，厥有數端：（一）賈寶玉與薛林所處的是封建貴族的宗法社會，怎麼叫做封建貴族的宗法社會呢？因爲那時，中國的國民經濟還滯留在農業手工業的狀態，同時商業資本已很發展，在這種經濟的基礎上建立家族制度，自然是極端的宗法社會，就是說：父母有絕對的威權，子女的一切生活方式，均須受父母的主宰，而婚姻大事更須得『父母之命，媒妁之言，』不像現在：我們可以自由找我們的對象，可以不需要媒妁之言，也不必待父母之命；但是諸位不要誤會：以爲我們在現在對於戀愛，對於婚姻有了絕對的自由。那只是幻想，還早着呢！這是後話，却說那時男女的界限非常之嚴，雖然在大觀園中，寶玉和黛玉往來很親密，但他們却不敢公開地表暴他們的愛的心情，尤其是黛玉那樣聰敏絕頂的人，寶玉絲毫鹵莽不得。寶玉黛玉彼此相處眞是你也有情，我也有意，但黛玉又多愁善感，矜持萬分，弄得寶玉不敢造次，有一次吃了一頓排頭，惹得黛玉痛哭一場。黛玉的善哭也是她的一個特點，她只一哭，便把寶玉弄得爬天仆地了，事情是這樣的：這天他們兩個在一塊偷讀西廂記，讀得正高興時，寶玉笑道：『我就是個「多愁多病的身」你就是那「傾國傾城貌！」林黛玉聽了，不覺帶腮連耳通紅，登時豎起兩道似蹙非蹙的眉，瞪了兩隻似睁非睁的眼，桃腮帶怒，薄面含嗔，指着寶玉道？「你這該死的！胡說！好好的把這淫詞豔曲弄了來，說這些混賬話來欺負我，我告訴舅舅舅母去，』黛玉這種驕嫩的脾氣也許就是她一生最吃虧的地方，但是，我想要是做『心理之分析』時，她的心情未嘗不是對於寶玉的話表示同感，也許寶玉說得太唐突，使黛玉不好表示接受，害得寶玉又是求饒，又是發誓，但是他這種誓却發得很巧妙，居然把黛玉弄笑了；他說：『好妹妹，千萬饒我這一遭！原是我說錯了，若有心欺負你，明兒我掉在池子裏，叫個癩頭黿吃了，變個大忘八，等你明兒做了一品夫人，病老歸西的時候，我往你墳上替你駝一輩子碑去。』（第二十三回）黛玉聽他這話才笑起來。他們在一塊處久了，自然要有些『不虞之譽，求全之毀』了，這也是人世間難免的。黛玉的性情既然孤高，那張嘴又極尖利，當然在大觀園裏，上上下下無形之中得罪了許多人。有一天，薛姨媽叫周瑞家的帶了一些新製的宮花到園子裏送給各位奶奶小姐，順路一家一家送了，最末，才送給黛玉，這原是很偶然的一件事，黛玉却多心問道：「還是送給我一人，還是也送給其她姊妹們的？」周瑞家的答道：「也送給其她姊妹的。」黛玉便冷笑道：「我道呢！原來人家揀剩下的，才送給我！」（大意如此）周瑞家的，自然一聲不響，但她的內心對於黛玉一定是不滿。諸如此類，也給黛玉和寶玉的戀愛過程中添了許多障礙。寃家路窄，可巧寶釵的性情和爲人恰與她相反。寶釵胸有城府，先從賈母，王夫人起，都對她表示好感。贊她穩重，稱她知好歹，而且大觀園中當權者王熙鳳是專會看風色的；她看見賈母，王夫人喜歡寶釵，她對寶釵的態度也就越發好起來；她看見賈母雖然疼林黛玉，却說她脾氣不好，不屬意于她，熙鳳也就對她兩樣了。寶釵本是大觀園中，也可說大觀園時代，一個標本的鄉愿人物。他不惟什麽人都不得罪，他并看透了賈母，賈政，王夫人等的心理。是想寶玉高取科第的，所以她一舉一動，都裝出老成持重，和平溫厚，謹言愼行的態度。這種態度正合賈母王夫人甚至當時一般社會的良妻賢母的觀念，賈寶玉將來的婚姻對象，在她們（賈母等）的心目中，已經從林黛玉移到薛寶釵身上了。黛玉的情敵自然是寶釵，但她還有一個致命的敵人就是襲人，襲人，我們將來還要詳細說到她，現在只略略介紹一下，她原是花自芳的妹妹；『本名：「珍珠」』後來寶玉因她姓花，又見舊詩上有『花氣襲人』之句，遂給她起名叫『襲人，』她原是伏侍賈母的，賈母『生恐寶玉之婢，不中任使，素知襲人心地純良（？）遂與寶玉。』（第三回）『這襲人有些癡處：伏侍賈母，心中眼中只有一個賈母，今跟了寶玉，心中眼中又只有一個寶玉。』（第三回）唯其心中眼中只有一個寶玉，則看見寶玉和黛玉親密，又想道：黛玉那樣聰明銳利，假使她果眞與寶玉結了婚，那她（襲人）這已經有了姨奶奶身分的人，將來在黛玉手下，日子恐怕是不好過的。心裏已經是『醋罐子一大堆』了。而且這不獨存之於心，亦且見之於詞色了。有一天一早，寶玉便跑到黛玉那裏去，適逢史湘雲也宿在黛玉那裏，她們還沒有起床，寶玉暫時出去，等她們起了床又進去，黛玉她們洗過臉，他竟就着髒水也洗了臉，並請湘雲給他梳了頭，襲人進來見這光景，知是梳洗過了，只得回去自己梳洗。可巧這時『寶釵走來，因問：「寶兄弟那裏去了？」襲人冷笑道：「寶兄弟那裏還有在家的工夫！」寶釵聽說，心中明白。又聽襲人歎道：「姊妹們和氣也有個分子禮節，也沒有黑夜白日鬧的！憑人怎麼勸，都是耳旁風！」寶釵聽了心中暗忖道：「倒別錯看了這個丫頭，憑他這話，倒有些見識！」』（第二十一回）寶釵的意思很明白：在她和黛玉的鬥爭上，她是得着各方面的支持的；但是她同時又曉得：寶釵是和黛玉一條心的。在這個愛情的主角——寶玉身邊，若果找到一個內奸給她做『窩裏翻，』那是最好不過的。所以寶釵聽了襲人上邊一番話以後，『正中下懷』『便在炕上坐下，慢慢的閒言中，套問她的年紀家鄉等語，留神窺察其言語志量深可敬愛。』（同上回）寶釵用了這種苦心探聽襲人的來歷，便是老謀深算，心裏叵測，因爲她已選中了她的內奸，預備不動聲色地奪取這頂鳳冠，這時寶釵心中，爭取勝利的心佔據了她，對於林妹妹的友情也丟在九霄雲外去了。但是，有諸內必形諸外，『一時寶玉來了，寶釵方出去。寶玉便問襲人道：『怎樣？寶姐姐和你說的這麼熱鬧，見我進來，就跑了？』』（第二十一回）這已活畫寶釵之妬和襲人與她所熱鬧談論的是何等事了。後來襲人之進一步地對於黛玉的襲擊——可以說是致命的襲擊，——也許就有寶釵的謀劃或暗示的因素。王夫人以後對於寶玉和黛玉的防嫌以及他們的愛的悲劇，是與襲人有很大的關聯的，王夫人因爲寶玉挨了他父親一陣毒打，正在悲痛，尋求寶玉挨打的原因，襲人便乘間對王夫人說：『別的緣故，實在不知道了，我今日大膽在太太跟前說句不知好歹的話，論理……』說了半截，忙又嚥住。這便是奸人的『浸潤之譖，膚受之愬』的慣技，王夫人却正上了她的圈套，襲人遂說：『太太別生氣，我就說了。』王夫人道：『我有什麼生氣的？你只管說來！』於是把寶玉如何如何應該管的理由說給王夫人聽，而歸結到對於林薛之宜「杜漸防微」道：『……我只想着討太太一個示下，怎麼變個法兒，已復竟還叫二爺搬出園外來住，就好了。』忠厚的王夫人聽了，便吃一大驚，忙拉了襲人的手問道：『寶玉難道和誰作怪了不成？』襲人連忙回道：『太太別多心，並沒有這話，這不過是我的小見識。如今二爺也大了，裏頭姑娘們也大了，况且林姑娘，薛姑娘又是兩姨姑表姊妹，雖說是姊妹們，倒底是男女之分，日夜一處起坐不方便，由不得叫人懸心，便是外人看著，也不像大家子的體統。俗語說得好：沒事常思有事，世上多少沒頭腦的事多半因爲無心中做出，有心人看見，當做有心事，反說壞了。只是預先不防着，斷然不好。二爺素日的性格太太是知道的，他又偏好在我們隊裏鬧，倘或不防前後錯了一點半點，不論眞假，人多口雜，那起小人的嘴有什麼避諱，心順了，說是比菩薩還好；心不順，就編的連畜生不如。二爺將來，倘或有人說好，不過大家直過；設如叫人哼出一聲「不是」來，我們不用說，粉身碎骨，罪有萬重，都是平常小事。二爺一生的聲名品行，豈不完了？二則太太也難見老爺，俗語又說，君子防未然，不如這回子防備的爲是。太太事情多，一時固然想不到；我們想不到則可，既想到了，若不回明太太，罪越重了。近來我爲這事，日夜懸心，又不好說與人，惟有燈知道罷了！』（第三十四回）襲人這番話等於向最高法院告了寶玉黛玉一狀一樣；黛玉和寶玉的命運已經在她這一狀中判定了。就她的話說：第一，天下女兒唯有襲人是靠得住的，（但不知她對於寶玉與她嘗試警幻仙子所授雲雨之事如何設想？）天下女人，也只有她可與寶玉親密相處，而不要『防備』，或『防患未然。』第二，她的主要目的在告林黛玉，却拉出薛寶釵做陪客，而先舉林黛玉，主客顯然；輕重自見；第三，她的目的是要王夫人打斷黛玉和寶玉的親密關係，而却從寶玉的身分聲名和品行上說起，說到『大家子體統，』說到『太太也難見老爺』委婉曲折，娓娓動聽，大奸似忠，大詐似信，忠厚老實的王夫人那能不墮入襲人的術中？後來（第八十二回）寶玉越大了，訂婚結婚的期間越急迫了，又引起襲人的焦慮。有一天，『寶玉上學之後，怡紅院中，甚覺清淨閒暇，襲人倒可做些活計，拿着針線要繡個檳榔包兒，想着如今寶玉有了功課，丫頭們可也沒有飢荒了。早要如此，晴雯何至弄到沒有結果，『兔死狐悲』不覺滴下淚來。又想到：自己終身，本不是寶玉的正配，原是偏房。寶玉的爲人卻還拿得住，只怕娶了一個利害的，自己便是尤二姐香菱後身。素來看着賈母王夫人光景，及鳳姐往往露出話來，自然是黛玉無疑了。那黛玉就是個多心人。想到此際，臉紅心熱，拿着鍼不知戳到那裏去了。便把活計放下走到黛玉處，去探他的口氣。黛玉正在那裏看書，見是襲人，欠身讓坐。襲人也連忙上來問：「姑娘這幾天身子可大好了？」黛玉道：「那裏能夠？不過略硬朗些？你在家裏做什麼呢？」襲人道：「如今寶二爺上了學，房中一點事兒沒有，因此來瞧瞧姑娘說說話兒。」說着，紫鵑拿茶來，襲人忙站起來，道：「妹妹坐着吧！」因又笑道：「我前兒聽秋紋說，妹妹地裏說我們什麼來？」紫鵑也笑道：「姐姐信他的話！我說：寶二爺上了學，寶姑娘又隔斷了，連香菱也不過來，自然是悶的。」襲人道：「你還提香菱呢？這纔苦呢！撞着這位太歲奶奶，難爲他怎麼過！」把手伸着兩個指頭道：「說起來，比他還利害，連外頭的臉面都不顧了，」黛玉接着道：「他也夠受了！尤二姑娘怎麼死了？」襲人道：「可不是，想來都是一個人，不過名分裏頭差些，何苦這樣毒？外面名聲也不好聽！」黛玉從不聞襲人背地裏說人，今聽此話有因，便說道：「這也難說。但凡家庭之事，不是東風壓了西風，便是西風壓了東風。」襲人道：「做了旁邊人心裏先怯了，那裏倒敢去欺侮人呢？……」』（第八十二回）黛玉是從社會一般家庭現象立論，本是事實，並未嘗留心，但是襲人却先懷了一種偵探的心情前來，聽了這話，自然是觸動了她的自衞本能，黛玉以後的遭遇，恐怕這一番話給她造了不少的惡因的。

但是有人一定要問：寶玉之於黛玉與寶釵之間，究有什麼不同呢？那是太多了，太顯然了。寶玉對於一般女性都是寄與同情之愛的、但是對於寶釵和黛玉的確是深一層的，尤其是對於黛玉可算用情到了極處。而體貼亦算無微不至，我們不能一一敍述，只舉一二事，便可瞭然。最顯然的，寶玉初見黛玉時，便說，好像在那裏會見過的，看見自己帶的有玉，而黛玉無有，便要把玉摔掉罵道：『什麼罕物？人的高下不識，還說靈不靈呢！我也不要這撈什子！』（第三回）自此以後，寶玉對於凡足以引起黛玉不快或無母，其後又無父的感觸的話都小心謹慎的避開不說；看見人家有，而黛玉沒有的或是黛玉喜歡的東西，寶玉總想方法弄了來給她；足以使她感傷的言語，一句也不敢對她說，就是別人說了，寶玉還要設法阻止或加以支吾，或加以疏解或安慰。寶玉心裏愛黛玉，黛玉心裏也着實愛寶玉，但是黛玉那孤高自尊的心情却又不願露出來，對於寶玉一言一行，都細心考察，有時自然發生許多誤會，加上寶玉對於女性有一種汎愛的性情，對於黛玉的情敵薛寶釵的關係，往往發生妬嫉，有一天『寶玉正和寶釵玩笑，忽見人說：史大姑娘來了。寶玉聽了，擡身就走。寶釵笑道：「等着！咱們兩個一齊去瞧瞧他去。」說着，下了炕，同寶玉來至賈母這邊，只見史湘雲大笑大說的。見了他兩個，忙問好，廝見，正係林黛玉在旁，因問寶玉在那裏來，寶玉便說在寶姐姐家來。黛玉冷笑道：「我說呢虧在那裏絆住，不然早就飛了來了。」寶玉道：「只許同你頑，替你解悶兒，不過偶然去他那裏一遭就說這話！」黛玉道：「好沒意思的話！去不去干我甚麼事！又沒叫你替我解悶兒，可許你從此不理我吧！」說着便賭氣回房去了。』（第二十回）照這樣看來，寶玉對黛玉有時也要抗辯一下，不過每一經過口舌，他們的愛情越發加深一層。這次衝突一起黛玉賭氣回去，寶玉也就「忙跟了來，問道，好好的又生氣了！就是我說錯句話，你到底也還坐在那裏，和別人說笑一會子，又自己來拿悶，」黛玉道：「你管我！」寶玉笑道：「我自然不敢管你，只是你自己作踐了身子呢！」黛玉道：「我作踐了我的身子，我死我的，與你何干？」寶玉道：「何苦來，大正月裏，『死了活了』的！黛玉道：「偏說死，我這會子就死，你怕死，你長命百歲的，何如？」寶玉笑道：「要像只管這樣的鬧，我還怕死麼？倒不如死了干淨！」黛玉忙道：「正是了，若是這樣鬧，不如死了干淨！」』（同上回）這時冤家路窄，可巧「寶釵走來」把寶玉推走了，黛玉見了越發生氣，悶向窗前流泪。』自然寶釵看寶玉那樣低聲下氣，和顏悅色地向黛玉求和，心裏也未免有幾分酸味，所以走來把寶玉拖走，但是寶玉沒兩盞茶時，又來了，黛玉見了，越發抽抽噎噎的哭個不住。寶玉還未張口，黛玉先發話道：『你又來作什麼？死活憑我去吧了！橫豎如今有人和你頑耍，比我强多呢！又會作，又會寫，又會說，又會笑，又怕你生氣，拉了你去，你又來做什麼？』這明明表現出薛林之間的尖銳的衝突，寶玉在這個當口不能不拿出自己的勇氣來表示自己的決心了，所以『寶玉聽了，忙上前悄悄的說道：「你這個明白人難道連親不隔疏，後不僭先都不知道？我雖糊塗，却明白這兩句話。頭一件，咱們是姑舅姊妹，寶姐姐是兩姨姊妹，論親戚他比你疏。第二你先來，咱們兩個一桌吃，一床睡，自小兒一處長大的，他是才來的，豈有個爲他疏你的？」』黛玉在表面上自然不能承認他這話，所以啐了一口道：『「我難道叫你疏他，我成了什麼人了呢？我爲的是我的心！」寶玉道：「我也爲的是我的心。你的心難道就知道你的心，絕不知道我的心不成？」』（同上回）這是表示寶玉對於林黛玉的心，而黛玉對於寶玉的眞心，也可於另一事見之：當寶玉被他父親賈政毒打以後，寶釵固然也是着急，也是想方設法，却沒有黛玉表現得出乎至性至情。『這裏寶玉昏昏默默，只見蔣玉函走了進來，訴說忠順王拿他之事，一時又是金釧兒進來哭說爲他投井之情。寶玉半夢半醒，都不在意，忽又覺有人推他，恍恍惚惚，聽得有人悲切之聲，寶玉從夢中驚醒，睜眼一看，不是別人，卻是林黛玉，猶恐是夢，忙又將身子欠起來，向臉上細細一觀，只見他兩個眼睛腫得桃兒一般，滿面淚光，不是黛玉，卻是那個？』（第三十四回）等到鳳姐來了，黛玉要走，寶玉不放，黛玉急得跺脚，悄悄的說道：『「你瞧瞧我的眼睛，又該他們取笑開心了。」』黛玉這種用情是發自內心的，不是表現在浮面上的。薛寶釵便沒有這種表情。而黛玉和寶玉的心心相印，息息相通處還不止此。有一次寶釵派了一個老媽媽送荔枝給黛玉，可巧襲人也正在那兒和黛玉攀談，這個老媽媽，我想是有點呆頭呆腦的，一邊把那瓶兒遞給雪雁，一邊『又回頭看看黛玉，因笑着向襲人道：「怨不得我們太太說這位林姑娘和你們寶二爺是一對兒，原來真是天倫假的！」……黛玉進了套間，猛抬頭看見了荔枝瓶，不禁想起日間老婆子的一番混話，甚是剌心。當此黃昏人靜，千愁萬緒，堆上心來，想起自己身子不牢，年紀又大了，看寶玉的光景心裏雖沒別人，但是老太太舅母又不見有半點意思。深恨父母在時，何不早定了這頭婚姻？又輕念一想道：「倘若父母在別處定了婚姻，怎能似寶玉這般人材心地？不如此時尚有可圖，」一上一下，輾轉纏綿，竟好像轆轤一般，嘆了一回弔了幾點淚，無情無緒和衣倒下，不知不覺，只見小丫頭走來說道：「外面雨村賈老爺請姑娘，」黛玉道：「雖跟他讀過書，卻不比男學生，要見我做什麼？況且他和舅舅往來，從未提起，我也不便見的，因叫小丫頭回覆：「身上有病，不能出來，與我請安道謝，就是了！」小丫頭道：「只怕要與姑娘道喜，南京還有人來接，」說着又見鳳姐兒，邢夫人，王夫人，寶釵等都來笑道：「我們一來道喜，二來送行！」黛玉慌道：「你們說什麼話！」鳳姐道：「你還粧什麼呆？你難道不知道林姑爺陞了湖北糧道，娶了一位繼母，十分合心合意，如今想着你撩在這裏不成事體，因託了賈雨村作媒將你許了你繼母的什麼親戚，還說是續弦，所以着人到這裏來接你回去，大約一到家中，就要過去的。都是你繼母作主。怕的是道兒上沒有照應，還叫你璉二哥哥送去！」說得黛玉一身冷汗。黛玉又恍惚父親是在那裏做官的樣子，心上急着硬說道：「沒有的事，都是鳳姐混鬧！」只見邢夫人向王夫人使個眼色兒：「他還不信呢！咱們走罷！」黛玉含着淚道：「二位舅母坐坐去！」衆人不言語，都冷

賈寶玉

笑而去。黛玉此時心中乾急，又說不出來，哽哽咽咽，恍惚又是和賈母在一處的似的。心中想道：此事唯求老太太或還可救。於是兩腿跪下，抱着賈母的腰說道：「老太太救我！我南邊是死也不去的！況且有了繼母，又不是我的親娘，我是情願跟着老太太一塊兒的！」但是老太太呆着臉兒笑道：「這個不干我事！」黛玉哭道：「老太太這是什麽事呢！」老太太道：「續弦也好，倒多一副粧奩！」黛玉哭道：「我若在老太太跟前，決不使這裏分外的閒錢，只求老太太救我！」賈母道：「不中用了！做了女人，終是要出嫁的；你孩子家不知道，在此地終非了局！」黛玉道：「我在這裏情願自己做奴婢過活，自做自吃，也是願意，只求老太太作主！」老太太總不言語：黛玉抱着賈母的腰哭道：「老太太！你向來最是慈悲的，又最疼我的。到了緊急的時候，怎麼全不管？不要說我是你的外孫女，是隔了一層了。我的娘是你的親生女兒，看我娘分上，也該護庇些！」說着，撞在懷裏，痛哭，聽見賈母道：「鴛鴦！你來送姑娘出去歇歇，我倒被他鬧乏了！」黛玉情知不是路了，求也無用，不如尋個自盡。站起來往外走，深痛自己沒有親娘，便是外祖母與舅母姊妹們，平時何等待的好，可見都是假的。又一想：今日怎麼獨不見寶玉？或見一面，他還有法兒。便見寶玉站在面前，笑嘻嘻的說：「妹妹大喜呀！」黛玉聽了這一句話，越發急了，也顧不得什麼了，把寶玉緊緊拉住說：「我今日才知道你是個無情無義的人了！」寶玉道：「我怎麼無情無義？你既有了人家兒，咱們來各幹各自的吧！」黛玉越聽越氣，越沒了主意，拉着寶玉哭道：「好哥哥你叫我跟了誰去？」寶玉道！「你要不去，就在這裏住着，你原是許了我的，所以你才到我這裏來。我待你是怎麽樣的？你也想想！」黛玉恍惚又像果曾許過寶玉的，心內忽又轉悲爲喜，問寶玉道：「我是死活打定了主義的了，你到底叫我去不去？」寶玉道：「我說叫你住下，你不信我的話，你就瞧瞧我的心！」說着，就拿着一把小尖刀子，往胸口上一劃，只見鮮血直流，黛玉嚇得魂飛魄散，忙用手握着寶玉的心窩道：「你怎麽做出這個事來？你先殺了我罷！」寶玉道：「不怕！我拿我的心給你瞧，」還把手兒劃開的地方亂抓。黛玉又顫又哭又怕撞破，抱住寶玉痛哭。寶玉道：「不好了！我的心沒有了，活不得了！」說着，眼睛望上一翻，鼓鼕就倒了。黛玉拚命放聲大哭，只聽紫鵑叫道：「姑娘姑娘，怎麽魘住了，快醒醒兒，脫了衣服睡！」黛玉一翻身，卻原來是一場惡夢。（第八十二回）從這段故事中，我們可以看出：

（1）林黛玉是死心塌地不願離賈府南去的；

（2）黛玉是死心塌地除了寶玉不願嫁給別人的！

（3）賈母邢夫人暨鳳姐對於寶玉和黛玉的婚姻問題一向態度都是冷淡的，雖然鳳姐也曾在口頭上測驗賈母等的心裡狀態，她一探知賈母等態度對黛玉不好，她便會兩樣的；

（4）寶玉對黛玉的心，和黛玉對寶玉的心一模一樣，所以寶玉那天晚上（據襲人說）當黛玉夢見寶玉剖心自明時，着實呼喊如刀割地痛，自然也做了黛玉所做的同樣的夢，不過對襲人不好說吧了。

（5）黛玉寶玉所做的夢是有事實的根據麽？

因此我們要問：同時又發生下述一個科學上的問題：兩個愛人在兩地裏，情之所鍾，果眞可以息息相通麽？我以爲是可能的，是可以在科學上得到解釋的。因爲就心理學上，大凡夢裏所見或遭遇的現象及所做的言行，不一定就是覺時某一事實之有系統的逼眞的留聲或寫眞，乃是在覺時有了各種各樣的悲歡離合之心理現象的堆積，經夢者的潛在的意識把它組成一個系統，一幕一幕地傳寫出來的。至於兩地之情感互通，在科學上也不是不可解釋的，我想電子原理和法則的將來進步必然會給我們解决這個問題的。就我個人親身經驗說，我在德國留學時，我父親死在老家裏；在抗戰時期，母親逃難，死在常德，在未得家信相當時日之前，都得到一種夢境中的異兆。尤其活靈活現的，我的嫡堂妹妹，因爲她父母死得早，出嫁都是我母親一手辦的；是則她們的情分無異母女了。有一天晚上，我母親正抱着水煙袋坐在臥房中床邊上吸烟，忽聽我這個妹妹在窗外喊了一聲，母親便叫道：「不好，恐怕大姑娘有什麽不好！」趕急叫家人打着燈籠走到我的妹妹家，始知我的妹妹因難產被收生婆動手折了臟腑，已經入了迷昏狀態，但是旁人一喊「大媽來了，」她却忽然清醒地說：「大媽！我到你那裏去的！」我想骨肉至親或眞正愛情的伴侶是會有這種精神聯繫的，不是別的，就是無線電的作用。他們彼此之間，各人身上或許都有一個極微妙的無線電台，並各有特别的吸號，到急難時，會彼此通消息的。可惜我的科學智識太幼稚，不能與以證明，只能提出一種近於幻想的假設吧了。這是後話，暫不必提，且說寶玉黛玉之間，心情既如是親密，而兩人又着實配得稱，若在現代社會，也許比較容易得到滿意的結果——使有情人成了眷屬。但在兩三百年前的中國社會，女子都是要『三從四德』的，男兒訂婚也必得『父母之命，媒妁之言，』婚姻莫由自主，況這一悲喜劇的過程夾雜着許多奸謀詭計。黛玉多情善感卽在平時已是易於傷感，到了婚姻問題不能如意解決時，更是要受到致命的打擊，所以這時，就已經形成了她的肺病狀態了。寶玉既再度失去通靈玉以後，神志便日就昏迷，賈母王夫人等遂想出一種『冲喜』的方法，所謂「冲喜」就是當少年患病快要死時，給他弄個女人或將已訂婚的未婚妻弄了來，舉行一種結婚的儀式，據說，這是奶奶經上趨吉避兇的一個最好方法。賈母居然也採用了，於是就接二連三地與薛姨媽談判，把寶釵給了寶玉，訂婚結婚，一起舉行。不過這時發生了一個極嚴重的問題；就是在寶玉意識還淸楚時，若對他說，給他娶寶釵而拋棄黛玉，那是絕對辦不到的。因爲有一次紫鵑同他開玩笑說黛玉家已經派人乘船來接她回去，把寶玉弄得害了一場大病，見了玩物用的洋船也要打毀，哭着不許黛玉回南去，還是紫鵑親身過去扶伺了好多天才好，可見寶玉的心實而堅決，若給他知道了娶的寶釵而不是黛玉，那末，上次的亂子還是要重演的。襲人對於這一層知道得很淸楚，她以爲「若是如今和他說要娶寶姑娘，就把林姑娘丟開，除非是他人事不知還可，若稍明白些，只怕不但不能冲喜，竟是催命了！」（第九十六回）所以她對王夫人說：「太太看去，寶二爺和寶姑娘好，還是和林姑娘好呢？」王夫人道：「他兩個因從小兒在一處，所以寶玉和林姑娘又好些，」襲人道：「不是好些！」便將寶玉素與黛玉這些光景一一說了。還說：『這些事都是太太親眼看見的。獨是夏天的話，我從沒敢和別人說。』王夫人拉着襲人道：「我看外面兒，已瞧出幾分來了。你今兒（這）說，更加是了，但是剛才老爺說的話，想必都聽到了，你看他的神情怎樣？」襲人道：「如今寶玉若有人和他說話，他就笑，沒人和他說話，他就睡，所以頭裏的話，却倒都沒聽見。」王夫人道：「倒是這件事叫人怎麼樣呢？」襲人道：「奴才說是說了，還得太太告訴老太太想個萬全的主意才好。」（第九十六回）襲人雖然深知寶玉和黛玉的關係，知道若不是使寶玉一點知覺沒有，一旦娶了寶釵，丟開黛玉，必然要鬧出大禍，但他的內心中，實在是歡迎寶釵而討厭黛玉，所以事實報告完了之後，不作決定之詞，也並不做進一步的警告，使王夫人等知所戒懼。她的存心正不堪問，因爲她的隱微處伏着她的個人的利益，還致誤人誤己，這是後話，襲人既提供了王夫人上述的事實，那末，賈母王夫人對於這件事只有兩條路可走，決心改變方針，成就了寶玉的心願；或則決心娶寶釵，至於寶玉黛玉的生死，苦樂聽之，中間已無妥協餘地。正在爲難之際，聰明太過的王熙鳳想出一個妙計，就是一個『掉包兒的法子』怎樣叫『掉包兒』呢？鳳姐道『如今不管寶兄弟明白不明白，大家嚷鬧起來，說是老爺做主，將林妹妹配了他了，瞧他的神情兒怎麼樣，要是他全不管，這個包兒也就不用掉了；若是他有些喜歡的意思，這事却要大費周折呢？』於是鳳姐又向賈母耳邊如此這般的說了。說的什麼，我們雖然不得而知，然而我們『顧名思義』又證諸賈母王夫人以後採取的辦法，就是外面告訴寶玉說是給他娶林黛玉，骨子裏頭是薛寶釵，這是『貍貓換太子』的辦法，恐怕寶玉不信，並要紫鵑去充當陪伴的丫鬟，紫鵑不肯，結果，把雪雁派了去，這是後話，暫且不提，那末，黛玉雖然影影約約聽到他們要給寶玉娶寶釵，但確實的消息她又怎樣打聽到的呢？眞是『無巧不成書！』人家都『車馬相士砲』預備齊了，對付她。她還不知道。『一日，黛玉早飯後，帶着紫鵑到賈母這邊來，一則請安，二則為自己散散悶，出了瀟湘館，走了幾步，忽然想起忘了手絹子來，因叫紫鵑回去取來，自己卻慢慢的走着等他。剛走到沁芳橋那邊山石背後，當日同寶玉葬花之處，忽聽一個人嗚嗚咽咽在那裏哭。黛玉煞住脚聽時，又聽不出是誰的聲音，也聽不出哭著叨叨的是些什麼話，心裏甚是疑惑，便慢慢的走去，及到了跟前，卻見一個濃眉大眼丫頭在那裏哭呢！黛玉未見他時，還只疑府裏這些丫頭，有什麼說不出的心事，所以在這裏發洩發洩。及至見了這丫頭，却又好笑。因想道：「這種蠢貨有什麼情種，自然是那屋裏做粗活的丫頭受了大女子的氣了。」細瞧了一瞧，却不認得，那丫頭見黛玉來了，便也不敢再哭，站起來拭眼淚。黛玉問道：「你好好的，為什麼在這裏傷心？」那丫頭聽了這話，又流淚道：「林姑娘：你評評這個理！他們說話我又不知道。我就錯說了一句話，我姐姐也不該就打我呀！」黛玉聽了不懂他說的是什麼，因笑問道：「你姐姐是那一個？」那丫頭道：「就是珍珠姐姐」黛玉

賈寶玉

聽了，纔知道他是賈母屋裏的。因又問：「你叫什麼？」那丫頭道：「我叫傻大姐！」黛玉笑了一笑，又問：「你姐姐爲什麼打你？你說錯了什麼話了？」那丫頭道：「爲什麼呢？就是爲我們寶二爺娶寶姑娘的事情！」黛玉聽了這句話，如同一個疾雷，心頭亂跳，略定了神，便叫這丫頭：「你跟了我這裏來！」那丫頭跟着黛玉到那畸角兒上葬桃花的去處，那裏背靜。黛玉因問道：「寶二爺娶寶姑娘，他爲什麼打你呢？」傻大姐道：「我們老太太和太太二奶奶商量了，因爲我們老爺要起身說就趕着往姨太太商量，把寶姑娘娶過來吧：頭一宗給寶二爺冲冲喜；第二宗，」說到這裏，又瞧着黛玉笑了一笑，纔說道：「趕着辦了，還要給林姑娘說婆婆家呢！」黛玉已經聽呆了。這丫頭只管說道：「我又不知道他們怎樣商量的，不叫人噪鬧，怕寶姑娘聽了害臊，我只和寶二爺屋裏的襲人姐姐說了一句：『咱們明兒更熱鬧了，又是寶姑娘，又是寶二奶奶，這可怎麼叫呢？』林姑娘！你說我這話害着珍珠姐姐什麼了呢？他走過來，打了我一個嘴巴，說我混說，不遵上頭的話，要攆我出去，我知道上頭爲什麼不叫言語呢？你們又沒告訴我，就打我！」說着，又哭起來。黛玉此時心裏竟是油兒，醬兒，糖兒，醋兒倒在一處的一般，——甜，苦，酸，鹹，竟說不上什麼味兒來了。停了一會兒，顫巍巍的說道：「你別混說了！你再混說，叫人聽見，又要打你了，你去吧！」說着，自己要回瀟湘館去，那身子竟有千百觔重的，兩隻腳卻像踏着棉花一般，早已軟了，只得一步一步慢慢地走將下來，走了半天，還沒到沁芳橋畔，腳下愈加軟了。走的慢，且又迷迷癡癡，信着腳，從那邊繞過來，更添了兩箭地的路，這時剛到沁芳橋畔，却又不知不覺的順着隄往向裏走起來，紫鵑取了手絹來，却不見黛玉，正在那裏看時，只見黛玉臉色雪白，身子恍恍蕩蕩的，眼睛也直直的，在那裏東轉西轉：又見了一個丫頭往前頭走了，離的遠，也看不出是那一個來，心中驚疑不定，只得趕過來輕輕的問道：「姑娘怎樣又回去？是要往那裏去？」黛玉只模模糊糊聽見，隨口答道：『我問問寶玉去！』紫鵑聽了摸不着頭腦，只得攙着他到賈母這邊來，黛玉走到賈母門口，心裏微覺明晰，回頭看見紫鵑攙着自己，便站住了問道：『你作什麼來的？』紫鵑陪笑道：『我找了絹子來了。頭裏見姑娘在橋那邊呢，我趕着過去問姑娘，姑娘沒理會！』黛玉笑道：『我打量你來瞧寶二爺來了呢！不然怎麼往這裏走呢？』紫鵑見他心裏迷惑，便知黛玉必是聽見那丫頭什麼話了，惟有點頭微笑而已，只是心裏怕他見了寶玉那個已經是瘋瘋傻傻，這一個又這樣恍恍惚惚，一時說出些不大體統的話來，那時如何是好？心裏雖如此想？卻也不違拗，只得攙他進去。那黛玉卻又奇怪了，這時不似先前那樣軟了，也不用紫鵑打簾子，自己掀起簾子進來。襲人同她說話，她也不理會，自己走進房來，看寶玉在那裏坐着，也不起來讓坐，只瞧着嘻嘻的傻笑。黛玉自己坐下，却也瞧着寶玉笑，兩個人也不問好，也不說話，也無推讓，只管對着臉傻笑起來。」（第九十六回）這乃是兩人悲痛到極點的現象。黛玉到了此時，便決心加速地自殺，另一方面，賈母王夫人鳳姐等正在那裏打她們的『如意算盤』給寶玉寶釵預備洞房花燭。而賈寶玉還在鼓裏呆着，以為眞是給他娶林妹妹來。那裏曉得這全是『鳳姐想出一條偷梁換柱之計，』當寶玉和寶釵正式舉行結婚禮時，正是黛玉在瀟湘館結束她的生命時。在這一幕悲喜劇中，主謀各人都得不償失：黛玉被犧牲了；但也沒有救了寶玉，也沒有使寶釵享得愛情的幸福，收獲到從林黛玉懷中，用陰謀詭計，巧取來的愛情的果子！寶玉雖然被迫與寶釵結婚，但也還是心心念念地想着黛玉，他們越是『神出鬼沒』就越『叫他不得主意，便也不顧別的，口口聲聲只要找林妹妹去！』（第九十七回）趕到『寶玉片時清楚，自料難保，見諸人散後，……因……拉着襲人哭道：「我問你：寶姐姐怎麼來的？我記得老爺給我娶了林妹妹過來，怎麼被寶姐姐趕了去了？她為什麼霸佔住在這裏？我要說呢，又恐怕得罪了她！你們聽見林妹妹哭得怎麼樣了！」襲人不敢說明，只得說道：「林姑娘病着呢！」寶玉道：「我瞧瞧去！」說着，要起來，豈知連日飲食不進，那能動轉，便哭道：「我要死了！我有一句心裏的話，只求你回明老太太；橫豎林妹妹也是要死的；我如今也不能保，兩處兩個病人都要死的，死了越發張羅，不如騰一處空房子，趁早將我同林妹妹兩個抬在那裏，活着也好一處醫治扶侍；死了也好一處停放，你依我這話，不枉了幾年的情分！』可憐！他還不知道黛玉已在他和他的寶姐姐『喝交杯盞』時懷着滿腔的熱淚，滿腹的冤抑，和滿心無可告訴的深情『一命嗚呼』了！但是，寶玉並沒有辜負她！賈母雖然為了愛寶玉，却逆着寶玉的心理鑄成此種大錯，結果弄得寶玉反倒喪魂失魄，死去活來！而白白地讓她的死在地下的女兒所遺留下來的如花孤女活活死去，兩不夠人！王夫人滿肚子說不出的那種『三從四德』的正氣，逼死外甥女，害了姨姪女，却沒有救得愛兒，王熙鳳『逢君之惡』順着賈母王夫人的糊塗主意，費盡心計，想出那忍心害理的計謀，希望大事完成，論功行賞，她又居首，結果人財兩空，白忙一場！襲人的一相情願的想法，鎮日價做告密獻情的勾當，結果也撲了空，不得不琵琶別抱！因爲賈寶玉雖然偶顯神通，入闈高中，但他終於舍却塵緣，遁入空門。一家人都弄得興盡悲來，誤人誤己！這是後話，王熙鳳襲人和賈母我們還要詳細加以敍述的，暫且不提。現在對於這段公案，還有兩個問題不得不提出：第一、人們要問：賈寶玉爲什麼偏要死命地娶林黛玉而不要薛寶釵？第二、寶玉既然和黛玉那樣形影不離，情好彌篤：究竟他們除了這種形式上的親密以外，還有進一步的關係——肉體的關係——沒有？關於這兩點我們可以回答說：寶玉所以愛黛玉而不愛寶釵，不單是寶玉對於寶釵屢勸導他應與士大夫接談『及生起氣來，只說好好的一個清淨潔白的女子，也學得沽名釣譽，入了國賊祿蠹之流！』（第三十六回）並且是因黛玉不曾勸他去立身揚名，「所以深敬黛玉」（同上回）寶玉又有一次對襲人說：林妹妹說過這些混帳話（指勸他做祿蠹和之取功名而言）沒有？若說這些混帳話，我也和他生分了！』寶玉對於當時的社會現象抱着非常的不滿，所以他開口『祿蠹』閉口『國賊』，寶釵總是拿那些科名思想的陳腐道理，責備寶玉，黛玉對此，絕口不談，她却談言微中，超越流俗的精神，吸引了寶玉，這使寶玉對於釵黛之間，有種堅決的抉擇，明白些說：這是人生觀的衝突呵！第二個問題，黛玉臨死時交代得清楚，她對紫鵑說：『妹妹！我這裏並沒有親人！我的身子是干淨的！』是的，我們現在可以替黛玉鄭重地重複一句說：『我這裏沒有親人，我的身子是干淨的！』至於寶玉究竟是如何一種人呢？我們也有個交代，最好拿那兩首西月的詞來給他做結論：

無故尋愁覓恨，有時似傻如狂，縱然生得好皮囊，腹內原來草莽；潦倒不通世務，愚頑怕讀文章，行爲偏僻性乖張，那管世人誹謗？富貴不知樂業，貧窮難耐淒涼！可憐辜負好韶光，於國於家無望；天下無能第一，古今不肖無雙，寄言紈絝與膏粱，莫效此兒形狀！』

三 王熙鳳

王熙鳳在賈府，在賈母跟前是一個唯一出色當行的人，她是賈府興衰有極大關係的人。從林黛玉到賈府時登場起，直到賈府抄家和賈母老死，她皆演着重要的脚色。她是『金陵王』家的千金小姐，是賈政的王夫人的內姪女，賈赦的媳婦，賈璉的妻子。自幼是『假充男兒教養的，』所以又叫『鳳哥兒，』在賈府中，人們通稱爲『鳳姐』，賈母聲有時叫她做『鳳丫頭』有時甚至叫她做『鳳辣子』，則其人之不平凡，不好惹，也就是可見一斑。所以我們現在要分做下述九個節目來描述她：

（1）鳳姐是賈府的政治家

（2）鳳姐之姿

（3）鳳姐之才

（4）鳳姐之巧

（5）鳳姐之貪

（6）鳳姐之喜

（7）鳳姐之妬

（8）鳳姐之淫

（9）鳳姐與賈府之興衰

現在先說她的容貌。鳳姐是在林黛玉眼中出現的，她的姿態一出現就不平凡！當黛玉初到賈府，正在和她的舅母們暨衆姊妹廝見時，『一語未休，只聽後院中有笑聲，說：「我來遲了，不曾迎接遠客」，黛玉思忖道：「這些人個個皆是斂聲屏氣如此，這來者是誰？這樣放誕無禮！」心下思時，只見一羣媳婦丫鬟擁着一個麗人從後房進來。這個人打扮與姑娘們不同：彩繡輝煌，恍若神仙妃子。頭上綰着金絲八寶攢珠髻，插着朝陽五鳳攢珠釵，項上戴着赤金盤螭瓔珞圈；身上穿着縷金百蝶穿花大紅雲霞窄褙襖，外罩五彩刻絲石青銀鼠褂，下着翡翠撒花洋縐裙。一雙丹鳳三角眼，兩灣柳葉掉梢眉；身量苗條，體格風騷。粉面含春威不露，丹唇未啓笑先聞。』（第三回）這一段描寫，在紅樓夢的作者，是和描寫寶玉黛玉及寶釵用的一樣風格，可見熙鳳的重要。『彩繡輝煌』四字，是遠遠地看到她的整個外表。『恍若神仙妃子』一句，也是一入眼簾時，一種渾括的感覺和觀察。『頭上綰着』什麼，『插着』什麼，『身上穿着』什麼，『外罩』什麼，『下着』什麼是描寫她的粧飾；『一雙』什麼，『兩灣』什麼，乃是描寫她的客貌；所謂『苗條』所謂『風騷』乃是描寫她的身材和風度；下面兩句乃是描寫她的丰神；我們假使看見了她那雙丹鳳三角眼，兩灣柳葉掉梢眉』必然已經覺得這位少奶奶不是好惹的了；但這不過只是使人見而生畏而已；可怕的是她那誘惑人的苗條身材，風騷體格，怪不得『瑞大爺』捨不得她，因此送命。不過光是這，還不算可怕；最可怕的她那

『粉面含春威不露，丹唇未啓笑先開』的丰神了！在下並不是『麻衣相』的迷信者，而太史公所謂『舜目重瞳子……項羽亦重瞳子』，而成敗興衰各異。不過就心理學看來，人的像貌，尤其形容和神情實可以表現出人的內心深處的祕密——善或惡，正或邪，忠或奸來。鳳姐的殺法——威——是掩藏在她的含春粉面底下的；而她的嘴唇格外可怕，因爲她那『未啓』先笑的唇兒後面，藏着一把尖利無情的刀子！這個『潑辣貨』是不容易對付的呀！作者這一段描寫雖然有些失之呆板吃力，但鳳姐一身的美惡和她一生的得失功罪，都暗暗地給透露出來了。

次說：鳳姐之才。鳳姐在賈府當權時，年齡不過二十多一點，但她卻有驚人的才幹，是值得我們佩服的，她有精力，有胆量，有決心，對於人情世故，也都練達，這在大觀園，除了薛寶釵，賈探春在某一部分有些相像外，沒有一個人能趕上她的，她本是賈赦的媳婦，但因爲她是王夫人的內姪女兒，又得賈母王夫人的歡心和信任，竟總攬榮國府的大權。一個偌大的榮國府，上上下下幾百口子，那一天沒有幾十件事，那一件不走她心裏過，那一樁不要她去處理？若是一一敘述起來，勢必有所不能，而且也沒有必要。我們知道鳳姐一生辦了兩件大事：一件是在寧國府辦理賈蓉媳婦秦可卿的喪事；另一件是在榮國府辦理賈母的喪事。我們現在就拿這兩件大事做個例子來敘一敘，鳳姐的才幹便可表現出來了。原來賈珍的大媳婦秦氏死了，論理是不應大做其喪事的，只因賈珍喜歡他這個美麗而賢慧的媳婦，遂違反常理要大做而特做。但是偌大一個寧國府，正處在諸事忙亂之中，內內外外，簡直沒有頭緒，而賈珍和尤氏夫婦二人又都因病不能理事，正在無法可想，愁悶不堪之時，寶玉便在賈珍的耳邊舉了鳳姐，賈珍果然歡喜，遂進去求告邢夫人，邢夫人因爲鳳姐是在賈政家管理，推給王夫人，王夫人起初不肯答應道：『他是一個小孩子，可曾經過這些事，倘或料理不清，反叫人笑話，倒是煩別人的好！』賈珍笑道：『嬸嬸的意思姪兒猜着了，是怕大妹妹勞苦了。若說料理不開，從小大妹妹玩笑時，就有殺伐決斷。如今出了閣，在那裏辦事，越發歷練老成了。我想了這幾日，除了大妹妹，再無人可求了，嬸嬸不看姪兒與姪兒媳婦面上，只看死的分上吧！』說着流下淚來，王夫人心中怕的是鳳姐未經過喪事，怕她料理不了，被人見笑。今見賈珍苦苦的說，心中已活了幾分，却又眼看着鳳姐出神。那鳳姐素日最喜攬事，好賣弄能幹，今見賈珍如此央她，心中早已允了，又見王夫人有活動之意，便向王夫人道：「大哥說得如此懇切，太太就依了吧！」王夫人悄悄的問道：「你可能麼？」鳳姐道：「有什麼不能？算外面的大事已經大哥料理清了，不過是裏面照管照管。便是有所不知的，問太太就是了。」王夫人見說得有理，便不出聲。賈珍見鳳姐允了，……便作揖下去，鳳姐連忙還禮不迭。賈珍便命人取了寧國府對牌來，命寶玉遞與鳳姐，說道：「妹妹愛怎麼就怎麼辦：要什麼，只管拿這個去取，也不必問我，只求別存心替我省錢，要好看爲上。二則也同那府裏一樣待人纔好，不要存心怕人抱怨。只這兩件外，我再沒有不放心的了。」』鳳姐當時雖還表示猶疑，但寶玉替她把對牌接過來強遞與鳳姐，並且王夫人也答應了，於是她就當眞轟轟烈烈做起寧國府短期的女主人了！我當初讀紅樓時，讀到此地，眞替鳳姐揑着一把汗，以爲：這種大喪事，紛亂如麻，她一個不過二十歲上下的千金小姐，怎當得起！及至讀到鳳姐對王夫人說：

『太太只管請回去，我須得先理出一個頭緒來纔回得去呢！』

已經覺得有些意思了；再看到『鳳姐來至三間一所抱厦坐下了。因想道：頭一件是人口混雜，遺失東西；二件事無專管，臨期推諉；三件：需用過費，濫支冒領；四件：任無大小，苦樂不均；五件：家人豪縱，有臉者不能服鈐束，無臉者不能上進；此五者實是寧國府中風俗。』（第十三回）一段敍述，已經把我的不信任心，減去大半了。因爲鳳姐這五件的觀察已經把寧國府的現狀通病抓住了。頭一件是說寧國府的人口多而沒有組織，乃是一盤散沙；第二件是說，它裏面的人責任不分明，見利則爭先，見害則退後，第三件是說，這末一來，『十八口子亂當家』，大家樂得『趁渾水捉魚』，吞公肥己，需用不得不費，必致財政恐慌，金融破產；第四件，越是位置高，得勢的越清閒，越是地位卑微，沒有奥援的，越勞苦；第五件更是侯門公府的通病。鳳姐的觀察實在是很犀利，並不是一般的千金小姐，公子王孫，所能見得到的，但她明于觀人，暗于觀己，豈知寧府如此，榮府也何嘗不如此，這是後話，暫且不提。單說，她竟能洞見寧府的病源，也就非同小可了，但這不過是她的理論，究竟她在行動上是不是能和她所言的恰相符合呢？這當然是問題；但她的威名已震動了寧國府，加上賈珍與她以處理的全權，已

王熙鳳

經使寧府一般人有點『那個』了，所以『府中都總管來陞聞知裏面委請了鳳姐，因傳齊同事人等說道：「如今請了西府裏璉二奶奶管理內事，倘或她來支取東西，或是說話，須要小心伺候，每日大家早來晚散，寧可辛苦這一個月，過後再歇息：不要把老臉面丟了。」……』這是鳳姐的先聲已經奪人，到了第二天，她開始辦事時，是在卯正二刻，她對寧國府一個有臉面的女僕，來陞媳婦說：『既托了我，我就說不得要討你們嫌了！我可比不得你們奶奶好性兒，由着你們去；再不要說：你們這府裏原是這樣的話。如今可要依着我行，錯我半點兒，管不得誰是有臉的，誰是沒臉的，一例清白處治。』（第十四回）這寥寥幾句，簡直就是鳳姐的『就職演說』其中也就標明了她的施政方針，加上以後她勉勵寧國府僕從等人『說不得咱們大家辛苦這幾日吧，事完了，你們大爺自然賞你們的』一番話，正是諸葛孔明的『信賞必罰，綜覈名實』的政治精神。她不但能言，而且能行，並且精力足以副之。『說吧，便分付彩明念花名冊，按名一個一個叫進來看視，一時看完，又分付道：

這二十個分作兩班：一班十個，每日在內單管人客來往倒茶，別事不用他們管；

這二十個也分作兩班：每日單管本家親戚茶飯，也不管別事；

這四十個人也分作兩班，單在靈前上香，添油，掛幔守靈，供飯供茶，隨起舉哀，也不管別事；

這四個人專在內茶房收管盃碟茶器，若少了一件，四人分賠：

這八個人單管收祭禮；

這八個人單管各處燈油蠟燭紙劄。我總支了來，交與你八個人，然後按我的定數，再往各處去分派；

這三十個人每日輪流各處上夜，照管門戶，監察火燭，打掃地方，再下剩的，按房屋分開：某人守某處，某處所有從桌椅古玩起至於痰盒撢帚，一草一苗，或丟或壞，就問這看守之人賠補。

來陞家的每日總攬察看，或有偷懶的，賭錢吃酒打架拌嘴的，立刻來回我休要徇情。經我查出三四輩子的老臉就顧不成了。如今都有了規定，以後那一行亂了，只和那一行說話。素日跟我的人隨身俱有鐘表，不論大小事，皆有一定時刻。橫豎你們上房裏也有時辰鐘。卯正二刻。我來點卯；巳正吃早飯；凡有領牌回事的午初二刻；戌初燒過黃紙，我親到各處查一遍回來。上夜的交明鑰匙；第二日仍是卯正二刻過來。」分派既定，各有職守，各有定時，一個亂糟糟的寧國府，居然被她整頓得有條有理；熙鳳眞是一個精敏强幹的政治家，假使在當時她是個男人的話，假使她生在今日，再受到相當的教育，也許是邱吉爾，羅斯福輩中人，未可知也。不過這裏還有一個問題，就是她雖佈置得井井有條，但是下屬是否奉令唯謹，推行無阻？自然，人心是賦有惰性的，何況習于偷惰的寧國府一班人？但是鳳姐並不是空想家，乃是實行家，她那時一朝權在手，便把令來行，是決不肯讓人輕視的，可巧她的初試鋒芒的機會到了。當她早晨點名時」各項人數，俱已到齊，只有迎送親客上的一人未到，卽令傳來。那人惶恐，鳳姐冷笑道：「原來是你誤了！你比他們有體面，所以不聽我的話。」那人回道：「小的天天來得早，只有今兒來遲了一步，求奶奶饒過初次。……」鳳姐便說道：「明兒他也來遲了，後兒我也來遲了，將來都沒有人了，本來要饒你，只是我頭一次寬了，下次就難管別人了，不如開發的好！」登時放下臉來，命帶出去打二十板子，衆人見鳳姐動怒，不敢怠慢，拉出去打了，進來回覆，鳳姐又擲下對牌，說與來陞，革他一日銀米，分付「散了！」衆人方各自辦事去了。那時被打之人，亦含羞飲泣而去。彼時榮寧兩處領牌人往來不絕，鳳姐又一一開發了。於是寧府中人總知鳳姐利害，自此兢兢業業不敢偷安。』（同上回）至此我總知道鳳姐眞是一個眼到，口到，心到，手到的實行家！自此而後，寧府一切都有了投奔，不似先時那樣『紊亂無頭緒，一切偷安竊取等弊一概都蠲了。鳳姐自己威重令行，心中自然十分得意。』但是人生行事，順逆也有一定時與地。鳳姐在寧國府給賈珍辦理賈蓉媳婦的喪既辦得如此周全，到後來賈母死了，在榮府辦理大事的，也是同一個鳳姐，結果可天差地遠了。『鳳姐先前仗着自己的才幹，原打諒老太太死了，他大有一番作用，』那知鳳姐調取花名冊上來一瞧，總共只有男僕二十一人，女僕只有十九人，餘者俱是些丫頭，連各房算上，也不過三十多人，難以點派差使，』再把『莊上的算出幾個，也不敷差遣。』所以弄得七不周八不全，到了第三天了，裏頭還很亂，供了飯，短了菜；來了菜，又短了飯。人客來多了，裏頭的人死眉瞪眼的，指揮不動。鳳姐甚至說出：『大娘嬸子們可憐我吧！』的話，向大家求饒告罪，『叫了那個，走了這個；發一回急，央及一回，胡弄過了一起，又打發一起。別說鴛鴦等看去不像，連鳳姐自己心裏也過不去了。』

鳳姐以前在寧府辦喪事的那種威嚴才幹望那裏去了呢？諸位對於這個問題，我們得平心靜氣地分析一下：第一，寧榮二府的今昔情勢不同：寧府的喪事是在賈府鼎盛時候辦的，賈母的喪事却在榮寧兩府抄家以後。第二，那時賈珍以全權相託，有錢有勢。不求儉省，但求好看，鳳姐又是『初出犢兒不怕虎，』所以『威重令行』，『指揮如意！』後來，賈府被抄，一切都艱難起來，『巧媳難爲無米之炊，』鳳姐既遭了重大打擊，從前的勇氣，已減去大半；兼之賈政和王夫人酸理醒氣，說甚麼『喪與其易也寧戚』的話，不敢大作，邢夫人又因生活無着，眼睛瞅着一分產業，但求儉省，不顧大體。不惟不給鳳姐撐腰，反在旁邊說風涼話。既不假以事權，倒反責其成功，弄得鳳姐『丟靴撩帽』大塌其台，於是鳳姐之才窮矣！實在說來非盡才之窮，乃物質條件與人事環境前後懸殊有以致之！

次說鳳姐之巧。鳳姐是聰明伶俐不過的人自然心眼兒比別人多，嘴又鋒利無比，又詼諧，又乾脆，又漂亮，又乖巧，是大觀園中第一個會說話的人。但是她這種會說話，却與林黛玉不同。黛玉的話是從她的學識和文字的天才裏來的；鳳姐的會說話，自然也是她的天才；但因她沒有學識和文學的天才，而她的心性又是一路，所以她的口才我們可以拿一句俗話——『蜜餞砒霜』來形容。所謂蜜餞砒霜就是說：外面是甜的，吃下去會毒死人。我們並不冤枉她，是有事實爲證的。

王熙鳳

第一，是巧於應對，『見風駛舵。』譬如：邢夫人同她商量要到賈母那裏去替賈赦討鴛鴦，鳳姐起初想阻止她說：『依我說，竟別碰這個釘子去！老太太離了鴛鴦飯也吃不下去的，那裏就舍得了？況且平日說起閒話來，老太太常說，老爺如今上了年紀，做什麼左一個小老婆，右一個小老婆，放在屋裏，躭誤了人家，放着身子不保養，官兒也不好生做去，成日和小老婆吃酒，」太太聽聽，很歡喜咱們老爺麼？這會子迴避還恐迴避不及，反倒拿草棍兒戳老虎的鼻子眼兒去了。太太別惱，我是不敢去的。明放着不中用，而且反招出沒意思來。老爺如今上了年紀，行事不免有點兒背晦，太太勸勸纔是，比不得年輕做這些事無礙。如今兄弟姪兒兒子孫子一大羣，還這麼鬧起來，怎麼見人呢？』（第四十六回）這番話，本是正經話，偏碰着『只知承順賈赦以自保，次則婪取財貨爲自得』的左性兒的邢夫人，她竟把鳳姐申斥了幾句，這在別人，便轉不過灣來，鳳姐明知苦諫無益，『連忙陪笑道：「太太這話說的極是，我能活了多大，知道什麼輕重，想來父母跟前，別說一個丫頭，就是那麼大的一個活寶貝，不給老爺給誰？背地裏的話，那裏信得？我竟是個獃子了！拿着二爺說起，或有日得了不是，老爺太太恨得那樣，恨不得立刻拿來打死。及至見了面也吧了。依舊拿着老爺太太心愛的東西賞他。如今老太太待老爺自然也是那樣了。依我說，老太太今兒喜歡，要討今兒就討去。我先過去，哄着老太太，等太太過去了，我搭赸着走開，把屋子裏的人，我也帶開，太太好和老太太說。給了更好；不給，也沒妨礙，衆人也不得知道。』（第四十六回）這一番話和前一番的話，簡直是一個天南，一個地北！前一番話把邢夫人罪了；後一番話，掉頭轉來，不惟不攔阻，反如情如理地自己認不是，一力慫恿她去討，竟把邢夫人弄得歡喜起來，老邢已被鳳姐玩弄在股掌之上了！鳳姐還怕她先過去，擔不是，因爲她暗想：鴛鴦素昔是個極有心胸識見的丫頭，雖如此說，保不住她願意不願意。我先過去了，太太後過去，若他依了，便沒得話說，倘或不依，太太是多疑的人，只怕疑我走了風聲，使他拿腔作勢的，那時太太又見應了我的話，羞惱變成怒，拿我出起氣來，倒沒意思。不如同着一齊過去了。他依也吧，不依也吧，就疑不到我身上了。』這眞虧她想得周到，想得透徹，但是怎樣來個大轉灣，撇開自己的身子，站在乾岸上呢？鳳姐是不愁沒有借口的。『因笑道：「我臨來，舅母那邊送了兩籠子鵪鶉，我吩付他們炸了，原要趕太太早飯上送過來的。我纔進大門時，見小子們抬車說，太太的車拔了縫，拿去收拾去了。不如這會子坐了我的車，一齊過去倒好！」』（同上回）有鵪鶉給她吃，是動之以利也；自己的車壞則是挾之以勢也。邢夫人安得不聽？第二，是巧於應付：鳳姐不但對付家庭游刃有餘，即應付外面的事，也能以豁達大度的態度應付裕如，而又能不卑不亢。有一天，『人回夏太監打發了一個小內監來說話，賈璉聽了，忙皺眉道：「又是什麼話？一年他們也搬殼了！」鳳姐道：「你藏起來，等我見他！若是小事吧了，若是大事，我自有回話。」賈璉便躲入內套間去。這裏鳳姐命人帶進小太監來，讓他椅上坐了，吃茶，因問何事，那小太監便說：「夏爺爺因今兒偶見一所房子，如今竟短二百兩銀子，打發我來問舅奶奶家裏有現成的銀子，暫借一二百兩，過一兩日就送來。」鳳姐聽了笑道：「說什麼送來！有的是銀子！只管先兌了去。改日等我們短了，再借去。也是一樣！」小太監道：『夏爺爺說：「上兩回還有一千二百兩銀子，沒送來，等今年年底下，自然一齊都送了過來」』。鳳姐笑道：「你夏爺爺好小器，這也值得放在心裏！我說一句話，不怕他多心：若都這樣記清了還我們，不知要還多少了！只怕我們沒有，若有，只管拿去！」因叫來旺媳婦：「來！出去，不管那裏先支二百兩銀子來，」來旺媳婦會意，因笑道：「我纔因別處支不動，纔和奶奶支的！」鳳姐道：「你們只會裏頭來要錢，叫你們外頭弄來，就不能了！」說着：叫平兒把我那兩個金項圈拿出去暫押四百兩銀子！」平兒答應了去，果然拿了一個錦盒子來，裏面錦袱包着，打開時，一個金纍攢珠的，那珍珠都有蓮子大小……一時拿去，果然拿了四百兩銀子來，鳳姐命與小太監打疊一半，那一半與了來旺媳婦，命他拿去辦中秋的節，那小太監便告辭了。』（第七十二回）『太監』就是『宦官』，這一種制度乃是封建專制的必然產物。宦官之于封建專制的皇宮是必需的，因為皇帝對於女色是唯一的最大的漁獵者。俗話說，皇帝有三宮六院七十二妃，至於宮女更是不計其數。同時皇帝又是極端的妒嫉者。他既佔有的女子，絕對不許人對她，她對人，有什麼愛情的勾當，因此就需要受過宮刑的人在內廷供奉，以防奸淫。這種人就是宦官，他們既終日近在皇帝左右，便能伺機影響國家大事，而高官厚祿之人，往往和他們交接，以固榮寵，為禍之烈，古今同慨。賈府雖然是外戚，卻對於他們也不得不敷衍，賈璉聞而逃避，其討厭可知。但是鳳姐居然應付過去了。她對小太監的話，非常慷慨，但同時把自己的首飾拿出去押當，就是表示沒有錢，使他回去告訴夏太監，知道賈府也艱難。這種應酬表示不得不爾，勉爲其難。至於小太監說還錢，她說要『都這樣記清了還我們，不知要還多少了，』暗示給對方，使他知道，我們應酬你已經不知多少次了！但是話說得很婉轉，又不得罪人。鳳姐眞是個能任繁劇之才；假使她生在今時，有了外國語言和政治經濟的修養，一定是個偉大的外交家和實際的政治家。第三巧於使人歡悅而不失身分。鳳姐的言語天才並博得賈母的歡欣，能引逗得賈母及在座的人哈哈大笑；並且聽了心裏快活。有一次賈母要給鳳姐做生日，把大觀園中太太奶奶小姐姑娘甚至有體面的女僕都邀了來湊分子，『賈母先道：「我出二十兩」薛姨媽笑道：「我隨着老太太，也是二十兩！」邢夫人王夫人笑道：「我們不敢和老太太並肩，自然矮一等，每人十六兩吧了！」尤氏、李紈也笑道：「我們自然又矮一等，每人十二兩吧！」賈母忙和李紈道：「你寡婦失業的，那裏還拉你出這個錢！我替你出了吧！」鳳姐笑道：「老太太別高興，且算一算帳，再攬事，老太太身上已有兩分呢！這會子反替大嫂子出十六兩！（應該是十二兩），說着高興，一會子回想又心疼了。過後兒又說：都是爲鳳丫頭化了錢，使個巧法子，哄着我拿出三四倍子來，暗裏補上，我還做夢呢！」說得衆人都笑了。賈母笑道：「依你怎麼樣呢？」鳳姐笑道：「生日沒到，我這會子已經折受的不受用了！我一個也不出驚動這些人，實在不安！不如大嫂子的這分我替他出了吧！我到那日，多吃些東西就享了福了！邢夫人等聽了都說：「很是！」賈母方允了。鳳姐又笑道：「我還有一句話呢！我想老祖宗自己二十兩，又有林妹妹寶兄弟的兩分子；姨媽自已二十兩，又有寶妹妹的一分子，倒也公道。老祖宗吃了虧了！」賈母聽了，呵呵大笑道：「倒底是我的鳳丫頭向着我，這說的很是，要不是你，我叫他們又哄了去了！……」』唯有鳳姐說出話來能使賈母『呵呵大笑』；且不僅能使賈母大笑，而在談笑之中，把事情處理得也很公平。又有一次：薛姨媽李嬸娘尤氏和賈母談論鳳姐，說「他眞疼小姑子，小叔子，就是老太太跟前，也是眞孝順！」賈母點頭歎道：「我雖疼他，我又怕他太伶俐了，也不是好事！」』（第五十二回）大凡說這種話，若是別人，身當其境，便很難有話說，縱說，也不過自已謙虛幾句完事，鳳姐則不然。她却用了『金針倒頂門』的工夫回答賈母，忙笑道：「這話老祖宗說差了。世人都說：太伶俐聰明，怕活不長。世人都說，世人都信。獨老祖宗不當說，不當信，老祖宗只有伶俐過我十倍，怎麼如今這樣福壽雙全的？只怕我明兒還勝老祖宗一倍呢！我活一千歲後，等老祖宗歸了西，我纔死呢！」』（同上回）這番話雖然推翻了賈母的話，否認了自已「活不長」的讖語，但同時又恭維了賈母，無異給她祝福，而自已的身分也站得住；這是多麼巧妙的詞令啊！第四鳳姐說話，不但對上能使人喜歡，即對下也能會要買人心做順手人情。有一次賈璉的奶娘找賈璉給她兩個兒子找工作，『鳳姐笑道：「媽媽！你的兩個好哥哥都交給我，你從小奶的兒子，還有什麼不知他那脾氣的？拿着皮肉倒往那不相干的外人身上貼。可見現放着奶哥哥那一個不比人強！你疼顧照看他們，誰敢說個「不」字？沒的白便宜了外人。我這話也說錯了：我們看着是外人，你却看着是內人一樣呢！」』（第十六回）說得何等冠冕堂皇！末後兩句，弦外之音，且刺入賈璉心坎！但一語雙關，那得不令『滿屋裏人』發笑呢？所以李紈當面批評她道：『眞眞你是水晶心肝，玻璃人兒！』（第四十五回）這是形容鳳姐的爲人玲瓏剔透，說話四方葫蘆圓，又好聽，又好看，拿到手裏又滑潤，眞是絕妙好詞。

其次是鳳姐之貪。貪是人類社會一個極難打破的關頭，尤其是聰明人所容易犯的罪惡。人既貪了，什麼人的錢都要。且說鳳姐對於大觀園的姊妹們，丫鬟們的錢她都揹住不發，借着公家的錢，拿出去放高利貸，有一次『襲人問平兒道：「這個月的月錢連老太太的還沒放呢，是爲什麼？」平兒見問，忙轉身至襲人跟前，又見左右無人，悄悄說道：「你快別問！橫豎再遲兩天就放了！」襲人笑道：「這是爲什麼嚇的你這個樣兒？」平兒悄聲告訴他道：「這個月的月錢我們奶奶早已支了放給人使呢！等別處利錢收了來，湊齊了纔放呢！因爲是你，我纔告訴你，可不許告訴一個人去！」襲人笑道：「他難道還短錢使，還沒個足饜，何苦還操這心！」平兒笑道：「何曾不是呢？他這幾年，只拿着這一項銀子翻出有幾百來了！他的公費月例又使不着，十兩八兩零碎攢了，又放出去，只他這體己利錢一年不到，有上千的銀子呢！」襲人道：「拿着我們的錢，你們主子奴才賺得利錢，哄我們獃等！」』（第三十九回）這還不算，她既貪，自然人家也就投

王熙鳳

其所好。賈芸要在大觀園謀差使，先托賈璉，看看不行，轉過頭來要打通鳳姐，於是千方百計從醉金剛倪二那裏借了銀子，買了上好麝香送了鳳姐做包袱，這才達到目的。鳳姐不但這個錢要，卽使比這更不堪的錢都要。她因賈璉私娶尤二姐把寧國府鬧得翻江倒海：一面拿三百兩銀子打通衙門，唆人使尤二姐的未婚夫控告賈璉，一面又訛詐尤氏五百兩，倒賺二百兩，這個錢也只有她要！(參看第六十八回)不但此也，她爲了貪之一字還拆散了人家的婚姻害了人家兩條性命，事情是這樣的：鳳姐主辦秦可卿的喪事，『一直把靈柩送到鐵檻寺，自己卻帶着寶玉秦鍾寄宿饅頭菴，老尼趁機央求鳳姐道：「我有一事要到府裏求太太，先請奶奶一個示下。」鳳姐問：「何事？」老尼道：「阿彌陀佛！只因當日我先在長安縣善才菴內出家的時候，那時有個施主姓張，是大財主，他有個女兒，小名金哥。那年都往我廟裏來進香，不想遇見了長安府大爺的小舅子李衙內。那李衙內一心看上，要取金哥，打發人來求親。不想金哥已受了原任長安守備的公子的聘定。張家若退親，又怕守備不依：因此說已有了人家，誰知道李公子執意要取他女兒，張家正無計策，兩處爲難。不料守備家一知此信，也不問青紅皂白，便來作踐辱罵；說一個女兒許幾家人家，偏不許退定禮。我想如今長安節度使雲老爺與府上相契，要求太太與老爺說一聲，不怕他不依，若是肯行，張家連傾家孝順，也都情願。」鳳姐聽了笑道：「這事到不大，只是太太再不管這樣的事。」老尼道：「太太不管，奶奶可以主張了。」鳳姐笑道：「我也不等銀子使，也不做這樣的事。」淨虛聽了，攢眉凝神半晌，歎道：「雖如此說，只是張家也知我來求府裏，如今不管這事，張家不知道沒工夫管這事，不希罕他的謝禮，倒像府裏連這點子手段也沒有的一般！」鳳姐聽了這話，便發了興頭說道：「你素日知道我的：從來不相信，什麼地獄報應的！憑說什麼事，我說要行就行。你叫他送三千兩銀子來，我就替他出這口氣！」老尼聽了，喜之不勝，忙說：「有！有！這個不難！」鳳姐又道：「我比不得他們扯篷拉縴的圖銀子，這三千兩銀子不過是給去說的小廝們作盤纏，使他賺幾個辛苦錢，我一個也不要，便是三萬兩我此刻還拿的出來！」老尼忙答應道：「既如此，奶奶明日就開恩他罷了！」鳳姐道：「你瞧瞧！我忙得那一處少了！我既應了你，自然快快的了結！」』（第十五回）第二天『鳳姐便將昨日老尼之事悄悄的說與來旺兒，旺兒心中俱已明白，急忙進城找着主文相公，假托賈璉所囑，修書一封，連夜往長安縣來，不過百里之遙，兩日工夫，俱已妥協，那節度使名喚雲光，久欠賈府之情，豈有不允之理？給了回書；」』（第十五回）『老尼通知張家，果然那守備忍氣吞聲，受了前聘之物，誰知愛勢貪財之父母却養了一個知義多情的女兒？聞得退了前夫，另許李門，他便一條汗巾，悄悄的尋了個自盡！那守備之子聞知金哥自縊，他也是個情種，遂投河而死！可憐張李二家沒趣，眞是『人財兩空！』這裏鳳姐卻安享了三千兩。王夫人連一點消息也不知道，自是鳳姐膽識俱壯，以後所作所爲，諸如此類，不可勝數！』（第十六回）從這一段故事中我們可得以下幾個結論：

（1）鳳姐雖巧，却墮入了老尼術中；老尼不直說找她，是激將法，亦是釣者投餌的故技，讓你自已上鈎；

(2)鳳姐根本弱點在一貪字，不然，也不會入港：

(3)鳳姐爲了三千兩銀子破壞人家的婚姻，傷害了兩條性命，其罪不容於誅；

(4)鳳姐是個無神論者，因爲她說：『我從來不相信地獄報應的，』自此胆子越過越大，諸如此類，不可勝數，則害人性命等事以及貪利枉法等事，當然亦不可勝數；

(5)張財主有個可敬可佩的女兒，長安守備有個知情知義的公子，竟以身殉。這就等於宣告當時的政治的黑暗，法律的無靈！

而且鳳姐既做這些事越做越胆大，那她的貪囊一定是很可觀了。我們看後來查抄榮國府時錦衣司官在『跨房抄出兩箱地契文書，一箱借票，都是違禁取利的』(第一〇五回)『可憐賈璉屋內東西，除將按例放出的文書發還外，其餘雖未盡入官的，早被查抄的人盡行搶去，所存者只有家貨物件。賈璉始則懼罪，後蒙釋放已是大幸，及想起歷年積聚的東西並鳳姐的體己不下七八萬金，一朝而盡，怎得不痛！』(同上回)據此看來，鳳姐的體己現金已有七八萬金之多，諸位！要知道：二百多年前的七八萬金，就今日法幣價值和生活指數，與昔日之貨幣價值及生活指數比較計算，恐怕總有好幾十萬萬萬！鳳姐之貪婪好貨，『重利盤剝』的情形就可想而知了！

其次說鳳姐之毒。鳳姐之毒辣在大觀園是盡人皆知，從賈母以下是早有定評的。林黛玉初見鳳姐，賈母便給她介紹道：『你不認得她！她是我們這裏有名的潑辣貨，南京所謂「辣子，」你只叫她「鳳辣子」就是了！』（第三回）這鳳辣子的辣手大觀園的一般人都領略過的。當她担任寧國府治喪主任時，都總管來陞告誡同事人等說道：『如今請了西府裏璉二奶奶管理內事，……那是個有名的烈貨：臉酸心硬，一時惱了不認人的！』（第十四回）這還是好的批評，興兒的話更是一針見血！他告訴尤二姐道：

『如今合家大小除了老太太之兩個沒有不恨他的。只不過面子情兒怕他，皆因他一時看的人都不及他，只一味哄着老太太太太兩個人喜歡，他說一是一，說二是二，沒人敢攔。他又恨不得把銀子有了下來堆成山，好叫老太太，太太說他會過日子，但不知苦了下人，他討好兒。或有好事，他就不等別人去說，他先抓尖兒；或有不好的事，或他自己錯了，他便一縮頭，推到別人身上來，他還在旁邊撥火兒！……』（第六十五回）。

又說：

『（他）嘴甜心苦，兩面三刀，上頭笑着，脚底下就使絆子。明是一盆火，暗是一把刀，都占全了！』（同上回）

興兒是從他的直接感覺立言，雖然是感情衝動，有些過火，但形容鳳姐趨利避害，討好獻情『嘴甜心苦』着實不寃枉她。鳳姐之毒，便更可怕了。但這並沒有形容過分，就事實看來，眞是適當的考語。我們單拿她對付賈瑞一件事來說，她的毒辣也就夠令人駭怕了！原來：有一次寧府家宴，鳳姐兒正在園中看『景致，一步步行來，正讚賞時，猛然從假山石後，走出一個人來，向前對鳳姐說道：「請嫂子安！」鳳姐兒猛一驚，將身往後一退，說道：「這是瑞大爺不是？」賈瑞說道：「嫂子連我也認不得了！」鳳姐兒道：「不是不認得，猛然一見，想不到是大爺在這裏！」賈瑞道：「也是合該我與嫂子有緣；我方才偷出了席，在這裏清淨地方，略散一散步，不想就遇見嫂子，不是有緣麼？」說着拿眼睛不住地覷看。鳳姐是個聰明人，見他這個光景，如何不猜八九分呢？因向賈瑞假意含笑道：「怪不得你哥哥常提你，說你好，今日見了，聽你這幾句話兒，就知道你是個聰明和氣的人了！這會子我要到太太們那邊去呢，不得和你說話。等閒了再會吧！」賈瑞道：「我要到嫂子家裏去請安，又怕嫂子年輕，不肯輕易見人！」鳳姐又假笑道：「一家骨肉，說什麼年輕不年輕的話？」賈瑞聽了這話，心中暗喜，因想道：「再不想今日得此奇遇！」那情景越發難看了。鳳姐兒說道：「你快去入席去吧！看他們拿住了，罰你的酒！」賈瑞聽了，身上已木了半邊，慢慢的走着，一面回過頭來看。鳳姐兒故意的把腳步放遲了，見他去遠了，心裏暗忖道：「這才是知人知面不知心呢！那裏有這樣禽獸的人！他果如此，幾時叫他死在我手裏，他才知道我的手段！』」（第十一回）依常理而論，荀子說得對：「君子能爲可貴，不能使人必貴己；能爲可信，不能使人必信己……」（荀子非十二子篇）鳳姐果眞看他那種缺少莊重的樣子，嚴詞痛呵！賈瑞怎敢在老虎頭上拔毛；不然，便稟明家長嚴重處罰他，若果賈瑞猶不知悔改，再設法加以懲處才是正當辦法。鳳姐用笑語笑容，引逗他，一步一步地把這個傻瓜拖下火坑；賈瑞固不齒於人類，而鳳姐之罪實浮於賈瑞，眞是不可勝誅了！因爲她旣引誘賈瑞，拿着他耍，賈瑞却信以爲眞，時時到鳳姐那裏打渾。有一天，平兒報告鳳姐各事已畢，並說：『再有瑞大爺使人來打聽奶奶在家沒有，他要來請安說話。鳳姐兒聽了，「呸」了一聲說道：「這畜生活該作死！看他來了怎麼樣！」平兒道：「這瑞大爺爲什麼只管來？」鳳姐兒遂將九月裏在寧府園子裏遇見他的光景；他說的話，都告訴了平兒，平兒說道：「癩蝦蟆想吃天鵝肉，沒人倫的混帳東西，起這樣心思叫他不得好死！」』平兒加上了這一把火，於是鳳姐更加決心治死他了。『鳳姐兒道：「等他來了，我自有道理」』！殺機已動，賈瑞眞是自投羅網了！於是她便命：『「請進來吧！」賈瑞見請，心中暗喜。見了鳳姐，滿面陪笑，連連問好，鳳姐兒也假意殷勤，讓坐送茶，賈瑞見鳳姐如此打扮，越發酥倒，因餳了眼問道：「二哥哥怎麼還不回來？」鳳姐道：「可知男人家見一個愛一個，也是有的！」賈瑞笑道：「嫂子！這話錯了！我就不是這樣！」鳳姐兒道：「像你這樣的人能有幾個呢？十個裏也挑不出一個來！」賈瑞聽了，喜的抓耳撓腮，又道：「嫂子天天也悶得很！」鳳姐道：「正是呢！只盼個人兒來說話解解悶兒！」賈瑞笑道：「我倒天天閒着，若天天過來，替嫂子解悶兒可好麼？」鳳姐兒道：「你哄我呢！你那裏肯往我這裏來！」賈瑞道：「我在嫂子面前，若有一句謊話，天打雷劈，只因素日聞得人說嫂子是個利害人，在你跟前一點也錯不得，

王熙鳳

所以嚇住了，我如今見嫂子是個有說有笑極疼人的我怎麼不來？死了也情愿！」鳳姐笑道：「果然你是個明白人，比賈蓉兄弟兩個強遠了！我看他們那樣清秀，只當他們心裏明白，誰知竟是兩個糊塗蟲，一點不知人心！」賈瑞聽了這話，越發撞在心坎兒上，由不得又往前湊了一湊，覷著眼看鳳姐的荷包，又問戴着什麼的戒指。鳳姐悄悄的道：「放尊重些！別叫丫頭們看見了！」賈瑞如聽綸音佛語一般，忙往後退。鳳姐笑道：「你該去了！」賈瑞道：「我再坐一坐兒，好狠心的嫂子！鳳姐兒又悄悄的道：「大天白日，人來人往，你就在這裏也不方便，你且去，等到晚上起了更，你悄悄的在西邊穿堂兒等我！」賈瑞聽了，如得珍寶，忙問道：「你別哄我！但是那裏人過多，怎麼好躲呢？」鳳姐道：「你只放心，我把上夜的小廝們都放了假，兩邊門一關了，再沒有別人來！」賈瑞聽了，喜之不盡，忙忙的告辭而去，心內以爲得手，盼到晚上，果然黑地裏摸入榮府，趁掩門時鑽入穿堂，果見漆黑，無人來往，往賈母那邊去的門已倒鎖，只有向東的門未關，賈瑞側耳聽着，半日不見人來，忽聽「閈」的一聲，東邊的門也關上了。賈瑞急的也不敢則聲，只得悄悄出來，將門撼了撼，關得鐵桶一般，此時要出去已不能了。南北俱是高牆，要跳也無法攀援，這屋內又是過門風，空落落的，現是臘月天氣，夜又長，朔風凜凜，侵肌裂骨，一夜幾乎不曾凍死！好容易盼到早晨，只見一個老子婆先將東門開了，進來去叫西門。賈瑞覷他背着臉，一溜抱了肩跑出來。幸而天氣尚早，人都未起，從後門一逕跑回家去。原來賈瑞父母早亡，只有他祖父代儒教養。那代儒素日教訓最嚴，不許賈瑞多走一步，生怕他在外吃酒賭錢，有誤學業。今忽見他一夜不歸，只料定他在外非飲即賭，嫖娼宿妓，那裏曉得這段公案？因此氣了一夜，賈瑞也捏着一把汗，少不得回來撒謊。只說往舅舅家去的，天黑了，留我住了一夜，代儒道：「自來出外，不稟明不敢擅出，如何昨日私自去了！據此也該打！何况是撒謊？」因此發狠撳倒，打了三四十板，還不許吃飯，命他跪在院內讀文章，定要補出十天工課來方罷。賈瑞先凍一夜，又遭了打，且餓着肚子，跪在風地裏，讀文章，其苦萬狀。』（第十二回）此時若果賈瑞能因此覺悟鳳姐對他的玩弄，和祖老家貧的境况，懸崖勒馬，斬斷妄念，還可以得救，但這非有夙慧，有大勇的不能，賈瑞何足以語此？所以他雖然遭了打擊，可惜他『邪心未改，再想不到鳳姐捉弄他！過了兩日得了空，仍鳳找尋鳳姐。鳳姐故意抱怨他失信，賈瑞急的賭咒發誓。鳳姐因他自投羅網，少不得再尋別計，令他知改，故又約他道：「今日晚上，你別在那裏了：你在我這房後，小過道裏那間空房裏等我，可別冒撞了！」賈瑞道：「果眞？」鳳姐道：「誰來哄你？你不信就別來！」賈瑞道：「來！來！來！死也要來！」鳳姐道：「這會子你先去吧！」賈瑞料定晚間必妥，此時先去了。鳳姐在這裏便點兵派將，設下圈套。賈瑞只盼不到晚上，偏生家裏親戚又來了，直吃了飯才去。那天已有掌燈時分，又等他祖父安歇，方溜進榮府，直往那夾道中屋子裏等着，熱鍋上螞蟻一般，只是左等不見人影，右聞也沒聲響，心中害怕，不住猜疑道：「別是又不來了，又凍一夜不成？」正在胡猜，只見黑越越的來了一個人，剛至面前，便如餓虎撲食，貓兒捕鼠的一般，抱住叫道：「親嫂子！等死我了！」說着，抱到屋裏炕上，就親嘴扯褲子，滿口裏「親爹」「親娘」的亂叫起來，那人只不做聲，賈瑞扯了自己的袴子硬幫幫就想頂入，忽覺燈光一閃，只見賈薔舉着個蠟台照道：「誰在屋裏？」聽見炕上那人笑道：「瑞大叔要肏我呢！」賈瑞一見，卻是賈蓉。直臊得無地可入，不知怎樣才好，回身就要跑脫，被賈薔一把揪住道：「別走！如今璉二嬸已經告到太太跟前說你調戲他，他暫用了脫身計，哄你在那邊等着，太太氣死過去，因此叫我來拿你，快跟我去見太太！」賈瑞聽了，魂不附體，只說好姪兒，你只說沒有我……我重重謝你！」賈薔道：「放你不值什麼！只不知你謝我多少？況且口說無憑，寫一文契來！」賈瑞道：「這如何落紙呢？」賈薔道：「這也不妨，寫個「賭錢輸了外人帳目，借頭家錢若干兩」便罷！」賈瑞道：「這也容易！」賈薔翻身出來，紙筆現成，拿來命賈瑞寫。他兩個做好做歹，只寫了五十兩銀子，畫了押。賈薔收起來，然後勸賈蓉，賈蓉先咬定牙不依，只說「明日告訴族中評評理！」賈瑞急的至於叩頭，賈薔做好做歹的，也寫了一張五十兩欠契，才罷。」（同前回）賈蓉兄弟的一切舉動，自然都是受命於鳳姐的，稍微存心忠厚的人，做到此處，叫他知罪，已經夠了，但是鳳姐是不饒人的，而且一不做二不休的，所以『賈薔又道：「如今要放你，我就担着不是。老太太那邊的門，早已關了；老爺正在廳上，看南京來的東西，那一條路定難過去，如今只好走後門。若這一走，倘或遇見了人，連我也不好，等我先去探探，再來領你，這屋裏你還攔不住，少時就來堆東西，等我尋個地方，說畢，拉着賈瑞，仍息了燈，出至院外，摸到大台階底下，說道：「這個窩兒好！只蹲着，別哼一聲，等我來再走！」說畢，二人去了。賈瑞此時身不由己，只得蹲在那台階下，正要盤算，只聽頭頂上一聲響，「豁剌剌一淨桶尿糞，從上面直潑下來，可巧澆了他一身。賈瑞忍不住，「呵呀！」一聲，忙又掩住口，不敢聲張。滿頭滿臉皆是尿屎，渾身冰冷打戰，只見賈薔跑來，叫「快走！快走！」賈瑞方得命，三步兩步從後門跑到家中，天已三更，只得叫開了門，家人見他這般光景，問是怎樣了，少不得撒謊說：「天黑了，失脚掉在茅廁裏了！」一面即到自己房中，更衣洗滌，心下方想到鳳姐玩他。』（同上回）但他若果能從此斬斷妄念，猛省回頭，未始沒有救，但他雖也『因此發一回恨，再想想鳳姐的模樣的標緻，又恨不得一時摟在懷裏，胡思亂想，一夜不曾合眼。自此雖想鳳姐，只不敢往榮府去了。賈蓉等兩個常常來索銀子。他又怕祖父知道，正是相思尚且難禁，況又添了債務，日間工課又緊，他二十來歲的人，尙未娶親，還來想着鳳姐不能到手，未免有些指頭兒告了消乏；更兼兩回凍惱奔波，因此，三五下裏夾攻，不覺就得了一病：心內發膨漲，口內無滋味，脚下如棉，眼中似醋，黑夜作燒，白日常倦，下溺遺精，嗽痰帶血。諸如此證，不上一年，都添全了。於是不能支持，一頭跌倒，合上眼，還只夢魂顛倒，滿口說胡話，驚怖異常，百般請醫療治，皆不見效。』代儒向王夫人討人參，王夫人叫鳳姐務必『秤二兩給他』，鳳姐卻左支右吾，弄些雜碎給他，並不給他好的。這表示鳳姐必欲其死而後已！

後來有一個跛足道人對他說：『你這病非藥可醫，我有個寶貝與你，你天天看時，此命保矣！』這鏡子上面鑿着『風月寶鑑』四字並囑咐他看照時，『千萬不可照正面，只照他的背面。要緊要緊。』因爲正面現出鳳姐站在那裏點首兒叫他；反面却只見一個枯髏。賈瑞先看反面嚇怕起來，趕快掩起，所以賈瑞只看正面，越看他的單相思病害得越凶，結果一命嗚呼！論賈瑞這種人執迷不悟，只看正面，不看反面，死也是活該！不過鳳姐想方設計，引誘他害起相思，致之死地，其用心之毒，實是少有！不但此也。鳳姐既知賈母對於寶玉婚姻，決捨黛玉而娶寶釵，便不惜犧牲黛玉的性命和尊貴，鈎心鬥角，想出掉包的方法，又想出一個偷梁換柱之計，邀賈母歡心。黛玉死時，大觀園，除了李紈和探春外，沒有一個正經主子來看過，尤其是鳳姐，忍心害理，只浮上水，什麽骨肉至親皆不能阻止她的毒手！但是你若正面看，鳳姐何嘗不是滿面春風，滿口道德，也不曉得她欺騙了好多人！害死了好多人！若從反面看她，便要望而却步，還敢對他轉什麽念頭呢？這『正反』二字乃是觀察自然現象，社會現象以及人類相與之種種現象之最善法門，也就是辨證法的最高原則。

其次是鳳姐之妬。妬也是人類中隨着經濟生活與其它社會生活之發展所必不可免的一種情感，基督教的上帝還自稱『我是妬嫉的上帝！』就是說．我是世界唯一的神，天下萬國皆應當尊奉我，崇拜我；你們所崇拜的別神，皆是邪魔外道。凡是一神的宗教都是這樣：佛教的神和回教的也是如此。這種情緒在人類的性生活上更表現得充分。不過在原始氏族制度的社會裏人類的最初婚姻形式是在一部落之內無拘束的性交，就是『一切女子屬於一切男子，而一切男子也屬於一切女子』這時並沒有妬嫉可言。妬嫉蓋始於婚姻形式發展到一夫一妻或一妻多夫或一夫多妻制的時候。所以我們談到近代的性生活，在一定的條件下，不能不承認男女的妬嫉是應當被合理地承認的。所謂條件就是彼此的愛是最單純的，唯一的：有一方不單純，那對方的愛之授受就不好發生妬嫉，這是後話。我們且看鳳姐之妬如何？鳳姐生在二百年前，中國的封建專制正在鼎盛的時候，男子，尤其是統治階層貴族的男子，三妻四妾，是被公認爲合法的；女子則不能不貞。鳳姐是賈璉的正妻，原來她陪嫁來的丫鬟平兒照例是賈璉的妾而外，這時還沒納其她姬妾，就是平兒，賈璉也不敢彰明較著地和她親近，還敢和別人發生關係麼？但是賈璉本是一個色情狂，是不可一日無此君的！因此就不得不偷偷摸摸地滿足他的肉慾了。其中表現鳳姐之妬的有三次。第一次是在『鳳姐之女大姐兒』出天花的時候，賈璉與鳳姐隔房，遂搬出外書房安歇，獨寢了兩夜十分難熬，只得暫將小廝內清俊的選來出火。但這是只可暫不可久，『不想榮國府內有一個極不成才破爛酒頭廚子，名喚「多官人」，人見他懦弱無能都喚他作『多渾蟲』。因他父母給他娶了一個媳婦，今年方二十歲，也有幾分人材；又兼生性輕薄，最喜拈花惹草，多渾蟲又不理論，只是有酒，有肉，有錢，便諸事不管了。所以寧榮二府之人，都得入手。因這媳婦妖嬈異常，輕浮無比，衆人都呼她做「多姑娘兒」。如今賈璉在外熬煎，往日也曾見這媳婦，垂涎久了，只是內懼驕妻，外懼孌童，不曾下得手。那多姑娘兒也有意於賈璉，只恨沒空。今聞賈璉搬在外書房來，他便沒事也要走三四回，去招惹。』（第二十一回）自然容易成功。『是夜多渾蟲醉倒在炕，二鼓人定，賈璉便溜進相會，一見面早已神魂失據，也不及情談款敍』便如此這般，多姑娘兒便出過人的奇趣，賈璉也不禁醜態畢露，自此兩人遂成相契。後來大姐兒好了，賈璉搬回上房後。『平兒收拾外邊拿進來的衣服鋪蓋，不承望枕套中，抖出一綹青絲來。平兒會意，忙藏在袖內。便走至這邊房內。拿出頭髮來向賈璉笑道：『這是什麼？』賈璉忙搶上來要奪。平兒便跑，被賈璉一把揪住，從手中來奪，平兒笑道：『你是沒良心的！我好意瞞着他，來問你，你到賭狠！等他回來，我告訴了，看你怎麼樣！』賈璉聽說，忙陪笑央求道：『好人！你賞我罷！我不敢賭狠了！』一語未了，只聽鳳姐的聲音進來。賈璉聽見，鬆又不是，搶又不是。只叫：「好人，別叫他知道！」平兒才起身，鳳姐已走進來，命平兒．「快開匣子，替太太找樣子！」平兒忙答應了，找時，鳳姐道：「可少什麼沒有？」平兒道：「細細查了，並沒少了一件兒！」鳳姐又道：「可多什麼沒有？」平兒笑道：「不少就是了，怎麼還有多出來？」鳳姐又笑道：「這半個月難保干淨，或者有相厚的丟下那東西，戒指汗巾等物，亦未可定。」一席話說賈璉臉都黃了，在鳳姐背後只望着平兒殺雞抹脖，使臉色，求他遮蓋。」（第二十一回）鳳姐命平兒查看賈璉外邊搬來的東西，賈璉聽見『臉都黃了』可見鳳姐之妬也有八開了；賈璉並使眼色求平兒遮蓋，更足形容鳳姐之妬而且悍了！又有一次，賈母攢湊分子給鳳姐做壽，大觀園上上下下吃得正熱鬧的時候，鳳姐兒潑起醋罐子來了，起了一場大風波。原來鳳姐正在受衆人的稱觴祝壽，黃湯已經灌得差不多了，『鳳姐兒自覺酒沉了，心裏突突的往上撞，要往家去歇歇，只見那耍百戲的上來便和尤氏說：「預備賞錢，我要洗洗臉去。」尤氏點頭，鳳姐兒覷人不防，便出了席，往房門後簷下走來，平兒留心，也忙跟了下來，鳳姐便扶着他，纔至穿廊下，只見他房裏的一個小丫頭正在那裏站着，見他兩個來了，回身就跑。鳳姐兒便疑心，忙叫那丫頭，先只粧着不聽，無奈後面連聲兒叫，也只得回來，鳳姐兒越發起了疑心，忙和平兒進了穿廊，叫那小丫頭子也進來，把格扇關了，鳳姐坐在小院子的台階上，命那小丫頭跪了，喝命叫平兒叫兩個二門上的小厮來，拿繩子鞭子把眼睛裏沒主子的小蹄子打爛了。那小丫頭子已經嚇的魂飛魄散，哭着，只管磕頭求饒，鳳姐問道：「我又不是鬼，你見了我不識規矩站住，怎麼倒往前跑？」小丫頭子哭道：「我原沒看見奶奶來，我又記掛着房裏無人，所以跑了！」鳳姐兒道：「房裏既無人，誰叫你出來的？你便沒看見，我和平兒在後頭拉着嗓子，叫了你十來聲，越叫越跑，離的又不遠，你還和我強嘴？」說着，便揚手一掌，打在臉上，打的那小丫頭子一栽，這邊臉上又一下，登時小丫頭兩腮紫脹起來，平兒忙勸：「奶奶仔細手疼！」鳳姐便說：「你再打着問他：『跑什麼』？他再不說，把嘴撕爛了他的！」那小丫頭子先還強嘴後來聽見鳳姐兒要燒了紅烙鐵來烙嘴，方哭道：「二爺在家裏，打發我來這裏瞧着奶奶的，若見奶奶散了，先叫我送信去，不承望奶奶這會子就來！」鳳姐兒見話中有文章，便又問道：「你瞧着我做什麼？難道怕我家去不成？必有別的原故！快告訴我，我從此以後疼你；你若不細說，立刻拿刀子來割你的肉！」說着，回頭向頭上拔下一根簪子來，向那丫頭嘴上亂戳，嚇得那丫頭一行躲，一行哭求道：「我告訴二奶奶，可別說我說的。」平兒一面催他，叫他快說了，丫頭便說道：「二爺是纔來，來了就開箱子，拿了兩塊銀子，還有兩隻簪子，兩疋緞子，叫我悄悄的送給鮑二的老婆去，叫他進來，他收了東西，就往咱們家裏來了！二爺叫我瞧着奶奶，底下的事我就不知道了！」鳳姐聽了，已氣得渾身發軟，忙立起身來，一逕來家，剛至院門，又見有一個小丫頭在門前探頭兒，一見了鳳姐，也縮頭就跑，鳳姐兒提着名字喝着，那丫頭本來伶俐，見躲不過了，越發的跑了出來，笑道：「我正要告訴奶奶去呢：可巧奶奶來了！」鳳姐道：「告訴我什麼？」那丫頭便說：「二爺在家」這般如此，將方纔的話也說了一遍，鳳姐啐道：「你早做什麼了？這會子看見你了，你進來推干淨兒，」說着，揚手一下，打的那丫頭一個趔趄，便躡脚兒走了。鳳姐來至窗前，往裏聽時，只聽裏頭說笑道：「多早晚你那閻王老婆死了，就好了！」賈璉道：「再娶一個，也是這樣，又怎麼樣呢？」那婦人道：「他死了，你倒是把平兒扶了正，只怕還好些！」賈璉道：「如今連平兒，他也不叫我沾一沾了！平兒也是一肚子委曲不敢說，我命裏怎麼就該犯了夜叉星！」鳳姐聽了，氣的渾身亂戰，又因他們都讚平兒，便疑平兒素日背地裏，自然也有怨語了。那酒越發湧上來了，也並不忖度，回身把平兒先了打兩下，一脚踢開了門進去，也不容分說，抓着鮑二家的廝打一頓。又怕賈璉走出去，便堵着門，站着駡道：「好娼婦，你偷主子漢子，還要治死主子老婆，平兒過來！你們娼婦們一條籐兒多嫌着我！外面兒你哄着我！」說着，又把平兒打了幾下，打的平兒有冤無處訴，只氣得乾哭，駡道：「你們做沒臉的事，好好的又拉上我來做什麼？」說着，也把鮑二家的撕打起來。賈璉也因吃多了酒，進來高興，未曾做的機密，一見鳳姐來了，已沒主意，又見平兒也鬧起來，把酒也氣上來了。鳳姐兒打鮑二家的，他已又氣又愧！只不好說的，今見平兒也打，便上來踢駡道：「好娼婦！你也動手打人！」平兒氣怯。忙住了手哭道：「你們背地裏說話，爲什麼拉我呀？」鳳姐見平兒怕賈璉，越發氣了，又趕上來，打着平兒，偏叫他打鮑二家的。平兒急了，便跑出來找刀要尋死，外面衆婆子丫頭忙攔住勸解，這裏鳳姐見平兒尋死去，便一頭撞在賈璉懷裏，叫道：「你們一條籐兒害我，被我聽見，倒都唬起我來！你也勒死我吧！」賈璉氣的牆上拔出劍來說道：「不用尋死，我也急了，一齊殺了，我償了命，大家干淨！」」（同上回）賈璉這種只知滿足肉慾，餓不擇食似地嫖女人，當然不值一談，而鳳姐之因妬而潑，更是火上加油，難乎其難的鮑二家的，終因此吊死。這也表示地主貴族對於奴才的貞操是可以隨便蹂躪的，她們的生命——生與死皆無大關係的。不過，鮑二家的，還不是鳳姐直接置之死地，而是因辱而自殺的，至於尤二姐，則是鳳姐因吃醋而活活地把她逼死的。原來，這尤二姐不是別人，就是東府裏賈珍的夫人尤氏的妹妹，不過，她的母親乃是尤氏的後母，而這個尤老娘是個二婚頭，二姐三姐是她的『拖油瓶』所謂『拖油瓶』就是前夫的兒女帶到後夫那裏的。二兒三姐雖然同母，但是性格完全兩樣，我們談到尤二姐時，絕不可聯想到尤三姐；三姐我們將來要鄭重地介紹的。賈珍對於他的這位小姨已經垂涎好久，而二姐已經是成了他的掌中物了；不惟賈珍，卽賈蓉也想染指分肥，賈璉也着中了，卽由賈蓉從中穿插；得了賈珍的同意，便娶了她做二房，瞞着鳳姐，在外邊租了房子另住，賈珍父子之意，以爲這末一來。他們更好趁機求歡無所顧忌；那知事爲鳳姐所知，卑詞厚禮，和顏悅色，恭恭敬敬地把尤二姐騙進賈府。說是以平等相待，姊妹相稱，實則是存心要逼死她，因爲她既把尤二姐騙到家裏，尤二姐原是眞心實意，委身相依，那知她是投身虎口！鳳姐把她的心腹丫頭善姐派去伺候尤二姐，遇事給她不遂心，始而還可以喊得動，繼而連飯也不給開了；鳳姐一方面暗唆尤二姐的未婚夫上控賈璉於都察院，說賈璉『國孝家孝』在身，背旨瞞親，仗財依勢，强逼退親，停妻再娶』等語，一面加緊凌逼二姐，可巧賈赦又把大丫頭秋桐賞給賈璉，鳳姐雖然未免恨上加恨，妬上加妬，但兩敵當前，只好遠交近攻，借秋桐以殺二姐，然後再慢慢對付秋桐，這便是鳳姐老謀深算的得意手段——『用借刀殺人之法，坐山觀虎鬥。』（第六十九回）一面對二姐假意殷勤，口是心非；一面激動秋桐與二姐作對。等到秋桐大罵二姐，她便『縮在屋裏，只粧着不敢出聲兒，』又唆秋桐在賈母面前說二姐怎樣怎樣不好，『破鼓一齊擂』各方面湊攏來，把一個『花爲腸肚，雪作肌膚』的人——尤二姐活活氣得懨懨得了一病：四肢懶動，茶飯不進，漸次黃瘦下去，「冤家路窄」又被庸醫誤投一劑藥，把她所懷的男胎打了下來，二姐此時自然是痛不欲生，又加上秋桐百般辱罵，於是吞金自盡。『鳳姐也假意哭道：「狠心的妹妹！你怎麼丟下我去了！孤負了我的心！」』（第六十九回）這兩條命債應該完全記在鳳姐的血帳上！自然，直接殺人者是鳳姐，而促使鳳姐因妬而殺人的乃是封建社會一夫多妻的婚姻制度，研究社會問題，又不能專從道德觀點出發，須從產生這種妬心的婚姻制度，社會制度着想，纔是科學家的態度。

其次是鳳姐之淫。鳳姐既然有才有貌，又生長富貴家庭，自然對於性生活的要求也不會低於男子。她的荒淫處，本書沒有直接的敘述，但從字裏行間，或他人口中，也可以推得一二。有一次劉老老正在和鳳姐談話『只聽二門上小廝們回說：「東府小大爺進來了！」鳳姐忙止道：「劉老老不必說了！」一面便問：「你蓉大爺在那裏呢？」只聽一路靴子腳響，進來了一十七八歲的少年，面目清秀，身材夭矯，輕裘寶帶，美服華冠。劉老老此時坐不是，立不是，藏莫藏處，鳳姐笑道：「你只管坐！這是我姪兒。」劉老老扭扭捏捏在炕沿上坐了。賈蓉笑道：『我父親打發我來求嬸子說．上回老舅太太給嬸子的那架玻璃炕屏。明兒請一個要緊的客，借去略擺一擺，就送來的。」鳳姐道：遲了一日，昨兒已給了人了。」賈蓉聽說，便嘻嘻的笑着，在炕沿子上下個半跪道：「嬸子若不借，我父親又說我不會說話了，又挨了一頓好打呢！嬸子只當可憐姪兒吧！」鳳姐笑道：「也沒見我王家的東西都是好的！你們那裏也放着那些好東西，只是看不見我的纔吧，一見了，就要想拿去！」賈蓉笑道：「只求開恩吧！」鳳姐道：「破壞一點，你可仔細你的皮！」因命平兒拿了樓門上鑰匙，傳幾個妥當人來抬去。賈蓉喜的眉開眼笑，忙說：「我親自帶了人拿去，別由他們亂碰！」說着，便起身出去了。這鳳姐又想起一事來，便向窗外叫：「蓉兒回來！」外面幾個人接聲說：「請蓉大爺快回來！」賈蓉忙轉回來，垂手侍立，聽何指示。那鳳姐只管慢慢的吃茶，出了半日神方笑道：「罷了！你去吧！晚飯後，你再來說吧！這會子有人，我也沒精神了！」賈蓉方慢慢的退去。」（第六回）我們閉着眼睛心領神會地把鳳姐和賈蓉這一段敍述想一想，把賈蓉的態度鳳姐的神情和那臨去而又叫回的那種低回流連，慢慢出神的意態，細細地咀嚼，則箇中關係，也就可以體貼出幾分來了！則鳳姐與賈蓉之間實已超出普通嬸姪的關係了！還有一段故事也值得我們來推敲推敲：有一次，寶玉「從前頭房屋出去，一直往西院來，可巧走到鳳姐兒院前，只見鳳姐在門前站着，倚着門檻子拿耳挖子剔牙，看着十個小廝們挪花盆兒，見寶玉來了，笑道：「你來的好！進來進來替我寫幾個字兒。」寶玉只得跟了進來，到了房裏，鳳姐命人取筆硯紙來，向寶玉道：「大紅粧緞四十疋，蟒緞四十疋，各色上用紗一百疋，金項圈四個。」寶玉道：「這算什麼？又不是帳，又不是禮物。怎麼這個寫法？」鳳姐道：「你只管寫上橫豎我自己明白就吧！」寶玉聽說，只得寫了。鳳姐一面收拾起來，一面笑道：「還有句話告訴你，不知依不依？你屋裏有個丫頭叫小紅的，我要叫了來使喚，明兒我再替你挑幾個，可使得麼？」寶玉道：「我屋裏人多得很，姐姐喜歡誰，只管叫了來。何必問我？」鳳姐笑道：「既這麼說，我就叫人帶去了！」寶玉道：「只管帶去！」說着，便要走，鳳姐道：「你回來，我還有一句話呢？」寶玉道：「老太太叫我呢，有話等回來吧！」說着……』（第二十八回）便一直走了。鳳姐還要對寶玉說什麼話，至今是個謎！自然我們不能說她們嫂叔之間有任何微妙的關係，但鳳姐這麼一聲『你回來，我還有一句話呢！』不能不令人回憶到她叫蓉兒回來那種聲音！或者有人說：「這太莫須有了，太周納了！」是的，但焦大的話，不能不包含着鳳姐的分兒。有一次寧府親戚秦鍾——賈蓉的小舅子晚上要回家；尤氏問：「派誰送去？」媳婦們回說：「外頭派了焦大，誰知焦大醉了，又罵咧！」尤氏秦氏都道：「偏又派他作什麼。那個小子派不得？偏又惹他！」鳳姐道：「成日家說你太軟弱了，縱得家裏人這樣，還了得麼！」尤氏道：你難道不知道這焦大的？連老爺都不理他的！你珍大哥哥也不理他。因他從小兒跟着太爺，出過三四回兵，從死人堆裏把太爺背了出來，得了命；自己挨着餓，卻偷了東西給主子吃。兩日沒水，得了半碗水給主子吃，自己喝馬溺。不過仗着這些功勞情分，在祖宗時，都另眼相待。如今誰肯難為他。他自己又老了，又不顧體面，一昧的好酒。喝醉了無人不罵，我嘗說給管事的，以後不要再派他差使，只當他是個死的，就完了！今又派了他！」鳳姐道：「我何嘗不知這焦大？到底是你們沒主意，何不遠遠的打發他到莊子上就完了？」說着，因問：「我們的可齊備了？」衆媳婦說：「伺候齊了！」鳳姐也起身告辭，和寶玉攜手同行。尤氏等送至大廳，見燈火輝煌，衆小廝都在丹墀侍立。那焦大又特賈珍不在家，因趁着酒興，先罵大總管賴二，說他：「不公道，欺軟怕硬，有好差使派了別人。這樣黑更半夜送人就派我！沒良心的忘八羔子，瞎充管家。你也不想想焦大太爺蹺起一隻腿，比你的頭還高些。二十年頭裏的焦大太爺眼裏有誰？別說你們這一把子的雜種們」正罵得高興頭上，賈蓉送鳳姐的車出來，衆人喝他不住，賈蓉忍不得，便罵了幾句：「叫人捆起來，等明日酒醒了，問他還尋死不尋死？」那焦大那裏有賈蓉在眼裏？大叫起來，趕着賈蓉叫：「蓉哥兒；別在焦大跟前，使主子性兒！別說你這樣兒的，就是你爹你爺爺也不敢和焦大挺腰子呢！不是焦大個人，你們作官兒，享榮華，受富貴，你們祖宗九死一生掙下這個家業，到如今不報我的恩，反和我充起主子來了！不和我說別的還可，再說別的，咱們『白刀子進去，紅刀子出來！』」鳳姐在車上說與賈蓉：「還不早些打發了沒王法的東西？留在家裏，豈不是害？親友知道，豈非笑話？咱們這樣的人家連個規矩都沒有？」賈蓉答應「是了」。衆人見他太撒野，只得上來了幾個，掀翻捆倒，拖往馬圈裏去。焦大益發連賈珍都說出來，亂嚷亂叫說：「要往祠堂裏哭太爺去，那裏承望到如今生下這些畜生來？每日偷雞戲狗，爬灰的爬灰，養小叔子的養小叔子，我什麼不知道？咱們膊子折了往袖子裏藏？」衆小廝見他說出話來，有天沒日的，唬得魂飛魄喪，便把他捆起來，用土和馬糞滿滿的塡了他一嘴。鳳姐和賈蓉也遙遙聽得，都裝着不聽見。寶玉在車上聽見，因問鳳姐道：「姐姐！你聽他說『爬灰』是什麼？」鳳姐連忙喝道：「少胡說！

那是醉漢嘴裏胡謅！你是什麽樣的人，不說不聽見，還倒細問？等我回了太太，仔細搥你！」唬得寶玉連忙央告道：「好姐姐我再不敢說了！」鳳姐哄他道：「好兄弟！這纔是！等回去，咱們回了老太太，家學裏說明了，請秦鍾家學裏念書去要緊！」」（第七回）焦大好似梁山泊上的花和尚魯智深，吃醉了酒是要尋事的，但是『酒後吐眞言』，他說的話大概是不離八九，因爲榮寧兩府的人都聽見，尤其是鳳姐賈蓉『都裝着不聽見』，便[illegible]軟了一着，所謂『爬灰』云云，大概是指賈珍和秦氏而言，而所謂『養小叔的養小叔子』鳳姐聽了似不能無動於中！但有人要說：鳳姐之淫若以這等事出有因，查無實據的一時酒後辱駡之辭爲定讞，則未免有失審愼。好，現在我們再拿賈璉自己批評鳳姐的話做個證據如何？有一次，賈璉『摟着』平兒『求歡』，平兒奪手跑了。急得賈璉彎着腰恨道：「促狹小娼婦兒！一定浪上人的火來，他又跑了！」平兒在窗外笑道：「我浪我的，誰叫你動火？難道圖你受用，叫他知道了，又不肯饒我呀！」賈璉道：「你不用怕他，等我性子上來，把這醋罐子打個稀爛，他纔認得我呢？他防我像防賊似的，只許他同男子說話，不許我和女人說話。我和女人說話略近些，他就疑惑，他不論小叔子姪兒大的小兒說說笑笑，就不怕我吃醋了，以後我也不許他見人！」」（第二十一回）把賈璉口中的『小叔子』和焦大口中的『小叔子』對照起來，把鳳姐當着劉老老所叫的『姪兒』和賈璉口中的『姪兒』對照起來，則鳳姐之淫，也可成爲定論了吧。

最末說：鳳姐與賈府。鳳姐出場是在賈府還算興盛的時候，但在她總理榮國府家務的當口，賈府也漸漸露出日卽衰敗的現象了。大凡貴族家庭只知衣租食稅，追求享樂，自然而然會漸漸顯出他那『捉襟見肘』的現象來。因爲租稅所出，和農民的血汗總是有限的，而他們的窮奢極欲是沒有止境的，自然就感覺到生之者寡，食之者衆了。鳳姐想提議減少各房的婢僕人等，探春把大觀園中的空地和花草都租給老婆子們，視爲興利除弊之策。賈母的飯僅僅夠吃，別人便沒有添的，鴛鴦至有『如今都是可着頭做帽子』之歎。賈璉鳳姐甚至央求鴛鴦偷當賈母的體己東西：「鴛鴦一面說，一面起身要走。賈璉忙也立起身來說道：「好姐姐！略坐一坐兒，兄弟還有一事相求。」說着便罵小丫頭：「怎麽不泡好茶來！快拿乾淨蓋碗把昨日進上的新茶泡一碗來！」說着，向鴛鴦道：「這兩日因老太太千秋，所有的幾千兩都使完了。幾處房租地租統在九月纔得。這會子竟接不上。明兒又要送南安府裏的禮，又要預備娘娘重陽節，還有幾家紅白大禮，至少還要二三千兩銀子用，一時難去支借。俗語說得好，「求人不如求己。」說不得，姐姐擔個不是，暫且把老太太查不着的金銀傢伙，偷着運出一箱子來，暫押千數兩銀子，支騰過去。」』（第七十二回）這證之以賈珍和烏進孝的談話，更加明白。『賈珍道：「如何況？我這邊倒可以，沒什麽外項大事，不過是一年的費用……比不得那府裏（榮國府）這幾年添了許多花錢的事，一定不可免是要化的，却又不添銀子產業。這一二年裏賠了許多，……」烏進孝笑道：「那府裏如今雖添了事，有去有來。娘娘和萬歲爺豈不賞嗎？」賈珍聽了，笑向賈璉等道：「你們聽聽他說的好笑不好笑？」賈蓉等忙笑道：「你們山坳海沿子上的人那裏知道這道理？娘娘難道把皇上的庫給我們不成？……就是賞也不過一百兩金子，纔值一千多兩銀子，穀什麼？這二年，那一年不賠出幾千兩銀子來？頭一年省親，連蓋花園子你算那一注花了多少，就知道了！再二年再省一回親，只怕精窮了！」……賈蓉又說又笑向賈珍道：「果眞那府裏窮了。前兒我聽見二嬸娘和鴛鴦悄悄商議要偷老太太的東西去當銀子呢？」』（第五十三回）凡此種種都是鳳姐當權的時候親身經歷的，自然她不能與它沒關係了。加上她那貪贓枉法，假公濟私，『官船漏，官馬瘦，』都飽了她的私囊，一個轟轟烈烈的侯門公府被她弄得馬仰人翻，鳳姐之罪大矣。結果她一身的積蓄也隨大觀園的被抄而喪失殆盡，一命嗚呼！我們可以說：鳳姐的出現於大觀園的舞台與她的沒落實與賈府中的命運相終始。

四　幾個奇女子

大觀園中的人物上自賈母，下至一婢一僕，無人不是各有其特性，就是各有奇處：不惟美的奇，醜的也奇；不惟善的奇，惡的也奇。我這次整個講演，側重於大觀園中一些女子，理由在第一次已略略表明。但是大觀園中，上上下下，男男女女，老老少少，幾百口子，女子至少有一半，這一兩百口子，若是一一說來，自然絕不可能，現在只能割愛，選擇其中最富特性，最值得我們注意的，提出八個人來說一說；這八個人就是：

妙　玉　尤三姐　晴　雯　司　棋

鴛　鴦　紫　鵑　平　兒　襲　人

至於香菱，前次所說已足表現其為人；賈氏四姊妹則在說賈母時，將加以描述，侍書也要附帶及之。掛漏所不能免，這是沒有辦法的事。不過有一事要特別聲明，凡我所提出的這些女子，只從奇之一點出發，至她們的善與惡，忠與奸，正與邪，是與非，一聽衆人之評判；見仁見智不願有所意必也。現在先說妙玉。

妙玉的來歷書中不曾敘得明白，我們只知道她是賈府預備貴妃省親，接她進了大觀園，來做點綴品的；第十七回只說她是「一個帶髮修行的，本是蘇州人氏，祖上也是讀書仕宦之家，自幼多病，買了許多替身，皆不中用，到底這姑娘入了空門，方纔好了，所以帶髮修行。今年十八歲，取名妙玉。如今父母俱已亡故，身邊只有兩個老嬤嬤，一個小丫頭伏伺。文墨也極通，經典也極熟，模樣又極好，因聽說長安城中，有觀音遺跡，並貝葉遺文。隨了師父上來，現在西門外牟尼院住着。他師父精演先天神數，於去冬圓寂了。遺言說他不宜回鄉，在此靜候，自有結果。所以未曾扶柩回去。』這是林之孝家的報告王夫人的話。這裏我覺得有一點可疑。妙玉既是仕宦之家的閨秀因病出家，她的爺娘姓啥名甚，爲什麼不明白地表而出之，這大概是有什麼不得已罷。依我的揣想（自然是以小人之心，度君子之腹，）妙玉出家的原因，並不如她自己所宣布的是『因……多病。』照我們幾十年短短的經驗看來，女子出家，我們雖然沒有這種統計，原因大概是由於舊式的戀愛的失敗：這其間包括對等的戀愛之被遺棄，或爲人作妾者之被遺棄，或不堪大婦之虐待，而削髮爲尼，或因家庭環境不良，頓生厭世之心，遁入空門。凡戀愛失敗或被人遺棄的皆不願露出自己的眞姓名，蓋舊時道德觀念恐貽自家門第之羞也，妙玉之不表白家世，或係由此。但我們有了這種假定，對於我們後來研究妙玉的爲人和性情，或許是有幫助的。妙玉的文學很有根柢，有一次正當賈母帶着全家在大觀園賞月，黛玉和湘雲兩人獨在晶凹館聯句，直聯到夜闌人靜，黛玉方念出『冷月葬詩魂』之句，『一語未了，只見闌外山石後，轉出一個人來，笑道：「好詩，好詩；果然太悲涼了，不必再往下做，若底下只這樣下去，反不顯這兩句了。倒弄得堆砌牽強！」二人不防，倒嚇了一跳。細看時，不是別人，卻是妙玉，二人皆詫異，因問：「你如何到了這裏來？」妙玉笑道：「我聽見你們大家賞月，又吹得好笛，我也出來玩賞這清池皓月！順脚走到這裏，忽聽見你兩個吟詩，更覺清雅異常，故此就聽住了。只是方纔聽見這一首中，有幾句雖好，只是過於頹敗淒楚，此亦關人之氣數而有，所以我出來止住。如今老太太都早已散了，滿園的人想俱已睡熟了。你兩個丫頭還不知在那裏找呢？你們也不怕冷了！快同我來！到我那裏去吃杯茶，只怕就天亮了！」黛玉笑道：「誰知道就這個時候了！」三人遂一同來至櫳翠菴中，只見龕焰猶靑，爐香未燼。幾個老嬤嬤也都睡了，只有小丫頭在蒲團上垂頭打盹。妙玉喚她起來，現烹茶。忽聽扣門之聲；丫鬟忙去開門看時，卻是紫鵑，翠縷與幾個老嬤嬤來找他姊妹兩個，進來見他們正吃茶，因笑道：「要我們好找！一個園裏走遍了，連姨太太那裏都找到了！那小亭裏找時，可巧那裏上夜的正睡醒了，我們問他們，」他們說：「方纔亭外頭棚下兩個人說話，後來又添了一個人，聽見說，大家往菴裏去，我們就知道是這裏了！」妙玉忙命丫鬟引他們到那邊去坐着歇着吃茶，自卻取了筆硯紙墨出來，將方纔的詩，命他二人念著，遂從頭寫了出來，黛玉見他今日十分高興，便笑道：「從來沒見你這樣高興，我也不敢唐突請教。這還可以見教麼？若不堪時，便就燒了。若或可改，卽請改正改正。」妙玉笑道：「也不敢妄評；只是這纔有二十二韻，我意思想着你二位警句已出，再續時，倒恐後力不加，我竟要續貂，又恐有玷！」黛玉從沒見過妙玉做過詩，今見他高興如此，忙說：「果然如此，我們雖不好，亦可以帶好了！」妙玉道：「如今收結，到底還歸到本來面目上去，若只管丟了眞情眞事，且去搜奇檢怪，一則失去了咱們的閨閣面目，二則也與題目無涉了。」林史二人皆道：「極是！」妙玉提筆一揮而就。遞與他二人道：「休要見笑，依我必須如此，方翻轉過來，雖前頭有淒楚之句，亦無甚礙了。」二人接了看時，只見他續道：

「香篆銷金鼎，冰脂膩玉盆。簫增嫠婦泣，衾倩侍兒溫。空帳悲金鳳，閒屏散彩鴛。露濃苔更滑，霜重竹難捫。猶步縈行沼，還登寂寞原。石奇神鬼縛，木怪虎狼蹲。贔屭朝光透，罘罳曉露屯。振林千樹鳥，啼谷一聲猿。歧熟焉忘徑，泉知不問源。鐘鳴櫳翠寺，鷄唱稻香村。有興悲何極，無愁意豈煩。芳情原自遣，雅趣向誰言？徹旦休云倦，烹茶更細論。」

後書「右中秋夜大觀園即景聯句三十五韻。」黛玉湘雲二人稱讚不已，說：「可見我們天天是舍近就遠，現有這樣詩人在此，卻天天紙上談兵！」（第七十六回）妙玉續句十三韻雖也有一兩韻好的，但通體說來，只平平，不過於此也可見她於此道是內行，聯句很難做得好詩。也難怪她。

妙玉不但懂詩，也會下棋，七絃琴也是知音。她的棋在賈四姑娘惜春之上，琴的造詣比較更高些。有一次，妙玉從蓼風軒（惜春所居）那裏出來，寶玉領路，彎彎曲曲走近瀟湘館，忽聽得叮咚之聲，妙玉道：「那裏的琴聲？」寶玉道：「想必是林妹妹那裏撫琴呢！」妙玉道：「原來他也會這個？怎麼素日不聽見提起？」寶玉悉把黛玉的事述了一遍，因說：「咱們去看他！」妙玉道：「從古只有聽琴，再沒有看琴的。」寶玉笑道：「我原說我是個俗人，」說着二人走至瀟湘館外，在小石上坐着靜聽，甚覺音調淸切，只聽得低吟道：

風蕭蕭兮秋氣深，
美人千里兮獨沉吟，
望故鄉兮何處？
倚闌干兮涕沾襟！

歇了一回，聽得又吟道：

山迢迢兮水長，
照軒窗兮明月光，
耿耿不寐兮銀河渺茫，
羅衫怯怯兮風露涼！

又歇了一歇，妙玉道：「剛纔侵字韻，是第一疊，如今揚字韻，是第二疊，咱們再聽！」裏邊又吟道：

子之遭兮不自由，
予之遇兮多煩憂，
子之與我兮心焉相投，
思古人兮俾無尤！

妙玉道：「又是一拍，何憂之深也！」寶玉道：「我雖不懂得，但聽他的音，也覺得過悲了！」裏頭又調了一回絃，妙玉道：「君絃太高了，與無射律只怕不配呢！」裏邊又吟道：

人生斯世兮如輕塵，
天上人間兮感夙因。
感夙因兮不可惙，
素心如何？天上月！

妙玉聽了，呀然失色，道：「如何忽作變徵之聲？音韻可裂金石矣！只是君絃太過：」寶玉道：「太過便怎麼？」妙玉道：「恐不能持久！」正議論時，聽得君絃『磞』的一聲斷了，妙玉站起來，連忙就走，寶玉道：「怎麼樣？」妙玉道：「日後自知！你也不必多說！」竟自走了。』（第八十七回）據此看來，妙玉對於中國的音樂確算得知音。因為『聲音之道』出於人心之自然，在音樂中，尤其是在七絃琴上，可以聽出人的喜怒哀樂愛惡欲的情緒來。

妙玉之文學與音樂的天才和修養既如上述，那麼，妙玉之性情又怎樣呢？妙玉的性情可以兩字括之：就是「孤癖，」而且乖癖得不近人情。有一次寶玉的生日，大觀園諸姊妹和嫂嫂正在給他做壽，妙玉打發一個人送了一張粉紅箋紙來，「上面寫着『檻外人妙玉恭肅遙叩芳辰，』」「寶玉看畢，直跳了起來」因為「看他下着『檻外人』三字，自己竟不知回帖上回個什麼字樣纔相敵，』打算去問黛玉，可巧路遇邢岫烟（邢夫人的姪女）『寶玉忙問：「姐姐那裏去？」岫烟笑道：「我找妙玉說話！」寶玉聽了詫異道：「他爲人孤癖不合時宜，萬人不入他的目，原來他推重姐姐，竟知姐姐不是我們一流俗人！」岫烟笑道：「他也未必眞心重我，但我和他做過十年的鄰居，只一牆之隔。他在蟠香寺修煉，我家原寒素賃房居住，就賃了他的廟裏的房子，住了十年。無事到他廟裏去作伴，我所認得的字，都是承他所授。我和他又是貧賤之交，又有半師之分，因我們投親去了，聞得他不合時宜，權勢不容，竟投到這裏來。如今又天緣湊合，我們得遇，舊情竟未改易。承他青目，更勝當日。」』（第六十三回）因此寶玉便把這件爲難的事告訴岫烟，說着，遂把『拜帖取與岫煙看，岫煙笑道：「他這脾氣竟不能改！竟是生成這等放誕詭僻了！從來沒見拜帖上寫別號的！這可是俗語說的「僧不僧，俗不俗，女不女，男不男，」成個什麼理數？」寶玉聽了，忙笑道：「姐姐不知道！「他原不在這些人中算，他原是世人意外之人，因取了我是個些微有知識的，方給我這帖子！我因不知回什麼字樣纔好，竟沒了主意，正要去問林妹妹，可巧遇見了姐姐！」岫煙聽了寶玉這話，且只管用眼上下細細打量了半日，方笑道：「怪道俗語說的：聞名不如見面！又怪不得妙玉竟下這帖子給你，又怪不得上年竟給你那些梅花！既是他這樣，少不得我告訴你原故：他常說：古人中，自漢晉五代唐宋以來，皆無好詩，只有兩句好，說道：『縱有千年鐵門檻，終須一個土饅頭，』所以他自稱『檻外之人，』又常讚「文是莊子的好，」故又或稱為「畸人。」他若帖子上是自稱「畸人」的，你就還他個「世人」。「畸人」者，他自稱是畸零之人；你謙自己乃世人擾擾之人，他便喜了。如今他自稱『檻外之人』是自謂蹈於鐵檻之外了！故你如今只下『檻內人』便合他的心了！」』（第六十三回）這種眞夠乖僻的了！但只是在名相上兜圈子，不惟說不上佛，也說不上有得於莊子，因為佛與莊最大的努力就是要打破一切名相。

妙玉只是乖而已矣，僻而已矣。但他的潔癖更是夠受！第四十一回說：『當下賈母吃過了茶，又帶了劉老老至櫳翠菴來。妙玉忙接了進去，衆人至院中，見花木繁盛，賈母笑道：「到底是他們修行人，沒事常常修理，比別處越發好看。」一面看，一面便往東禪堂來。妙玉笑往裏讓，賈母道：「我們才都吃了酒肉。你這裏頭有菩薩，冲了罪過。我們這裏坐坐，把你的好茶拿來，我們吃一杯就去了。」寶玉留神看他是怎樣行事。只見妙玉親自捧了一個海棠花式雕漆塡金雲龍獻壽的小茶盤，裏面放一個成窰五彩小蓋鍾，捧與賈母。賈母道：「我不吃六安茶。」妙玉笑道：「知道！這是老君眉。」賈母接了，又問：「是什麼水？」妙玉道：「是舊年蠲的雨水。」賈母便吃了半盞，笑着，遞與劉老老說：「你嘗嘗這個茶！」劉老老便一口吃盡，笑道：「好是好！就是淡些。再熬濃些，便好了！」賈母衆人都笑起來。然後衆人都是一色官窰脫胎塡白蓋碗。那妙玉便把寶釵、黛玉的衣襟一拉，二人隨他出去，寶玉悄悄的隨後跟了來，只見妙玉讓他二人在耳房內，寶釵便坐在榻上，黛玉便坐在妙玉的蒲團上，妙玉自向風爐搧滾了水，另泡了

幾個奇女子

一壺茶，寶玉便走了進來！笑道：「偏你們吃體己茶麽？」二人都笑道：「你又趕了來，撒(？)茶吃，這裏並沒你吃的。」妙玉剛要去取杯，只見道婆收了上面茶盞來，妙玉忙命將那成窰的茶杯別收，「擱在外頭去罷！」寶玉會意，知爲劉老老吃了，他嫌骯髒不要了。又見妙玉另拿出兩隻杯來，一個旁邊有一耳，杯上鐫着「𤓰瓟斝」三個隸字，後有一行小眞字是「王愷珍玩，」又有「宋元豐五年四月，眉山蘇軾見於秘府」一一行小字。妙玉斟了一斝，遞與寶釵，那一隻形似鉢而小，也有三個垂珠篆字鐫着「點犀䀉，」妙玉斟了一䀉與黛玉，仍將前番自己常日吃茶的那隻綠玉斗來斟與寶玉，寶玉笑道：「常言世法平等，他兩個就用那樣古玩珍奇，我就是個俗器了！」妙玉道：「這是俗器？不是我說狂話，只怕你家裏未必找的出這麽一個俗氣來呢？」寶玉笑道：「俗語說：隨鄉入鄉，到了你這裏，自然把這金玉珠寶一概貶爲俗器了。」妙玉聽如此說，十分歡喜，遂又尋出一隻九曲十環二十節，蟠虬整雕竹根的一個大盞出來。笑道：「就剩了這一個，你可吃的了這一海？」寶玉喜的忙道：「吃的了！」妙玉笑道：「你雖吃的了，也沒這些茶你糟踏！豈不聞一杯爲品，二杯卽是解渴的蠢物，三杯是飲驢了！你吃這一海，更成什麽呢？」說的寶釵黛玉都笑了。妙玉執壺，只向海內斟了約有一杯。寶玉細細吃了，果覺淸淳無比，賞讚不絕。妙玉正色道：「你這遭吃茶，是託他兩個的福，獨你來了，我是不能給你吃的！」寶玉笑道：「我深知道，我也不領你的情，只謝他二人便了！」妙玉聽了，方說：「這話明白！」黛玉因問：「這也是舊年的雨水？」妙玉冷笑道：「你這麽個人，竟是大俗人！連水也嘗不出來！這是五年前，我在玄墓蟠香寺住着，收的梅花上的雪，統共得了那一鬼臉青的花甕一甕，總捨不得吃，埋在地下，今年夏天纔開了。我只吃過一回，這是第二回了。你怎麼嘗不出來？隔年蠲的雨水那有這樣清淳？如何吃得？黛玉知他天性怪僻，不好多話，亦不好多坐。吃過茶便約着寶釵走了出來，寶玉和妙玉陪笑道：「那茶杯雖然骯髒了，白撩了，豈不可惜？依我說，不如就給那貧婆子罷。他賣了也可以度日，你道使得麼？」妙玉聽了，想了一想，點頭道：「這也罷了，幸而那杯子是給他，我沒吃過的；若是我吃過的，我就砸碎了，也不能給他。你要給他，我也不管，你只交快拿了去罷！」妙玉因劉老老吃過的，便不叫道婆把那成窰五彩小蓋鍾收了進來，而且這因爲劉老老乃是鄉下的士老二，牛屎腿，嘴自然是骯髒的，妙玉之潔癖，眞正有個八開，一事實不只表現妙玉的好潔，並露出她內心中對於人類的社會觀念。但是她這種怪僻的性情，也只有寶玉體貼得出。所以他連忙接口道：「自然如此，你那裏和他說話去？越發連你都骯髒了！只交與我就是了。」妙玉便命人拿來遞與寶玉，寶玉接了又道：『等我，們出去了我叫幾個小么兒來，河裏打幾桶水來洗地如何？」妙玉笑道：「這更好了！只是你囑他們抬了水，只擱在山門外頭牆根下，別進門來！」寶玉道：「這是自然的！」』（四一回）妙玉的文學修養，她的音樂造詣等等既如彼，她的乖僻和潔癖又如此，大家一定會驚訝道：『這眞是個奇人！』但是我們若追求她的生活狀態，則她的這種乖僻行徑和性情，不是不可解釋的。因爲（1）看她的文學修養，藝術造詣，必然是出身富貴之家；（２）看她不露眞姓名，大概是在戀愛戰場上失敗而被遺棄的人。人生受了這種打擊，她的性情必然要受得劇烈的變動。——結果必變成古裏古怪的脾氣，就是乖僻，事事不近人情。我自己曾經遇見一個少年尼姑，她雖沒有妙玉那樣才貌，但她的中文也不錯，唯識學也有好多年的功夫了。她那種多猜多忌，不近人情的性情行爲，倒也差不多可與妙玉拜姊妹了。然而因爲他對於人情世故一點也不知道，忽而還俗，忽而爲民，忽而留髮，忽而削髮，幾乎爲人所誤。我細細體察她的這行動，知道她之削髮爲尼，大概也是情場失敗的結果。因情場失敗，而生活偏枯，憂鬱，得不到性的調和，性情行爲自然會流於偏倚，久而久之，遂習若天性了！不是奇人而是妙玉所自稱的『畸人』了！但是也不過是『畸』其形，其心則實未嘗『畸』也！因爲她的內心也和我們一樣地愛好人類的同居生活，她的心靈和肉體也和我們一樣有一種迫切的需要：——需要性的調和，並且需要得利害，需要得像餓貓一樣，諸位不信，請聽我道來：當她和惜春正在下棋時，寶玉來了，寶玉見了女子是最會殷勤的，一面和惜春說話『一面與妙玉施禮，一面又笑問道：「妙公輕易不出禪關，今日何緣下凡一走？」妙玉聽了，忽然把臉一紅，也不答言，低了頭自看那棋。」』（第八十七回）爲什麼忽然把臉一紅，不是有動於中麼？『不答言』比答言還要一往情深，『低了頭』並不是『看棋，』而是神魂飄蕩，藉着『看棋』想收那『心猿意馬』罷了！底下說得更明白，『寶玉自覺造次，連忙陪笑道：「倒是出家人比不得我們在家的俗人；頭一件心是靜的，靜則靈，靈則慧，……」寶玉尚未說完，只見妙玉微微的把眼一瞧，看了寶玉一眼，復又低下頭去，那臉上的顏色漸漸的紅暈起來』（同上回）妙玉見了寶玉，又聽了他的『輕易不出禪關』一句，已是躊躇不安，又被他這末一挑，更是塵心陡萌，情不自禁了，所以臉上纔不知不覺的『紅暈』起來，這時妙玉心裏一定在說什麼在家出家？什麼心靈心慧？老實說，假使不是種種關礙，我也與林黛玉薛寶釵一樣，和你耳鬢廝磨，形影相伴，以慰我這一顆渴望溫情的寂寞心靈呢？諸位不要說我是鍛鍊周納，其實我正是和蕭洛夷德 Freud 一樣，在做心裏的分析。諸位不信，請再聽我道來：妙玉自從和寶玉白天接觸以後，又同他一陣聽到林黛玉的琴音和歌吟，回至庵中：

『掩了庵門，坐了一回，把禪門日誦，念了一遍，吃了晚飯，點上香，拜了菩薩，命道婆自去歇着，自己的禪床靠背，俱已整齊，屏息垂簾，跏趺坐下，斷除妄相，趨向眞如。坐到三更過後，聽得屋上「咯碌碌」一片瓦響，妙玉恐有賊來，下了禪床，出到前軒，但見雲影橫空，月華如水。那時天氣尚不很涼，獨自一個憑欄站了一回，忽聽房上兩個貓兒一遞一聲廝叫，那妙玉忽想起日間寶玉之言，不覺一陣心跳耳熱，自己連忙收攝心神，走進禪房，仍到禪床上坐了，怎奈神不守舍，一時如萬馬奔馳，覺得禪床便恍（似應作洸）起來，身子已不在菴中，便有許多王孫公子要來取他，又有些媒婆扯扯拽拽扶他上車，自己不肯去；一回兒又有盜賊劫他，持刀執棍的逼勒，只得哭喊求救。』（同上回）

妙玉的夢乃是日間和寶玉打了交道以後所引起的種種心情和平日所浮泛在腦裏的思

想之復映；如同影片一般，經過一種電力的發動，便一幕一幕地映了出來。因爲人類有一種潛在的意識，凡人心有所欲而不可以告人；或愛某個至親，而爲禮教所束縛，不敢明言，潛在意識是沒有什麼道德觀念的，但同時人類經過極悠久的社會生活和某一種禮教觀念所薰陶又形成一種意識，它時時顧到社會的利害，所以人作夢時，有兩個觀念在衝突；一種是要衝破一切籓籬，直抒胸臆；一種則加以反對，此妙玉之所以有種種矛盾的夢境也。後來他的結局，竟不出她的夢中所預示的兆頭——被人搶去，雖不能說有什麼直接因果關係，但他平日『畢竟塵緣未斷，』不能『一念不生，萬緣俱寂，』如四姑娘所說，則無可諱言！然而我要特別聲明一句，我不是用禮教觀念論妙玉，也不願人『一念不生，萬緣俱寂，』其實『不生』是不可能，『俱寂』也絕對不可能！

尤三姐眞是可敬可佩，可親可愛，但她偏生在尤氏的後娘尤老娘懷裏，給她做了拖油瓶，拖到尤家又偏碰到賈珍父子是她們的至親；尤二姐又偏偏地因賈珍父子認得了賈璉，便上了鉤，偷偷地，不明不白地嫁給賈璉做二房。又偏偏地柳湘蓮路上救了薛蟠，又偏偏遇到賈璉，給她做了媒，把她許給小柳，可謂『天從人願，』那知小柳誤把三姐也當做二姐看待；又因東府（寧府）穢德彰聞，甚至當面對寶玉說：『你們東府裏，只有一對石獅子是潔淨的。』因而對於三姐的貞操發生懷疑，遂發生討回送做定禮的『鴛鴦劍，』取消婚約，而三姐竟引劍自刎的悲劇；小柳竟無福消受這女中豪傑的溫柔！但是三姐這種不屈不撓的精神是值得我們馨香頂禮的，單拿她那天晚上對付賈珍兄弟的那一幕說，比項羽劉邦的鴻門宴上樊噲所表演的身手還要有聲有色！卻說賈璉娶了尤二姐正在心滿意足，而尤二姐因三姐的婚事沒有着落，又因賈珍放了尤二姐，自然屬意尤三姐，那天晚上偷偷地跑到賈璉的小公館裏，可巧賈璉也回來了，尤二姐和賈璉就想就此做成這事，賈璉遂跑到對過房裏，「忙命人拿酒來，我和大哥吃兩杯！因又笑嘻嘻向三姐兒道：「三妹妹為什麼不合大哥吃個雙杯兒？我也敬一杯給大哥合三妹妹道喜！」三姐兒聽了這話，就跳起來，站在炕上，指着賈璉冷笑道：「你不用和我花馬弔嘴的！咱們清水下雜麵，你吃我看！提着影戲人子上場兒，好歹別戳破這層紙！你別糊塗油蒙了心！打諒我們不知道你府上的事麼？這會子花了幾個臭錢，你們哥兒兩個，拿着我們姊妹兩個權當粉頭來取樂兒，你們就打錯了算盤了！我們知道你那老婆太難纏，如今把我姐姐拐了來，做了二房；偷來的鑼鼓兒打不得！我也要會會那鳳奶奶去，看她是幾個腦袋，幾隻手。若大家好，取和兒，便罷！倘或有一點叫人過不去，我有本事先把你兩個的牛黃狗頭掏出來，再和那潑婦拚了這條命！吃酒怕什麼？咱們就吃！自己拿起壺來斟了一杯，自己先吃了半杯，揪過賈璉來就灌，說：「我倒不曾和你哥哥吃過，今日倒要和你吃一吃！咱們也親近親近！」唬得賈璉酒都醒了。賈珍也不承望尤三姐是這等拉的下臉來。弟兄兩個本是風流場中耍慣的，不想今日反被這個閨女一席話說得不能答言。尤三姐看了這樣，越發一疊連聲，又說：「將姐姐請來耍樂！咱們四個大家一處樂。」俗語說的「便宜不過當家，你們是哥哥兄弟，我們是姐姐妹妹，又不是外人，只管上來，」尤二姐反不好意思起來。

賈珍得便就要溜，尤三姐那裏肯放？賈珍此時反後悔，不承望他是這種人，與賈璉反不好輕薄起來。』（第六十五回）尤三姐不但把賈珍賈璉當做『牛』和『狗』看待，使他們近她不得；並且喜笑怒罵，直把兩個膿包的公子哥兒，玩弄於股掌之上，『這尤三姐索性卸了粧飾，脫了大衣服，鬆鬆的挽個髻兒，身上只穿着大紅襖兒，半掩半開，故意露出葱綠抹胸，一痕雪脯底下，綠褲紅鞋，鮮艷奪目，忽起忽坐，忽喜忽嗔，沒半刻斯文。兩個墜子就和打鞦韆一般，燈光之下，越顯得柳眉籠翠，檀口含丹，本是一雙秋水眼，再吃了幾杯酒，越發橫波入鬢，轉盼流光，眞把那賈珍二人弄的欲近不敢，欲遠不捨！迷離恍惚，落魄垂涎。再加方纔一席話，直將二人禁住，弟兄兩個竟全然無一點兒能爲！別說調情鬥口，竟連一句響亮話都沒了！尤三姐自己高談闊論，任意揮霍，村俗流言，灑落一陣，由着性兒拿他弟兄二人嘲笑取樂。一時他的酒足興盡，更不容他弟兄多坐，竟攆了自己關門睡去了。』（同前回）尤三姐所以如此潑辣，並非偶然，乃是深深識透這些紈袴子弟的心理，不如此不足以鎮懾他們那種『癩蝦蟆想吃天鵝肉』的妄念，拘束他們那種肆行無忌的行動。不但此也，並且再進一步，露出自己的美的胸脯，顯給他們看，這便是現在摩登小姐坦胸赤腿現出那足以引誘人的肉的美來的用意，但是不盡相同。現代女郞之現出肉的美是叫人愛慕；但對於人家的愛，却未必也和尤三姐一樣地這樣嚴格。尤三姐故作此態，乃是示以色相，同時又使他們可望而不可卽，直視賈氏弟兄爲無物，爲天下後世被人欺汚的女子出了一口不平之氣！但是列位！尤三姐果眞是白癡麼？果眞沒有性的需要，卽異性愛麼？大大地不然！因爲：

「她母親和二姐兒也會十分相勸，他反說：「姐姐糊塗！咱們金玉一般的人，白叫這兩個現世寶沾汚了去，也算無能。而且他家現放着個極利害的女人，如今瞞着，自然是好的，倘或一日，他知道了，豈肯干休？勢必有一場大鬧，你二人不知誰生誰死，這如何便當作安身樂業的去處？」」（同上回）這一方面表示她的自尊心，眞正有自尊心的人，才能自愛。另一方面表示她的銳利觀察，她對於世情極其透徹，所以不肯白糟蹋了自己的身子。但這只是表示她對於愛情十分愼重的態度。而且她不是個無情的女子，因爲她十分愼重，不肯輕易表示，而且人世滔滔，滿意的人不易得，不得不加以選擇，卽有所擇，亦不肯輕易透露，一日尤二姐和賈璉備了酒請她吃飯，打算誠心相勸，尤三姐『也不用她姐姐開口，便先滴淚說道：

「姐姐今日請我，自然有一番大道理要說，但只我也不是糊塗人，也不用絮絮叨叨的。從前的事情我已盡知，說也無益！旣如今姐姐也得了好處安身，媽媽也有了安身之處，我也要自尋歸結去，方是正禮。但終身大事一生至一死非同兒戲，向來人家看着咱們娘兒們微息，都安着不知什麼心，我所以破着沒臉，人家纔不敢欺侮，這如今要辦正事，不是我女孩兒家沒羞恥，必得我揀一個素日可心如意的人方跟他，若憑你們揀擇，雖是有錢有勢的我心裏進不去，白過了這一世！」』（同上回）

尤三姐這一段慷慨陳詞，簡直可以做我們的「愛經」讀，第一、她在二百年前，跟『父母之命，媒妁之言』的禮教圈子內，竟而標出自由戀愛——揀一個可心如意的人方他——的旗幟，身體而力行之，這是何等的先覺?!何等的勇敢?!第二、她始終瞧不起貴族世家中的紈袴子弟，所以決心不跟賈珍一輩人打交道，因爲她『心裏進不去，』恐怕『白過了這一世。』這又是何等自尊自愛的精神?!第三、現在的摩登小姐，我們在大都市中常常看見，她和他見面還不到幾點鐘，便訂起婚約來，不到幾天，便大結其婚，又不到幾天，却又看她們到律師那裏辦離婚手續，在報上登離婚啓事了！尤三姐這一段話對他們又是何等的諷刺啊！第四、尤三姐既如此剛烈，如此自尊自愛，那末對於尤二姐嫁賈璉做二房，當然是極端反對的；背前背後，她勸阻尤二姐，當然不止一次，這也是可以揣測得到的。而尤二姐竟嫁了賈璉，這在她看來是何等的侮辱?何等的可恥?何等的危險，她的內心又何等痛苦啊！而她之自處又何等冰清玉潔，莊嚴神聖啊！不幸，她生在尤家，不幸和太不自愛的尤二姐爲姊妹，又不幸處在穢德彰聞的賈珍家裏的瓜田李下，她的意中人柳湘蓮竟誤下斷語，把三姐看成二姐一樣人物，又把她看做東府裏一堆骯髒東西的一個，這固然是小柳無福，亦可見環境之誤人大矣！然而三姐毫不遲疑地以頸血雪此奇恥，踐彼前言，俯仰無愧，青年男女均當繡像祀之！

晴雯原來是伺候賈母的丫頭，後來撥給寶玉的，晴雯是寶玉房中一個最出色的丫頭，她爲人又美貌，又伶巧，又鋒利，又決斷，又有志氣。那麼，她的貌是怎樣的美呢?晴雯的貌，差不多像林黛玉，王夫人檢查大觀園時：

『猛然觸動往事，便問鳳姐道：「上次我們跟了老太太進園逛去；有一個水蛇腰，削肩膀兒，眉眼又有些像你林妹妹的』，正在那裏駡小丫頭；我心裏很看不上，那狂樣子，因同老太太走，我不曾說得。後來要問是誰？又偏忘了。今日對了檻兒，這丫頭想必就是他了。」鳳姐道：「若論這些丫頭們，共總比起來，都沒晴雯生得好……」』（第七十四回）

據此，則晴雯之貌，在大觀園的衆丫鬟中，當推爲皇后了。那麼伶巧又是怎樣呢？有一次，寶玉出去應酬，賈母賜他一件『金翠輝煌，碧彩煔灼』的名叫『雀金泥』『孔雀毛的氅衣。』這件氅衣的料子乃是『俄羅斯國拿孔雀毛拈了線織的，』賈母只有這一件了，其寶貴可知。不料寶玉出客回來，發現它的『後襟子上燒了一塊，』他便『嗐聲頓足』地說：今兒老太太歡歡喜喜的給了我這件褂子！』（第五十二回）而且明天還要出去穿。要拿出去織補！天已晚了，來不及；若不拿出去織補，房中的丫頭們，只有晴雯一個有這種本領，她恰巧又在病中。大家正在沒法，『晴雯聽了半日，忍不住翻身說道：「拿來我瞧瞧罷？沒那福氣穿就罷了！」說着，麝月便遞與晴雯，移過燈來，細瞧了一瞧，說道：「這是孔雀金線的，如今咱們也拿孔雀金線，就像界線似的，界密了，只怕還可混得過去！」麝月道：「孔雀金線現成的，但這裏除你還有誰會界線？」晴雯道：「說不得，我掙命罷了！」寶玉忙道：「這如何使得？纔好了些，如何做得生活？」晴雯道：「不用你蠍蠍螫螫的！我自知道。」一面說，一面坐起來，挽了一挽頭

幾個奇女子

髮，按了衣裳，只覺頭重身輕，滿眼金星亂迸，實實撐不住，待不做又怕寶玉着急，少不得狠命咬牙捱着，便命麝月只幫着拈綫，晴雯先拿了一根比一比，笑道：「這雖不很像，若補上，也不很顯。」寶玉道：「這就很好，那裏又找俄羅斯國的裁縫去？」晴雯先將裏子拆開，用茶杯口大小一個竹弓釘綳在背面，再將破口四邊用金刀刮的散鬆鬆的，然後用鍼縫了兩條，又看看織補不上三五鍼，便伏在枕上歇一會，一時又拿一件灰鼠斗篷披在背上，一時又拿個枕頭與她靠着，急的晴雯央道：「小祖宗，你只管睡吧！再熬上半夜，明兒眼睛摳摟了，那可怎樣好？」寶玉見她着急，只得胡亂睡下，仍睡不着。一時只聽自鳴鐘已敲了四下，剛剛補完，又用小牙刷慢慢的刷出氄毛來。麝月道：「這就好了！若不留心，再看不出的！」……晴雯已嗽了幾陣，好容易補完了。說了一聲：「補雖補完了，倒底不像，我再也不能了。」噯喲了一聲，便身不由主倒下了！』（第五十二回）這一段故事，不但表現了晴雯的聰明伶巧和技能，並表示她一心怕寶玉吃苦，絲毫不會顧惜她自己的身子，確是個有肝膽的女子！晴雯說話也極鋒利，當王夫人搜查大觀園，派人叫了她來「冷笑道：」好個美人兒！眞像個病西施了！你天天作這輕狂樣兒給誰看？你幹的事打量我不知道麼？我且放着你，自然明兒揭你的皮！寶玉今日可好些？」晴雯一聽如此說，心內大異，便知有人暗算了她，雖然着惱，只不敢作聲。他本是個聰明過頂的人，見問：「寶玉可好些？」便不肯以實話答應，忙跪下回道：「我不大到寶玉房裏去，又不常和寶玉在一處，好歹我不能知，那都是襲人合麝月兩個人的事，太太問他們。」王夫人道：「這就該打嘴！你難道是死人，要你們做什麼！」晴雯道：「我是跟老太太的人，因老太太說，園裏空大人少，寶玉害怕，所以撥了我去外間屋裏上夜。不過看屋子。我原回過：「我怕不能服侍，」老太太罵了我：『又不叫你管他的事，要伶俐的做什麼？』我聽了，不敢不去，纔去的。不過十天半月之內，寶玉叫着了，答應幾句話就散了；至於寶玉的飲食起居，上一層有老奶奶，老媽媽們；下一層有襲人，麝月，秋紋幾個人。我閑着還要做老太太屋裏的鍼線，所以寶玉的事竟不曾留心，太太既怪，從此後我留心就是了！」』本來她是寶玉最得意的一個丫頭，也是最親密的一個丫頭。有一次她把寶玉的一把扇子跌斷了，寶玉生了氣，她也火了，寶玉竟搬了一大堆好扇子，給她撕，她一口氣撕了好幾把，撕累了，纔不撕，可見寶玉對她的情分了。她今天看了王夫人的來勢不對，便轉過口氣，用金針倒頂門的法子，說她不常和寶玉接近，『太太若怪，從此後我留心就是了！』堵住了王夫人的嘴，雖然，這話救不了她，但她的言語却是鋒利而機警的。那天，晴雯寶玉正在生氣，晴雯頂撞了幾句，寶玉氣的渾身亂戰。正在不開交的時候，襲人忙過來向寶玉道：「好好的，又怎麼了！可是我說的，一時我不到，就有事故兒？」晴雯聽了冷笑道：「姐姐既會說，就該早來也省了爺生氣。自古以來就是你一個人伏侍爺的，我們原沒伏侍過。因爲你伏侍的好，昨日纔挨窩心脚，我們不會伏侍的，明日還不知是個什麼罪呢！」襲人聽了這話，又是惱，又是愧，待要說幾句話，又見寶玉已經氣的黃了臉，少不得自己忍了性子，推晴雯道：「好妹妹你出去逛逛，原是我們的不是！」晴雯聽了他說『我們』二字，自然是他和寶玉了，不覺又添了醋意，冷笑幾聲道：「我們不知道你們是誰？別叫我替你們害臊了！便是你們鬼鬼祟祟幹的那事，也瞞不過我去，那裏就稱起我們來了！那明公正道連個姑娘還沒有掙上去呢，也不過和我似的，那裏就稱上我們了？」』（第三十一回）這一席話，賽過一把尖刀直刺入襲人的心坎，晴雯姑娘的嘴好鋒利啊！晴雯做事也果決，惡惡之心太甚。有一次寶玉房裏小丫頭墜兒偷了東西，被她曉得了，正當她病時『吃了藥仍不見病退，急的亂罵大夫說：「只會騙人的錢，一劑好藥也不給人吃，」麝月笑勸他道：「你太性急了！俗語說，病來如山倒，病去如抽絲，又不是老君仙丹，那有這樣靈藥？你只靜養幾天，自然好了，你越急越難着手。」晴雯又罵：「小丫頭子那裏鑽沙去了？瞧我病了，都大着膽子走了，明兒我好了，一個一個的纔揭了你們的皮呢，」唬的小丫頭子定兒忙進來問：「姑娘做什麼？」晴雯道：「別人都死了，就剩了你不成？」說着只見墜兒也蹭了來，晴雯道：「你瞧瞧這小蹄子，不問他，還不來呢！這裏又放月錢了，又散果子了，你該跑在頭裏了，你往前些，我是老虎吃了你！」墜兒只得往前湊了幾步，雯晴便冷不防，欠身一把將他的手抓住，向枕邊拿起一丈青，向他手上亂戳，口內罵道：「要這爪子做什麼。拈不得鍼，拿不動線，只會偷嘴吃，眼皮子淺，爪子又輕，打嘴現世的不如戳爛了！」墜兒疼的亂哭，麝月忙拉開，按着晴雯躺下道：「你纔出了汗，又作死，等你好了，要打多少，打不得，這會子鬧什麼？」晴雯便命人叫宋嬤嬤進來，說道：「寶二爺總告訴了我：叫我告訴你們：墜兒很懶，寶二爺當面使他，他撥嘴兒不動，連襲人使他也背地罵他。今兒務必打發他出去，明兒寶二爺親自回太太就是了。」」（第五十二回）寶玉多少大丫頭聽見墜兒偷東西，都沒發作，惟有晴雯槍到馬快，講做就做，毫不猶疑。後來她帶着病，被人暗算慫恿王夫人把她攆出大觀園，一病嗚呼，但是她在彌留之際，寶玉偷着去看病那一幕，着實悲慘生動：

一日（晴雯）才朦朧睡了，忽聞有人喚她，強展雙眸，一見是寶玉，又驚，又喜，又悲，又痛，一把死拮住他的手，哽咽了半日，方說道：「我只道不得見你了，」接着便嗽個不住，寶玉也只有哽咽之意。晴雯道：「阿彌陀佛！你來得好，且把那茶倒半碗我吃，渴了半日，半個人也叫不着，」寶玉聽說，忙拭淚問：「茶在那裏？」晴雯道：「在爐臺上。」寶玉看時，雖有個黑煤烏嘴的弔子，也不像個茶壺。只得桌上去拿個茶碗，未到手先聞得油羶之氣。寶玉只得拿些水洗了兩次，復用自已的絹子拭了，聞了聞，還有些氣味，沒奈何提起壺來斟了半碗，看時，絳紅的，也不大像茶，晴雯扶枕道：「快給我吃一口罷，這就是茶了，那裏比得咱們的茶呢？」寶玉聽說，先自已嘗了一嘗，並無茶味，鹹澁不堪，只得遞與晴雯，只見晴雯如得了甘露一般，一氣灌下去了。寶玉看看，眼中泪只流下來，連自已的身子都不知爲何物了。一面問道：「你有什麼說的，趁着沒人，告訴我。」晴雯嗚咽道：「有什麼說的？不過挨一刻是一刻，挨一日是一日。我已知橫豎不過三五日的光景我就好回去了！只是一件我不甘心，我雖生得比別人好些，並沒有私情勾引，怎麼一口死咬定了我是個狐狸精，我今日既擔了虛名，況且沒了遠限，不是我說一句後悔的話，早知如此，我當日……」說到這裏，氣往上咽，便說不出來，兩手已經冰冷。寶玉又痛，又急，又害怕，便歪在席上，一隻手攥着她的手，一隻手給她輕輕的搥打着 又不敢大聲的叫，眞眞萬箭穿心。兩三句話時晴雯才哭出來。寶玉拉着她的手，只覺枯瘦如柴，腕上猶戴着四個銀鐲，因哭道：「除下來，等好了再戴上去罷，」又說：「這一病好了，又傷好些。」晴雯拭泪把那手用力拳回擱在口邊，狠命一咬，只聽「鮎」的一聲，把兩根葱管一般的指甲齊根咬下，拉了寶玉的手，將指甲擱在他手中，又回手硬撑着連揪帶脫，在被窩內，將貼身穿着的一件舊紅綾小襖脫下，給了寶玉，不想虛弱透了的人，那裏禁得這樣的抖擻。早喘成一處了。寶玉見了她這般，已經會意，連忙解開外衣，將自己的襖兒褪下來，蓋在她身上，却把這件穿上，不及扣鈕，只用外間衣服掩了。剛繫腰時，只見晴雯睜眼道：「你扶我起來坐坐，」寶玉只得扶她，那裏扶得起？好容易欠起半身，晴雯伸手把寶玉的襖兒往自己身上拉，寶玉連忙給她披上了，拖着胳膊，伸上袖子，輕輕放倒，然後將她的指甲裝在荷包裏，晴雯哭道：「你去罷！這裏骯髒，你那裏受得？你的身子要緊！今日這一來，我就死了，也不枉擔了虛名！」』寶玉脫險走了。晴雯不久也就懷着恨，結束了他的一生。關於晴雯，除了我們前面所舉的她的美德外，還有兩件事情須得鄭重指出：第一、晴雯被人暗算，逐出大觀園，乃是鼓着勇氣出來的，絲毫沒向人求饒，這是值得我們頂禮的；第二、她雖和寶玉那樣親密，甚至寶玉會叫她到被窩裏取暖，她始終沒有『私情勾引，』只是一團可愛的天眞友誼，然卒被她者中傷，以逐以死，也是值得我們對她灑一掬同情之淚的！

司棋是迎春的丫頭。有一次鴛鴦從李紈那裏（稻香村）回來，「剛至園門前，……獨自一人，脚步又輕，所以該班的人（指看守園門的人而言）皆不理會，偏要小解，因下了甬道，找微草處走動。行至一塊湖山石後，大桂樹底下來。剛轉至石後，只聽一陣衣衫響，嚇了一驚不小，定睛一看，只見是兩個人在那裏，見他來了，便想往樹叢石後藏躱，鴛鴦眼尖，趁着半明的月色，早看見一個穿紅裙子，梳鬅頭，高大豐壯身材的是迎春房裏的司棋。鴛鴦只當她和別的女孩子，也在此方便，見自己來了，故意藏躱嚇着玩耍。因便笑叫道：「司棋你不快出來，嚇着我，我就喊起來，當賊拿了！這麼大丫頭，也沒個黑夜白日，只是頑不穀！」這本是鴛鴦戲語，叫他出來，誰知他賊人膽虛，只當鴛鴦已看見他的首尾了，生恐叫喊出來，使衆人知覺更不好，且素日鴛鴦又和自己親厚，不比別人，便從樹後跑出來，一把拉住鴛鴦，便雙膝跪下，只說：「好姐姐千萬別嚷！」鴛鴦不知爲什麼，忙拉起來，問道：「這是怎麼說？」司棋只不言語，拿手帕拭淚，鴛鴦越不解，再瞧了一瞧，又有一個人影兒，恍惚像個小廝，心下便猜着了八九分，自己反羞的心跳耳熱，又怕起來。因定了一會，忙悄問：「那一個是誰？」司棋又跪下道：「是我姑舅哥哥！」鴛鴦啐了一口，卻羞的一句話也說不出來，司棋又回頭悄叫道：「你不用藏躱，姐姐已經看見了，快出來叩頭。」那小廝聽了，只得從樹後跑出

幾個奇女子

來叩頭如搗蒜，鴛鴦忙要回身，司棋拉住苦求，哭道：「我們的性命，都在姐姐身上！只求姐姐超生我們罷，」鴛鴦道：「你不用多說了，快叫他去罷！横豎我不告訴人就是了。」（第七十一回）鴛鴦不惟沒告訴人，因司棋嚇病了，她反倒去看她，安慰她。這是後話。却說，司棋的姑舅兄弟一嚇，第二天就「逃之天天」了。『司棋聽了，又急，又氣，又傷心，因想道：「總然鬧出來，也該死在一處！眞看男人無情意，先就走了！」』（第七十二回）司棋還却錯怪了好人，後來王夫人惑於少數人的讒言，檢查大觀園，在司棋的箱中搜『出一雙男子棉襪，並一雙緞鞋，又有一個小包袱，打開看時，裏面是一個同心如意，並一個字帖兒，』（第七十四回）上面寫着她們的情話，在那時，一個丫頭偷情，是犯大逆不道的，登時第二天，被趕了出來，但是這時司棋只是『低頭不語，也並無畏懼慚愧之意，』乖覺的鳳姐，已經覺得可異』了。忽然那一日他表兄來了，他母親見了，恨得什麼是的，說他害了司棋，一把拉住要打，那小子不敢言語，誰知司棋聽見了，急忙出來，老着臉和他母親道：「我是爲他出來的，我也恨他沒良心，如今他來了，媽又打他，不如勒死了我，」他母親駡他，「不害臊的東西，你心裏要怎樣？」司棋說道：「一個女人配一個男人，我一時失脚上了他的當，我就是他的人了。決不可再失身給別人的，我恨他爲什麼這樣膽小，一人作事一人當，爲什麼要逃，就是他一輩子不來了，我也一輩子不嫁人的，媽要給我配人，我原拼着一死的，今日他來了，媽問**他，怎麼樣？若是他不改心，我在媽跟前叩了頭，只當是我死了，他到那裏，我跟到那**

裏，就是討飯吃，也是願意的。」她媽氣得了不得，便哭着罵着說：「你是我的女兒，我偏不給他，你敢怎麼着，」那知道那司棋這東西糊塗，便一頭撞在牆上，把腦袋撞破，鮮血直流竟死了。她媽哭着，救不過來，便叫那小子償命，他表兄說道：「你們不用着急，我在外頭原發了財，因想着她纔回來的，心也算是眞了。你們若不信，只管瞧，」說着，打懷裏掏出一匣子金銀首飾來，她媽媽看見了，便心軟了說：「你既有心，爲什麼總不言語？」他外甥道：「大凡女人都是水性楊花，我若說有錢，他便是貪圖銀錢了，如今她只爲人，就是難得，我把金珠給你們，我去買棺盛殮她。」『那司棋的母親接了東西也不顧女孩兒了，便由着外甥去。那裏知道叫人抬了兩口棺材來。司棋的母親看了詫異說：「怎麼棺材要兩口？」他外甥笑道：「一口裝不下，得兩口纔好！」司棋的母親見他的外甥又不哭，只當是他心疼傻了，豈知他忙着就把司棋收拾了，也不啼哭，眼錯不見，把帶的小刀子，往脖子裏一勒，也就死了！司棋的母親懊悔起來，倒哭得了不得。』（第九十二回）可憐這兩條葱管似的可愛的青春少年就這樣玉碎花凋了！但我們就這一件事實便看出如下幾個可寶貴的教訓：（一）司棋眞是二三百年前中國封建禮教中一個明目張胆向親權提出了自由結婚的要求；不得，則以頸血濺之的巾幗英雄。（二）她雖提出了自由戀愛的要求，同時却又堅決地主張『一個女人配一個男人』；只要對方『不改心』，那就『他到那裏，我就跟到那裏，就是討飯，也是願意的。』這纔是眞正的『情種』！纔配談戀愛！纔不辱沒這個聖潔的名詞——愛！（三）司棋的表兄小潘也和她一樣，了無愧色！他那種從容不迫地給司棋裝殮，又從從容容地自刎而死，這又是一個真正的情種！這一對情種不出自世代簪纓，鐘鳴鼎食之家，如賈府，而乃出自奴婢之家，這是多麽尖刻的諷刺啊！現在一般男女講戀愛，十九都是先要探問對方的財產，地位；或則今天見面，立談之間便訂婚，結婚，兩人同到報館聯名登報，通告親友，報喜；也許明天或後天兩人復又同到同一報館聯名登報離婚。那末，司棋她們一對愛人的悲劇，對於現世的一些兒女，又是多麽尖刻的諷刺啊！(四)司棋的母親在不到半天工夫之內，所表現的面目，情感和心理狀態是多麽冷暖和矛盾，那對於當時的，甚至後世的社會人心，又是多麽辛辣的一幅人心解剖的畫圖啊！當她的外甥回來，沒有說明自己有了錢的時候，她又打又罵，恨不得把他揮諸大門之外，自然談不上把女兒嫁給他了。及至女兒死了，見了小潘的『金珠首飾』，便另換了一種面孔，只顧照顧小潘，看取金銀珠寶，不但又認得外甥，甚至『接了東西，也不顧女孩兒了』，甚至埋怨她的外甥『爲什麽不早說？』這種無恥的狗臉，真是『肺肝如見！』小潘回答卻也犀利無比！他道：『大凡女人都是水性楊花，我若說有錢，他便是貪圖銀錢了！』司棋真絲毫沒貪圖銀錢！但這幾句話卻把司棋母親一流人物，甚至她們的祖宗八代都罵盡了！甚至她們後代兒孫這一流的，也都罵盡了！我讀紅樓至此，常常引曾國藩給朋友的信上的兩句話：『積年瘰疬，爲君一搔！』連那個貪毒無恥，殘賊不仁的鳳姐對於司棋都不得不做如下的贊歎：

『那有這樣傻丫頭！偏偏就碰見這個傻小子！怪不得那一天翻出那些東西來，他心裏沒似人是的，敢只是這麼個烈性孩子！』(第九十二回)

紫鵑也是賈府的一個丫頭，原來是伺候賈母的，黛玉來了以後，雖然隨身帶有雪雁，但賈母不放心，便把紫鵑派給黛玉。說來也奇！俗語道：『生得親，不如過得親。』雪雁雖是黛玉從南邊帶來的，但其人糊糊塗塗，一團孩稚氣，對於黛玉並不細心體貼。紫鵑却恰恰相反。她雖是賈母派來的，却和黛玉非常相投，對於黛玉實能體貼週到，差不多可以說，她和黛玉息息相關，黛玉的一舉一動，一顰一笑，她都留心。她是黛玉的唯一同情者，同時就是黛玉的唯一擁護者。每逢黛玉和寶玉拌嘴時，紫鵑總是在旁勸解，盡力調護。有一次寶玉來了，要吃茶，黛玉命紫鵑不要睬他。紫鵑笑道：他是客，原該倒給他吃的。這在表面上看來，似乎是紫鵑不聽話，實則正是極力維持寶黛兩人的交情。又有一次，黛玉和寶玉拌嘴，寶玉砸玉，黛玉則哭，把藥都吐了出來。紫鵑忙上來用手帕子接住，登時一口一口地把塊手帕子吐濕……紫鵑道：『雖然生氣，姑娘到底也該保重着，纔吃了藥好些，這會子因和寶二爺拌嘴，又吐了出來，倘或犯了病，寶二爺怎麼過的去呢？』這話雖然和襲人勸寶玉的話：『你和妹妹拌嘴，不犯着砸他（指玉），倘或砸壞了，叫她心裏臉上怎麼過的去？』差不多同一聲口，但襲人注重臉上，便是世俗之情，與紫鵑用心不同。且襲人之於寶玉，有始無終，此種解勸便無眞情；紫鵑後來對於黛玉始終其事，便證明此等勸解，乃係吐自肝膽，眞情實話。

有一次，亂子鬧的可大了！『這日寶玉因見湘雲漸愈，然後去看黛玉。正値黛玉纔歇午覺，寶玉不敢驚動，因紫鵑正在迴廊上，手裏作鍼線，便上來問他：「昨日夜裏咳嗽可好些？」紫鵑道：「好些了。」寶玉笑道：「阿彌陀佛！寧可好了罷！」紫鵑笑道：「你也念起佛來了！眞是新聞！」一面說，一面見他穿着彈墨綾薄棉襖，外面只穿着青緞夾背心，寶玉便伸手向他身上抹了一抹，說道：「穿這樣單薄還在風口裏坐着，時氣又不好，你再病了，越發難了！」紫鵑便說道：「從此咱們只可說話，別動手動脚的；一年大二年小的，叫人看着不尊重，打緊的那起混帳行子背地裏說你，你總不留心，還只管和小時一般行爲，如何使得？姑娘常常吩咐我們，不叫和你說笑。你近來瞧着他遠着你還恐不及呢？」說着，便起身攜了鍼線，進別的屋裏去了。』紫鵑對寶玉這種態度，完全是從黛玉的內心深處出發，一來是替黛玉担憂，因而對於寶玉的愛情還不敢確信；二來是想用這種『激將法』一激，看看寶玉發生什麼反應；三來是因此促進寶玉對於黛玉的愛情益發明朗化。若果我這種分析不錯的話，那紫鵑的目的可算是件件都達到了，因爲『寶玉見了她這般景況，心中像澆了一盆冷水一般，只瞧着竹子發了一回獃，因祝媽正在那裏挖土種竹，掃竹葉子，頓覺一時魂魄失守，隨便坐在一塊山石上出神，不覺滴下淚來，直獃了一頓飯工夫，千思萬想，總不知如何是可。』旋被雪雁看見了，勸他『快家去』，寶玉說了許多似瘋似癲的氣話，雪雁回去，便一五一十地把她所見所聞的告訴了紫鵑，雪雁還在鼓裏登着，莫明其妙，紫鵑却胸中雪亮，『聽了』這番話，便』忙問：「在那裏？」

雪雁道：「在沁芳亭後頭桃花底下呢！」紫鵑聽說，忙放下鍼線，又囑付雪雁：「好生聽叫！若問我，答應我就來！」說着便出了瀟湘館，一竟來尋寶玉。走至寶玉跟前含笑道：「我不過說了那兩句話，爲的是大家好，你就一氣跑到這風地裏來哭，弄出病來還了得！」寶玉笑道：「誰賭氣了？我因爲聽你說得有理，我想：你們既這樣說，自然別人也是這樣說，將來漸漸的都不理我了！我所以想到這裏，自己傷起心來了！」紫鵑也便挨他坐着，寶玉笑道：「方纔對面說話，你尙走開；這會如何又來挨我坐着？」」紫鵑這時纔曉得了寶玉對黛玉的心並沒有改變，目的已達；又恐怕寶玉太傷心，便用話岔開道：『你都忘了！幾日前你們姊妹兩個正說話，趙姨娘一頭走了進來，道：「我纔聽見他不在家，所以我來問你；正是，前日你和他纔說了一句『燕窩』，就歇住了，總沒提起，我正想着問你。」寶玉道：「也沒什麼要緊。不過我想着寶姐姐也是客中，既吃燕窩，又不可間斷，若只管和他要，也太託實，雖不便和太太要，我已經在老太太跟前，略露了個風聲，只怕老太太和鳳姐說了。我告訴他的，並沒告訴完。如今我聽見：一日給你們一兩燕窩，這也就完了。」紫鵑道：「原來是你說了，這多謝你費心！……」』好個紫鵑，她簡直是黛玉的全權代表了！你聽她的口氣——『這又多謝你費心！』多麼貼心的一個丫頭！不過紫鵑對於寶玉還不十分放心，想再依前法，進一步，試探一下，她借着寶玉笑道：『這要天天吃慣了，吃上二三年就好了』的一句話，挑逗『道：「在這裏吃慣了，明年家去，那裏有這閒錢吃這個？」」寶玉聽了，吃了一驚，忙問：「誰家去？」紫鵑道：「妹妹同蘇州去！」寶玉笑道：「你又說白話！蘇州雖是原籍，因沒了姑母，無人照看，纔就了來的。明年回去找誰？可見你扯謊！」紫鵑冷笑道：「你太看小了人！你們賈家獨是大族，人口多的！除了你家，別人只得一父一母，房族中真個再無人了不成？我們姑娘來時，原是老太太心疼她年小，雖有叔伯不如親父母，故此接來住幾年，大了，該出閣時，自然該送還林家的，終不成林家女兒在你賈家一世不成？」」你聽：什麼「你家」，「你們賈家」，「我們姑娘」，「家」，「你賈家」！林賈二家，你們我們分得清清楚楚，則紫鵑死心塌地忠於黛玉，真可說是「誠諸中而形諸外」了！這還不算，她又接着一步緊一步地道：「林家雖貧到沒飯吃，也是世代書香人家，斷不肯將他家的人丟與親戚笑落齒笑；所以早則明年春天，遲則秋天，這裏縱不送去，林家亦必有人來接的。前日夜裏姑娘和我說了，叫我告訴你：將從前小時頑的東西：有她送你的，叫你都打點出來，還她；她也將你送她的打點在那裏呢！」紫鵑憑空造出這一大篇謊，有兩種動機：（一）是代黛玉說出不平之氣，免得人家，甚至寶玉，因林家家道衰微而看輕了黛玉；（二）是要借着這類於『哀的美敦書』的口氣，逼出寶玉關於他和黛玉婚姻問題的最後一句諾言，却不料幾乎鬧了大亂子！因為「寶玉聽了，便如頭頂上響了一個焦雷一般。」紫鵑看他怎樣回答，等了半天，見他只不作聲，纔要再問，只見晴雯找來說：「老太太叫你呢！誰知在這裏？」紫鵑笑道：「在這裏問姑娘的病證，我告訴了他半日，他只不信，你倒拉他去罷！」說着，自己便走回房去了。晴雯見他獃獃的一頭熱汗，滿臉紫漲，忙拉他的手一直到怡紅院中。襲人見了這般，慌起來了。只說時氣所感，熱身被風撲了。無奈寶玉發熱事猶小可，更有兩個眼珠兒直直的起來，口角邊津液流出，皆不知覺。給他個枕頭，他便睡下；扶他起來，他便坐着；倒了茶來，他便吃茶。衆人見了這樣，一時忙亂起來；又不敢造次去回賈母。先便差人去請李嬤嬤來。一時李嬤嬤來了；看了半日，問他幾句話也不回答，用手向他脈上摸了摸，嘴脣人中上着力掐了兩下，掐得指印如許來深，竟也不覺疼。李嬤嬤只說了一聲『可了不得了！』『呀』的一聲，便摟頭放聲大哭起來。急得襲人忙拉他說：「你老人瞧瞧如何？且告訴我們，去回老太太，太太去！你老人家怎麼先哭起來？」李嬤嬤搥床倒枕說：「這可不中用了！我白操了一世的心了！」襲人因他年老多知，所以請他來看，如今見他這般一說，信以爲實，也哭起來了。晴雯便告訴襲人；方才如此這般，襲人聽了，便忙到瀟湘館來，見紫鵑正服侍黛玉吃藥，也顧不得什麼，便走上來問紫鵑道：「你才和我們寶玉說了些什麼話？你瞧瞧他去！你回老太太去，我也不管了！」說着，便坐在椅上。黛玉忽見襲人滿面急怒，又有泪痕，舉止大變，更不免也着了忙，因問：『怎麼了!?』襲人定了一回哭道：「不知紫鵑姑奶奶說了些什麼話，那個獃子眼也直了，手脚也冷了，話也不說了！李嬤嬤掐着也不疼了！已死了大半個了！連嬤嬤都說：不中用了！在那裏放聲大哭，只怕只會子都死了！」……』惹起寶玉發了狂，害了一場大病，幾乎把命送了。『解鈴還須繫鈴人』後來還虧紫鵑去伺候他，纔把他的牛心回轉過來。紫鵑只得無事時，把眞話告訴他道：

『那些頑話都是我編的；林家實沒了人口，縱有，也是極遠的族中，也都不在蘇州住，各省流寓不定。縱有人來接，老太太也未必放去。』寶玉道：「便老太太放去，我也不依！」「這已到『圖窮而匕首見』的時候，紫鵑又一逼，笑道：「果真的不依，只怕是口裏的話；你如今也大了；連親也定了；過二三年再娶了親，你眼睛裏還有誰了！」』又惹寶玉指天誓日地發了一大泡子癡話；紫鵑又逼緊一步，明白告訴寶玉：她之所以要說這些話來試探的心思，却仍轉了一個大灣子，笑道：『你知道，我並不是林家的人，我和襲人，鴛鴦是一夥的；偏把我給了林姑娘使，偏生他又和我極好，比他蘇州帶來的還好十倍。一時一刻我們兩個都離不開。我如今心裏却愁他，倘或要去了，我必要跟了他去的。我是合家在這裏；我若不去，辜負了我們素日的情義；若去，又棄了本家，所以我疑惑，故說出謊話來問你，誰知你就傻鬧起來？』紫鵑這種設詞，拿自己做個幌子，既保持黛玉的身分，又不露一點痕跡，自然高人一等，逼出寶玉的眞情實話來：『從此你別愁！我告訴你一句打蠆兒的話：活着，咱們一處活着；不活着，咱們一處化灰化烟如何？』紫鵑這時纔算如願以償，所以『心下暗暗籌算。』這種籌算自然非爲己謀，仍是全然爲黛玉打算。現在『探驪』既已『得珠』，眼看着寶玉也好了，心裏倒是記罣着那一個，便同寶玉商量，得了他的允諾，便『打叠鋪蓋粧奩之類，』『然後別了衆人，自回瀟湘館來』了。『夜闌人靜後，紫鵑已寬衣臥下之時，』便把她的觀察偵探所得告訴了黛玉，但她並不鄭重其事的，只得搭逗着說『笑道：「寶玉的心倒實，聽見咱們去，便那樣起來！」』黛玉不答。紫鵑停了半響，自言自語的說道：「一動不如一靜；我們這裏就算好人家，別的都容易，最難得的是從小兒一處長大，脾氣性情都彼此知道的！」黛玉啐道：「你這幾天還不乏!?趁這回子不歇一歇，還嚼什麼蛆。」紫鵑笑道：「這不是白嚼蛆，我倒是一片眞心爲姑娘，替你愁了這幾年了。無父無母，無兄弟，誰是知冷知熱的人？趁早兒，老太太還明白硬朗的時節，作了大事要緊！俗語說：『老健春寒秋後熱』，倘或老太太一時有個好歹，那時雖也完事，只怕就誤了時光，還不得趁心如意呢！公子王孫雖多，那一個不是三房四妾，今日朝東，明日朝西，娶一個天仙來，也不過三夜五夜，也就丟在脖子後頭！甚至於憐新棄舊，反目成仇的。若娘家有人有勢的，還好些；若姑娘這樣的人家，有老太太一日還好一日；若沒了老太太，也只是恐人去欺負罷了，所以說拿主意要緊。姑娘是個明白人，豈不聞俗語說的「萬兩黃金容易得，知心一個也難求？」」紫鵑這番話的動機是非常純潔可愛的；她爲黛玉設想，眞是『一片眞心，』黛玉心裏雖是十二分首肯她的話，但怎麼辦呢？在當時那種禮教的環境中，明知是一條死路，也是無法逃脫的。紫鵑之言僅是孩稚的天眞罷了，對於黛玉却沒有絲毫幫助，無怪被黛玉搶白了一頓完事。但她對於黛玉的忠誠是始終不渝的。當寶玉被賈母，王熙鳳以下捉弄着去和薛寶釵結婚這一幕悲劇正在演出的前後，紫鵑所扮演的人物眞是值得我們馨香頂禮的。始也，雪雁聽見說『寶玉定了親了』，紫鵑聽了，固然『嚇了一跳』，而黛玉聽了，更是病上加病。後來聽說沒成功，纔放下心去，黛玉也纔輕鬆一些。後來果眞要成親了。這消息本來被大觀園的最高統治者的命令，經過王熙鳳的布置，封鎖得水洩不通的；不唯黛玉無從知悉，郎寶玉也在五里霧中。他雖知道要結婚，但還以爲是給他娶林妹妹，那知道是王熙鳳玩的『掉包兒』的把戲？不過『要得人不知，除非己不爲』，『牆有縫，壁有耳』，這消息竟無意中被一個名叫『傻大姐』的傻丫頭洩露給黛玉，黛玉便從此入了最後的絕徑，一天一天地加緊自戕，以求速死；而寶玉與寶釵吃『交杯盞』的時候，正是黛玉結束她那如花似玉的生命的時候。大觀園中的一般人都在興高彩烈給寶玉辦喜事，誰敢不奉承賈母？又誰敢不跟在鳳姐後面湊熱鬧？在這個當口，黛玉成了一個四無依傍，孤苦伶仃的畸零之人，賈母雖是她的外祖母，然被子孫觀念，尤其是男統的觀念浸淫最久，中毒最深的她，也就不知不覺地忍心害理，把死的兒女，和這奄奄一息的外孫女丟在九霄雲外去了！所以紫鵑心裏想道：『這些人怎麼竟這樣狠毒冷淡！』又『想到黛玉這幾天竟連一個人問的也沒有！越想越悲。』她『發了一回獃，忽然想起黛玉來，這時候還不知是死是活，因而淚汪汪，咬着牙發狠道：「寶玉！我看她明兒死了，你算是躲得過不見了；你過了你那如心如意的事兒，拿什麼臉來見我？」』這時的紫鵑已完全代表了黛玉如怨如訴的心情；而大觀園一些人物之狠心狗肺恰與紫鵑之爲人成了一個對照！這還不算：最殘酷的是王熙鳳的那一條『偷樑換柱之計』，』要用紫鵑去做寶釵的陪嫁丫鬟，希圖在舉行婚禮之時，欺騙寶玉；以爲這就是給他娶了他的林妹妹來了。當王熙鳳派林之孝家的來和李紈商量，傳述鳳姐之意，叫紫鵑去『使喚使喚』時，『李紈還未答言，只見紫鵑道：「林奶奶！你先請罷！等着人死了，我們自然是出去的，那裏用這麼……」說到這裏，卻又改說道：「況且我們在這裏守着病人，身上也不潔淨，林姑娘還有氣兒呢，不時的叫我……」李紈在旁解說道：「當眞！這林姑娘和這丫頭也是前世的緣法！倒是雪雁，是他南邊帶來的，他倒不理會。惟有紫鵑！我看他兩個一時也離不開！」林之孝家的頭裏聽了紫鵑的話，未免不大受用，被李紈這番一說，卻也沒的說，又見紫鵑哭得淚人一般，只好瞧着她微微的笑，因又說道：「紫鵑姑娘這些閒話倒不要緊，只是他卻說得出，我可怎麼回老太太呢？況且這話是告訴得二奶奶的麼？」』虧得平兒來了，一肩担了去，把雪雁代替了紫鵑，總算解決了這件公案。但是林之孝家的之『不受用』和『瞧着』紫鵑『微微的笑』，十足地表現貴族家庭中的一般人缺乏同情心，益發顯得紫鵑姑娘之忠義可感。她這時完全爲了黛玉，卻絲毫不曾顧到自己的利害；但是我們也可以說：她爲了黛玉，把自己的前途已經決定，卽：忍受一切的痛苦！所以她的態度纔能以如此堅決，決非徒憑一時感情所能辦得到的。也不枉黛玉臨終時『向紫鵑說道：「妹妹！你是我最知心的！雖是老太太派你服侍我這幾年，我拿你就當着我的親妹妹！」』又對紫鵑『說道：「妹妹！我這裏沒親人！……」』那末，只有紫鵑是她的親人了！是的，也只有紫鵑纔配！黛玉死後，雖然仍歸在寶玉房中，但她始終不睬寶玉；到後來仍是跟了四姑娘出了家完事！世界古今，像紫鵑這樣的人纔可算得是一個有情有義的人！

平兒是『鳳姐的一個心腹通房的大丫頭，』同時也就是賈璉的侍妾了。平兒這個人自然是經鳳辣子嚴格訓練出來的，但她的性情行為却與鳳姐大大地不同，待我慢慢地說來：

（一）她在一個閻王似的主子——王熙鳳手下討生活，一方面賈璉又是個色中餓癆，放着平兒這樣美貌的侍妾在旁邊，猶如貓兒了耗子似的，那有不把她放在口中的道理？但是鳳姐這個傢伙，本是一個道地的醋罐子，雖然在名義上，她不能干涉賈璉和平兒的性生活，然而她以主子的權威，有時雖讓賈璉親近了平兒一兩次，但她要放在嘴邊嚼多少天。所以平兒總是避着賈璉。因此「左右做人難」，虧得她的忍耐力强，竟能在這一對蠻橫刁鑽惡辣無情的主子中間生活下去！

（二）她所以能在這種環境生活下去，並得到狡悍險毒的主婦的歡心和信任，除了她的忍耐力之外，還有一種應對的特殊天才。我們曉得：在鳳姐面前說話是不容易的；但是平兒却能隨機應變，對內對外，有一次鳳姐正在和賈璉說話『只聽外間有人說話，鳳姐便問：「是誰？」平兒進來回道：「姨太太打發了香菱妹子，來問我一句話，我已經說了，打發他回去了。」……賈璉忙忙整衣出去，這裏鳳姐乃問平兒：「方纔姨媽有什麼事？爬爬兒的打發香菱來？」平兒道：「那裏來的香菱？是我借他暫撒個謊兒。奶奶！你說旺兒嫂子越發連個成算也沒了！」說着，又走至鳳姐身邊悄悄說道：「奶奶的那利銀遲不送來，早不送來。這會子二爺在家，他偏送這個來了！幸虧我在堂屋裏碰見，不然，他走了來回奶奶，二爺少不得要知道。我們二爺那脾氣，『油鍋裏的還要撈出來化』呢！知道奶奶有了體己，他還不大着膽子化麼。所以我趕着接過來，教我說了他兩句，誰知奶奶偏聽見了！我故此當着二爺跟前，只說香菱兒來了。」』這樣替主子當事，那有不得主子歡心的。但是平兒之善於應對還不止此；她在外邊，對待一班太太小姐說話，不惟不替主子生事，反替主子省了多少事，維持了多少場面。有一次探春正在因爲要興革大觀園的利弊而對吳興登的媳婦發脾氣，後來又與趙姨娘口角。這時鳳姐也爲了趙姨娘的兄弟沒了，打發平兒來和探春等商議此事，『李紈見平兒進來，因問他：「來做什麼？」平兒笑道：「奶奶說：趙姨娘的兄弟沒了，恐怕奶奶和姑娘不知有舊例。若照舊例，只得二十兩；如今請姑娘裁度着，再添些也使得。」』探春不依，『平兒一來時，已明白了對半；今聽這話，越發會意，見探春有怒色，便不敢以往日喜樂之時相待，只一邊垂手默待。』當探春因哭過，盥洗整粧時，『平兒見侍書不在這裏，便忙上來與探春挽袖卸鐲，又接過一條大手巾來，將探春面前衣襟掩了，』幫着伺候，探春的氣已被她緩和了一半；而當『探春方伸手向臉盆中盥沐，媳婦便回道：「奶奶，姑娘，家學裏支環爺和蘭哥兒一年的公費！」平兒先道：「你忙什麼？你睜着眼看見姑娘洗臉，你不出去伺候着，倒先說話來！二奶奶跟前你也這樣沒眼色來着！姑娘雖寬恩，我去回了二奶奶，只說，你們眼裏沒姑娘，你們都吃了虧，可別怨我！」才把那個媳婦『嚇』住，『又陪笑向探春道：「姑娘知道奶奶本來事多，那裏照看得這些？保不住不忽略，俗語說：『旁觀者淸，』這幾年姑娘冷眼看着，或有該添的；或有該減的去處，奶奶沒行到，姑娘竟一添減；頭一件與太太有益；第二件也不枉姑娘待我們奶奶的情義了！……」』這種話說得如情如理：第一件，何等冠冕唐皇？第二件，何等委婉勸人？無怪乎她『話未說完，寶釵李紈皆笑道：「好丫頭！眞怨不得鳳丫頭偏疼你！本來無可添減之事，如今聽你一說，倒要找出兩件來斟酌斟酌，不辜負你這話！」探春笑道：「我一肚子氣正要拿他奶奶出氣去，偏他碰了來，說了這些話，叫我也沒了主意了！」』你看！這不是替鳳姐省了多少事麼？不但此也，當探春發表她的大觀園與革大計時，平兒又奉承着道：『這件事須得姑娘說出來，我們奶奶雖有此心，未必好出口。此刻姑娘們在園裏住着，不能多弄些玩意兒陪襯，反叫人去監管修理，圖省錢，這話斷不好出口！』你看！這話說得多麼冠冕，所以『寶釵忙走過來，摸着他的臉笑道：「你張開嘴！我瞧瞧你的牙齒舌頭是什麼做的？從早起來到這會子，你說了這些話，一套一個樣子：也不奉承三姑娘，也不說你們奶奶才短。想不到：三姑娘說一套話出來，你就有一套話回奉；總是三姑娘想得到的，你們奶奶也想到了，只是必有個不可辦的原故。這會子又是因姑娘們住的園子，不好因省錢令人去監督。你們想想這話！若果眞交與人弄錢去的，那人自然是一枝花也不許掐，一個果也不許動了。姑娘們分中自然是不敢講究，天天和小姑娘們就噪不清。他還樣遠愁近慮，不抗不卑，他們奶奶便不是和咱們好，聽他這一番話，也必要自愧的變好了！」探春笑道：「我早起一肚子氣，聽他來了，忽然想起他主子來，素日當家使出來的好撒野的人，我見了他更生氣了。誰知他來了，避貓鼠兒是的，站了半日，怪可憐的！接着又說了那些話，不說他主子待我好，倒說：不枉姑娘待我們奶奶素日的情意了！這一句話不但沒了氣，我倒愧了，又傷起心來。……』」言語行動之感人如此之深，平兒誠可人哉！

（三）平兒雖跟了個天性涼薄，殘暴不仁的主子王熙鳳，她自己除了應付環境，不得不與之周旋以外，却絲毫不曾利用她主子的權威欺壓過任何人，做過任何不道德，不公平的事。恰恰相反。她有遇事成全的德性，對於被壓迫者具有深切的同情心。她對於人家的事總是得成全處且成全；從不作威作福，也不想營私舞弊，譬如她對於劉老老之招待，對於賈府許多小丫頭和女人們遇事幫忙，爲之開脫，所以大觀園中上上下下雖然都恨死了鳳姐，却對於她沒有不感恩戴德的。最明顯的是她對於尤二姐的態度。論理：賈璉多娶一個妾，自然要對鳳姐和她要多冷淡一分，她自然要站在鳳姐方面，去壓迫尤二姐。賈赦賜給賈璉的那個丫頭秋桐，就是這一路的。熙鳳自然既恨尤二姐，又恨秋桐，但她知道秋桐也是個十足的醋罐子，對尤二姐是不肯放鬆的，正好先利用她去對付尤二姐，然後再對付她；又暗地吩咐丫頭媳婦們作踐尤二姐，自己却裝着不知。惟有平兒不然！所以六十九回說：「聽了暗樂。自從粧病，便不和尤二姐吃飯。每日只命人端了菜飯，到他房中去吃。那菜飯都係不堪之物，平兒看不過，自拿了出來弄菜與他吃；或是有時，只說和他園中去頑，在園中廚內，另做了湯水與他吃，也無人敢回鳳姐。只有秋桐撞見了，便去掉舌告訴鳳姐，說姐姐名聲盡是平兒弄壞了的。……鳳姐聽了罵平兒道：「人家養貓拿耗子，我的貓只倒咬雞！」平兒不敢多說，自此也要遠着了。』後來尤二姐被她們氣病了，因吃錯了藥，把男胎打下來了，尤二姐夜裏也就吞了金，一命嗚呼。『當下人不知，鬼不覺，到第二日早晨，丫鬟媳婦們見她不叫人，樂得自己梳洗。鳳姐秋桐都上去了，平兒看不過說：「丫頭們：就這等沒人心的，打着罵着使，也罷了。一個病人也不知可憐可憐他，雖好性兒，你們也該拿出個樣兒來，別太過逾了『牆倒衆人推！』」丫鬟聽了，急推房門進來看時，卻戴的齊齊整整，死在炕上，於是方嚇慌了，喊叫起來。平兒進來瞧見，不禁大哭！……賈璉進來，摟尸大哭不止；鳳姐也假意哭道：「狠心的妹妹！你怎麼丟下我去了！辜負了我的心！」—』他們三個人同一哭也，而哭的情形不同：賈璉是哭他的愛妾；鳳姐是「貓哭老鼠」；平兒之哭乃是一股同情的熱淚。尤其難得的：當尤二姐的尸停在床上，賈璉向鳳姐要銀子去買棺木，鳳姐推三阻四地說：『家裏近日艱難，你還不知道？咱們的月例，一月趕不上一月。昨兒我把兩個金項圈當了三百兩，用剩了還有二十幾兩：你要就拿去！說着，命平兒拿了出來，遞與賈璉，接着賈母有話，又去了。恨得賈璉無話可說。』就是說，尤二姐死了，她一概不管，平兒見了：『又是傷心……連忙將二百兩一包碎銀，偷了出來，悄遞與賈璉道：「你別言語纔好！你要哭，外頭那裏不好哭？又跑了這裏來點眼！」』平兒這種舉動，只是出於天眞的同情心，由同情心生出了俠義的氣概，慷慨的行爲！要用一句成語來贊歎她，那就是『見義勇爲！』

（四）實則她的見義勇爲的事跡，更有大於此者：賈府抄了家，賈赦賈珍充了軍以後，『樹倒猢猻散，』緊連着賈母一死，鳳姐的威風便沒了，不久也死了。賈府便天翻地覆，鬧得不成個樣子；於是一窩子至親骨肉：裏面如賈環，賈芸，外面如王仁，邢大舅串通起來，哄着那位心地糊塗，且死好玩心眼的邢夫人，把鳳姐的女兒巧姐出賣給某藩王做侍妾，事情他們做得很機密，邢夫人硬要自己做主，做這門親事，不要王夫人管。事事都瞞着她。幸虧平兒人緣好，「那些丫頭婆子都是平兒使過的。平兒一問，所有聽見外頭的風聲，都告訴了平兒，便嚇得沒了主意，雖不和巧姐說，便趕着去告訴了李紈寶釵，求他二人告訴王夫人；王夫人知道這事不好，便和邢夫人說知。怎奈邢夫人信了兄弟並王仁的話，反疑心王夫人不是好意，便說：「孫女兒也大了，再璉兒不在家，這件事我還做得主。况且是他親舅爺爺和他親舅舅打聽的，難道倒比別人不眞麼？我橫豎是願意的，倘有什麼不好，我和璉兒也抱怨不着別人！」王夫人聽了這話，心下暗暗生氣，勉强說些閒話，便走了出來，告訴了寶釵，自已落淚。……正說着，平兒過來瞧寶釵，並探邢夫人的口氣。王夫人將邢夫人的話說了一遍，平兒呆了半天，跪下求道：「巧姐兒終身全仗着太太，若信了人家的話，不但姑娘一輩子受了苦，便是璉二爺回來，怎麼說呢？」王夫人道：「你是個明白人，起來，聽我說！巧姐兒到底是大太太的孫女兒，他要作主，我能攔他麼？」」後來，賈環趕着同賈芸，『邀着王仁到那外藩公館，立文書，兌銀子去了。』那知這些消息，早被跟邢夫人的丫頭聽見。那丫頭是求了平兒纔挑上的，便抽空兒趕到平兒那裏，一五一十的都告訴了。平兒早知此事不好，已和巧姐細細的說明。巧姐兒哭了一夜：「必要等她父親回來做主，大太太的話不能遵！」今兒又聽見這話，便大哭起來，要和太太講去。」到了此時，已是山窮水盡之時，平兒却自有主張，『急忙攔住道：「姑娘且慢着！大太太是你的親祖母；他說二爺不在家，大太太做得主的；況且還有舅舅做保山，他們都是一氣，姑娘一個人，那裏說得過呢？我到底是下人，說不上話去！如今只可想法兒，斷不可冒失的！」邢夫人那邊的丫頭道：「你們快快的想主意！不然，可就要擡去了！……」平兒回過頭來，見巧姐兒哭作一團，連忙扶着道：「姑娘！哭是不中用的！……」』正在打饑荒，劉老老却趕了來了。依着王夫人，就要『回了他去罷！』還是平兒有主見，勸王夫人命人帶她進來，這纔，絕處逢生，還是平兒作主，說斷了王夫人，讓她帶着巧姐兒跟着劉老老『扔崩』一下走了，纔救了巧姐兒，保全了她的名節。

從以上種種，我們可以下一斷語：平兒不但是個善於說話的人，並且是一個最富於同情心的人；不惟富於同情心，並且是個有機智，有決斷，有担當的人！

襲人：『原來這襲人亦是賈母之婢，本名珍珠。賈母因溺愛寶玉，生恐寶玉之婢，不中任使；素知襲人心地純良，遂與寶玉。寶玉因知她本姓花，又曾見舊人詩句，有「花氣襲人」之句，遂回明賈母，即更名襲人。』這襲人有些癡處：伏侍賈母時，心中眼中只有一個賈母，今跟了寶玉，心中眼中又只有一個寶玉。』這幾句話已經把襲人的性行和此後趨向都斷定了。因爲襲人這個人乃是大觀園中——貴族地主社會一個典型的鄉愿人物；她是薛寶釵一個影子；也猶之乎晴雯是林黛玉的影子一樣。若說：襲人是個典型的鄉愿人物，那薛寶釵更是够料的典型的鄉愿人物。

襲人是與寶玉發生肉體關係的唯一人物，根據紅樓夢本書看來。却說：寶玉在秦可卿的臥室裏午睡，夢遊太虛幻境醒來以後，正在『迷迷惑惑，若有所失。衆人忙端上桂圓湯來，喝了兩口，遂起身整衣，襲人與他伸手繫褲帶時，剛伸手至大腿處，只覺冰冷一片黏濕，嚇的忙伸出手來，問：是怎麼了！寶玉紅漲了臉，把他的手一捻，襲人本是個聰明女子，年紀又比寶玉大兩歲，近來也漸省人事。今見寶玉如此光景，心中便覺察了一半，不覺羞得紅漲了臉面，遂不敢再問；仍舊理好了衣裳，隨至賈母處來，胡亂吃過晚飯，過這邊來。襲人趁衆奶娘丫鬟不在旁時，另取出一件中衣，與寶玉換上，寶玉含羞央道：「好姐姐，千萬別告訴別人！」襲人笑問道：「你夢見什麽故事了？是那裏流出來的那些髒東西？」寶玉道：「一言難盡！」便把夢中之事細說與襲人知了。說至警幻所授雲雨之情，羞的襲人掩面伏身而笑，寶玉亦素喜襲人柔媚姣俏，遂與襲人同領警幻所訓雲雨之事。襲人自知係賈母將她與了寶玉的，今便如此，亦不爲越理。自此寶玉視襲人更與別人不同；襲人待寶玉越發盡職。』所以有一次晴雯和寶玉拌嘴，寶玉氣黃了臉，襲人便『忍了自己的性子，推晴雯道：「好妹妹，你出去逛逛，原是我們的不是！」晴雯聽了她說我們二字，自然是她和寶玉了，不覺又添了醋意，冷笑幾聲道：「我倒不知道你們是誰？別叫我替你們害臊了！便是你們鬼鬼祟祟幹的那事，也瞞不過我去，那裏就稱起我們來了？那明公正道，連個姑娘還沒掙上去呢！也不過和我似的，那裏就稱上我們了？」』這幾句話，字字都刺入襲人的心坎，觸到她的痛處，所以她『羞的臉紫漲起來。』她雖與寶玉還未『擇吉開張，』却早已『先行交易』了！這是我們鄉愿的第一個寫照！

襲人是個貌為忠厚，而狡猾性成的人。賈府自賈母王夫人以下沒有不受她愚弄欺騙的，而寶玉尤甚！她是賈府買的一個大丫頭，家中乃是一個貧寒人家，到了賈府，自然是上了天堂一般，何況給寶玉做了屋裏人，總算「得其所哉」，而且又同寶玉「有一手」，更是「此間樂，不思蜀」了！但她的母親有一天接她回去耍，她母親要向賈府請求放她出來，她自然不願意，正在吵鬧，不料寶玉找了來，後來回到賈府，談起襲人家人，襲人故意『歎道：「自從我來這幾年，姊妹們都不得在一處，如今我要回去了，他們又都去了！」說了『要回去了！』不怕寶玉不問。果然，『寶玉聽這話內有文章，不覺吃一驚，忙丟下栗子問道：「怎麼你如今要回去了？」襲人道：「我今兒聽見我媽和哥哥商議，教我再耐煩一年，明年他們上來，就贖我出去呢！」』她說這話，是要試探寶玉對她的心。『寶玉聽了這話，越發忙了，因問：「為什麼要贖你？」襲人道：「這話奇了！我又比不得是你這裏的家生子兒。我一家都在別處，獨我一個人在這裏，怎麼是個了局？」寶玉道：「我不叫你去，也難！」』實則『正合孤意！』但狡猾的襲人故意一縱」道：「從來沒有這個理！便是朝廷宮裏，也有定例；或幾年一選，幾年一放，沒有長遠留下人的理，別說你家？」寶玉想一想，果然有理。又道：「老太太不放你，也難！」襲人道：「爲什麽不放我？果然是個最難得的；或者感動了老太太，太太，不必放我出去的。設或多給我家幾兩銀子留下，然或有之。其實我也不過是個最平常的人；比我强的多而且多。自從我小兒來跟着老太太，先伏侍了史大姑娘幾年，如今又伏侍了你幾年。如今我們家來贖，正是該叫去的，只怕連身價也不要，就開恩叫我去呢！若說爲伏侍得你好，不叫我去，斷然沒有的事！那伏侍得你好，分內應當的，不是什麽奇功；我去了，仍舊又有好的了。不是沒了我，就成不得的！」「這其間包括了幾縱幾擒，把一個寶玉弄得神魂顚倒，所以『寶玉聽了這些話，竟是有去的理，無留的理，心裏越發急了。因又道：「雖然如此說，我的一心要留下你，不怕老太太不和你母親說，多多給你母親些銀子，她也不好意思接你了！」襲人道：「我媽自然不敢强；且慢些和她說，說了多給些銀子，就便不好，和她說，一個錢也不給，安心要强留下我，她也不敢不依。但只是咱們從沒幹過這倚財仗貴霸道的事，這比不得別的東西，因爲喜歡，加十倍利弄了來給你，那賣的人不得吃虧，可以行得。如今無故平空留下我，於你又無益，反叫我骨肉分離，這件事老太太太太斷不肯行的！」寶玉聽了，思忖了半晌，乃說道：「依你說來說去，是去定了！」襲人道：「去定了！」寶玉聽了，自思道：「誰知這樣一個寶，這樣薄情無義呢？」乃歎道：「早知都是要去的，我就該不弄了來，臨了剩了我一個孤鬼兒！」說着，便賭氣上牀睡了。』襲人『知其情有不忍，氣已餒墮，』『自己來推寶玉；只見寶玉淚痕滿面，襲人便笑道：「這有什麼傷心的？你果然留我，我自然不出去了！」寶玉見這話有因，便說道：「你倒說說，我還要怎樣留你？我自己也難說！」襲人笑道：「咱們素日好處，自不用說。但今日你要安心留我，不在這上頭；我另說出三件事來，你果然依了我，就是你眞心留我了；刀擱在脖子上，我也是不出去的了！」寶玉忙笑道：「你說那幾件？我都依你！好姐姐！好親姐姐！別說兩三件，就是二三百件我也依的。只求你們同看着我，守着我，等我有一日化成了飛灰；飛灰還不好，有形有跡，還有知識，等我化成一股輕煙，風一吹便散了。那時候，你們也管不得我；我也顧不得你們了。那時憑我去；我也憑你們愛那裏去就去了！」急得襲人忙握他的嘴，說：「好好！我正爲勸你這些，更說的狠了！」寶玉忙道：「再不說這話了！」寶玉眞墮其術中了！於是襲人便接着說『道：「這是第一件要改的！」』寶玉道：「改了！再說，你就擰嘴！還有什麼？」襲人道：「第二件：你眞喜讀書也罷，假喜也罷，只在老爺跟前，或在別人跟前，你別只管批駁誚謗，只作出個喜讀書的樣子來，也叫老爺少生些氣，在人前也好說嘴！……而且背前面後亂說那些混話！凡讀書上進的人，你就起個名字叫做『祿蠹』。』又說：『只除明明德外無書，都是前人自己不能解聖人之書，便另出己意混編纂出來的！』這些話，怎怨得老爺不氣！不時時打你！叫別人怎麼想你！」』襲人這番話十足表示她是鄉愿的代表。她爲了敷衍『老爺』的面子，敷衍他不發脾氣，便教寶玉對她父親『裝腔作勢，』作僞欺騙；故他對人也學着『口是心非，』『隨波逐流，』做到十足庸俗之態，而眞意云亡。自然凡是襲人所說的這番話，都是薛寶釵心裏所要說的，但是乖巧的寶釵却自己不說，而更庸俗的襲人則做她的『代言人，』所以我說：襲人是和薛寶釵同一典型的人物。至於她勸寶玉的第三件事更可笑了，『襲人道：「誘僧毀道，調脂弄粉。還有更要緊的一件事：再不許吃人家嘴上擦的臙脂了，與那愛紅的毛病兒！」』在這一段話裏面，不要『誘僧毀道，』只是鄉愿的藉口，主要的目的在勸告他『再不許吃人家嘴上擦的臙脂，』『不許再有「那愛紅的毛病。」』『臙脂』與『紅』本身並沒有什麼神通能以吸引寶玉，只因它們與美貌的女子的玉體結合起來，就是說附着在美貌女郎的某一部分之上，才有這種力量。前天有幾位對於紅樓夢頗有興趣的朋友問我：『爲什麼寶玉愛吃臙脂呢？又爲什麼有那愛紅的毛病』呢？我說：『這個問題你可拿性心理學去解釋，也可以拿物理心理學去解釋，隨你的便；但是在我看來，却很簡單：假使『臙脂』不擦在少女脣邊，而是擦在焦大或包勇的手上或額上，你看寶玉吃不吃？假使那紅不是附着在少女的身上或裙邊，或袖底，或巾上，而是附着在我這老人頭上，或是老太婆身上，你看寶玉愛也不愛？這個問題，誰也可以立刻給你一個『否定』的回答。再反過來說：襲人反對寶玉這種怪脾胃，着重是不要他吃『人』嘴上的胭脂，不要他對人犯那愛紅的毛病，但是，如果寶玉要吃襲姑娘嘴上的胭脂，愛襲姑娘身上的紅，我想襲姑娘是一定不會反對的！不然的話，當寶玉與她同領警幻仙子所訓雲雨之事的時候，寶玉能不吃她嘴上的臙脂麼？假是要吃的話，她能拒絕麼？假使她那『破瓜』的當兒，寶玉能不愛她那破題兒第一遭的『紅』麼？襲姑娘又將何以自解？襲姑娘這種妬嫉狡猾的心情，豈不肺肝如見麼？但是襲人因她的出身寒微，差不多可以說，生來就養成她那做婢妾的心理；不過婢妾也一樣地有妬的情感，而她之與薛寶釵裏應外合，狠狽爲奸，破壞黛玉和寶玉的婚姻，促成寶釵和寶玉的婚姻，皆是基於她內心中自己防衛的一種觀念；而晴雯之所以被驅逐，其機括也在此。所以當晴雯被逐時，寶玉對着襲人說道：『咱們（指晴雯和他）私自頑話，怎麼也知道了！又沒外人走風，這可奇怪了！』（第七十七回）言外之意，當然是說：必有人告密；而這種告密的人，襲人當然是『瓜田李下』了，下面的反詰，逼得更緊，寶玉對襲人和麝月、秋紋說：『怎麼人人的不是，太太都知道了，單不挑出你和麝月、秋紋來!?』這豈不是斷定告密的不是別人，就是襲人嗎？再不然就是和她一鼻孔出氣的麝月，秋紋了。因爲寶玉接着又譏諷她道：『你（指襲人）是頭一個出了名的至善至賢的人！他兩個（指麝月、秋紋）又是你陶冶敎育的，焉得有什麼該罰之處!?』這更坐實了襲人是驅逐晴雯的主動者了！

至於她對於黛玉的用心更深，其陰狠之處也就最厲害。但這不是無因的；第八十二回中說道：『且說寶玉上學之後，怡紅院中，甚覺清淨閒暇，襲人倒可做些活計，拿着鍼線，要繡個檳榔包兒；想着如今寶玉有了工課，丫頭們可也沒有飢荒了。早要如此，晴雯何至弄到沒有結果？兔死狐悲，不覺滴下淚來。』晴雯在日，侍候寶玉，有手有口，有姿色，庸俗的襲人自然視之爲眼中釘，現在她已死了，想到自己，自然是「物傷其類；」但她那種眼淚，卻不是對於晴雯的同情心的表示。所以底下便緊接着描述她道：『忽又想到自己終身：本不是寶玉的正配，原是偏房。寶玉的爲人卻還拿得住；只怕娶了一個利害的，自己便是尤二姐、香菱後身。素來看着賈母王夫人光景，及鳳姐兒，往往露出話來，自然是黛玉無疑了。那黛玉就是個多心人！想到此際，臉紅心熱，拿着鍼不知戳到那裏去了。把活計放下，走到黛玉處，去探探他的口氣。黛玉正在那裏看書，見是襲人，欠身讓坐。襲人也連忙迎上來，問：「姑娘這幾天可大好了？」黛玉道：「那裏能彀？不過略硬朗些。你在家裏做些什麼呢？」襲人道：「今寶二爺上了學，房中一點事兒沒有，因此來瞧瞧姑娘，說說話兒！」說着，紫鵑拿茶來，襲人忙站起來道：「妹妹坐着罷！」因又笑道：「我前兒聽見秋紋說，妹妹背地裏說我什麼來着？」紫鵑也笑道：「姐姐信他的話！我說寶二爺上了學，寶姑娘又隔斷了；連香菱也不過來，自然是悶的。」襲人道：「你還提香菱呢！這纔苦呢！撞着這位太歲奶奶，難爲他怎麼過！」一把手伸着兩個指頭道：「說起來比他還利害，連外頭的臉面都不顧了！」黛玉接着道：「他也彀受了！尤二姑娘怎麼死了？」襲人道：「可不是！想來都是一個人，不過名分裏頭差些，何苦這樣毒！外面名聲也不好！」黛玉從不聞襲人背地裏說人，今聽此話有因，便說道：「這也難說，但凡家庭之事，不是東風壓了西風，就是西風壓了東風！」』黛玉雖知襲人說話有因，卻不防原是探聽她的，所以照實說了，卻正刺着襲人的心頭，而她反對黛玉，陰謀陷之的心也就因此愈加堅定，黛玉遂不知死所矣！她在前已經在王夫人跟前說了許多獻殷勤的話（第三十四回），這一番無異對於黛玉放了一枝冷箭，影影約約地已把黛玉不應同寶玉太親密，太接近，太不拘形跡的理由說明了，無異說他們有不正當的行爲，說得王夫人信以爲眞，眞是『大奸似忠，大詐似信。』後來賈母王夫人問她關於寶玉和黛玉的事，她雖然深知寶玉心在黛玉，假使不給他娶林姑娘，給他娶別人，除非他失了知覺，不省人事方可，這種情形，襲人雖然也報告過王夫人，但她的內心中，利害衝突，因此就沒表示反對，並最後要求要『想個法兒纔好！』這句話已經給鳳姐開了個後門，所以她纔會想出那沒出息的『掉包兒』和『偷樑換柱』之法，給寶黛的婚姻掘了墳墓；給釵玉良緣撞了喪鐘；結果，自己也受了應受的懲罰，姨奶奶做不成，同樣地撲了一個空！我們看她嫁給蔣玉函一段經過，則襲人之奸更是昭然若揭，其心可誅！

寶玉和寶釵結了婚，而黛玉適於是時結束其生命，花燭洞房，雖然寶玉猶瘋瘋癲癲，苦念着黛玉，但襲人總算做穩了姨奶奶，可說是『如願以償』，但是天不由人願，寶玉下科場出來，便飄然而去，別人聽了這消息雖然驚慌，寶釵聽了不言語；』這是寶釵高明處，因爲她已了然寶玉並非彼輩中人，也絕不能終爲彼輩所有，故還可克制自己，『襲人那裏忍得住？心裏一疼，頭上一暈，便栽倒了！』這一暈厥乃是襲人一生的一個轉捩點：一方面，表示她對於寶玉的關切和愛；另一方面，也就打消了她做姨娘和跟着寶玉草榮華富貴的念頭。但是從這個念頭轉到另一個新的念頭，這種心理過程，當然要千回百折，這是値得我們加以研究的：「原來襲人模糊聽見說，寶玉若不回來，便要打發屋裏的人都出去，一急越發不好了。」這時的襲人還是心向着寶玉，以後便開始動搖了；『到大夫瞧後，秋紋給他煎藥，他獨自一人躺着，神魂未定，好像寶玉在他面前，恍惚又像是見個和尚手裏拿着一本冊子揭着看，還說道：「你別錯了主意，我是認不得你們的了！」襲人似要和他說話，秋紋走來說：「藥好了，姐姐吃罷！」襲人睜開眼一瞧，知是個夢，也不告訴人，吃了藥，便自己細細的想：「寶玉必是跟了和尚去；上回，他要拿玉出去，便是要脫身的樣子，被我揪住，看他竟不像往常，把我混推混扯的，一點情意都沒有。後來待二奶更生厭煩，在別的姊妹跟前，也是沒有一點情義，這就是悟道的樣子！」』大凡一個人要把改變他以前的行爲，在心理上，其潛意識是要先尋得一個理由來做自欺其良心的根據的。襲人首先想到寶玉做了和尚，說是不認得他們了，想到他把她『混推混扯的，一點情意都沒有，』在別的姊妹跟前，也是沒有一點情意，』豈不是在搜尋藉口，自欺其良心嗎？後來慢慢地說到自己，爲自己開脫；所以接着想道：『但是你悟了道，抛了二奶奶，怎麼好！我是老太太派我服侍你，雖是月錢照着那樣的分例，其實我究竟沒有在老爺太太跟前回明就算了你的屋裏人！』這豈不是意在言外說：「你既無情，我便無義」嗎？但襲人姑娘此時爲什麼不想一想：當你和寶玉同領警幻所訓雲雨之事的時候，何等恩深義重？當你要求寶玉依你三件事時，海誓山

幾個奇女子

盟，何等堅決？自然，她這時是怕想到這種情景的了，所以她又緊接着想道：『若是老爺太太打發我出去，我若死守着，又叫人笑話；若是我出去，心想寶玉待我的情分，實在不忍。左思右想，實在難處。』襲人現在是天人交戰的時候，照情感說，照那時的人生觀或道義說，也不當去，但她的內心既動搖，已經在尋找藉口，好欺騙自己的良心。到此只有一個問題須解決：就是：寶玉現在對她還有沒有情義可言？她和寶玉若無情義可言，那她便可另打主意。於是遂『想到剛纔的夢，好像和我無緣的話，倒不如死了干淨。豈知吃藥以後，心痛減了好些，也難躺着，只好勉强支持，』後來王夫人和薛姨媽商議定了，要給襲人配了人出去，因此『薛姨媽道：「……只要姊姊叫他（襲人）本家的人來，很很的分付他，叫他配一門正經親事，再多多的賠送他些東西，那孩子的心腸也好，年紀兒又輕，也不枉跟了姐姐。這會子也算姐姐待他不薄了。襲人那裏，還得我細細勸他，就是叫他家的人來，也不用告訴他，只等他家裏，果然說定了好人家兒，我們還打聽打聽。若果足衣足食，女壻長的像個人兒，然後叫他出去，」王夫人聽了道「這個主意很是！不然，叫老爺冒冒失失的一辦，我可不是又害了一個人麼？」薛姨媽聽了點頭道：「可不是麼？」又說了幾句便辭了王夫人，仍到寶釵房中去了。看見襲人淚痕滿面。』諸位注意！襲人此時的淚並不完全是為寶玉而哭，乃是她左右為難，找不着出路，急得哭，這乃是一般女子的常態。若果真正有情有義，實踐她對寶玉的諾言，那這時她已下了決心；一有決心，便可從容將事，不會再淌眼淚了。現在她正在徘徊歧路，其實她的心已偏到另一方面去了，所以表現得十分可憐，十分和柔，『薛姨媽便勸解譬喻了一會，襲人本來老實，不是伶牙俐齒的人。薛姨媽說一句，他應一句，回來說道：「我是做下人的，姨太太瞧得起我，纔和我說這些話，我是從不敢違拗太太的！」薛姨媽聽她的話：好一個柔順的孩子，心裏更加喜歡。』這裏我們得注意，一個『不是伶牙俐齒的人，』不見得就是『老實』人；有時，恰恰相反。譬如晴雯和襲人兩個罷：晴雯可算得『伶牙俐齒，』襲人則反之。但是她倆爲人，却又相反：襲人陰柔而奸猾險狠，晴雯則陽剛而忠實正派。此其一。襲人此時難得薛姨媽來勸她這個機會，所以『就腿搓繩』說：『姨太太瞧得起我，纔和我說這些話，我是從不敢違拗的。』這明明是向薛姨媽送秋波，已經是表明她甘心情願出去了！此其二。而她出嫁的最後一幕的心理變化過程，更是肺肝如見：『丫頭回道：「花自芳的女人進來請安！」王夫人問幾句話，花自芳的女人將親戚作媒，說的是城南蔣家的，現在有房有地，又有舖面，姑爺年紀略大幾歲，並沒有娶過的，況且人物兒長的是百裏挑一的！」王夫人聽了願意，說道：「你去應了，隔幾日進來，再接你妹子罷！」王夫人又命人打聽，都說是好。王夫人便告訴了寶釵，仍請了薛姨媽細細的告訴了襲人，襲人悲傷不已，又不敢違命呢！心裏想起寶玉那年到她家去，回來說的死也不回去的話：「如今太太硬作主張。若說我守着，又叫人說我不害臊；若是去了，實不是我的心願，」便哭得咽哽難鳴。又被薛姨媽寶釵等苦勸，回過念頭想道：「我若是死在這裏，倒把太太的好心弄壞了，我該死在家裏纔是！」於是襲人含悲叩辭了衆人。那姐妹分手時，自然更有一番不忍說。襲人懷着必死的心腸上車，回去見了哥哥嫂子，也是哭泣，但只說不出來。那花自芳悉把蔣家的聘禮送給她看，又把自己所辦粧奩一一指給她瞧，說：那是太太賞的，那是置辦的。襲人此時更難開口。住了兩天，細想起來：哥哥辦事不錯；若是死在哥哥家裏，豈不又害了哥哥呢？千思萬想，左右爲難。眞是一縷柔腸，幾乎牽斷，只得忍住。那日已是迎娶吉期，襲人本不是那一種撒潑的人，委委曲曲的上轎而去。心裏原想：到那裏再作打算。豈知過了門，見那蔣家辦事極其認眞，全都按着正配的規矩，一進了門，丫頭僕婦都稱「奶奶，」襲人此時欲要死在這裏，又恐害了人家，辜負了一番好意。那夜原是哭着不肯俯就的，那姑爺却極柔情曲意的承順。到了第二天開箱，這姑爺看見一條猩紅汗巾，方知是寶玉的丫頭。原來當初只知是賈母的侍兒，亦想不到是襲人。此時蔣玉函念着寶玉待他的舊情，倒覺滿心惶愧，更加周旋，又故意將寶玉所換那條松花紅汗巾拿出來，襲人看了，方知這姓蔣的原來就是蔣玉函，始信姻緣前定。襲人纔將心事說出，玉函也深爲歎息敬服，不敢勉強，並越發溫柔體貼，弄得個襲人眞無死所了！」這一段不但把襲人徘徊於生死之間的心理及其發展過程，描寫得非常細膩而深刻！若從寫實主義的觀念看來，文章應該到此結束，不可再加如下的主觀的倫理的批評：「看官聽說：雖然事有前定，無可奈何，但孽子孤臣，義夫節婦，這「不得已」三字也不是一概推諉得的。此襲人之所以又在副冊也！」因爲文學家的寫實作品，只須用深刻的眼光，最巧妙的技術，再加以最偉大的幻想力的驅策，如實地描寫出某種社會現象和心理現象。至於所描述的事實與人物之是非善惡，完全讓讀者去批評。若自加斷案，便有類蛇足。

五　兩個老太婆——賈母與劉老老

賈母和劉老老是兩個不同社會的典型人物：賈母是貴族老封君，有錢有勢，富貴壽考，兒孫滿堂，僕從滿前，享盡人間的福分，所謂『福慧雙修』是也。劉老老則是一個農村中無兒無孫，依女壻過活的孤寡老太婆。我今天把她倆放在一塊來講，似乎有點不倫不類，但是，這也有說：賈母和劉老老之出場與收場關係賈府的興衰隆替，而她倆又都是久經世故，且又數度發生關係，實爲紅樓夢全書關鍵，故相提幷論，並不違背本書作者的原意，因爲他在第六回中曾鄭重說明道：

『按榮府一宅中合算起來，人口雖不多，從上至下，也有三百餘口；事雖不多，一天也有一二十件，竟如亂麻一般，並沒有個頭緒，可作綱領。正思從那一件事，那一個人寫起方妙。卻好，忽從千里之外，芥豆之微，小小一個人家，因與榮府略有些瓜葛，這日正往榮府中來，因此便就這一家說起，到還是個頭緒。』

把這一家做個『頭緒』做個『綱領，』可見這家在本書中的地位非同小可；而這一家的主角正是劉老老。換句話說，就是拿劉老老做綱領，從她說起，所以把她和賈母一塊兒說，正是理所當然。而且比『韓非與老子同傳』還要合理些！

我們現在先說賈母。賈母一人是賈府的一個總根兒，我且把她分成四個節目來說：

（一）子孫滿前的賈母；（二）慈祥愷惻的賈母；（三）能富貴，能貧賤的賈母；（四）臨終一幕。

一、子孫滿前的賈母

說到賈母的子孫，勢必要先把賈府的世系略說一說。『當日寧國公榮國公是一母同胞，弟兄兩個：寧公居長，生了四個兒子。寧國公死後，長子賈代化襲了官，也養了兩個兒子：長名敷，八九歲上死了，只剩了一個次子賈敬，襲了官。如今一味好道，只愛燒丹煉汞，餘者一概不在他心上。幸而早年留下一子，名喚賈珍。因他父親一心想作神仙，把官倒讓他襲了。他父親又不肯回原籍來，只在都中城外，和那些道士們胡羼。這位珍爺也倒生了一個兒子，今年纔十六歲，名賈蓉。如今敬老爺是一概不管。這珍爺那裏肯讀書，只一味享樂不了，把一個寧國府竟翻了過來，也沒有敢來管他的人！』這段話本是冷子興告訴賈雨村的，我們可以藉此交代了寧國府的一支。冷子興又說道：『再說榮府你聽：……自榮公死後，長子賈代善襲了官，娶的是金陵世家史侯的小姐為妻，生了兩個兒子：長子賈赦，次名賈政，如今代善早已去世，太夫人尚在。長子賈赦襲了官，為人平靜中和，也不管家務；次子賈政自幼酷喜讀書，為人端方正直，祖父鍾愛，原要他以科甲出身的。不料代善臨終時，遺本一上，皇上因恤先臣，即時令長子襲了官，問：「還有幾子？立刻引見，」又額外賜了這政老爺一個主事之銜，令其入部學習，如今現已陞了員外郎。』話中所謂「史侯的小姐」就是我們現在所要說的賈母。可見

兩個老太婆

她和賈家結親：一公一侯的子女，眞是『門當戶對』了！第一代寧國公是賈演；第二代就是賈代化；第一代榮國公是賈源，第二代是賈代善。我們先說寧府：代化的孫子賈珍是個荒淫無度的傢伙，不愛讀書，鎮日價只知鬬雞走狗，窩賭嫖娼，家庭之間也弄得幃薄不修，穢德彰聞。第一、他同秦可卿的關係；第二、他同尤氏姊妹的關係；第三、他同一班世家子弟的交往，皆是昭昭在人耳目。那麼，他同秦可卿怎樣呢？秦可卿是他的媳婦，紅樓夢作者並沒在書中說明他們的行爲，但從賈珍對可卿之死的一切舉動推測下去，可以斷定他們翁媳之間，關係非常微妙。秦可卿病的時候，賈珍是如何關切，這且不說，可卿一死，他對於她的喪事那種鋪張揚厲，他那種哀痛逾恆，簡直比死了父母還厲害了，我們只要把他所辦的兩個喪事：一個是秦可卿的喪事；一個是他父親賈敬的喪事，比較一下，便可得到合理的結論，而他對於他的媳婦，必別有一段不可告人的事了！『賈珍哭的淚人一般，正和賈代儒等說道：「合家大小，遠親近友，誰不知道我這媳婦比兒子還強十倍？如今伸腿去了，可見這長房內絕滅無人了！」說着，又哭起來。』這簡直是『如喪考妣，』『哀毀過甚』的仁人孝子之言，不是公公哀悼媳婦的樣子，眞是『語無倫次，』也就可見他是亂了倫了。賈珍對他的媳婦既然如此，則對親戚自然更是亂來了！他的夫人尤氏的兩個異母異父的妹妹，雖然，是她後母的兩個『拖油瓶，』但總是至親骨肉，而且無依無靠，住在寧府，以常理論，正應該視她們若親姊妹，以婚以嫁。但賈珍和他的兒子賈蓉，却視她們姊妹爲求歡的對象。尤二姐生來水性楊花，就書中所描寫的看來，是早已被賈珍弄上了手了，恐怕賈蓉也染了指，眞是『父子俱麀！』但是『野鷄窠裏出鳳凰，』尤三姐却另是一種人，在『幾個奇女子』一講中，我們已經說過，茲不再表。至於賈珍的勾引世家子弟狂嫖爛賭，更是有憑有據的。有一天，尤氏從榮府回來，『在車內，因見自己門首兩邊獅子下，放著四五輛大車，便知係來赴賭之人。向小丫頭銀蝶兒道：「你看坐車的是這些，騎馬的又不知有幾個呢！……」這些都是少年，正是鬥鷄走狗，問柳評花的一干游俠紈袴。……』他們的賭局中，還有『兩個陪酒的小么兒，都打扮得粉粧錦飾，』這當然是北京的『兔子』之類的東西了。他們在賭博中和在酒席上，鬧得實在太不像話，所以尤氏纔『悄悄的啐了一口罵道：』你聽聽這一起沒廉恥的小挨刀的，再灌喪了黃湯，還不知謅出些什麼新樣兒的來呢?!」』寧府的家主是這個樣子，其他就可想而知了！

現在我們來說榮府：賈母，賈老太君的兩個兒子：賈赦賈政，也性格各異。賈赦好色，好貨，包攬詞訟。賈政人雖正派，然失之迂拘。怎麼說賈赦好色呢?他左一個小老婆，右一個小老婆娶，擱着官兒不好好去做，還垂涎賈母的一個最得力的丫頭——鴛鴦，想要立做小老婆，不但被賈母大大地教訓了一頓，並遭到鴛鴦死命的反抗，（語見「幾個奇女子」一講，）這不是個色鬼嗎?怎麼說他好貨呢?他因愛好人家的幾把古扇，竟由賈雨村栽誣以法，抄沒人家的家產而取得此等扇子，且因此致人於死，豈非好貨而何?怎麼說他包攬詞訟呢?因爲他後來抄家，革職發台的罪名就是『交通外官，恃強凌弱』

的罪名，豈非包攬詞訟而何？賈政這個人本質是個正派人，但瞢於世情，一心想做孔子之徒，一心要做好官，但爲左右和子姪所欺，家裏既弄得一塌糊塗，官聲也不佳，遂被揭參。他的確是中國社會中一個儒家的代表人物，他那種『非三代兩漢之書不敢觀，非聖人之志不敢存』的氣派，在他的家庭教育上十足地表現出來了。但是他這種儒家的教育的結果，不惟把一個活潑潑的青年完全葬送了，且使青年人必然走到自欺欺人的路上去。寶玉處處表示對於這種教育的反抗，但專制的親權把他壓住了，使他透不過氣來，只好大家姊妹丫鬟們聯合起來替他打穩，去欺騙他老子——賈政，襲人勸他的話，可以充分表示他這種教育的惡結果。她勸寶玉，大意說：你在書房願意讀書也罷，不願讀書也罷，都不要緊，只要把老爺哄過去，便算完事，只是切不可亂加批評，什麼『祿蠹』咧，什麼『讀聖賢書』皆是欺人之談咧，那却要不得。儒家者流只是講形式，不切實際。只知要做好官，而自己的吏胥，狼狽爲奸，把他團團包圍起來，使他無法擺脫貪污的牢籠。因爲他只知道要清廉，不要人賄賂，但又不能解決吏胥的生活問題，薪俸不足以養廉，不貪污又怎麼辦呢？不揣其本，而齊其末，便是『官僚政治』掩耳盜鈴的一貫作風，又豈獨賈政爲然哉？又豈獨其家人李十兒爲然哉？賈政之被參，還是上司體恤他，不然的話，一直下去，真會鬧出大亂子，把腦袋都會鬧掉的！賈母的兩個兒子，平心而論，還是賈政比較算個好人！

賈母的親孫子有三個：賈珠是長孫，死得早，遺下寡婦孫媳婦李紈和一個重孫子賈蘭，次孫是賈璉，寶玉是第二個，珠寶是賈政的兒子，王夫人所出，賈璉是賈赦的兒子，邢夫人所出。此外，賈政的姨太太趙姨媽也生了個兒子名賈環。賈璉是個傖夫，俗子，色中餓鬼，賈環，我不好罵他，真不是好娘養的，不成材的東西！只有寶玉是個天之驕子，八品天才都是超羣出衆，不怪賈母愛之如掌上明珠。孫女則有的，元春，迎春，和探春，至於惜春則是寧府赦老的庶出。我們先說：元春。元春是賈母的長孫女，賈政王夫人所出，後來被選入宮，做了妃子，因此，賈府便成了椒房之親，也可以說是「外戚」了，但元春未能永享榮華，不久便一病而死。迎春爲人是個好好先生，太無用，嫁了個夫壻，又是個混賬東西，勢利鬼，她不久便活活地被他蹂躪死了！只有探春是個脚色，她在大觀園曾經做了兩件值得欽佩的事：第一件是王夫人誤聽人言，說是大觀園內有許多越理犯分的人事，須得搜查一下，果眞命鳳姐率領一些僕從親自到園內抄檢一番。這件事的發動，遠因自然很複雜，近因乃是邢夫人的心腹王善保家的慫恿，王善保家的因此也就被王夫人派了來隨同抄檢，她並異常認眞出力，百般挑剔，遂不覺得意忘形，趕到「……鳳姐合王善保家的，又到探春院內，誰知早有人報與探春了，探春也就猜著，必有原故，所以引出這些醜態來，遂命衆丫頭秉燭開門而待。一時衆人來了，探春故問：「何事？」鳳姐笑道：「因丟了一件東西，連日訪察不出人來，恐怕旁人賴這些女孩子們，所以大家搜一搜，使人去疑兒，倒是洗淨他們的好法子。」探春笑道：「我們的丫頭自然都是些賊，我就是頭一個窩主！既如此，先來搜我的箱櫃！

他們所偷了來的都交給我藏著呢！」

說著，便命丫鬟把箱一齊打開，將鏡奩粧盒衾袱衣包若大若小之物，一齊打開，請鳳姐去抄閱。鳳姐陪笑道：「我不過是奉太太的命來，妹妹別錯怪了我！」因命丫鬟「快快給姑娘關上！」平兒豐兒等先忙着替侍書等關的關，收的收。探春道：

「我的東西倒許你們搜閱，要想搜我的丫頭，這却不能！我原比衆人歹毒，凡丫頭所有的東西，我都知道，都在我這裏間收著，一鍼一線他們也沒得收藏；要搜，所以只來搜我！你們不依，只管去回太太，說我違背了太太，該怎麽處治，我自去領。你們別忙，你們抄的日子有呢！你們今日早起不是議論甄家，自己盼著好好的抄家，果然今日眞抄了！咱們也漸漸的來了！可知這樣大族人家，若從外頭殺來，一時是殺不死的？這可是古人說的：「百足之蟲，死而不僵，」必須先從家裏自殺自滅起來，纔能一敗塗地呢！」

說著，不覺流下淚來。不料『那王善保家的，本是個心內沒成算的人，素日雖聞探春的名，他想：衆人沒眼色，沒膽量罷了。那裏一個姑娘就這樣利害起來？況且又是庶出？他敢怎麼著？自己又仗着邢夫人的陪房，連王夫人尙另眼相待，何況別人？只當是探春認眞單惱怒鳳姐，與他們無干，他便要乘勢作臉，因越衆向前，拉起探春的衣襟，故意一掀，嘻嘻的笑道：「連姑娘身上我都搜了，果然，沒有什麼！」……一語未了，只聽「拍」的一聲，王家的臉上早著了探春一巴掌。探春登時大怒，指著王家的問道：

「你是什麼東西，敢來拉扯我的衣裳?!我不過看著太太的面上，你又有幾歲年紀，叫你一聲媽媽，你就狗仗人勢，天天作耗，在我們跟前逞臉，如今越發了不得了，你索性望我動手動腳的了！你打量我是同你們姑娘那麼好性兒，由著你們欺侮，你就錯了主意了！你來搜檢東西，我不惱，你不該拿我取笑兒，」說著，便要親自解鈕子……』我們從這一段故事中，便可以看出：（一）探春是大觀園中的一個有膽有識，敢做敢爲的女子；（二）她的說話多麼老辣！她的行動多麼果斷；（三）她絲毫不爲她的環境地位所囿，大刀闊斧，旁若無人。這故事只足表現探春的消極方面的性格，她的性格之積極的一面，更足表現她是個大有爲的人。當鳳姐有病，而榮府事忙，無人料理時，便命探春、李紈、暫行協理，後來又『特請了寶釵來』成立了『三人小組』共同處理大觀園一切事情。這三人中：李紈是位觀音菩薩不問事的，即問事，人也不去怕她；寶釵是閱歷深而趨避遠，也不過是敷衍王夫人的面子，難靠她實心任事，只有探春是個强者，鎮日價要找事做。她不但嚴詞拒絕了她生母趙姨娘的無理要求——要探春拉扯她，——道：

『那個好人用人拉扯的?!』

又責備她的母親說：

『誰不知道我是姨娘養的！必要過兩三個月尋出由頭徹底的翻騰一陣，怕人不知道，故意表白表白……』

她一點也不徇情，後來看出大觀園中許多開支都不合理，眼見得各種浪費陋規，便儘主裁減的裁減，改革的改革。她有一次隨着賈府女眷應賴大家之宴，在賴家園子裏『和他們家的女孩兒說閒話兒，竟發現她們的園子一年的出息，』『除他們帶的花兒，吃的筍菜魚蝦，』『還有有包了去，年終足有二百兩銀子剩。』她因此悟到『一個破荷葉，一根枯草根子，都是值錢的。』因此她就和李紈、寶釵二人商量道：

『咱們這個園子只算比他們的多一半，加一倍算起，一年就有四百銀子的利息。若此時也出脫生發銀子，自然小器，不是咱們這樣人家的事。若派出兩個一定的人來，既有許多值錢之物，一味任人作踐，也似乎「暴殄天物，」不如在園子裏所有的老媽媽中，揀出幾個本分老成，能知園圃的，派他們收拾料理，也不必要他們交租納稅，只問他們一年可以孝敬我們些什麼？一則園子有專定之人，修理花木，自然一年好似一年的，也不用臨時忙亂。二則也不致作踐，白辜負了東西。三則老媽媽們也可借此小補，不枉年日在園中辛苦。四則亦可以省了這些花兒匠，山子匠，並打掃人等的工費。將此有餘，以補不足，未為不可。』

這個興利除弊的意見果然被鳳姐採納了，大觀園便頓然改觀。探春這種理財和處置事理的才情，實具有政治家的規模。即此兩事，已足以揚名列女傳而無愧了！後來遠嫁，僅一度歸寧之後，便寂然無聞。

至於惜春，乃是賈珍的妹子，性情乖僻，最喜歡同妙玉在一塊：會棋，會畫，從小就親近尼姑，這其間大概是她在家庭之間，受了什麼刺激所致。她一向跟着賈母這邊，後來就在大觀園中與諸姊妹一處居住。她對於她的哥嫂的觀感不好，對於寧府的觀感也不好。後來，賈府抄家，賈母去世，妙玉被刦，他更看破紅塵，發願削髮爲尼，即在「櫳翠菴」養靜，藉了一生。賈母的四個孫女之爲人及其結果如此。我們現在可以藉着賈璉的小廝興兒的幾句話，做她們的『傳贊』吧！興兒道：

『我們大姑娘（指元春）不用說是好的了：二姑娘（迎春）的混名兒叫「二木頭，」三姑娘（探春）的混名兒叫「玫瑰花兒，」又紅又香，無人不愛，只是有刺戳手！不是太太養的，『老鴰窩裏出鳳凰！』四姑娘小正經！是珍大爺的親妹子……』

如上所述，賈母眞是兒孫滿堂的福人了。但是『高明之家，鬼瞰其室，』賈府終被抄了。事情是這樣的：賈政從江西糧道任內，被參回來，仍命他做京官，倒也合算，一天，『正在那裏設宴請酒，忽見賴大急忙走上榮禧堂來，回賈政道：「有錦衣府堂官趙老爺帶領幾位司官說來拜望。奴才要取職名來回，趙老爺說：「我們至好，不用的：」一面就下車走進來了！請老爺同爺們快接去！」賈政聽了，心想：趙老爺並無來往，怎麼也來？現在有客，留他不便，不留又不好。正自思想。賈璉說：「叔叔快去罷！再等一回，人都進來了！」正說著，只見二門上家人又報進來說：「趙老爺已進二門了！」賈政等搶步接去，只見趙堂官滿面笑容，並不說什麼，一逕走上廳來。後面跟著五六位司官，也有認得的，也有認不得的，但是總不答話。賈政心裏不得主意，只得跟了上來讓坐。

衆親友也有認得趙堂官的，見他仰着臉，不大理人，只拉着賈政的手笑著，說了幾句寒溫的話，衆人看見來頭不好，也有躲進裏面屋裏的；也有垂手伺立的。賈政正要帶笑敍話，只見家人慌張報道：「西平王爺到了，」賈政慌忙去接，已見王爺進來，趙堂官搶上去請了安，便說：「王爺已到，隨來各位老爺就該帶領府役把守前後門！」衆官應了出去。賈政等知事不好，連忙跪接。西平郡王用兩手扶起，笑嘻嘻的說道：「無事不敢輕造，有奉旨交辦事件，要赦老接旨。如今滿堂中筵席未散，想有親友在此未便，且請衆位府上親友各散，獨留本宅的人聽候！」趙堂官回說：「王爺雖是恩典，但東邊的這位王爺辦事認眞，想是早已封門。衆人知是西府干係，恨不能脫身，只見王爺笑道：「衆人只管就請，叫人來，給我送出去。告訴錦衣府的官員說：這都是親友，不必盤查，快快放出；」那些親友聽見，就一溜煙如飛的出去了。獨有賈赦賈政一干人嚇得面如土色，滿身發顫。不多一回，只見進來無數番役，各門把守。本宅上下人等，一步不能亂走。趙堂官便轉過一副臉來，回王爺道：「請爺宣旨意，就好動手……」西平王慢慢的說道：「小王奉旨帶領錦衣府趙全來查看賈赦家產！」賈赦等聽見，俱俯伏在地，王爺便站在上頭，說有旨意：賈赦交通外官，依勢陵弱，辜負朕恩，有忝祖德，著革去世職，欽此……」趙堂官一疊聲叫道「拿下賈赦！」……」這便是抄家了。賈母年高，遇了這個意外，自然很夠受的。無形之中，身體精神已受了很大的打擊。但她還是撐得起。這且不說。且說賈府之所以被抄，平心而論，固是貴族社會之常有的現象，貴族家庭，無惡不做，如鳳姐之奸惡，貪毒，賈赦之蠻橫，賈珍輩之姦淫霸道，有以致之，然而若不是賈雨村忘恩負義，投井下石，也不會鬧出這種大亂子。賈雨村始而藉着賈府的力量，輩黃騰達，復官之後，又逢君之惡，事事長著賈赦欺壓貧弱，到了賈府勢力有漸衰之象，則又滑地撻人，乘勢踢人一腳，希圖自保，這種人最是可怕，最是可恥，可慨！

二、能富貴能貧賤的賈母

賈母這個老太婆，當賈府鼎盛時，她是一味地想着舒服，事事不管。但她對人是再慈祥愷惻沒有的了。她從沒對下人發過脾氣，待人總是寬厚大方。到了抄家以後，她更顯得自己與常人不同。「且說：賈母見祖宗世職革去，現在子孫在監質審，邢夫人尤氏等日夜啼哭，鳳姐病在垂危，雖有寶玉寶釵在側，只可解勸，不能分憂。所以日夜不寧，思前想後，眼淚不乾。一日傍晚，叫寶玉回去，自己強著坐起，叫鴛鴦等各處佛堂上香，又命自己院內，焚起斗香，用拐拄著，出到院中，琥珀知是老太太拜佛，鋪下大紅短氈拜墊。賈母上香跪了，叩了好些頭，念了一回佛，含淚祝告天地道：「皇天菩薩在上，我賈門史氏，虔誠禱告，求菩薩慈悲。我賈門數世以來，不敢行兇霸道。我幫夫助子，雖不能為善，亦不敢作惡。必是後輩兒孫驕侈暴佚，暴殄天物，以致闔府抄檢，現在兒孫監禁，自然兇多吉少，皆由我一人罪孽，不教兒孫，所以致此。我即求皇天保佑：在監的逢凶化吉，有病的早早安身。今總有闔家罪孽，情願一人承當，只求饒恕兒孫。若皇天見憐，念我虔誠，早早賜我一死，寬免兒孫之罪。……」這些話雖是老太婆的見解，但她的心胸和擔當以及慈祥愷惻的心情，也就可以想見了。趕到賈赦賈珍要充軍遠去，又看見東西兩府的女眷哭哭啼啼，生活登時發生恐慌，遂一一叫邢王二夫人同了鴛鴦等開箱倒籠將做媳婦到如今的積攢的東西都拿出來；又叫賈政賈珍賈赦等一一的分派，說：「這裏現有的銀子交賈赦三千兩；你拿二千兩去做你的盤費使用，留一千給大太太另用；這三千給珍兒：你只許拿一千去，留下二千交你媳婦過日子，仍舊各自度日。房子是在一處，飯食各自吃罷。四丫頭的親事將來還是我的事，只可憐鳳丫頭操心了一輩子，如今弄得精光，也給他三千兩，叫他自己收著，不許教璉兒用。如今他還病得神昏氣喪，叫平兒來拿去。這是你祖父留下來的衣服，還有我少年穿的衣服首飾，如今我用不著。男的呢，叫大老爺，珍兒，璉兒，蓉兒拿去分了；女的呢，叫大太太珍兒媳，鳳丫頭拿了分去。這五百兩銀子交給璉兒，明年將林丫頭的棺材送回南去。」……那些田地原交璉兒清理，該賣的賣，該留的留，斷不要支架子，做空頭。我索性說了罷：江南甄家，還有幾兩銀子，二太太那裏收著，該叫人送去罷，倘或再有點事出來，可不是他們「躲過了風暴又遇了雨嗎？」……』這是多麼精細，多麼令人感激涕零的言語行動啊！這麼大年紀的老人，神志這樣清明，分派這樣公允，體貼這樣入微，想得這樣周道，實在少有！不僅此也。她看見兒孫們悲傷，反倒轉過來，安慰賈政他們道：『你們別打諒我是享得富貴受不得貧窮的人哪。不過這幾年看看你們轟轟烈烈，我落得都不管，說說笑笑，養養身子罷了。那知道家運一敗，直到這樣？若說外頭好看，裏頭空虛，是我早知道的了。只是「居移氣，養移體，」一時下不得臺來。如今借此正好收斂，守住這個門頭，不然，叫人笑話你，你還不知。只打諒我知道窮了，便着急的要死。我心裏是想着祖宗莫大的功勳，無一日不指望你們比祖宗還強，能殼守住，也就罷了。誰知他們爺兒兩個(眾按此指賈赦和賈珍兩人)做些什麼勾當……」賈母這段話確是實話。她眞知道享福，也眞知道做人。

三、臨終一幕

賈母既然受到這種打擊，暮年心事，自然是支不住的了，看她處置她的財產的一些步驟和交代，已是做她下世的準備。此後，雖然强自排解，强爲掙扎，强爲歡笑，賈府的人兒無論如何振作不起精神來了。不久賈母一病便爾不起，當她臨危之時，還坐了起來對着面前的兒孫們說道：「我到你們家已經六十多年了！從年輕的時候到老來，福也享盡了。自你們老爺起，兒子孫子也都算是好的了。就是寶玉呢，我疼了他一場！」說到那裏，拿眼滿地下瞧着，王夫人便推寶玉走到床前，賈母從被窩裏伸出手來，拉著寶玉道：「我的兒！你要爭氣纔好！」寶玉嘴裏答應，心裏一酸，那眼淚便要流下來，又不敢哭，只得站着。賈母說道「我想再見一個重孫子，我就心安了！我的蘭兒將在那裏呢？」李紈也推賈蘭上去。賈母放了寶玉，拉着賈蘭道：「你母親是要孝順的！來你成了人，也叫你母親風光風光，鳳了頭呢？」鳳姐本來站在賈母旁邊，趕忙走到跟前，說：「在這裏呢！」賈母道：「我的兒！你是太聰明了！將來修修福罷！我也沒有修什麼，不過心實吃虧。那些吃齋念佛的事，我也不大幹。就是舊年叫人寫了些金剛經送送人，不知送完了沒有？」鳳姐道：「沒有呢！」賈母道：「早該施捨完了纔好。我們大老爺和珍兒是在外頭罷了，可惡的是史丫頭沒良心，怎麼總不來瞧我？」鴛鴦等明知其故，都不言語。賈母又瞧了一瞧寶釵，嘆了口氣，只見臉上發紅……』便伸腿去了。這一幕雖然是照例應有之義，但描寫得如情如理，賈母一生始終都非常堂皇冠冕，的是一個福壽康寧的老封君的樣子！

現在我們要說到『劉老老』了。說到劉老老，便得從她的女壻狗兒家說起：『原來這小小之家姓王，乃本地人氏。祖上曾做過一個小小京官。昔年曾與鳳姐之祖，王夫人之父認識，因貪王家的勢利，便連了宗，認作姪兒。那時只有王夫人之大兄，鳳姐之父，與王夫人隨在京的。知有此一門遠族，餘者皆不知也。目今其祖早故，只有一個兒子，名喚王成，因家業蕭條，仍搬出城外原鄉中住了。王成亦相繼身故，有子小名狗兒，娶妻劉氏，生子小名板兒，又生一女名喚青兒。一家四口，以務農爲業。因狗兒白日間又作些生計，劉氏又操井臼等事，青板姊弟兩個無人管着，狗兒遂將岳母劉老老接來，一處過活。這劉老老乃是個久經世代的老寡婦，膝下又無子息，只靠兩畝薄田度日。如今女壻接了養活，豈不願意？』遂一心一計幫着女兒女壻過活起來。』但是劉老老爲什麼要訪問賈府呢？

『因爲這年秋盡冬初，天氣冷將上來，家中各事未辦，狗兒未免心中煩慮。吃了幾杯悶酒，在家閒尋氣惱。劉氏不敢頂撞。因此劉老老看不過，乃勸道：「姑爺！你別嗔着

紅樓夢寶鑑

我多嘴，咱們村莊人家，那一個不是老老實實，守着多大的碗吃多大的飯？你皆因年小時，托着那老的福，吃喝慣了，如今所以把持不定。有了錢，就顧頭不顧尾，沒了錢，就瞎生氣，成了什麼『男子漢大丈夫』了！如今咱們雖離城住着，終是天子脚下，這長安城中遍地皆是錢，只可惜沒人會去拿罷了！在家挑達也沒用！」狗兒聽了道：「你老只會在炕頭上坐着混說，難道叫我打刼去不成？」劉老老說道：「誰叫你打刼去呢？也到底大家想個方兒纔好。不然，那銀子會自己跑到咱們家裏來不成？」狗兒冷笑道：「有法兒還等到這會子呢？我又沒有收稅的親戚，做官的朋友，什麼法子可想的？便有，也只怕他們未必來理我們呢？」劉老老道：「這到也不然。『謀事在人，成事在天』，咱們謀到了，靠菩薩的保佑，有些機會，也未可知。我倒替你們想出一個機會來：如今是你『拉硬屎，』不肯去俯就他，故疏遠起來。想當初我和女兒還去過一遭，他家的二小姐着實爽快，會待人的，倒不拿大，如今現是榮國府賈二老爺的夫人。聽得他們說，如今上了年紀，越發憐貧恤老，最愛齋僧布施。如今王夫雖陞了邊任，只怕二姑太太還認得咱們，你何不去走動走動？或者他還念舊，有些好處，亦未可知。只要他發點好心，拔一根汗毛比咱們的腰還壯呢！……」劉氏在旁接口道：「你老說得是！你我這樣嘴臉，怎麼好到他們門上去？只怕他那門上人，也不肯去通報，沒的去打嘴現世！」誰知狗兒利名心重，聽如此說，心下便有些活動起來。又聽他妻子這番話，便笑接道：「老老既如此說，况且當日你又見過這姑太太一次，何不你老人家明日就去走一遭？先試一試風頭看！」劉老老道：「阿呀！可是說的：『侯門似海，』我是個什麼東西，他家又不認得我，去了也是白去的！」狗兒道：「不妨。我教你個法兒：你竟帶了外孫小板兒，先去找陪房周瑞。若見了他，就有些意思了。這周瑞先時曾和我父親交過一樁事，我們本極好的。」劉老老道：「我也知道：只是許多時不走動，知道他如今是怎樣！這說不得的了。你是個男人，這樣嘴臉自然去不得。我們姑娘年輕媳婦，也難賣頭賣脚去。倒還是捨了我這副老臉去碰一碰。果然有些好處，也大家有益。」當晚計議已定。次日，大天明時，劉老老便起來梳洗了。又將板兒教了幾句話。五六歲的孩子，聽見帶了他進城逛去，便喜的無不應承。於是劉老老帶了板兒進城至寧榮府街來。至榮府大門前石獅子旁，只見簇簇的轎馬，劉老老便不敢過去，且撣撣衣服，又教板兒幾句話，然後蹭在角門前。只見幾個挺胸凸肚指手畫脚的人，坐在大門上說東談西的。劉老老只得挨上前來，問：「太爺們納福。」衆人打量了他一回，便問：「是那裏來的？」劉老老陪笑道：「我找太太的陪房周大爺的。煩那位太爺替我請他出來！」那些人聽了，都不睬他。半日，方說道：「你遠遠的那牆脚下，等着一回子，他們那裏有人就出來的！」內中有一位年老的說道：「不要誤了他的事，何苦耍他！」因向劉老老道：「那周大爺往南邊去了，他在後一帶住着，他娘子却在家裏。你從這邊繞到後街門上就找到了。」劉老老謝了，遂攜着板兒遶至後門上，只見門上歇着生夜擔子：也有賣吃的，也有賣玩耍物件的，鬧吵吵三二十個孩子在那裏厮鬧。劉老老便拉着一個道：「我問哥兒一聲：有個周大娘可在家麽？」孩子道：「不知是那一行當上的？」劉老老道：「他是太太的陪房。」孩子道：「這個容易！你跟我來！」引着劉老老進了後院，至一院牆指道：「這就是他家。」忙又叫道：「周大媽！有個老奶奶來找你呢！」周瑞家的在內忙迎了出來，問：「是那位？」「劉老老迎上來，問了個「好呀！周嫂子！」周瑞家的認了半日，方笑道：「劉老老！你好呀！你說這幾年不見，我就忘了！請家裏坐！」劉老老一面走，一面笑說道：「你老是『貴人多忘事』！那裏還記得我們！」說着，來至房中。』劉老老初次進榮府，見到周瑞家的，方算是得了門徑。不然的話，那眞如她說的『侯門似海，』她一個鄉下老婆子，怎樣闖得進去呢？且說：『周瑞家的命僱的小丫頭倒上茶來，吃着，周瑞家的又問：「板兒倒長的這麼大了！」又問些別後閒話。又問：「劉老老今日還是路過？還是特來的？」劉老老便說：「原是特來瞧瞧你嫂子，二則也請姑太太的安。若可以領我見一見更好。若不能，便借重嫂子轉致意罷了。」周瑞家的聽了，便已猜着幾分來意。只因他丈夫昔年爭買田地一事，多得狗兒之力，今見劉老老如此，心中難卻其意；二則也要顯弄自己的體面。便笑說：「老老！你放心！大遠的誠心誠意來了，豈有個不教你見個正佛去的？論理人來客至，回話却不與我相干，我們這裏都是各占一樣兒。我們男的只管春秋兩季地租子，閒時帶着小爺們出門就完了。我只管太太奶奶們出門的事。皆因你老是太太的親戚，又拿我當個人，投奔了我來，我竟破個例，與你通個信。但只一件，老老有所不知：我們這裏不比五年前了。如今太太不大理事，都是璉二奶奶當家了。你道這璉二奶奶是誰？就

兩個老太婆

是太太的內姪女兒。當日大舅老爺的女兒，小名鳳哥的。」劉老老聽了道：「原來是他！怪道呢！我當日就說他不錯的！這等說來，我今兒還得見了他。」周瑞家的道：「這個自然的。如今有客來都是這鳳姑娘周旋接待。今兒寧可不見太太，倒要見他一面，纔不枉走這一遭兒。」劉老老道：「阿彌陀佛！這全仗嫂子方便了！」周瑞家的說：「老老說那裏話來？俗語說的：『自己方便，與人方便，』不過用我一句話兒，那裏費了我什麼事！」說着，便喚小丫頭：「來！到側廳上，悄悄的打聽老太太屋裏，擺了飯沒有？」小丫頭去了。這裏二人又說了些閒話。劉老老因說：「這位鳳姑娘今年不過二十歲罷了！就這等有本事，當這樣的家，可是難得的！」周瑞家的聽了道：「嗐！我的老老！告訴不得你呢！這位鳳姑娘年紀雖小，行事却比別人都大呢！如今出跳得美人一般的模樣兒，少說些，有一萬個心眼子，再要賭口齒，十個會說的男人也說不過他呢！回來，你見了，就知道了！就這一件：待下人未免嚴了些！」說着，小丫頭回來了，說：「老太太屋裏已擺完了飯。二奶奶在太太屋裏呢！」周瑞家的聽了，連忙起身，催着劉老老：「快走！這一下來，他吃飯是空兒，咱們先等着去罷！若遲一步，回事的人多了，就難說話，再歇了中覺，越發沒了時候了！」說着，一齊下了炕，整頓衣服，又教了板兒幾句話，隨着周瑞家的逶迤往賈璉的住宅來。先至側廳。周瑞家的將劉老老安插在那裏，略等一等，自己先過影壁，走進了院門，知鳳姐未出來，先找着了鳳姐的一個心腹通房大丫頭名喚平兒的。周瑞家的先將劉老老起初來歷說明，又說：「今日大遠的來請安，當日太太是常會的，今兒不可不見，所以我帶了他進來，等奶奶下來，我細細回明，諒奶奶也不責我莽撞的！」平兒聽了，便作了個主意，叫他們進來，先在這裏坐着，就是了！」周瑞家的方出去領了他們進來。」劉老老初到榮府的第二道關口已經又闖過了。

●一個鄉下老媽媽，乍然進了侯門公府，自然是太不習慣，凡是耳聞目見的，都是新鮮別緻，驚奇萬狀。周瑞家的帶着她和板兒『上了正房台階，打起了猩紅氈簾，纔入堂屋，只聞一陣香撲了臉來，竟不辨是何氣味，身子便似在雲端裏一般。滿屋中之物都是耀眼爭光，使人頭暈目眩。劉老老此時，點頭咂嘴念佛而已。於是引他到東邊這間屋裏，乃是賈璉大女兒睡覺之所，平兒站在炕沿邊，打量了劉老老兩眼，只得問個「好，」讓了坐。劉老老見平兒遍身綾羅，插金戴銀，花容月貌，便當是鳳姐了，纔要稱：「姑娘，」只見周瑞家的說：「他是平姑娘，」又見平兒趕着周瑞家的叫：「周大娘，」方知不過是個有體面的丫頭。於是讓劉老老板兒上了炕，平兒和周瑞家的對面坐在炕沿上，小丫頭們倒上茶來吃了。劉老老只聽見咯噹咯噹的響聲，大有似乎打籮櫃篩麵的一般，不免東瞧西望的。忽見堂屋中柱子上，掛着一個匣子，底下又墜着一個秤錘般一物，卻不住的亂晃。劉老老中心想着：「這是什麼東西？有什麼用處？」正獃想時，陡聽得『噹』的一聲，又若金鐘銅磬一般，倒唬了一跳。展眼，接着又是一連八九下。方欲問時，只見小丫頭們一齊亂跑，說：「奶奶下來了！」平兒與周瑞家的連忙起身，說：「劉老老只管坐着，等是時候，我們來請你。」說着，迎出去了。劉老老只屏聲側耳默候，只聽遠遠有人笑聲，約有一二十個婦人衣裙悉索，漸入堂屋，往那邊屋內去了。又見三兩個婦人都捧着大紅漆盒，進這邊來等候，聽得那邊說道：「擺飯！」漸漸的人纔散出去，只有伺候端菜的幾人。半日鴉雀不聞，忽見兩個人抬了一張炕桌來，放在這邊炕上，桌上碗盤擺列，乃是滿滿的魚肉在內，不過略動了幾樣。板兒一見了，便吵了要吃肉。劉老老一巴掌打了開去。忽見周瑞家的笑嘻嘻走過來，招手兒叫他，劉老老會意，於是帶了板兒下炕，至堂屋中，周瑞家的又和他唧唧了一會，方蹭到這邊屋內。只見門外銅鈎上，懸着大紅灑花軟簾，南窗下是炕，炕上大紅條氈。東邊板壁，立着一個鎖錦靠背與一個引枕，舖着金星綫閃緞大坐褥，旁邊有銀唾盒。那鳳姐家常帶着紫貂昭君套，圍着那攢珠勒子，穿着桃紅灑花襖，石青刻絲灰鼠披風，大紅洋縐銀鼠皮裙。粉光脂艷，端端正正坐在那裏，手內拿着小銅火箸兒撥手爐內的灰。平兒站在炕沿邊，捧着小小的一個塡漆茶盤，盤內一個小蓋鍾。鳳姐也不接茶，也不抬頭，只管撥手爐的灰，慢慢的道：「怎麼還不請進來？」一面說，一面擡身要茶時，只見周瑞家的已帶了兩個人立在面前了。這纔忙欲起身，猶未起身，滿面春風的問好，又嗔周瑞家的：「怎麼不早說？」劉老老也是在地下拜了數拜，問姑奶奶安。鳳姐忙說：「周姐姐攙着不拜罷！我年輕不大認得，可也不知是什麼輩數，不敢稱呼。」周瑞家的忙回道：「這就是我纔回的那個老老了。」鳳姐點頭。劉老老已在炕沿上坐下了。板兒更躱在他背後，百端的哄他出來作揖，他死也不肯。鳳姐笑道：「親戚們不大走動，都疏遠了。知道的呢，你們厭棄我們，不肯常來。不知道的，那起小人還只當我們眼裏沒有人似的。劉老老忙念佛道：「我們家道艱難，走不起來了！這裏沒的給姑奶奶打嘴，就是管家爺看着也不像！」鳳姐笑道：「這話沒的教人惡心！不過借賴着祖父虛名，作個窮官兒罷了！誰家有什麼？不過是個舊日的空架子。俗語說：『朝廷還有三門子窮親戚呢！何況你我？』說着，又問周瑞家的：「回了太太了沒有？」周瑞家的道：「如今等奶奶的示下。」鳳姐兒道：「你去瞧瞧，要是有人有事就罷，得閒呢，就回，看怎麼說。」周瑞家的答應去了。這裏鳳姐叫人抓菓子與板兒吃。……只見周瑞家的回來，向鳳姐道：「太太說了：今日不得閒，二奶奶陪着便一樣的，多謝費心。想着自來逛逛呢，便罷，若有甚說的，只管告訴二奶奶，都是一樣。」劉老老道：「也沒甚說的，不過是來瞧瞧姑太太，姑奶奶，也是親戚們情分！」周瑞家的便道：「沒有甚說的，便罷，若有話，只管回二奶奶，是和太太一樣的！」一面說，一面遞眼色與劉老老，劉老老會意，未語先飛紅的臉。欲待不說，今日又所為何來？只得忍恥道：「論理，今日初次見姑奶奶，卻不該說的。只是大遠的奔了你老這裏來，少不得說了——」剛說到這裏，』劉老老進榮國的目的，似乎已經可以達到了，後來鳳姐的姪兒賈蓉來了，打了個岔子，等到賈蓉走了以後，『這劉老老身心方安，便說道：「我今日帶了你姪來，不為別的，只因他爺娘在家裏連吃的也沒有，天氣又冷了，只得帶了你姪兒奔了你老來！」說着，又推板兒道：「你爹在家裏怎麼教你的？打發咱們來做什麼的？只顧吃菓子麼？」鳳姐兒早明白了，聽他不會說話，笑止着道：「不必說了，我知道了。」因問周瑞家的道

兩個老太婆

：「這老老不知可用了早飯沒有呢？」劉老老忙道：「一早就往這裏趕咧，那裏還有吃飯的工夫麼？」鳳姐忙命「傳飯來。」一時周瑞家的傳了一桌客饌來，擺在那邊屋裏，過來帶了劉老老和板兒過去吃飯，鳳姐說道：「周奶奶好生讓着些兒，我不能陪了。」於是過東邊房裏來。鳳姐又叫過周瑞家的去道：「方纔回太太，說了些什麼？」周瑞家的道：「太太說：他們原不是一家，是當年他們的祖與老太爺在一處做官，因連了宗的。這幾年不大走動，當時他們來了，卻也從沒空過的。今來瞧瞧我們，也是他的好意，不可簡慢了他。便有什麼話，叫二奶奶裁度着就是了。」鳳姐聽了說道：「怪道！既是一家子，我如何連影兒也不知道？」說話間，劉老老已吃完了飯，拉了板兒過來，舔唇咂嘴的道謝。鳳姐笑道：「且請坐下，聽我告訴：你老人家方纔的意思我也知道了。論親戚之間，原該不待上門來，就有照應纔是。但如今家中事情太多，太太上了年紀，一時想不到是有的。況我接着管事，都不大知道這些親戚們；一則外面看着，雖是烈烈轟轟，不知大有大的難處，說與人也未必相信呢！今你既大遠的來了，又是頭一次兒向我張口，怎好叫你空手回去？可巧昨兒太太給我的丫頭們作衣裳的二十兩銀子還沒動呢，你不嫌少，且先拿了去用罷。」那劉老老先聽見告艱苦，只當是沒想頭了；又聽見給他二十兩銀子，喜得眉開眼笑道：「我們也知艱難的；但俗語道：瘦死的駱駝比馬還大些。憑他怎樣，你老拔一根汗毛比我們的腰還壯呢！」周瑞家的在旁，聽見他說的粗鄙，只管使眼色止他。鳳姐笑而不睬。叫平兒：「把昨兒那包銀子拿來，再拿一串錢來，」都送至劉老老跟前，鳳姐道：「這是二十兩銀子，暫且給這孩子們作件冬衣罷，改日無事只管來逛逛，方纔是親戚們的意思。天也晚了，不虛留你們了。到家該問好的都問個好兒……」一面說，一面就站了起來了。劉老老只是千恩萬謝的拿了銀錢隨周瑞家的走至外廂，周瑞家的道：「我的娘！你怎麽見了她，到不會說話了！開口就是「你姪兒！」我說句不怕你惱的話：便是親姪兒，也要說和軟些，那蓉大爺纔是她的姪兒呢！她怎麽又跑出這樣的姪兒來了！」劉老老笑道：「我的嫂子，我見了她，心眼兒愛還愛不過來，那裏還說上話來？」二人說着，又至周瑞家坐了片刻。劉老老要留下一塊銀與周瑞家的孩子們買菓子吃，周瑞家的如何放在眼裏，執意不肯。劉老老感謝不盡，仍從後門去了。』我們很詳細地述說劉老老初進榮府的一段故事用意在：

（一）不詳述這一段故事，則劉老老以後幾次來榮府便沒有根據，沒有頭腦。就是說：

（二）不詳述劉老老先訪周瑞家的，則無從找到平兒這一個重要的線索；

（三）不先打通平兒，則難以見到鳳姐；縱見了鳳姐，旁邊無人說話，也不方便；

（四）不詳述鳳姐之與劉老老一段談話，則此後之關係便無從建立，本書沒有收場。

現在我們要說到劉老老第二次進榮國府了。有一天，平兒出去有事，鳳姐打發人把她找了回來，『平兒急忙走來，只見鳳姐兒不在房裏，忽見上回來打抽豐的那劉老老和板兒又來了，坐在那邊屋裏，還有張材家的，周瑞家的陪着，又有兩三個丫頭在地下倒口袋裏的棗子，倭瓜並些野菜。衆人見她進來，都忙站起來了。劉老老因上次來過，知道平兒的身分，急忙跳下地來，問：「姑娘好！又說家裏都問好！早要來請姑奶奶的安，看姑娘來的；因爲莊家忙，好容易今年多打了兩擔糧食，瓜菓菜疏也豐盛，這是頭一起摘下來的，並沒敢賣呢！留的尖兒孝敬姑奶奶姑娘們嘗嘗。姑娘們天天山珍海味的，也吃膩了，吃個野菜兒，也算我們的窮心！」平兒忙道：「多謝費心！又讓坐，自己坐了；又讓：「張嬸子，周大娘坐！」又命小丫頭倒茶去。周瑞張材兩家的因笑道：「姑娘今日臉上有些春色，眼睛圈兒都紅了！」平兒笑道：「可不是！我原是不吃的，大奶奶和姑娘們只是拉着死灌，不得已吃了兩鍾，臉就紅了！」張材家的笑道：「我倒想着要吃呢！又沒人請我！明日再有人請姑娘，可帶了我去罷！」說着大家都笑了。周瑞家的道：「早起，我就看見那螃蟹了！一觔只好稱兩個三個，這麼兩三大簍，那裏都吃？不過都是有名兒的吃兩個呢！那些散衆也有摸着的，也有摸不着的。」劉老老道：「這樣螃蟹今年就值五分一觔；十觔五錢，五五二兩五，三五一十五。再搭上酒菜，共倒有二十多兩銀子，阿彌陀佛！這一頓的錢，穀我們莊家人過一年的了！」平兒因問：「想是見過奶奶了？」劉老老道：「見過了！叫我們等着呢！」說着，又往外看天氣，說道：「天好早晚了，我們也去罷，別出不得城，纔是饑荒呢！」周瑞家的道：「這話倒是！我替你瞧瞧去？」說着，一逕去了。半日方來。笑道：「可是你老的福來了！竟投了這兩個人的緣了！」平兒問：「怎麼樣？」周瑞家的笑道：「二奶奶在老太太跟前呢！我原是悄悄的告訴二奶奶：劉老老要家去了，怕晚了趕不出城去。」二奶奶說：「大遠的！難為她擔了些東西來，晚了就住一夜，明日再去！」這可不是投上二奶奶的緣了？這也罷了。偏生老太太又聽見了，問：劉老老是誰？二奶奶便回明白了，老太太又說：「我正想個積古的老人家說話兒；請了來，我見一見！」這可不是想不到的投上緣了？說着，催劉老老下來前去。劉老老道：「我這生像兒怎好見的？好嫂子！你就說我去了罷！」平兒忙道：「你快去罷！不相干的，我們的老太太最是惜老憐貧的，比不得那些狂三詐四的人！想是你怯上，我和周大娘送你去；」說着，同周瑞家的引了劉老老往賈母這邊來。……平兒等來至賈母房中，彼時大觀園中姊妹們都在賈母前承奉，劉老老進去，只見滿屋裏珠圍翠繞，花枝招展的，並不知都係何人。只見一張榻上，獨歪着一位老婆婆，身後坐着一個紗羅裹的美人一般的丫鬟在那裏搥腿。鳳姐兒站着，正在說笑，劉老老便知是賈母了，忙上來陪着笑，福了幾福，口裏說：「請老壽星安！」賈母亦忙欠身問好。又命周瑞家的端過椅子來坐着！那板兒仍是怯人，不知問候。賈母道：「老親家！你今年多大年紀了？」劉老老忙起身答道：「我今年七十五了！（原書註謂：「當改作：八十一。」）賈母向衆人道：「這麼大年紀了，還這麼硬朗，比我大好幾歲呢！我要到這麼年紀，還不知怎麼動不得呢！」劉老老笑道：「我們生來是受苦的人，老太太生來是享福的。若我們也這樣，那些莊家活也沒人做了！」賈母道：「眼睛牙齒都還好？」劉老老道：「都還好。就是今年左邊的槽牙活動了。」賈母道：「我老了！都不中用了，眼也花，耳也聾，記性也沒了。你們這些老親戚我都記不得了。親戚們來了，我怕人笑我，我都不會，不過嚼得動的吃兩口。睡了覺，悶了時，和這些孫子孫女兒玩笑一回就完了！」劉老老笑道：「這正是老太太的福了！我們想這麼着，不能！」賈母道：「什麼福！不過是老廢物罷了！」說的大家都笑了。賈母又笑道：「我纔聽見鳳哥兒說，你帶好些瓜菜來，我叫他快收拾去了。我正想個地裏現結的瓜兒菜兒吃。外頭買的不像你們田地裏的好吃。」劉老老笑道：「這是野意兒，不過吃個新鮮。依我倒想魚肉吃，只是吃不起！」賈母又道：「今日既認着了親，別空空的就去，不嫌我這裏，就住一兩天再去。我們也有個園子，園子裏頭也有菓子，你明日也嘗嘗，帶些家去，也算是看親戚一趟！」劉老老認識了賈母，一連在大觀園中盤環了幾天，參加了賈母的兩次宴會，深得賈母的歡心，鳳姐因此也格外優待她，把她的女兒巧姐認給她，遂結下深切的關係。——這便是劉老老二進榮國府的一段故事。

劉老老三進榮國府是正當榮府已被抄，鳳姐病在床褥，精神恍惚，心情不安，奄奄一息的時候。這時平兒正在給鳳姐搥腿，「見個小丫頭兒進來說是：「劉老老來了，婆子們帶着來請奶奶的安！」平兒急忙下來，說：「在那裏呢？」小丫頭兒說：「她不敢進來，還聽奶奶示下！」平兒聽了點頭，想鳳姐病裏必是懶待見人，便說道：「奶奶現在養神呢！暫且叫她等着，你問她：來有什麼事？小丫頭兒說道：「他們問過了，沒有事，說：「知道老太太去世了，因沒有報，纔來遲了。」小丫頭說着，鳳姐聽見，便叫：「平兒！你來！人家好心來瞧，不要冷淡人家。你去請了劉老老進來，我和她說說話兒！」平兒只得出來，請劉老老這裏坐。鳳姐剛要合眼，又見一個男人，一個女人跑到這裏來了。連叫兩聲，只見豐兒小紅趕來說：「奶奶要什麼？」鳳姐睜眼一瞧，不見有人，心裏明白，不肯說出來。便問豐兒道：「平兒這東西那裏去了？」豐兒道：「不是奶奶叫去請劉老老去了？」鳳姐定了一會神，也不言語，只見平兒同劉老老帶了一個小女孩兒進來，說：「我們姑奶奶在那裏？」平兒引到炕邊，劉老老便說：「請姑奶奶安！」鳳姐睜眼一看，不覺一陣傷心，說：「劉老老，你好！怎麼這時候纔來？你瞧！你外孫女兒也長的這麼大了！」劉老老看着鳳姐骨瘦知柴，神情恍惚，心裏也就悲慘起來，說：「我的奶奶！怎麼這幾個月不見，就病到這個分兒？我糊塗的要死，怎麼不早來請姑奶奶的安？」便叫：「青兒！給姑奶奶請安！」青兒只是笑。鳳姐看了，倒也十分歡喜，便叫小紅招呼着。劉老老道：「我們鄉村裏的人不會病的，若一病了，就要求神許願，從不知道吃藥的。我想姑奶奶的病不要撞着什麼了罷？」平兒聽着那話不在理，便在背地裏扯她，劉老老會意，便不言語，那裏知道倒合了鳳姐的意，硬掙着說：「老老！你是有年紀的人，說的不錯！你見過的趙姨娘也死了，你知道麼？」劉老老詫異道：「阿彌陀佛！好端端一個人怎麼就死了！我記得她也有一個小哥兒，這便怎麼樣呢！」平兒道：「這怕什麼？她還有老爺太太呢！」劉老老道：「姑娘！你那裏知道？不好死了，是親生的；隔了肚皮是不中用的！」這句話又招起鳳姐的愁腸，嗚嗚咽咽的哭起來了，衆人都來勸解。巧姐兒聽見她

兩個老太婆

母親悲哭，他便走到炕前，用手拉着鳳姐的手，也哭起來。鳳姐一面哭着道：「你見過了老老了沒有？」巧姐兒道：「沒有！」鳳姐道：「你的名字還是她起的呢！就和乾娘一樣！你給她請個安！」巧姐便走到跟前，劉老老忙拉着道：「阿彌陀佛！不要折殺我了！巧姑娘！我一年多不來，你還認得我麼？」巧姐兒道：「怎麼不認得？那年在園裏見的時候，我還小，前年你來，我還合你要隔年的蟈蟈兒，你也沒有給我，必是忘了！」劉老老道：「好姑娘！我是老糊塗了！若說蟈蟈兒，我們村裏多得很，只是不到我們那裏去。若去了，要一車也容易！」鳳姐道：「不然，你帶了她去罷！」劉老老笑道：「姑娘這樣千金貴體，綾羅裏大了的，吃的是好東西，到了我們那裏，我拿什麼哄她頑？拿什麼給她吃呢？這倒不是坑殺我了麼？」說着，自己還笑。又說：「那麼着，我給姑娘做個媒罷？我們那裏雖說是鄉村裏，也有大財主人家，幾千頃地，幾百牲口，銀子錢也不少；只是不像這裏有金的，有玉的。姑奶奶是瞧不起這種人家。我們莊家人瞧着這樣大財主，也算是天上的人了。」鳳姐道：「你說去，我願意就給！」劉老老道：「這是頑話罷咧！放着姑奶奶這樣大官大府的人家，只怕還不肯給，那裏肯給莊家人家？就是姑奶奶肯了，上頭太太們也不給！」巧姐因她這話不好聽，便走了去和青兒說話，兩個女孩兒倒說得上，漸漸的就熟起來了。這裏平兒恐劉老老話多，攪煩了鳳姐，便拉了劉老老說：「你提起太太來，你還沒有過去呢！我出去叫人帶了你去見見，也不枉來這一趟！」劉老老便要走，鳳姐道：「忙什麼！你坐下！我問你：近來的日子還過得麼？」劉老老千恩萬謝的說道：「我們若不是仗着姑奶奶，」說着，指着青兒說：「他的老子娘都要餓死了！如今雖說是莊家人苦，家裏也掙了好幾畝地，又打了一眼井，種些菜蔬瓜菓，一年賣的錢也不少。儘彀他們嚼吃的了。這兩年姑奶奶還時常給些衣服布疋，在我們村裏，算過得的了！阿彌陀佛！前日他老子進城，聽見姑奶奶這裏動了家，我就幾乎嚇殺了！虧得又有人說，不是這裏，我纔放心！後來又聽見說：這裏老爺陞了，我又喜歡，就要來道喜，爲的是滿地的莊家，來不得，昨日又聽見說，老太太沒有了，我在地裏打豆子，聽見了這話，嚇得連豆子都拿不起來了，就在地裏狠狠的哭了一大塲！我合女壻說：「我也顧不得你們了！不管眞話謊話，我是要進城瞧瞧去的！我女壻女兒也不是沒良心的，聽見了，也哭了一回子。今兒天沒亮，就趕着我進城來了！我也不認得一個人，沒有地方打聽，一徑來到後門，見是門神都糊了，我這一嚇又不小！進了門，找周嫂子，再找不着，撞見一個小姑娘，說：「周嫂子，他得了不是了，攆了！」我又等了好半天，遇見了熟人，纔得進來。不打諒姑奶奶也是那麼病着！」說着，又掉下淚來。平兒等着急，也不等待說完，拉着就走，說：「你老人家說了半天，口乾了，咱們吃碗茶去罷！」拉着劉老老到下房坐着，青兒在巧姐兒那邊，劉老老道：「茶到不要！好姑娘，叫人帶了我去請太太的安，哭哭老太太去罷！」平兒道：「你不用忙！今兒也不出城的了！方才我是怕你說話不防頭，招的我們奶奶哭，所以催你出來的。別思量！」劉老老道：「阿彌陀佛！姑娘是你多心！我知道。倒是奶奶的病怎麼好呢？』」接着平兒問計於劉老老，後來鳳姐的神經又發，大家跑了去，鳳姐清醒以後，便聽劉老老的話，托老老回鄉替她求神許願，臨行時，鳳姐還把靑兒留下，同巧姐在一塊兒玩耍。這是劉老老三進榮國府的一段故事。

劉老老回鄉不久，鳳姐就死了，鳳姐死了不久，她的至親骨肉弟兄王仁便夥着賈府的一些敗類，賈環，賈薔，和邢大舅之流，設計出賣巧姐，而邢夫人貪於勢利，王夫人礙於分際，幾乎鑄成大錯，所幸平兒機警，苦苦地說動了王夫人，可巧劉老老從鄉下來，（第四次進榮國府）鼓勵平兒設計帶着巧姐，「扔崩一走，」打破了他們的奸計，不久，賈府開復原官，賈璉本來去看他父親的，此時也一同回來，劉老老纔和平兒又把巧姐原璧送回，完了這段公案。這是劉老老第五次進榮國府的故事。

劉老老五進榮國府，乃是代表五個不同的階段：初進榮國府只是描述她接識了榮國府的當權者鳳姐的前後情形；第二次進榮國府接受了賈母的招待，暢遊大觀園；這兩次入府，都是當賈氏鼎盛的時候。第三次進榮國府，賈府因被抄，家道破落；賈母去世，熙鳳臥病，氣象愁慘。鳳姐接見劉老老相對而泣，命巧姐出見行禮，形似「托孤；」第四次進榮國府乃在鳳姐已死，衆魔作祟之時，劉老老以計脫巧姐於險；第五次進榮國府則是送巧姐回府。由此觀之，劉老老五進榮國府，實是賈氏一門興衰關鍵，可與賈母一生事蹟相比擬。

×　×　×　×　×　×

賈母和劉老老，我們前面說過，乃是兩個不同社會的典型人物：她們：一個是貴族社會的老封君，鐘鳴鼎食，頤指氣使；僕從滿前，富貴壽考的人物；一個是農民社會的老太婆，年事雖高，而胼手胝足，終身勤勤，不得一飽的苦人。一個是恤老憐貧，雍容寬厚；一個是勇於爲善，富於同情；急公好義，誠實不欺，報德感恩，可以托孤。就性格言之：各有其獨到之處；就社會地位言之：爲賈母易，爲劉老老難。因之，吾愛賈母；吾尤愛劉老老！

六　紅樓夢的寶藏

我們既然講了五次，紅樓夢的寫作所爲何事，大概大家已有了相當的概念：頭一篇——一面鏡子——在我個人想來，乃是我對於紅樓夢的研究的出發點，就是表明：我是從什麼角度，從什麼立場來看紅樓夢，（至於我這立場對不對，那是另外一個問題，我這立場，和前人大不相同罷了。）第二次至第五次講演，完全是事實，不過由我把它們加以貫串，剪裁和敍述罷了。但只此五次而止，還是不夠，因爲第一篇是方法論，第二至第五四篇是材料的示範，但紅樓夢的精義入神之處，還得大費大家的摩挲，畫龍而不點睛，還是不能交代，我們應該運用第一篇的方法，利用第二至第五四篇所說的故事以及全部著作的材料，分析這一偉著所遺留給我們的是些什麼寶貴的文化遺產。依我看來，大致不外下述五件：

（一）透澈的觀察力；

（二）對當時社會的批評精神；

（三）運用俗語增加文字上的生活力；

（四）超越的幻想力；

（五）天才的描寫技術。

紅樓夢的作者既然用寫實主義的方法來描寫他所生息其中的社會，自然要如實地鬚眉畢現地把他所描寫的社會放在讀者的眼前。但這並不是一件容易的事，他一定要在這森羅萬象芸芸衆生的社會中，找出它的最基本的因素來做爲它的中心思想，那就必有透澈的觀察力才行。曹雪芹是具有這種觀察力的，因爲他屢次鄭重提出下述的一個觀念：

（1）第四回說：『那馮家也無甚要緊的人，不過爲的是錢，有了銀子，也就無話了。』

（2）同回上又說：『人命官司他都視爲兒戲，自謂花上幾個臭錢，沒有不了的。』

（3）第七四回說：『那寶玉自一見秦鍾人品，心中便有所失，癡了半日，自己心中又起了獃意，乃自思道：天下竟有這等的人物！如今看了，我竟成了泥豬癩狗了，可恨我爲什麼生在這侯門公府之家，若也生在寒儒薄宦之家，早得與他交接，也不枉生了一世！我雖比他尊貴，可知綾錦紗羅，也不過裹了我這枯株朽木；美酒羊羔，也只不過塡我這糞窟泥溝！「富貴」二字不曾遭我荼毒了！秦鍾自見寶玉形貌出衆，舉止不浮，更兼金冠繡服，艷婢嬌童，果然怨不得人人溺愛他，又恨我偏生於淸寒之家，那能與他交接，可知「貧富」二字限人，亦世界上大不快事。』

（4）第六十四回說：『不過令人找着張家，給他十幾兩銀子，寫上一張退婚的字

兒，想張家窮極了的人，見了銀子有什麼不依的！』（賈蓉語）

（5）第七十五回說：『傻大舅……忽然想起舊事來，乃拍案對賈珍說道：「昨日我和你令伯母嘔氣，你可知道麽？」賈珍道：「不會聽見；」傻大舅歎道：「就爲錢這件東西。」』

以上所舉只表現出一個觀念，卽：天下萬事的根由皆在『錢這件東西。』這一觀念，貫串了整個（至少前八十回的）紅樓夢的思想，這是曹雪芹透澈地觀察出來和深深地體驗出來的。曹雪芹曾經生活在極榮華富貴的社會和家庭中，他是有富有平等觀念的，同時又富有極大的同情心，所以他享盡了榮華富貴，同時在另一方面，又感覺到這富貴的境遇阻礙了人類的交互情感，後來，他家道中落，身處貧苦，甚至喝稀飯度日子，必更感覺到這『貧富』兩字害人不淺。他作紅樓夢就是在這時候，所以書中充滿對於貧富差別的憎恨。至於他對於所描寫的社會，自然是抱着嚴厲的批評態度的，但他並不主客地要對舊社會加以攻擊，但結果，這一偉著的本身，就是著者所生活其中的社會——貴族地主社會——的一種最無情，最深刻，最嚴酷的批評。（一）是對當時社會制度的批評；（二）是對當時人心世道的批評。它是社會的一面鏡子，但這面鏡子，從劉老老開始敍起，從一個農村『貧婆子』的眼中看出並由她的嘴描畫出當時宮庭貴族——地主貴族和農民生活的懸殊；又從賈珍的莊頭之一——烏進孝的年終送租課的一篇帳目中，顯露出當時地主貴族所擁有的土地是如何廣大，他們每年所得的地租是如何的豐富；從賈雨村的門子所給他看的『護官符』看來，知道當時地主貴族對於地方政治擁有如何尊嚴影響力量，他們對於一般人民是如何惡霸？從尤氏眼中看出，口中說出賈珍之引誘豪貴青年嫖賭逍遙，則事之千眞萬確可知；從賈璉口中說出王熙鳳之悍且妬，則其平日對於男女之事，『只准官家放火，不准百姓點燈』之蠻橫行爲，不問可知。這便是對於當時之社會制度的批評。至於賈府抄家，而所有親戚都遠避不敢露面，只有一個薛蝌敢於出入賈府；賈雨村受賈府之恩極重，而當朝廷命其查明實蹟時，狠狠地踢了一脚，世道之險，人心之壞可知。賈赦謀買人之古扇而不得，賈雨村竟誣栽它的所有主虧空公款，沒收財產入官，以刼取他所寶而藏之的扇子，致使『石獃子』傾家敗產。世道之險，人心之壞可知。王熙鳳因賈瑞之言語輕佻，遂百端引逗他，使他一步一步陷入逆倫犯分的地步，加之以極端的侮辱，致不惜置之死地。又因貪人之財，招權納賄，破壞人家的婚姻，致使癡男怨女雙雙自殺，世道之險，人心之壞可知。鳳姐死後，她的母舅，胞兄和着賈府的骨肉至親——兄弟子姪——夥着她的婆母出賣她的女兒巧姐，只剩下一個婢妾——平兒，一個鄉下老太婆——劉老老來救她，則世道之險，人心之壞更可知。這便是對當時世道人心之嚴酷的批評。所以我說紅樓夢乃是當時社會的『一面鏡子，』但這一面鏡子，怎麼能造得這樣具有如許的光照力，透澈力，和幻想力；——它的光照力比現在幾千度的探照燈還要明亮；它的透澈力比現在的幾千倍的X光還能洞燭肺腑？它怎樣能從人心的深處勾出它的隱祕？又怎樣有如許的生動力？那就不外乎一種超越的幻想力。我們總括一句：紅樓夢的寶藏有四：（一）對於當時社會之深刻的批評；而其所以能如此，則是：（二）善於運用俗語入文；（三）超越的幻想力；（四）天才的描寫技術。待我慢慢說來。

中國幾部有名的小說，如水滸，儒林外史等等，皆善於運用熟語，而紅樓夢尤甚，紅樓夢尤以前八十回爲最，現在我隨便舉些在下面，如：

（1）「偶然一回顧，便爲人上人。」（第二回）

（2）「劉老老看不過，乃勸道：「姑爺！你別嗔着我多嘴，咱們村莊人家，那一個不是老老誠誠，守着多大碗吃多大的飯。」」（第六回）

（3）「沒了錢，就瞎生氣，成了什麽男子漢大丈夫了！」（同上回）

（4）「謀事在人，成事在天。」（同上回）

（5）「如今是你們拉硬屎不肯去俯就他。」（同上回）

（6）「只要他發一點好心。拔一根汗毛比咱們的腰還壯呢！」（同上回）

（7）「沒的去打嘴現世！」（同上回）

（8）「也難賣頭賣脚的！」（同上回）

（9）「貴人多忘事！」（同上回）

（10）「自己方便，與人方便。」（同上回）

（11）「瘦死的駱駝比馬還大些，憑他怎樣，你老拔一根汗毛比我們的腰還壯呢！」

（同上回）

（12）「不和我說別的還可，再說別的，咱們白刀子進去，紅刀子出來！」（第七回）

（13）「那裏承望到如今生下這些畜生來，每日偷鷄戲狗，爬灰的爬灰，養小叔的養小叔子，我什麼不知道？咱們胳膊折了往袖子裏藏！」（第七回）

（14）「寶玉因問：「哥哥不在家？」薛姨媽歎道：「他是沒籠頭的馬……」」（第八回）

（15）黛玉借着雪雁送手爐給她，奚落寶玉寶釵道：「誰叫你送來的？難爲他費心，那裏就冷死了我！」雪雁道：「紫鵑姐姐怕姑娘冷，叫我送來的。」黛玉笑道：「也虧你倒聽他的話，我平日和你說的，全當耳旁風！怎麼他說了，你就依，比聖旨還快些！」（第八回）

（16）「原來薛蟠……因此也假說來上學，不過於三日打魚，兩日曬網！」（第九回）

（17）金榮笑道：「……我可拿住了，還賴什麼？先讓我抽個頭兒！」（同上回）

（18）「又拍着手嚷道：「貼得好燒餅：你們都不買一個吃去！」」（同上回）

（19）「助紂爲虐。」（同上回）

（20）「衆頑童也有幫着打太平拳助樂的。」（同上回）

（21）「他是東衚衕裏璜大奶奶的姪兒，那是什麼硬掙仗腰子的！」（同上回）

（22）「你那姑媽只會打旋磨兒！」（同上回）

(23)「忍得一時忿，終身無惱悶。」（同上回）

(24)「若再要找這樣一個地方，我告訴你罷，比登天的還難呢！」（第十回）

(25)「只怕打着燈籠兒也沒處找呢！」（第十回）

(26)金氏聽了這一番話，把方纔在他嫂子家的那一團要向秦氏理論的盛氣早嚇的丟在爪窪國去了！」（同上回）

(27)「鳳姐……因說寶玉道：「你忒婆婆媽媽的了！」」（第十一回）

(28)「鳳姐……心裏暗忖道：「這纔是知人知面不知心呢？」」（同上回）

(29)「鳳姐兒道：「你們奶奶（指尤氏）就是這樣急脚鬼似的！」」（同上回）

(30)「賈瑞聽了，喜的抓耳撓腮。」（第十二回）

(31)「那賈瑞……直往那夾道中屋子裏來等着，「熱鍋上螞蟻一般，」……」（同上回）

(32)「平兒說道：「癩蝦蟆想吃天鵝肉！」」（同上回）

(33)「常言道：「月滿則虧，水滿則溢；」又道：「登高必跌重。」如今我們家赫赫揚揚，已將百載。一日，樂極生悲，若應了那句「樹倒猢猻散」的俗話，豈不虛稱了一世詩書舊族了？」（第十三回）

(34)「……眼見不日又有一件非常喜事，眞是烈火烹油，鮮花着錦之盛！要知道也不過是瞬息的繁華，一時的歡樂，萬不可忘了那「盛筵沒有不散的」俗語。」

（同上回）

（35）『鳳姐又道：「我比不得他們扯篷拉縴的圖銀子。」』（第十五回）

（36）『人家給個棒槌，我就認作鍼。』（第十六回）

（37）『你是知道的：咱們家所有的這些管家奶奶，那一個是好纏的？錯一點兒，他們就笑話打趣；偏一點兒，他們就「指桑說槐」的抱怨，「坐山看虎鬥，」「借刀殺人，」「引風吹火，」「站乾岸兒，」「推倒油瓶不扶，」都是全掛子武藝。』（同上回）

（38）『依舊被我鬧了個「馬仰人翻。」』（同上回）

（39）『鳳姐道：「呀！往蘇杭走了一次回來，還是這樣「眼饞肚飽」的！」』（同上回）

（40）『那薛老大也是「吃着碗裏瞧着鍋裏」的。』（同上回）

（41）『明堂正道與他做了妾，過了沒半月，也看的沒事人一大堆了。』（同上回）

（42）『我們二爺那脾氣：「油鍋裏的還要撈出來化」呢！』（同上回）

（43）『孩子們已長的這麼大了，「沒吃過猪肉，也看過猪跑。」大爺派他（指賈薔）去。原不過是個「坐纛旗兒。」』（同上回）

（44）『寶釵說：咱們別在這裏「礙手礙脚。」』（第十八回）

（45）『寶釵悄悄的抿着嘴點頭笑道：看你今夜不過如此，將來金殿對策，你大約連「趙錢孫李」都忘了呢！』（同上回）

(46)寶玉奶母李嬷嬷歎道：『……那寶玉是個「丈八的燈臺，照見人家照不見自己的。」』（第十九回）

(47)『寶玉「有一搭沒一搭」的說些鬼話。』（同上回）

(48)『黛玉聽了笑道：「……可知一報還一報，不爽不錯的。」』（同上回）

(49)『麝月道：「那些婆子都老天拔地服侍了一天。」』（第二十回）

(50)寶玉給麝月篦頭，晴雯忙忙走進來取錢，見了他兩個便冷笑道：『哦！交杯盞還沒吃，倒上了頭了！』（同上回）

(51)趙姨娘罵賈環道：『誰叫你上高臺盤了？下流沒臉的東西！』（同上回）

(52)『平兒咬牙道：沒良心的：「過了河兒拆橋！」明兒還想我替你撒謊呢！』（第二十一回）

(53)『賈璉道：你不用怕他！等我性子上來，把這「醋罐子打個稀爛，」他纔認得我呢！』（同上回）

(54)寶玉『正和賈母盤算要這個要那個。忽見丫鬟來說：老爺叫寶玉！寶玉呆了半晌，登時掃了興，臉上轉了色，便拉着賈母，扭的：「扭股糖兒」似的，死也不敢去。』（第二十三回）

(55)『原來這賈芸最伶俐乖巧的，聽寶玉說像他的兒子，便笑道：俗語說的好：「搖車兒裏的爺爺，拄拐棍的孫子，」雖然年紀大，山高遮不住太陽。』（第

二十四回）

（56）『賈琮來問寶玉好，邢夫人道：那裏找猴兒去？你那奶媽子死絕了？也不收拾收拾，弄得你「黑眉烏嘴」的！』（同上回）

（57）賈芸答他的舅舅的埋怨道：『難道舅舅是不知道的？還是有一畝地，兩間房子在我手裏化了不成？巧媳婦做不出「沒米的飯」來，叫我怎麽樣呢？』（同上回）

（58）林黛玉笑向寶玉道：『呸！原來也是個「銀樣蠟槍頭！」』（第二十三回）

（59）『趁着老太太還明白硬朗的時節做定了大事要緊，俗語說：「老健春寒秋後熱。」』（第五十七回）

（60）趙姨娘手指着芳官罵道：『小娼婦養的！……我們家裏下三等奴才也比你高貴些！你都會「看人下菜碟兒！」』（第六十回）

（61）『趙姨媽便說：……依我拿了去，照臉摔給他去，趁着這會子「攮尸的攮尸去了，挺床的挺床去了，」噪一場兒，大家別心淨，也算是報報仇！』（第六十回）

（62）『黛玉從不聞襲人背地裏說人，今聽此話有因，便說道：這也難說：但凡家庭之事，「不是東風壓了西風，便是西風壓了東風。」』（第八十二回）

（63）『鳳姐道：這些話倒不是可笑，倒是可怕的。咱們一日難似一日，外面還是

這樣講究，俗語兒說的：「人怕出名，猪怕肚壯……」」（第八十三回）

(64)「寶蟾道：「……奶奶要眞瞧二爺好，我倒有個主義，奶奶想：「那個耗子不偷油呢？」」」（第九十一回）

(65)「寶蟾把嘴一努，笑說道：「人家倒替奶奶拉縴，」奶奶倒往我們說這個話咧！」（第九十一回）

(66)薛蝌遇見寶蟾，寶蟾便低頭走了，連眼皮也不擡：遇見金桂，金桂却「一盆火」的趕着。」（第九十一回）

(67)賈政聽了這話道：明說我就不識時務麽？若是上下和睦，叫我與他們「貓鼠同眠」麽？」（第九十九回）

(68)「那邊李媽從夢中驚醒，聽得平兒如此說，心中沒好氣，只得狠命拍了幾下，口裏自言自語的罵道：眞眞的「小短命鬼兒，放着屍不挺，三更半夜號你娘的喪！」」」（第一百零一回）

(69)「賈璉喝道：「我可不吃着自己的飯替人家趕獐子呢！」」（第一百零一回）

(70)「平兒道：……這會子替奶奶辦了一點子事，又關會着好幾層兒呢？就是這麽「拿糖作醋」的起來！」（同上回）

(71)「倘或再有點事出來，可不是他們「躲過了風暴，又遇了雨了？」」（第一百〇七回）

(72)『賈玉對五兒說：大凡一個人總不要「酸文假醋」纔好。』(第一百〇九回)

以上各熟語是我從本書第二，第六，第七，第八，第九，第十，第十一，第十二，第十三，第十五，第十六，第十八，第十九，第二十，第二十一，第二十三，第二十四，第二十五，第五十七，第六十，第八十二，第八十三，第九十一，第九十九，第一〇一，第一〇七，第一〇九各回中徵引來的；計：第二回一條，第六回十條，第七回兩條，第八回兩條，第九回八條，第十回三條，第十一回三條，第十二回兩條，第十三回兩條，第十五回一條，第十六回八條，第十八回兩條，第十九回三條，第二十回三條，第二十一回兩條，第二十三回一條，第五十七回一條，第六十回兩條，第八十二回一條，第八十三回一條，第九十一回三條，第九十九回一條，第一〇一回三條，第一〇七回一條，第一〇九回一條：計七十二條。書中凡運用這等熟語的地方，都很生動有力。這不獨紅樓夢爲然，卽水滸，儒林外史等各作也是如此。而紅樓夢，尤其是前八十回，運用的尤多。古文中如左傳孟子等皆是善於運用熟語的。例如：

(1)『周諺有之：「匹夫無罪，懷璧其罪。」吾焉用此？其以賈害也？』(桓十年)

(2)『諺曰：「狼子野心，」是乃狼也！』(宣公四年)

(3)『初，伯宗每朝，其妻必戒之曰：「盜憎主人，民惡其上，」子好直言，必及於難。』(成公十五年)

(4)『抑人有言曰：「牽牛以蹊人之田而奪之牛，」夫牽牛以蹊者信有罪矣，而奪之牛罰亦重矣！』

（5）『令尹子瑕言蹶由於楚子曰：彼何罪？諺所謂「室於怒市於色」者，楚之謂矣！』（昭公十九年）

（6）『夫槩王曰：「困獸猶鬥，」況人乎？……』（定公四年）

（7）『魚，我所欲也；熊掌，亦我所欲也。二者不可得兼，舍魚而取熊掌！』（孟子）

（8）『齊人有言曰：「雖有智慧，不如乘勢；雖有鎡基，不能待時。」』（孟子）

（9）『孟子曰：孔子登東山而小魯，登太山而小天下。故「觀於海者難爲水；」遊於聖人之門者，難爲言也。』

（10）『孟子曰：大匠不爲拙工改廢繩墨；羿不爲拙射變其彀率。』

光有了這種熟語的運用，只能使文字增加生動的力量，但文學上的眞正偉大處還不在此，那就必須有一種超越的幻想力。所謂幻想力有兩種作用：一種能從極複雜的現象之中，鉤深致遠，把握住它的最主要的因素，使著者所要描寫的對象從庸俗的外觀中脫離出來，達到一種超越的境界，紅樓夢實具有這種幻想力。譬如：

『那傅試安與賈家親密，也自有一段心事。今日遣來的兩個婆子，偏生是極無知識的，聞得寶玉要見，進來，只剛問了好，說了沒兩句話，那玉釧兒見生人來，也不和寶玉廝鬧了。手裏端着湯，卻只顧聽；寶玉又只顧和婆子說話，一面吃飯，伸手去要湯。

兩個人的眼睛都看着人，不想伸猛了手，便將碗撞翻，將湯潑了寶玉手上，玉釧兒倒不曾燙着，唬了一跳，忙笑道：「這是怎麼了？」慌的丫頭們忙上來接碗。寶玉自己燙了手倒不覺的，只管問玉釧兒：「燙了那裏了？疼不疼？」玉釧兒和衆人都笑了。玉釧兒道：「你自己燙了！只管問我！」寶玉聽了，方覺自己燙了。衆人上來，連忙收拾，寶玉也不吃飯了，洗手吃茶，又和那兩個婆子說了兩句話，然後那兩個婆子告辭出去，晴雯等送至橋邊方回。那兩個婆子見人去了，一行走，一行談論。這一個笑道：「怪道有人說他們家寶玉是像貌好，裏頭糊塗，中看不中吃的。果然竟有些獃氣！他自己燙了手，倒問別人疼不疼，這可不是獃子？」那一個又笑道：「我前一回來，聽見他家裏許多人抱怨，千眞萬眞的有些獃氣：大雨淋的水鷄似的，他反告訴別人下雨了，快避雨去罷！你說可笑不可笑？時常沒人在跟前，就自哭自笑的，看見燕子就和燕子說話，河裏看見了魚，就和魚兒說話，見了明星月亮，他便不是長吁短歎的，就是咕咕噥噥的。……」（第三十五回）寶玉這種態度，不惟『兩個』『極無知識的』婆子，看着好笑，就是一般所謂讀書人對之也是莫明其妙。這裏包含着一個極重要的哲學問題和科學問題。當兩軍壓戰時，彼此都把注意力集中在生死門爭上，往往身上中了槍彈，鮮血淋漓，自己還不知道，也不感覺痛苦。並且依舊如好人一樣活動，待人家一告訴他知道，他便登時感到痛苦不可支。這不惟是精神集中，意志集中可以貫穿金石的哲學問題，並且是自然科學的問題，一般人只知注重外表知識，那裏會領悟到此。賈寶玉教人躲雨，而不知雨也淋在自己身上，只注意玉釧是否燙手，而忘却自己的手被燙了。實因此理。所以黑格爾說：常識認爲不合理的，便是合理的，常識認爲合理的，便是不合理，就是這個意思。無異曹雪芹在說：「傳試安家的兩個婆子都能批評我，那我只有做『獃子，』裝『獃氣』了！這種表現便是超越的幻想力的幻想結果。又如當『賈母攢金給鳳姐做壽，在大觀園大開筵席的那天，寶玉却穿着素服，帶着焙茗跨着馬跑到北門外水仙菴，借了香爐，燒了散香，向空含淚施了半禮，焙茗也忙爬下去叩了幾個頭，口內祝道：「我焙茗跟二爺好幾年，二爺的心事，我沒有不知道的。只有今兒這一祭祀，沒有告訴我，我也不敢問。只是受祭的陰魂雖不知名姓，想來自然是那人間有一，天上無雙的極聰敏清雅的一位姐姐妹妹，二爺心事，不能出口，讓我代祝：你若有靈有聖，我們二爺這樣想着你，你也時常來望候望候二爺，未嘗不可；你在陰間保佑二爺，來生也變個女孩兒，和你們一處頑耍，豈不兩下裏都有趣了？」』（第四十三回）鳳姐正在受賈母所領導的款待和祝壽，寶玉却偏偏地跑到城外去祭鬼，這是第一件不近情理的事。焙茗說，不知寶玉祭的是誰，這樣一個悶葫蘆叫人猜不透，這是第二件不近情理的事。而且焙茗竟望空禱告所祭之鬼保佑寶玉『來生也變個女孩兒和你們一處頑耍，』更是不近情理的事。但是這些不近情理，正是近情近理，將這一副一主一僕之情癡的畫圖湧現在讀者面前，這便是超越的幻想力！又如：寶玉在一塊山石子後頭，悄問兩個給他拿東西的小丫頭：『道：「自我去了，你襲人姐姐打發人去瞧晴雯姐姐沒有？」這一個笑道：「打發宋媽去了。」寶玉道：「回來說什麼？」小丫頭道：「回來說晴雯姐姐直着脖子叫了一夜；今日早上就閉了眼，住了口，世事不知，只有倒氣的分兒了！」寶玉忙道：「一夜叫的是誰？」小丫頭道：「一夜叫的是娘！」寶玉拭淚道：「還叫誰？」小丫頭道：「沒有聽見叫別人了！」寶玉道：「你糊塗！想必沒有聽眞！」旁邊那一個小丫頭最伶俐！聽寶玉如此說！便上來說：「眞個他糊塗！」又向寶玉道：「不但我聽得眞切，我還親自偷着看去的！」寶玉聽說，忙問：「怎麼又親自看去呢？」小丫頭道：「我因想晴雯姐姐素日與別人不同，待我們極好。如今她雖受了委屈出去，我們不能別的法子救她，只親去瞧瞧也不枉素日疼我們一場！就是人知道了，回了太太，打我們一頓，也是願受的！所以我拚着一頓打，偷着出去，瞧了一瞧。誰知她平日爲人聰明，至死不變，見我去了，便睜開眼拉我的手，問：「寶玉那裏去了？」我告訴她，她嘆了一口氣說：不能見了。我就說：姐姐何不等一等他回來見一面？她就笑道：你們不知道，我不是死，如今天上少了一位花神，玉皇爺命我去管花兒，我如今在未正二刻就上任去了，寶玉須得未正三刻纔到家，只少得一刻的工夫不能見面。世上凡有該死的人，閻王勾取了去，是差小鬼來捉人魂魄，若要遲延一時半刻，不過燒些錢紙，澆些漿糊，那鬼只顧搶錢去了，該死的人就可少待工夫，我這如今是天上的神仙來召請，豈可挨得時刻？我聽了這話，竟不大相信，及進來到房裏，留神看時辰，果然是未正二刻，她嚥了氣，正三刻上就有人來叫我們，說：你來了。」寶玉忙道：「你不認認字，所以不知道，這是有原故的。不但一花有一花神，還有總花神。但她不知做總花神去了，還是單管一樣花神？」這丫頭聽了，一時謅不來，卻好這是八月時節，園中池上芙蓉正開，這丫頭便見景生情，忙答道：「我也曾問她是管什麼花的神，告訴我們，日後也好供養的。她說：只可告訴寶玉一人；除他之外，不可洩了天機。就告訴他說：我是專管芙蓉花的。」寶玉聽了這話，不但不以爲怪，亦且去悲生喜，回頭來看着那芙蓉笑道：「此花也須得這樣一個人去主管，我就料定她那樣的人必有一番事業，雖然超生苦海，從此不能再相見了，」免不得悲感思念。因又想雖然臨終未見，如今且去靈前一拜，也算盡這五六年的情意。……」（第七十八回）晴雯死了，寶玉問那兩個小丫頭：聽見她說了什麼話，已經是癡了，但那個伶俐的丫頭，「見景生情，」卻謅出來說是怎樣她念着寶玉，怎樣做了花神，便是不近情理了。而那個小丫頭竟謅出她做了管理芙蓉花的神，寶玉也居然相信，居然轉悲爲喜，讚歎不已，這更是不近情理了，殊不知這種不近情理，正是近情近理。兒童是最富於幻想力的，況寶玉這樣聰明靈秀，具有夙慧的少年，幻想力更是超乎尋常。而他的丫頭自然也有慧根，所以這種違反常理的想頭，卻是當時大有可能的事實，這種文心便是超越的幻想力。幻想力的作用，結果並不幻想，而是寫實主義的最必要，最犀利的因素。又如：

（1）我們在第二講中所舉的興兒的話：「不是那麼不敢出氣兒，是怕這氣兒大了吹倒了林姑娘，氣兒煖了，又吹化了薛姑娘。」又如我們在第四講內所舉的，「寶玉接了又道：「等我們出去了，我叫幾個小么兒來，河裏打幾桶水來洗地如何？」妙玉道：「這更好了！只是你囑付他們提了水只擱在山門外頭牆根下，別進門來！」寶玉道：「這是自然的！」』（第四十一回）妙玉之潔癖本不近情理；寶玉之逢迎妙玉之愛潔的心理，命小么打水來給她洗地，更是不近情理，而妙玉居然進一步只許他的小么把水放在山門外邊，尤其不近情理，這些動作本身就是幻想的結晶，那末，把這種幻想的動作行爲描摩出來的幻想力，卻不是幻想，而是寫實主義的精神了。有了這種超越的幻想力，始可給文學產生出深刻而巧妙的描寫技術。

描寫的技術應分做兩部分說：一部分是關於肉的描寫，一部分是關於靈的描寫。所謂肉的描寫，就是描寫人們性生活之肉的部分，例如：

(1)『這被打死的乃是一個小鄉紳之子，名喚馮淵，父母俱亡，又無兄弟，守着薄產度日，年紀十八九歲，酷好男風，不甚好女色，這也是前生寃孽，可巧遇見這拐子賣丫頭，他便一眼看上了這丫頭，立意買來作妾，設意不近男色，也不再娶第二個了。』（第四回）

(2)『警幻仙子告戒寶玉道：「……再將吾妹一人，乳名兼美，表字可卿，許配與汝。今夕良時，即可成姻，不過令汝領略些仙閨幻境之風光尚然如此，何況塵境之情景哉？而今後萬萬解釋，改悟前情，留意於孔孟之間，委身於經濟之道，」說畢，便祕授以雲雨之事，推寶玉入房中，將門掩上自去。那寶玉恍恍惚惚依警幻所囑之言，未免有兒女之事，難以盡述。』」（第五回）

(3)「襲人伸手與他（寶玉）繫袴帶時，剛伸手至大腿處，只覺冰冷一片黏溼，嚇的忙伸出手來，問：是怎麼了？寶玉紅漲了臉，把她的手一捻。襲人本是個聰明女子，年紀又比寶玉大兩歲，近來也漸省人事。今見寶玉如此光景，心中便覺察了一半，不覺羞得漲紅了臉面，遂不敢再問。仍舊理好了衣裳，隨至賈母處來，胡亂吃過晚飯，過這邊來。襲人趁衆奶娘丫鬟不在旁邊，另取出一件中衣，與寶玉換上，寶玉含羞央道：「好姐姐千萬別告訴別人！」襲人含羞笑問道：「你夢見什麼故事了？是那裏流出來的那些髒東西？」寶玉道：「一言難盡！」便把夢中之事，細說與襲人知了，說至警幻所授雲雨之情，羞的襲人掩面伏身而笑。寶玉亦素喜襲人柔媚，姣俏，遂與襲人同領警幻所訓雲雨之事。……」（第六回）

(4)「金榮只一口咬定說方纔明明的撞見他兩個在後院裏親嘴摸屁股……」（第九回）

(5)「正在胡猜，只見黑魆魆的來了一個人，賈瑞便意定是鳳姐，不管皂白，等那人剛至面前，便如餓虎撲食，貓兒捕鼠的一般，抱着叫道：「親嫂子！等死我了！」說着，抱到屋裏炕上，就親嘴扯袴子，滿口裏親爹親娘的亂叫起來，那人只不做聲，賈瑞扯了自己的袴子便硬幫幫就想頂入……」（第十二回）

(6)「賈瑞……心下方想到鳳姐頑他，因此發了一回狠，再想鳳姐的模樣兒標綴，又恨不得一時摟在懷裏，胡思亂想，一夜不曾合眼。……他二十來歲人，尚未娶親，還來想着鳳姐不得到手，未免有些指頭兒上告了消乏。」（同上回）

（7）「誰想秦鐘趁黑夜無人，來尋智能，剛至後面房中，只見智能獨在那裏洗茶碗，秦鍾便摟着親嘴。智能急得跺脚，說做什麽，就要叫喊。秦鍾道：「好人！我已急死了！你今日再不依我，我就死在這裏！」智能道：「你想怎麽樣？除非等我出這牢坑，離了這些人纔好呢！」秦鍾道：「這也容易！只是遠水救不得近火。」說着，一口吹了燈，滿屋漆黑，將智能抱到炕上，就雲雨起來。那智能百般掙挫不起，又不好叫的，少不得依了，正在得趣，只見一人進來，將他二人按住，也不出聲，……」（第十五回）

（8）「寶玉見一個人沒有，因想素日這裏（東府某處）有個小書房內，曾掛一軸美人，極畫的得神。今日這般熱鬧，想那裏自然無人，那美人自然是寂寞的，須得我去望慰他一回。想着，便往那廂來，剛到窗前，聞得房內呻吟之聲，寶玉倒嚇了一跳，敢是美人活了不成？乃大着膽子，舐破窗紙，向內一看，那軸美卻人不曾活，卻是茗煙按着一個女孩子，也幹那警幻所訓之事。寶玉禁不住，大叫「了不得，」一脚踹進門去，將那兩個嚇開了，抖衣而顫。茗煙見是寶玉，忙跪下哀求，寶玉道：「青天白日，這是怎麽說！珍大爺知道，你是死，是活！」一面看那丫頭，雖不標緻，倒白淨些，微亦有動人心處，羞的臉紅耳赤，低首無言，寶玉跺腳道：「還不快跑！」一語提醒了那丫頭，飛也似的去了。寶玉又趕出去叫道：「你別怕，我是不告訴人的！」急得茗煙在後叫「祖宗！這是分明告訴人了！」寶玉因問：「那丫頭十幾歲了？」茗煙道：「大約不過十六七歲了！」寶玉道：「連她的歲數也不問問，別的自然越發不知了！可見她白認得你了！可憐可憐！」……」（第十九回）

以上八條都是肉的描寫，這種描寫還是點到就住，不怎麼色相，描寫得最露骨的要算是下述幾處了：

（9）却說，巧姐兒出天花，賈璉和鳳姐隔房，「只得搬出外書房來安歇。……那賈璉只離了鳳姐便要尋事。獨寢了兩夜，十分難熬，只得暫將小廝內清俊的選來出火。不想榮國府內，有一個極不成才，破爛酒頭廚子，名喚多官人；見他懦弱無能，都喚他多渾蟲。因他父母給他娶了一個媳婦，今年方二十歲，也有幾分人材，又兼生性輕薄，最喜拈花惹草，多渾蟲又不理論，只是有酒，有肉，有錢，便諸事不管了。所以寧榮兩府之人都得入手。因這媳婦妖嬈異常，輕浮無比，衆人都呼她作多姑娘兒。如今賈璉在外熬煎，往日對這媳婦，垂涎久了。只是內懼嬌妻，外懼孌童，不曾下得手。那多姑娘兒也有意於賈璉，只恨沒空。今聞賈璉搬在外書房來，她便沒事也要走三四回去招惹。賈璉似餓鼠一般，少不得和心腹的小廝們計議，多以金帛相許，焉有不允之理？况都和這媳婦是舊友，一說便成。是夜多渾蟲醉倒在炕，二鼓人定，賈璉便溜進來相會，一見面早已神魂失據，也不及情談款敍，便寬衣動作起來。誰知這媳婦有天生的奇趣，一經男子挨身，便覺遍體筋骨癱軟，使男子如臥綿上。更兼淫態浪言，壓倒倡妓。賈璉此時恨不得渾身化在她身上，那媳婦故作浪語，在下說道：「你家女兒出花兒，供着娘娘，你也該忌兩日，倒爲我骯髒了身子，快離了我這裏罷！」賈璉一面大動，一面喘吁吁答道：「你就是娘娘，那裏還管什麼娘娘，那媳婦越浪起來，賈璉不禁醜態畢露。一時事畢，兩個又盟山誓海，難捨難分，自此後，遂成相契。』（第二十一回）

(10)『這金桂初時，原要假意發作薛蝌兩句，無奈一見他兩頰微紅，雙眸帶澀，別有一種謹愿可憐之意，早把自己那驕悍之氣，感化到爪窪國去了。因笑說道：「這麼說，你的酒是強硬着纔肯吃的呢！」薛蝌道：「我那裏吃得來？」金桂道：「不吃也好，強如像你哥哥吃出亂子來，明兒娶了你們奶奶兒，像我這樣守活寡，受孤單呢！」說到這裏，兩個眼已經乜斜了，兩腮上也覺紅暈了。薛蝌見這話越發邪僻了，打算着要走，金桂也看出來了，那裏容得？早已走過來，一把拉住，薛蝌急了道：「嫂子！放尊重些！」說着，渾身亂顫，金桂索性老着臉道：「你只管進來，我和你說一句要緊的話！」正鬧着，忽聽背後一個人叫道：「奶奶！香菱來了！」把金桂嚇了一跳，回頭瞧時，卻是寶蟾掀着簾子。看他二人的光景，一擡頭見香菱從那邊來了，趕忙知會金桂，金桂這一驚不小，手已鬆了，薛蝌便得脫身跑了。那香菱正走着，原不理會，忽聽寶蟾一叫，纔瞧見金桂在那裏拉住薛蝌，往裏死拽，香菱卻嚇得心頭亂跳，自己連忙轉身回去。這裏金桂早已連嚇帶氣，獃獃的瞅着薛蝌去了。怔了半天，恨了一聲，自己掃興回房……」（第一百回）

肉的描寫到了賈璉和多姑娘兒的勾當，可謂窮形盡相，醜態畢露，至矣盡矣，蔑以加矣。金桂之勾引薛蝌，和寶蟾合作去打薛蝌的主意，雖然還不會如此這般，但她們的行動的目的，也只是「那回事，」所以這種敘述也只是肉的描寫。此外如賈璉之於鮑二家的，尤二姐；賈珍之垂涎尤三姐，薛蟠之於夏金桂和寶蟾以及關於其它一切性生活的言行，見之敘述的，也都是肉的描寫。肉的描寫在紅樓夢一書中，絕不是得意之筆，就是說，這不是它的精彩的部分。這種描寫是承襲明人小說的餘波。明人小說對於肉的描寫十九皆是赤裸裸的。這種也許就是所謂『暴露文學』的本來面目。我們不再多徵引了。

現在且說靈的描寫罷。所謂『靈，』就是精神，或意識，或是肉靈一致，或是內外交織的一種心理狀態。我們知道：人類不只是有肉體生活或生理的或物質的要求，並且有精神生活，或心理的要求。所以我們觀察社會，觀察人生，不但是要着眼他的外部活動，並且要注意他的精神狀態或心理狀態。這一種工作在文學上就是心理的分析，用這種態度去從事人物的敘述就是描寫。這種描寫分成兩種：（1）橫斷面的描寫，就是說，把所敍述的整個社會之各階層，各種類的主要人物的心理，做一橫斷面的解剖圖，剝去他們所蒙着各種不同的形形色色的文明外，把他們內心中形形色色，千奇百怪，不可告人的心理狀態赤裸裸地顯示出來。（2）縱斷面的心理描寫，乃是把某一部分人或某一個人之爲善爲惡，爲忠爲奸心理狀態的發展過程做成縱斷面的解剖，赤裸裸地顯示給人看。

我們現在先說橫斷面的心理描寫。誰也知道，寶玉最愛黛玉，黛玉自然也極愛寶玉。但兩人「求近之心反弄成疏遠之意，」紅樓夢是這樣描寫的：「且說寶玉因見林黛玉病了，心裏放不下，飯也懶得吃，不時來問。黛玉又怕他有個好歹，因說道：「你只管看你的戲去，在家裏做什麼？」寶玉因昨日張道士提親事，心中不大受用，今聽見林黛玉如此說，心裏因想道：「別人不知道我的還可恕，連他也奚落起我來！」因此心中比往日更煩惱加了百倍。若是別人跟前，斷不能動這肝火，只是黛玉說了這話，倒又比往日別人說這話不同，由不得立刻沉下臉來，說道：「我白認得了你！罷了！罷了！」林黛玉聽說，便冷笑兩聲道：「白認得了我！那裏像人家有什麼配得上的呢！」寶玉聽了，便向前來，直問到臉上道：「你這麼說，是安心咒我天誅地滅！」林黛玉一時解不過這話來，寶玉又道：「昨兒還爲這個賭了幾回咒，今兒你倒又重找一句，我便天誅地滅，你可有什麼益處？」黛玉一聞此言，方想起上日的話來，今日原自己說錯了，又是着急，又是羞愧，便戰戰兢兢的說道：「我要安心咒你，我也天誅地滅，何苦來！我知道，昨日張道士說親，你怕攔了你的好姻緣，你心裏生氣，來拿我殺性子！」原來那寶玉自幼生成一種下流癡病，況從幼時和黛玉耳鬢廝磨，心情相對，及如今稍明時事，又看了那些邪書僻傳，凡遠親近友之家，所見的那些閨英闈秀，皆未有稍及林黛玉者，所以早存一段心事，只不好說出來，故每每或喜或怒，變盡法子，暗中試探。那林黛玉偏生也是有些癡病的，也每用假情試探，因你既將眞心眞意瞞了起來，只用假意，我也將眞心眞意瞞了起來，只用假意。如此兩假相逢，終有一眞。其間瑣瑣碎碎，難保不有口角之爭。卽如此刻，寶玉的心內想着，是：「別人不知我的心，還可恕，難道你就不想我的心裏眼裏只有你？你不能爲我解煩惱，反來以這話奚落堵噎我，可見我心裏一時一刻皆有你，你心裏竟沒我了！」寶玉是這個意思，只口裏說不出來。那林黛玉心裏想着：「你心裏自然有我，雖有金玉相對之說，你豈是重這邪說不重我的？我便時常提這金玉，你只管了然無聞的，方見得是待我重，無毫髮私心了。如何我只一提這金玉，你就着急，可知你心裏時時有金玉，見我一提，你又怕我多心，故意着急，安心哄我！」看來兩個人原本是一個心，卻多生了枝葉，反弄成兩個心了。那寶玉中心又想着：「我不管怎麼樣都好，只要你隨意，我就立刻因你死了，也情願；你知也罷，不知也罷，只由我的心，那纔是你和我近，不和我遠。」林黛玉心裏又想着：「你只管你：你好，我自好，你何必爲我把自己失了？殊不知你失我也失，不叫我近你，竟叫我遠你了！」』（第二十九回）人世間是偏生有這種磨難的。越是兩下裏要好，越是用心思，互相體貼，越會生出許多誤會，許多猜疑，許多隔膜，遂致發生了許多悲劇。寶林兩人的處境正是這樣。而作者描寫的細膩竟能把他們的心思曲曲傳出，也就越顯得是難能可貴了。底下一段，描寫寶玉、黛玉、襲人、紫鵑四人的心理，更是繪影繪聲！『如今只述他們外面的形容：那寶玉又聽見他說「好姻緣」三個字，越發逆了己意，心裏乾噎，口裏說不出話來，便賭氣向頸上摘下通靈玉來，咬咬牙，狠命往地下一摔道：「什麼撈什字！我砸了你，就完了事了！」偏生那玉堅硬非常，摔了一下，竟文風不動。寶玉見不破，便回身找東西，來砸。黛玉見他如此，早已哭起來，說道：「何苦來？你摔砸那啞吧東西！有砸他的，不如來砸我！」二人鬧着，紫鵑雪雁忙解勸，後來見寶玉下死砸玉，忙上來奪，又奪不下來。見比往日鬧大了，少不得去叫襲人，襲人忙趕了來，纔奪了下來。寶玉冷笑道：「我是砸我的東西，與你們什麼相干！」襲人見他臉都氣黃了，眼睛都變了，從來沒氣得這樣，便拉着他的手笑道：「你合妹妹拌嘴，不犯着砸他，倘砸壞了，叫他心裏臉上怎麼過的去！」林黛玉一行哭着，一行聽了這話說到自己心坎兒上來，可見寶玉連襲人不如，越發傷心大哭起來。心裏一煩惱，方纔吃的香薷飲，解暑湯，便承受不著，哇的一聲，都吐了出來。紫鵑忙上來用手帕子接住，登時一口一口的把塊手帕子吐溼，雪雁忙上來搥，紫鵑道：「雖然生氣，姑娘到底也該保重着。纔吃了藥好些，這會子因和寶二爺拌嘴，又吐了出來；倘或犯了病，寶二爺怎麼過的去呢？」寶玉聽了這話，說到自己心坎兒上來，可見黛玉不如一紫鵑。又見黛玉臉紅頭脹，一行啼哭，一行氣噎；一行是淚，一行是汗，不勝怯弱。寶玉見了這般，又自己後悔，方纔不該同她較證，這會子她這樣光景，我又替不了她，心裏想着，也由不得滴下淚來了。襲人見他兩個哭，由不得守着寶玉也心酸起來，又摸着寶玉的手冰冷，待要勸寶玉不哭罷，一則又恐寶玉有什麼委屈，悶在心裏，二則又恐薄了黛玉，不如大家一哭，就丟開手了。因此上流下淚來。紫鵑一面收拾了吐的藥，一面拿扇子替黛玉輕輕的搧着，見三個人都鴉雀無聲，各自哭各自的，也由不得傷心起來，也拿手帕子拭淚，四個人都無言對泣。」寶黛兩人的用心各有不同，完全從反面着想，一方面處處為對方設想，不為自己打算；一方面却又各自將眞意瞞起，胡起猜疑。到了不能解決，越走越遠時，結果只有痛哭，襲人紫鵑各人看着各自的主人痛哭，也各隨着哭泣，而其內心中所以哭的原因又各有不同。却都一一地表現出來。——這是何等偉大的，天才的描寫技術啊！

我們再看它描寫趙姨娘的心理：（趙姨娘是賈政的妾，她這個人做了姨太太，有點氣不憤，在那種嫡庶之見極嚴的社會中，自然是被壓迫者，自己又不爭氣，又無條例，又好惹事招非，這種既愚蠢且卑鄙的人）『且說趙姨娘因見寶釵送了賈環些東西，心中甚是喜歡，想道：「怨不得別人都說那寶丫頭好！會做人，很大方。如今看起來，果然不錯。他哥哥能帶了多少東西來？他挨門兒送到，並不遺漏一處，也不露出誰薄誰厚，連我們這樣沒時運的，他都想到了，若是那林丫頭，他把我們娘兒們正眼也不瞧，那裏還肯送我們東西？」一面想，一面把那些東西，翻來覆去的擺弄，瞧看一回，忽然想到寶釵係王夫人的親戚，爲何不到王夫人跟前賣個好兒呢？自己便蠍蠍螫螫的拿着東西，走至王夫人房中，站在旁邊，陪笑說道：「這是寶姑娘剛纔給環哥兒的。難爲寶姑娘這樣年輕的人想得這樣周到，眞是大戶人家的姑娘！又展樣，又大方，怎麼叫人不敬服呢？怪不得老太太和太太成日家都誇他疼他，我也不敢自專，特拿來給太太瞧瞧，太太也喜歡喜歡！王夫人聽了，早知道來意了，又見他說的不倫不類，也不便不理他，說道：「你只管收了去給環哥兒頑罷！」趙姨娘來時興興頭頭，誰知抹了一鼻子灰，滿心生氣，又不敢露出來，只得忍耐着出來了，到了自己房中，將東西丟在一邊，嘴裏咕咕噥噥，自言自語道：「這個又算了個什麼兒呢？」一面坐着，獨自生了一回悶氣，……』（第六十七回）趙姨娘想借着寶釵給環哥兒的東西，去向王夫人討好獻殷勤，却『抹了一鼻子灰，』又不敢發脾氣，只得回房來生悶氣。趙姨娘在這以前，因賈環向芳官要薔薇硝而得茉莉粉，要大鬧一場，便對賈環說：『有好的給你！誰叫你要去了？怎麼怨他們耍你？依我，拿了去。照臉摔給他去！趁着這會子撞屍的撞屍去了！挺床的挺床去了，吵一場兒大家別心淨，也算是報報仇！莫不成，兩個月之後，還找出這個渣兒來問你不成？就問你，你也有話說：寶玉是哥哥，不敢冲撞他罷了，難道他屋裏的貓兒狗兒也不敢去問問？』（第六十回）必趁着他們『撞屍的撞屍去了，挺屍的挺屍去了，』才敢鬧一場，因爲『兩月之後』大家不會『再找出這個渣兒來問，』其卑鄙可憐的心理如畫！而作者之我們再看鴛鴦死時一幕：『琥珀等進去正夾蠟花，珍珠道：「誰把脚凳撩在這裏，幾乎絆我一交！」說着，往上一瞧，嚇的「啊呀」一聲，身子往後一仰，可巧的栽在琥珀身上，琥珀也看見了，便大喊起來，只是兩隻脚挪不動。外頭的人也都聽見了，跑進來一瞧，大家嚷着，報與邢王二夫人知道，王夫人寶釵等聽了都哭着去瞧；邢夫人道：「我不料鴛鴦倒有這樣志氣！快叫人去告訴老爺！」只有寶玉聽見此信，便嚇的雙眼直瞪，襲人等慌忙扶着說道：「你要哭就哭，別忍着氣，寶玉死命的纔哭出來了，心想：「鴛鴦這樣一個人，偏又這樣死法；」又想：「實在天地間的靈氣獨鍾在這些女子身上了，他算得了死所，我們究竟是一件濁物，還是老太太的兒孫誰能趕得上他？」復又喜歡起來。那時寶釵聽見寶玉大哭，也出來了。及到跟前，見他又笑。襲人等忙說：「不好了，又要瘋了！」寶釵道：「不妨事！他有他的意思。」寶玉聽了，更喜歡寶釵的話：「倒是他還知道我的心，別人那裏知道？」正在胡思亂想，賈政等進來，着實的嗟嘆着說道：「好孩子！不枉老太太疼他一場！」卽命：「賈璉出去分付人連夜買棺盛殮，明日便跟着老太太的殯送出，也停在老太太棺後，全了他的心志。」賈璉答應出去，這裏命人將鴛鴦放下，停放裏間屋內，平兒也知道了，過來同襲人鶯兒等一干人都哭的哀哀欲絕，內中紫鵑也想起自己終身一無着落，恨不跟了林姑娘去；又全了主僕的恩義，又得了死所，如今空懸在寶玉屋內，雖說寶玉仍是柔情密意，究竟算不得什麼，於是更哭得哀切；王夫人既傳了鴛鴦的嫂子進來，叫他看着入殮，遂與邢夫人商量了，在老太太項內，賞了他嫂子一百兩銀子，還說：「等閒了，將鴛鴦所有的東西俱賞他們，」他嫂子叩了頭出去，反歡喜說：「眞眞的！我們姑娘是個有志氣的，有造化的，又得了好名聲，又得了好發送！」旁邊一個婆子說道：「罷呀！這會子你把一個死姑娘賣了一百銀子便這麼喜歡了，那時候兒給了大老爺，你還不知得多少銀錢呢！你該更得意了！」一句話戳了他嫂子的心，便紅了臉走開了。剛走到二門上，見林之孝帶了人擡了棺材來了，他只得也跟了進去，幫着盛殮，假意哭號了幾聲，賈政因他爲賈母而死，要了香來，上了三炷，作了一個揖，說：「他是殉葬的人，不可作丫頭論。你們小一輩都該行個禮！」寶玉聽了，喜不自勝，走上來，恭恭敬敬叩了幾個頭。賈璉想他素日的好處，也要上來行禮，被邢夫人說道：「有了一個爺們便罷了！不要折受他不得超生！」賈璉就不便過來了。寶釵聽了，心中好不自在。便說道：「我原不該給他行禮，但只老太太去世，咱們都有未了之事，不敢胡爲，他肯替咱們盡孝，咱們也該託託他，好好的替咱們服侍老太太西去，也少盡點子心哪！」說着，扶了鶯兒，走到靈前，一面奠酒，那眼淚早撲簌簌流下來了。奠畢，拜了幾拜，很很的哭了他一場。衆人也有說寶玉的兩口兒都是傻子：也有說他兩個心腸兒好的；也有說他知禮的。賈政反倒合了意？」（第一百十一回）這一篇故事之中，有哭有笑，有眞哭，有假哭，而哭的內容又各有不同，但各人的內心深處一段不可告人的眞情實相都一一湧現出來，這種心理描寫的技術又何等高明啊！

又如本書描寫司棋母親見了金珠便忘了死女之痛；孫紹祖因賈府抄家便來向其岳父索債；聽說天子加恩，賈政襲爵，又讓迎春歸寧，謂還可與之往來。金榮的母親因懼金榮失學和失了薛蟠每年七八十兩的津貼而勸金榮要忍耐；賈雨村因葫蘆廟小沙彌出身的門子知道他爲官作宰的底細藉故剪除他。種種心理從都極隱微極幽祕之地，暴露出來。從横斷面看，一部紅樓夢可以說是當時人心的展覽會。至於縱斷面的心理描寫，有如賈政從雷厲風行地要做清官，經過了長隨的全體辭職，李十兒勾着全衙門的吏胥實行怠工，不願送節度使的禮，不願『貓鼠同眠，』終於對李十兒說：『我是要保全性命的，你們鬧出事來與我無干』的話！結果，便把官壞了。在這個事變的過程中，我們可以看出賈政的心理之轉變的痕跡，而且可以看出他之心理是在官僚主義的環攻中漸漸地屈伏下去了。這便是縱斷面的心理描寫。又如：王熙鳳初在榮寧兩府露頭角的時候，她的雄心比丈夫還強；要幹就幹，天不怕，地不怕，什麼陰司地獄的報應都不怕，她的心事正是得意洋洋，一帆風順。但到了賈府被抄，她所貪婪積攢的七八萬金和成箱的地契文契都被沒收，加上病魔糾纏，愧悔中來，從前的勇氣消沉殆盡了，到了賈母之喪，勢異境遷，在東府『威重令行，』不可一世的王熙鳳，現在變成了一個可憐人，到了劉老老四進榮國府時，她竟然變成了一個信奉鬼神的人，這種精神狀態，即心理狀態之轉變過程，在在都有它的客觀的物質原因，這一層，紅樓夢也給我們描述了一幅很清楚的歷歷可數的升降度數的圖畫！現在我們且拿襲人的一生心理的變化歷史——從跟賈母轉到跟寶玉，又轉而嫁給蔣玉函之間的心理發展來研究一下，做個例子。我們知道，襲人對賈寶玉曾經一再提諾言說：『刀壓着脖子，我也不出去，』『八人轎也抬我不出。』但她終於被八人轎（也許是四人轎，）並沒用刀壓着脖子，便抬了出去。這其間在心理上也經了許多變化，當寶玉下科同賈蘭一陣出場，自己却失了蹤時，『寶釵聽了，不言語，襲人那裏忍得住，心裏一疼，頭上一暈，便栽倒了。』（第一百十九回）這一疼一暈還是襲人的天眞，還沒來得及想到自己身上，到了家人把她救過來，抬回房去，心裏便在轉念頭了。這時，她的當前問題，自然是：寶玉走了，我怎麼辦？死呢？守呢？抑嫁呢？這正是天人交戰的時候。以她與寶玉的關係說，（假使從當時的倫理觀點出發）曾和她同領過警幻所訓雲雨之事，她不應當恝然而去；以她和寶玉的歷久的愛情說，她也不該轉別的念頭，但她那裏能彀？『原來襲人模糊聽見說：寶玉若不回來，便要打發屋裏的人都出去，一急越發不好了。到了大夫瞧後，秋紋給他煎藥，他獨自一人躺着，神魂未定，好像寶玉在他面前，恍惚又像是見個和尚，手裏拿着一本冊子揭着看，還說道：「你別錯了主意，我是不認得你們的了！」襲人似要和他說話，秋紋走來說：「藥好了，姐姐吃罷！」襲人睜眼一瞧，知是個夢，也不告訴人，吃了藥，便自己細細的想：寶玉必是跟了和尚去了，上回他要拿玉出去，便是要脫身的樣子。被我揪住，看他竟不像往常，把我混推混扯的，一點情義都沒有了！後來待二奶奶更生厭煩。在別的姊妹跟前，也是沒有一點情義，這就是悟道的樣子。但是你悟了道，拋了二奶奶怎麼好？我是太太派我侍你的，雖是月錢照着那樣的分例，其實我究竟沒有在老爺太太跟前回明就算了你的屋裏人。若是老爺太太打發我出去，我若死守着，又叫人笑話；若是我出去，心想寶玉待我的情分，實在不忍。左思右想，實在難處。想到剛纔的夢，好像和我無緣的話，倒不如死了乾淨。』……』（第一百二十回）襲人這一夢，和她在這夢前後的心理作用，已經表現她在這生與死，去與留的十字路口徘徊，自己對於寶玉的愛情和信念已經根本動搖，心頭上已經要謅出一套理論來爲自己以後行動作辯護，自然會把寶玉望壞處想，並想到『怕人笑話』上來，『倒不如死了乾淨』一句，乃是設辭，不是決心，因爲她有她的人生觀。她的人生觀是什麽呢？就是『我是下人，不敢違拗，』因爲薛姨媽『看見襲人淚痕滿面』『便勸解譬喻了一番。襲人本來老實，不是伶牙俐齒的人。薛姨媽說一句，他應一句。回來說道：「我是做下人的人，姨太太瞧得起我，纔和我說這些話，我是從不敢違拗太太的。」薛姨媽聽他的話，好一個柔順的孩子，心裏更加喜歡。寶釵又將大義的話說了一遍，大家各自相安。』（同上回）襲人的邏輯是這樣的：

大前提——下人對於主子是不敢違拗的；

小前提——王夫人是我的主子；

結　論——她的命我是不敢違拗的。

薛姨媽把襲人的意思告訴了王夫人，王夫人便傳了花自芳的女人進來，叫她去給襲人擇配，不久她便進來請安，『將親戚作媒說的城南蔣家的，現在有房有地，又有舖面，姑爺年紀略大幾歲，並沒有娶過的，況且人物兒長的是百裏挑一的』一番話，報告了王夫人，王夫人自然願意，『便告訴了寶釵，仍請了薛姨媽細細的告訴了襲人，襲人悲傷不已，又不敢違拗呢！心裏想起寶玉那年到他家去，回來說的：「死也不回去」的話，如今太太硬作主張，若說我守着，又叫人說我不害臊；若是去了，實不是我的心願，便哭得哽咽難鳴。又被薛姨媽、寶釵等苦勸，回過念頭想道：「我若是死在這裏，倒把太太的好心弄壞了，我該死在家裏纔是。」』（同上回）這是心理轉變的第一步；但是當她『含悲叩辭了衆人，那姐妹分手時，自然更有一番不忍說，襲人懷着必死的心腸上車，回去見了哥哥嫂子，也是哭泣，但只說不出來。那花自芳悉把蔣家的聘禮送給他看，又把自己所辦的粧奩，一一指給他瞧，說：那是太太賞的，那是置辦的，襲人此時更難開口，住了兩天，細想起來：哥哥辦事不錯，若是死在哥哥家裏，豈不又害了哥哥呢？千思萬想，左右爲難，眞是一縷柔腸，幾乎牽斷，只得忍住。』（同上回）於是而襲人的心理又一變，也不死在哥嫂家裏了。於是到了『迎娶吉日』只好『委委曲曲的上轎而去，心裏原想到那裏再作打算。豈知過了門，見那蔣家辦事極其認眞，全部都按着正配的規矩，一進了門，丫頭僕婦都稱奶奶，襲人此時欲要死在這裏，又恐害了人家，辜負了一番好意。』（同上回）於是襲人的心理又一變。到此再無騰挪餘地，至於『那夜原是哭着不肯俯就的，』怎奈『那姑爺卻極柔情曲意的承順，』自然要正式地和他一同領略她和寶玉所領略過的警幻所訓的雲雨之事，至此雖求死而不得矣！襲人的最初發心已差，此後便一步一步地從死的決心走到活的念頭，但她這種心理的轉變，從最初就是被求生的念頭所牽引，始而恐怕弄壞了太太的好心，不肯死在賈府；繼而看見哥哥辦事不錯，又恐怕『害了哥哥，』不肯死在家裏；終而看見蔣家『辦事極其認真，全部都按着正配的規矩，』又不肯死在壻家，於是襲人便不死矣！我們決不是妄用以前的倫理觀念來責備襲人不死或不守之非義，而是用冷靜的頭腦，客觀的分析，硏究她處在那樣的禮教環境和她和寶玉的那種關係，又平素屢矢必死之念，而竟不死也不守的心理變化的過程。這一點續紅樓夢的作者眞是供給我們一幅很逼眞的縱斷面的心理解剖圖！這是它的偉大處！

至於本書之一般的描寫技術也是高妙異常，也有可得言的：約而論之，也有四類。

(一)以此例彼的描寫。譬如給人做小老婆的問題，我們從封肅因羨慕縣太爺的勢力而慫恿女兒將嬌杏送給賈雨村做小老婆一事，也可連類而及之地想到鴛鴦的哥嫂因羨慕賈赦的富貴而勸鴛鴦做小老婆的用心是一樣的；推論到司棋的母親見了金子便忘了她的死女兒，並馬上變更她不許嫁的心理也是一樣的，等而上之，賈府把女兒送入宮內做嬪妃也和其他希望他們的女兒或姐妹等等做人家的小老婆，而自己享榮華富貴是一樣的心理。

(二)反映的描寫。以不同階層，以不同類型的人物互相對照，使某一人物或某現象從反對方面，得到他或它應有的評價：(1)劉老老是個鄉下老太婆，賈母是個貴族的老太婆。她們兩個生活不同，貧富不同，貴賤不同，性情行爲也各各不同。拿劉老老的言行和賈母對照起來，我們可以了解許多社會問題。（2）賈芸的舅舅舅母對於賈芸那樣冷酷，不惟不賒香料把他，連一頓飯都不願意留他吃，夫婦兩個竟唱起雙簧來，對付外甥，然而一個潑皮——醉金剛倪二——竟然慷慨把他的十幾兩銀子解囊相助，並不要借約，也不要利息，這兩種人物之恰恰相反的行爲的對照，這在貴族地主社會中又是何等諷刺啊！（3）賈府上上下下幾百口子，但到了深夜賊來，如入無人之境，只有一個平素被視爲外人或贅疣的包勇奮勇禦賊，則賈府一班用人相形之下，豈不慚愧，這又是多麼富於諷刺描寫啊！（4）尤三姐一個女子竟能處汚泥而不染，以大無畏的豪邁姿態，視賈氏兄弟如無物，以視尤二姐一流人水性楊花，既和賈珍不乾不淨，又以嫁了賈璉做二房爲滿足者，其相去天淵，爲何如！

（三）以矛陷盾的描寫法。譬如打仗，用你自己的武器打你；又譬如訴訟，用你至親好友的人證物證證明你的罪名，這叫做以矛陷盾的描寫法。譬如：我說王熙鳳淫與妬你不相信，今天我引她的丈夫賈璉的話做證據，你該可以相信了罷。我說賈府的家塾教育一塲糊塗，現在我拿金榮的母親勸止金榮不要鬧出家學一段教訓，則賈府家塾之爛汚，你該可相信了罷。又如：我說王熙鳳惡毒你不相信，我現舉賈璉的親信小廝興兒的話做證據，你該可以相信了罷。又如：我說金桂之淫亂與謀殺人命適以自殺，我現舉她的親信使女寶蟾的自供做證據，你該不能不相信了罷。又如：我說鳳姐剋扣姊妹們的月錢去放高利貸以自肥，你不相信，現在我舉她平素最親信的丫頭平兒的話做證據，你該可以相信了罷。又如：我說王熙鳳素日刻薄寡恩，你不相信，現在我舉賈母臨終勸她『修修福』的遺言以爲證，便由不得你不信，這就是以矛陷盾的描寫法。

（四）以陰射陽的描寫法。著者對於當時政治的腐敗和只講勢利，一定是深惡而痛絕的，但是明目張膽的批評，當然是不許可的，於是就用形容陰司的貪汚影射陽間的官吏，所以當寶玉去探秦鍾之病，而『秦鍾已發過兩三次昏了，已易簀多時矣。寶玉一見便不禁失聲，李貴忙勸道：「不可！不可！秦相公是弱證，未免炕上挺扛的骨頭不受用，所以暫且拿下來鬆散些。哥兒如此，豈不反添了他的病？」寶玉聽了，方忍住。近前見秦鍾面如白蠟，合目呼吸，轉輾枕上，寶玉忙叫道：「鯨哥！寶玉來了！」連叫了兩三聲，秦鍾不睬，寶玉又叫道：「寶玉來了！」那秦鍾早已魂魄離身，只剩得一口悠悠餘氣在胸，正見許多鬼判，持牌提索來捉他。那秦鍾魂魄那裏肯就去，又記念着家中無人掌着家務，又記罣着智能尚無下落，因此百般求告鬼判，無奈這些鬼判都不肯徇私，反叱咤秦鍾道：「虧你還是讀過書的人，豈不知俗語說的：『閻王叫你三更死，誰敢留人到五更？』我們陰間，上下都是鐵面無私的，不比陽間瞻情顧意，有許多關礙處？」正鬧着，那秦鍾魂魄忽聽見「寶玉來了」四字，便忙又央求道：「列位神差！略慈悲，讓我回去和一個好朋友說一句話就來的！」衆鬼道：「又是什麼好朋友？」秦鍾道：「不瞞列位！就是榮國公的孫子小名寶玉的！」那判官聽了，先就嚇慌起來，忙喝罵鬼使道：「我教你們放了他回去走走罷，你們不肯依我的話，如今等的請出個運旺時盛的人來纔罷！」衆鬼見都判如此，也皆忙了手脚。一面又抱怨道：「你老人家先是那等雷霆火炮，原來見不得寶玉二字，依我們愚見：他是陽，我們是陰，怕他亦無益於我們。」……』（第十六回）這種描寫對於當時官僚政治之腐敗，可謂極攻擊之能事，但這並不是曹雪芹的創見，而是從西遊記脫胎出來的。西遊記上說：唐太宗爲孽龍暨所殺寃鬼所纏，病勢日益危險。『一日，太后宣衆臣商議後事，太宗又宣徐茂公，吩咐國家大事，言畢，沐浴更衣，待時而已。旁邊閃出魏徵手扯龍衣奏道：「陛下寬心，臣有一事管保陛下長生。」太宗道：「病勢已入膏肓，如何保得？」徵云：「臣有書一封，進與陛下，如到陰司，付酆都判官崔珏。」太宗道：「崔珏是誰？」徵云：「崔珏乃是太上先皇帝駕前之臣，先授磁州令，後陞禮部侍郎，在日，與臣八拜爲交，相知甚厚。他如今已死，現在陰司做掌生死文簿的酆都判官，夢中常與臣相會，若將此書付與他，他念微臣薄分，必然放陛下回來。」太宗聞言，接在手中，籠入袖裏，遂瞑目而亡。』（西遊記第十回）太宗到了陰間，可巧路遇判官崔珏接駕，太宗遂將魏徵之信交了與他，沿途寃魂如其兄建成，其弟元吉等等都來索命，幸虧崔判官喚一青面獠牙鬼使，隨身保護，喝退了那些寃魂，見了十代閻王，十代閻王頗爲優待，『命掌生死簿判官急取簿子來看，陛下陽壽天祿該有幾何，崔判官急轉司房，將天下萬國國王天祿總簿先逐一檢閱，只見南贍部州大唐太宗皇帝注定貞觀一十三年，崔判官吃了一驚，急取濃墨大筆，將一字上添了二畫，却將簿子呈上，十王從頭一看，見太宗名下，注定三十三年，閻王驚問：「陛下登基多少年了？」太道宗：「朕郎位一十三年了！」閻王道：「陛下寬心勿慮，還有二十年陽壽……」」（西遊記第十一回）兩個故事性質差不多相同，至少我們可以從它們抽出如下的論斷：（1）陰間的政府制度一切都是陽間政府制度的仿本；（2）陰間政府的一般官僚之昏庸也是陽間政府的一般官僚之仿本；（3）陰間官僚也和陽間官僚一樣，嘴裏講的或文告上說得是『鐵面無私，』但是一遇到有勢利的，那些諾言，便等於放屁，一點也不兌現。（4）陰間官僚甚至交通陽間官僚，擅改既定的案件，上下其手。這對於陽間政府是何等的尖銳而合理的批評。西遊記全部都是披着神祕的外衣嚴厲地批評人間社會，人間政治腐敗；紅樓夢是直敘人間的事實直接批評人間社會的。

上面所引，只是紅樓夢作者偶一爲之，但也許他認爲這樣是必要的。因爲紅樓夢全部敍述都罩上一件桃色的烟幕，故意把事實閃灼地加以渲染描寫，除非有心人才可透過烟幕看出眞正面目，至於借陰司聽見『寶玉』二字使秦鍾還魂一段故事，批評當時的政治極爲露骨，故師西遊記的故智，借陰司以出之，此等敍述本身就表示著者所處之社會乃是一極不自由，極其蠻橫的封建社會。以上種種就是我所說的紅樓夢的寶藏。我們可以拿這些寶貴的東西逐一地和其它中國的近代小說和現代小說比較比較，看一看它們是否也有這等豐富的內容，俗語說得好：不怕不識貨，就怕貨比貨，那末，紅樓夢的眞正價值便可估定了。

× × × × ×

現在我們附帶地說一說我對於紅樓夢的前八十回與後四十回的見解；其實前八十回是不必討論的了，因爲我的六次講演的目的只在闡發它的寶貴的遺產卽豐富的內容，間或也兼引後四十回，那却不是主要的目的。所以現在只須專論後四十回就夠了，但也只是略而言之，不能詳也。

後四十回是高顎續的，它比前八十回晚出差不多有五十年。後四十回，就大體說，也是一部很好的作品；例如：八十七回敍述妙玉聽琴；八十九回敍述林黛玉絕粒；九十六回敍述鳳姐破壞寶玉黛玉的婚姻而促成寶玉寶釵的婚姻的「偷樑換柱」之計；九十二回敍述司棋要求自由擇配，竟以身殉，而潘又安亦繼之以死；九十八回敍述林黛玉的焚稿；一百○七回敍述賈母分散餘資，告戒子孫；一百十八回敍述平兒劉老老獨力救孤女之義俠行爲，都是很好的作品，雖置之前八十回中，亦無愧色。但是我認爲後四十回有個顯著的缺點：一個是敍述的生動性較之前八十回差得多，態度頗覺板重不靈，這或許它沒有前八十回那樣多多使用熟語。一個是思想與前八十回不一致，寶玉本是堅決地反對那些腐儒所高談的文章經濟的，尤其對於當時的考試制度——八股試帖取士——深惡而痛絕之，他對於林黛玉的傾倒，也就是因爲這個，因爲『林妹妹始終沒有說過這種混帳的話，』但在八十二回却有下述一段描述：『黛玉微微的一笑，因叫紫鵑：「把我的龍井茶給二爺泡一碗。二爺如今念書了，比不得頭裏。」紫鵑笑着，答應去拿龍井茶，叫小丫頭兒泡茶。寶玉接着說道：「還提什麽念書？我最厭這些道學先生的話，更可笑的是八股文章，拿他誆功名混飯吃也罷了，還要說代聖立言？好些的不過拿些經書湊搭湊搭也罷了，更有一種可笑的：肚子裏原沒有什麽，東拉西扯，弄的牛鬼蛇神，還自以爲博奧，這那裏是闡發聖言的道理？目下老爺口口聲聲要我學這個，我又不敢違拗，你這會子還提念書呢？」』這話話與前八十回的意旨是脗合的，但是下面黛玉的答話便和前八十回不一致了；黛玉道：『我們女孩兒家，雖然不要這個，但小時跟着你們雨村先生念書，也曾看過，內中也有近情近理的，也有淸微淡遠的，那時候雖不大懂，也學得好，不可一概抹倒，况且你要取功名，這個也淸貴些。』（同上回）所謂『這個，』當然是指『八股文章』而言了。黛玉像這樣的思想，在前八十回從沒有發表過，而且也絕不像黛玉的聲口。這是一。第八十九回：『寶玉因問道：「妹妹這兩日彈琴來着沒有？」黛玉道：「兩日沒彈了。因爲寫字已經覺得手冷，那裏還去彈琴？」寶玉道：「不彈也罷了！我想琴雖是淸高之品，卻不是好東西。從沒有彈琴的彈出富貴壽考來的，只有彈出憂思怨亂來的。再者彈琴也得心裏記譜，未免費心，依我說：妹子身上又單弱，不操也罷了！」』琴不能彈出富貴壽考來，那末，說這話的人自然願意富貴壽考了，這種庸俗不値一文的思想，如何出自寶玉之口？這也是前八十回從不曾有過的。這種思想，若果出自薛寶釵，史湘雲，襲人輩之口，倒不足爲奇了。在文學上續人之作，實在找不到十分滿人意的，像高顎的後四十回紅樓夢還算是好的。因爲每一個偉大的寫實主義的作品都是他親身閱歷，親眼觀察而又有獨到的見解，系統的組織的結晶，後人續作，十九都是驢脣不對馬嘴，吃力不討好，是則我們對於高顎的後四十回之紅樓夢，也就不可苛求，也不必苛求了！

杜園

徐枕亚《锦囊·石头记题词》

《石头记题词》收于《锦囊》一书，全一册，吴双热、徐枕亚编辑。上海同益图书公司（威海卫路三百九号）出版，中华民国三年五月十日再版。民权出版部（四马路麦家圈东口）发行。首有吴双热《序》，末有陈医隐《书后》。《民国时期总书目》所收最早版本同此，初版时间不详。《锦囊》分为《香国杂咏》《石头记题词》《四美吟》三部分，页码各自起讫。每部分前均有彩纸广告插页。另有《新歌谣》三首作为补白。

吴双热，本名恤，别署双热、一寒、汉魂、光熊等。徐枕亚，本名觉，字枕亚，别署徐徐、泣珠生、东海三郎等。两人并江苏常熟人，早年为虞南师范学校同学。一九一二年一起到上海，任《民权报》编辑，吴撰《兰娘哀史》《孽冤镜》，徐撰《玉梨魂》，均刊于该报文艺副刊。吴、徐由此声名大噪，成为鸳鸯蝴蝶派的代表作家。一九一四年，二人与李定夷合办《小说丛报》杂志，一九一八年徐以意见分歧脱离该刊。

《石头记题词》凡六十五页，约一万四千字。收录吟咏《红楼梦》人物之诗一九六首，诗后皆附有徐枕亚评语。总计涉及作者近六十人，包括周楙、东海三郎、陈医隐、顾钟五、张嘉树、供痴、沈慕韩、下榻轩主、廿四桥边客、丁年、吴养涵、竹西杨柳、市隐、宋拯苍、周竹园、凌铸瀛、黄琴庭、沈则琦、段佛出、蕊珠女史、赵威叔、虞启徵、吴三山、陈宜农、孟摈、萧湛华、小隐、何宝书、陆律西、蕉侍、拜林女史、洪钟、许晴庵、草阴、弃叟、农樾、方仁俊、罗善甫、贞慧女史、袁君树、抉云、董鹏飞、黄二琴、尤一郎、严复、淡情、愤生、无知、李漪、翟楚材、三山（当即前之吴三山）、杨亦墨、清虚、陶乐鱼、逊园、张傲、病羊、史友湘女士、赵秋蝶、贞慧女士（当即前之贞慧女史）等。

这些诗歌作者，因多署笔名、别号等，泰半已难稽考。其约略可知者：东海三郎，即徐枕亚别署；沈慕韩即沈则琦，著有《红楼百咏》《梦罗浮龛剩稿》；廿四桥边客，当是廿四桥头客郭仁钦，本名庆，江苏扬州人，长于诗词，冶春后社成员；吴养涵，江苏太仓人，曾任太仓图书馆馆长、太仓中学教师，著有《野航吟稿》；赵威叔，本名翰纶，直隶安国（今属河北）人，早年留学日本东文学堂，曾任北京政府国务院印铸局局长，抗战时期附敌，任伪南京维新政府参议等；陆律西，号荫余轩主人，安徽桐乡人，著有《中华民国史演义》《江浙战事演义》等，复精通诗赋，尤擅文虎；农樾，广西宁明人，曾参编《宁明耆旧诗辑》；抶云或为吴倬元，字抶云，江苏南通人，县学生，早年在沪经商；严复，疑即著名思想家、翻译家严复；杨亦墨，号逃叟。

石頭記題詞

海巫徐枕亞評次

石頭記題詞

海巫徐枕亞評次

賈寶玉九首

(一)周楙

五倫維繫都根愛粉漬香薰二十年一片熱腸天可鑒十分愁緒佛應憐清和時外留情聖玉石金中結恨緣鶗鴂秋風鴛夢醒至今疑隱亦疑仙

字字如生鐵鑄成非老斲輪手不辦以冠全集應無愧色

(二)東海三郎

誤他嬌鳥喚春風月冷瀟湘夢不通無計能逃情鎖外有身拚葬淚花中重來仙館人何在一入名場事已終去去大荒山下路便隨浩氣返鴻濛

中韻沈着下句尤佳寶玉有此妙想詠寶玉者自不可無此妙句

(三)陳醫隱

石頭記題詞　二

不補蒼天補恨天恨天千古補難全花前涕淚芙蓉誄夢裏瀟湘木石緣眞是多情方作佛忽然大悟本非禪茫茫幻境殊無趣粉黛功名一例捐

大徹悟大解脫語有至理非他人之以穠詞艷句見長者可比

（四）顧種五

論愛言情誓死生個郎知己屬傾城可憐兼愛忘眞愛誰道多情竟不情醉蝶夢迷花五色啼鵑魂斷月三更人間無限痴兒女誤盡烟緣是敗盟

更韻脫胎於桃李關山一聯可謂青出於藍情韻亦有意味

（五）張嘉樹

男兒容貌女兒姿絕世聰明半帶癡百種風流誰學步一生多病在相思淚珠滴盡猶嫌少情鎖敲開却恨遲回首大觀園內事繁華夢醒不勝悲

腹聯寓惋惜之意紙上如聞長歎

（六）供癡

自愛胭脂絕代羣聖賢何似女兒親八年艷藪勤憐惜一覺情天費苦辛月夜不歸環

錦　囊

珮影落花誰是墜樓人。太虛悟後滄桑變。來證跛師去世因。

上半截輕圓流利。腹聯屬對欠工。

(七)沈慕韓

惆悵蟾宮一縷絲。脂痕粉跡寄相思。情魔縱有禪能脫。心病渾無藥可醫。茜帳難諧妃子夢。蓉城空奠美人辭。桂花香裏卿休憶。若問歸期未有期。

結聯用成句如己出。但原句君字與卿字碰。故易之。首句宜酌。

(八)下榻軒主

一生花裏度光陰。胸次毫無俗慮侵。驕傲渾忘公子態。溫柔善體女兒心。通靈有寶曾含玉。好夢無緣不在林。回憶大觀行樂候。居然聲價重千金。

意固猶人。筆亦太顯。惟尚順適耳。

(九)廿四橋邊客

金玉良緣未締緣。瀟湘咫尺夢難圓。剖明心跡眞無我。勘破機關便遁禪。莫怪青蠅吹縐水。須知紫玉總成煙。風花隊裏渾如醉。疑是珠宮謫降仙。

石頭記題詞　四

未見佳處

林黛玉十四首

(一)東海三郎

窗竹蕭蕭日易斜玉顏自古遜寒鴉償完淚債情芟草嘔盡詩心血作花九死癡魂難續命一生苦恨是無家春風幾上埋香塚鬱住精英不放芽

花韻意極新穎語極凄惋下半首尤沈痛

(二)顧鍾五

情天恨海葬無涯不合時宜百事差夢幻因緣魂化血孤伶身世淚爲家悶將詩句敎鸚鵡苦葬春愁泣落花絕少知音惟痛哭騷憂眞似賈長沙

一唱三嘆有餘音與上作可相頡頏

(三)丁年

只爲情多恨轉多情天莫補奈天何孤魂葬月留詩讖殘夢驚秋襲病魔太過聰明招鬼妬十分稜角被人磨酬恩空有相思淚灑向瀟湘水不波

魔韻原句云「小袖籠香遣睡魔」句亦佳以與上句意似不屬故僭易之

(四)吳養洲

不辨情絲與恨絲病根深種在相思十分幽怨三分妬一種閒愁萬種癡欲訴芳心語鸚鵡自憐薄命泣燕支銷魂最是淒涼夜風雨瀟湘竹幾枝

第二聯下字頗有斟兩具見推敲之苦

(五)竹西楊柳

茫茫情海恨難填墮入情波總可憐十斛淚珠酬不盡一團心血苦相煎葬花詩句偏成讖詠絮才華竟化烟最是瀟湘明月夜猶聞餘怨哭纏綿

頸聯意刻而詞顯餘亦清穩

(六)張嘉樹

恨海難填隕淚多依人更復恨如何癡心宛轉爲情縛弱質零丁受病磨五夜苦銜焚稿痛千秋怕讀葬花歌啼鵑哀鴈孤鸚鵡月冷瀟湘水不波

結聯特佳將顰卿死後淒涼狀況一齊寫出

（七）市隱

一片愁痕與怨痕眉梢顰皺到眉根啼鵑血盡情方盡殘蠟灰存淚亦存詠絮詞看翻白雪埋花詩愛泣黃昏相思刻骨醫無藥剩得年年倩女魂

起筆超忽埋花句可愛結語率

（八）宋掭蒼

最憐花弱女嬌娃生在江南不見家多病祗因情束縛無緣空嘆命參差秋燈秋月悲香草春雨春風葬落花觸目瀟湘千個竹淚痕點點濕殘霞

第二句能道人所未道下半首語多疵累

（九）周楙

仙草無端託化身劇憐憐我亦憐人已拚血淚償前債未斷情根誤刼塵鑄錯太君慳一諾寒盟公子負殘春千秋孤憤誰同調悽絕湘纍泣楚臣

結聯可爲黛玉知己

（十）周竹園

錦囊

祇爲痴情一線牽怕閗金玉說良緣可憐言笑歌遊地盡是凄涼感慨天凸碧吟成堂黯黯怡紅望斷月娟娟稿焚花葬悲何極恨海應難化衛塡

天韻意在言外具能包括一切

(十一)凌鑄瀛

自古佳人薄命多雙文往事歎如何遭讒只爲疑心重工病翻將好事磨淚淹瀟湘和夢濕詩吟風雨對愁哦可憐凄絕臨終語猶勝虞兮帳下歌

遭讒句能道着黛玉病根餘嫌熟嫩結語尤屬不倫

(十二)沈幕韓

百種閒愁歛翠顰淚痕點點漬羅巾心縈鴛牒同僵繭手把花鋤葬暮春病到深時容病懶情能死處見情眞莫非金谷園中輩撮手蕭郞證夙因

情眞句入木三分

(十三)宋拯蒼

生小多愁多病身奈何天裏度昏晨海枯石爛情難斷泡影曇花夢轉眞淚染杜鵑題

素帕心迷獃雁擲紅巾解嘲鸚鵡初調舌也誦新詩欲效顰

腹聯煊爛而少含蓄餘平

（十四）黃琴庭

却憐嬌小鬭雙眉百結廻腸待訴誰軟到無言魂欲化最難遣處淚偸垂生憎犀利招人妬未許癡情倩夢知斷送相思灰一寸分明怨恨碎心時

思筆俱清微嫌淺薄

薛寶釵七首

（一）東海三郎

聰明絕世却藏稜腹劍森森列幾層團扇無情知妬蝶干卿底事爲驅蠅緣拋金玉心難鎖夢冷衾裯淚已冰女伴只今零落盡問卿何愛復何憎

調侃入妙起蘅蕪而問之當亦無辭以對

（二）沈慕韓

才華文藻說蕭娘魂染蘅蕪體自香絕艷如花存冷淡幻緣似夢倏凄涼風雷談笑稱

臣朔雲雨迷離憶楚王情斷故人遺婢嫁一生惟有負瀟湘

幻緣似夢回首何堪結語切中寶釵心病

（三）張嘉樹

腹劍森森言欵欵百般心計在人先避嫌也構驪蝿案鬬智難忘逐鹿年敲斷玉釵成惡讖放開金鎖失前緣檀郎去後無消息用盡心機轉自憐

就事平章中規中矩是詩家正宗起結略嫌鬆懈

（四）黃琴庭

大雅矜莊獨出羣客窗歡笑便承恩標梅有幸黏春雪巫峽無心作暮雲撲蝶人來秋暗淡落花聲破夢溫存香銷寶鼎黃昏後庭院沈沈空掩門

不粘不脫結構自然

（五）沈則琦

信手拈來如意珠禪參眞諦試頑夫牢籠粉黛群同化窈窕姿顏衆與殊蛺蝶夢回情宛轉鴛鴦線斷影模糊泥金報到飛昇去露冷房空定向隅

蛺蝶一聯宛轉言情模糊弄影足迷閱者之眼殊韻嫩

（六）叚佛初

蘊藉溫柔玉有香此身珍重壓群芳詞翻柳絮迎風起扇把輕羅逐蝶忙金鎖緣空成幻夢玉樓人去冷斜陽憐卿總爲情根累一院蘅蕪枉斷腸

起結均佳因頸聯太率故抑之

（七）供癡

蘅蕪信是瑤堦種姑射仙人冰雪肌金玉巧逢誇美眷綺羅鬬勝獲佳兒酬憐侍妾應無謂懊惱空閨分有玆豈爲眞情相結好平窺門戶半容姿

詩意殊淺字法亦粗

妙玉十二首

（一）陳醫隱

未斷怡紅一縷緣却來櫳翠學參禪梅花香裏菩提樹棋子聲中自在天塵劫莫逃鐵檻外情魔久伏佛鐙前問君寶玉何須寶一片蒲團坐不圓

錦囊

寫他人之情易寫妙玉之情難非寫情難也寫無情中之情難也此詩以五色妙筆寫半面深情絕不作一妙滯語結聯尤妙

（二）蕊珠女史

參開色界悟華鬘也列名園脂粉班一點情魔戰棋局十分春意鬧禪關佛家弟子詩家聖水樣生涯玉樣顏天劫群芳塵劫夢一朝幻化幾時還

筆鋒犀利却復含蓄蘊藉饒有餘味

（三）趙威叔

閒雲出岫自高潔金玉污泥感夙因夜雨荒庵淡禪味秋風晶館瘦詩魂梅開檻外春無主月滿階前夢有痕一自情天墮塵劫梨花狼籍不開門

詩思亦如閒雲出岫高潔絕倫

（四）吳養涵

木魚經卷懺前因小字新題檻外人佛火青迷千點恨禪關紅透一枝春瓊漿曾解凡夫渴曇影空留玉女身漫向蒲團說清淨白蓮花好染微塵

錦囊

石頭記題詞　十二

含毫邈然耐人尋味養涵此稿曾自改過其第六句改云「玉殿羞逃仙子身」此句似太做作且有嫩相不如初稿之不着痕迹也

(五)虞啓徵

儂是紅樓夢綠華高標潔比玉無瑕禪房篆碧心千結佛殿燈靑夢半賒欲覓情魔參貝葉未空色相贈梅花飲驢妙諦怡紅主一海分嘗體己茶

此詩與以上三作皆能得長康點睛術者惟用筆略顯耳

(六)吳三山

色相虛空認不眞徒勞南北逐風塵三更月冷何來夢一陣心疑未了因紅粉己除仍戀愛翠庵雖靜好藏春可憐難脫萑苻刦枉說當年檻外人

次聯如初搨黃庭恰到好處餘己嫌着迹矣

(七)丁年

塵世何來檻外人好將明月證前身七絃識曲悲奇響一局觀棋惹孽因誰說有情能作佛相逢無語更留神紅梅一例開櫳翠染到汚泥不算春

於平淡中寫廬山眞面不必有警句亦自動人

（八）黃琴庭

紅梅花下日沈沈煑雪烹茶韻自深省否個中多着相也將檻外謔知音有情頰暈三分色無意心驚一曲琴如許清華淪孽海爲卿嗚咽涕沾襟

思筆俱妙

（九）陳宜農

無情端的爲情癡檻外題芳意不支三闋漫憐貞女操一生孤負太原棋贈梅縱許春光洩品茗誰將況味宜自是羊權終俗器蔓華纔降又何之

頸聯亦典雅亦的切餘少特色

（十）孟猺

斬絕情根色相空佛名珍重碧紗籠秋高晶館聯明月春晚瀟湘品古桐知味新茶評昔昔坐禪走火入蟲蟲檻中檻外卿何癖爲甚梅花樹樹紅

尾聯調笑人妙不怕妙姑嗔耶

錦囊

（十一）供痴

入我門來念未休何曾世外便遨遊猶餘帶髮絲千縷差勝彈棋子一籌長說美人如斷鴈那堪往事問牽牛禁他檻內知音者直繞情魔上佛頭

牛韻工穩惜下句不甚切

（十二）蕭湛華

蓮質生來不染塵走魔入火詎無因祇應長伴燈前佛何必虛稱檻外人煑茗開評三盞俗乞梅許借一枝春茫茫結果原難測欲向眞如叩假眞

亦有思致

史湘雲十首

（一）蕊珠女史

園林分占好春時別具淩雲出世姿滿地落花深護夢漫天飛絮亂催詩瀾翻粲舌狂揮麈解脫風情冷看棋玉女丰神名士概靑蓮再世屬蛾眉

句斟字酌尤妙在揮洒自如絕不黏滯結聯合湘雲身分

(二)供痴

最憐嬌小住侯門便是家庭有怨恩枕上殘霞尋舊夢鏡中愛谷失新婚生來爛熳天仍妬如此飄零我亦寃應與瀟湘同抱恨更教日後歎無褌

如子野聞歌輒喚奈何讀之吾亦爲湘雲三歎

(三)沈慕韓

生來豪邁出風塵曼倩襟懷妙語新絮起吟酣諸美座月明腸斷六朝春鶴肩半袒林閒影鸞彩中沈鏡裏人撲朔迷離渾不辨木蘭原是女兒身

腹聯傳神之筆令我想見湘雲之爲人

(四)黃琴庭

從來詩酒美淸狂淡掃蛾眉出畫堂河海豪情銷綠鬢山川秀氣孕紅粧醉鄉深處飛霞擁吟興酣時落絮香如此襟懷天亦妬呼號我欲籲彼蒼

頸聯警闢擲地有聲

(五)市隱

石頭記題詞

詩胆粗豪酒態雄。憨雲名錫綺羅叢。詞題秋日茱萸候。人醉春風芍藥中。獨立只容儕野鶴。可憐寧肯作情虫。一彎玉臂橫衾外。遮莫寒侵曉閣風。

清詞麗思娓娓動人

(六)小隱

高懷伉爽掩諸孫。語挾莊諧更絕倫。落落疏胸人盡諒。期期妙舌欣難捫。搴帷有美來臣朔。舉案無歡失壻髡。巾幗盡除脂粉氣。良媛畢竟產侯門。

覺體穩愜無懈可擊

(七)何寶書

身世飄零儘可憐。那堪愁裏過華年。藥茵醉臥花同夢。柳絮吟成淚滿箋。賸有清心抱明月。更無痴夢到情天。誰知割啖羶腥客。也誄文君夫子篇。

語含淡味筆無纖塵

(八)陸律西

別饒爛熳見天眞。花比丰姿月比神。鬟嚲綠雲欹繡枕。沈酣香夢繞花茵。也知逐鹿難

爭鼎願隔牽牛一間津孤鵠吟成腸欲斷紅顏天妬女兒身

津韻流利餘平

（九）蕉侍

煙鬟霧鬢簇如雲豪邁風流獨數君芍圃枕花香入夢蘆亭爭韻酒初醺情緣不學存蠶縛繡線還憐午夜勤誰向麒麟究因果儘他金玉說紛紜

一結有意思餘亦清穩

（十）周竹園

不解嬌嗔不解愁襟懷磊落自風流醉沈芍藥花前夢詩擬蘅蕪院裏秋無味情緣吞淡淡有傷心事付悠悠薛家姊妹林家妹燕妬鶯猜未許儔

平鋪直敘無甚意味

晴雯十一首

（一）拜林女史

女兒身世太淒涼少小聰明便不祥補恨無針癡作嫁裏情有襖慘收場生悲萋菲終

石頭記題詞　　十八

成怨死化芙蓉解斷腸直是虛名能誤事傷心一例哭瀟湘

一字一淚讀之酸鼻余獨何人可聞此語

（二）洪鐘

深悔虛名多誤我花眞有福占先春强扶殘病難爲別痛抱沈寃屈莫伸黃土壠埋痴婢骨白芙蓉現美人身可憐夭壽顰卿恨一樣凄凉證宿因

腹聯艷絕亦痛絕

（三）許晴庵

蘭心蕙質玉精神別有風流自可人撕扇儘多愁裏恨補裘不惜病中身飄零柳絮根原薄管領芙蓉事豈眞賺得虛名何所悔曇花一現悟前因

語不必深而意深意不必深而情深是詩之妙處在是

（四）蕭湛華

夜凉掖被手頻溫靈慧誰知是禍根弱質生前原善病虛名死後尙含寃花神宜領三秋艷芳誄空招一縷魂偶檢雀金裘再看補痕冉冉續啼痕

錦囊

秋水靜芙蕖詩境似之

(五)趙威叔

懶向繁華露顏色要從冷淡見精神可憐妾命如花薄來與顰卿作化身晚節孤芳怨遲暮秋江寒艷不成春那堪一夜西風急斷送殘紅愁煞人

一起便有一芙蓉仙子活現紙上秋江寒艷不愧名句一結亦渾成惜其中對仗不甚講究究非律詩正宗故抑之

(六)草陰

玉貌何曾礙西儔偏遭狐媚肆陰謀妬深握手捱鴛枕禍肇沈疴補雀裘七載虛名完斷甲一生薄命至無邱芙蓉淚向西風灑終古情天此恨酬

第三聯語痛入骨餘有累句

(七)棄叟

斷却奴根性倔強可人別有烈肝腸生如弱絮泥同墮死作名花骨亦香薄命女兒瘞哀怨無緣公子寄悲傷招魂一讀芙蓉誄字字凄涼隱恨長

上半朗然可讀下半索然無味

（八）陸律西

厮磨耳鬢茜窗前兩小無猜劇可憐蝶扇春搖情婉娩雀裘夜織意纏綿空教白骨埋黄土翻向今朝悔昔年惆悵芙蓉花下望祝卿早證大羅天

布置楚楚惜用意稍平遂少警句

（九）農樾

補恨無方病口呻聰明翻累有情人茜紗窗裏魂空戀黄土壠中骨尚新爲結胭脂三字獄竟戕兒女百年身芙蓉一誄空憑弔艷魄何曾化作神

身韻頗極自然

（十）宋㧑蒼

生爲侍婢最堪憐身處嫌疑志甚堅公子多情心默許虚名誤事恨難填破顏濫擲千金扇被逐仍留一面緣記取當年釵十二模糊水墨付雲烟

緣韻穩愜餘嫩

（十二）凌鑄瀛

淡粧濃抹總風流一半含情一半羞搔癢原憑銀指甲瞞人且補雀毛裘花前撲蝶增嬌態燈下敲棋解夙愁怪煞能言鸚鵡鳥水晶簾畔喚梳頭

竟體明淨雖無警句亦自可取

尤三姐十五首

（一）周竹園

死身雪恥英雄事那有紅顔甘自亡讒口忽貽千載恨烈名遂競萬年香能舒巾幗鬚眉氣始見嬌嬈鐵石腸一劍鴛鴦悲夢冷血花飛徧素羅裳

起筆不平以下一氣呵成有怒馬奔濤之勢可謂詩稱其人

（二）方仁後

恰從放誕見高華爭奈郎君一念差九死精魂依黑鐵三生希望付黄沙情牽骨肉身無主痛到心頭血有花劍自鴛鴦人不偶夢中贏得淚如麻

字字沈痛我亦爲三姐呼冤結句懈

石頭記題詞　　二十一

石頭記題詞

(三)羅菩甫

天產雛凰奇兩鳳目空裙屐自由時邀杯碎胆登徒子解珮傾心李藥師翡翠屛昏沙射影鴛鴦劍合藕吞絲爲編烈傳補精衞散髮蒼山惆悵遲

用典妙能貼切造句極有工夫非老手不辦

(四)貞慧女史

眼橫秋水臉堆霞蜂蝶休窺點臂紗玫瑰嬌紅偏有刺芙蕖高潔本無瑕誰憐薄命同萍梗淚把深情託柳花誤到杯蛇千古恨貞魂夜夜泣啼鴉

玫瑰芙蕖品評甚當柳花句纖巧而有意思含情正復不淺

(五)袁君樹

風流點綴艷妝新頓改斯文但率眞口角香留殘夜酒胸頭血擁五年人既難雞鶩明知已不願鴛鴦溷此身紅蓼花飛秋水上從今瀟灑脫凡塵

詩亦瀟灑出塵

(六)許晴庵

錦囊

別有柔情綰柳枝，美人心事少人知。劇憐阿姊輕遭賺，飲恨狂且敢售欺。翡翠衾同郎面冷，鴛鴦劍了妾魂痴。太虛重證三生果，信是來從薄命司。

腹聯意新詞雋，不徒以麗對見長也。

（七）顧鍾五

託根非地最神傷，皎潔丰姿俠烈腸。花爲聯枝淆姊妹，劍寧飲血不鴛鴦。人言除是剖心雪，玉碎翻教激骨香。借問氤氳仙使者，有無色相白雲鄉。

思銳能入，筆銳能出，一結有言外意。

（八）抉雲

珍重鴛盟總自憐，藍田底事玉成煙。丁香漫結纙絲意，寶劍翻參解脫禪。俠骨輸教釵十二，痴魂去渺界三千。阿儂不及杜家姊，綺夢成空在柳邊。

細膩熨貼，到底不懈。

（九）董鵬飛

色偏妖艷性偏剛，巾幗從來有俠腸。聘納龍泉欣得壻，冤成貝錦怕羞郎。綠鬟竟斷鋒

三尺紅粉終無淚兩行縱使臨卭方士覓人間天上總茫茫

慘淡經營良工心苦

（十）黃二琴

艷如桃李冷如冰一寸柔腸石可凌千古精英銷黑鐵三生驚夢集青蠅呑金齎恨情何忍飛絮無緣痛自增從此鴛鴦惟有劍貞魂渺渺血花凝

蠅韻與方仁後君沙韻異曲同工以下半首太率抑之

（十一）蕭滮華

雖出淤泥品獨淸生成俠骨若無情呑金徒了生前孽返劍方全死後名不淄不磷能保璞冷心冷面竟寒盟莠言自口怡紅誤負義何須責柳卿

有正意無泛詞合作也

（十二）草陰

玉骨氷肌鐵石心柔腸獨具古今淫悲歡一劍完情果信誓千秋矢血忱痴極翻遭尢物刺夢醒空覺太虛深可憐省識鴛鴦味血滿香喉淚滿襟

尾聯作神龍之掉全首因以生色

（十三）尤一郎

甘爲情死眞情俠寶劍揮來濺血花破格垂青徒自苦藐躬坦白本無瑕寃含精衞心當諒命斷鴛鴦矢不他贏得癡郎忘世去禪床入夢是非耶

落落大方結句稱

（十四）張嘉樹

珊珊俠骨女中英比玉清明比鐵錚緣淺原知關妾命心堅未肯負郎盟衾空翡翠恩成怨劍殉鴛鴦死亦生姊妹花開爭艷冶一般顏色兩般情

一往清利微嫌筆弱

（十五）嚴復

湘蓮兩字不相憐蜚語傳來信便堅一霎血飛魂化鐵三更月冷夢如烟啼鵑慘帶纏緜恨化鶴歸依夙昔緣贏得蕭郎入山去好從隔世證團圓

起句抑何巧妙餘可

史太君十首

(一) 許晴庵

萱草忘憂閱歲華歡娛晚景興無涯階前羅列兒孫竹苑内環栽姊妹花有福都緣能惜福宜家尤信善持家蔦蘿一樣承恩蔭底事親疎轉念差

頸聯清華朗潤出色當行徐亦抑揚盡致允稱合作

(二) 淡情

甘露平勻散錦茵沾恩不滿掌中珍更求一滴楊枝水遍灑三生石上因富貴堂前花解笑忘憂庭畔草長春九原若有神靈在爭向泉臺怨母親

深思以活筆出之自然入妙

(三) 憤生

明知兩小總情癡底事徘徊不主持空自庸庸多福澤由來憒憒假慈悲人間無計留孫子地下何顏見女兒眼看門庭日衰落凄涼應悔死時遲

直捷痛快憤生憤生何言之憤也

錦囊

(四)農樾

林下高風儘可誇含飴晚景樂無涯蔭承庭畔忘憂草手植園中短命花木石良緣翻舊案兒孫沒福守成家一從老眼方暝後華屋山邱剩晚鴉

花字上加以短命二字不堪甚矣而此老竟手植之焚琴煮鶴梏鳳囚鸞不亦惜哉

(五)沈慕韓

愁雲漠漠婺光沈月缺花殘未忍尋閱盡榮華餘冷淡縱成兒女起驕淫信姦竟入牢籠手愛女難將宛轉心地下相逢重話舊始知悔不度金鍼

一生夢夢責備甚當

(六)羅薔甫

峯老天姥暮雲慈想像霞裳一品披坐理懺珠消病藥慣携香杖護孫枝庭幃舊政供閒敘村壞貧嫗不吝施七十年惟負弱女忍隨春怨繼秋悲

亦見經營之苦

(七)尤一郎

石頭記題詞　　二十八

寵護孫枝釀禍胎春秋誅惡此稱魁鈎稽工術偏深信籠絡無才乃肇災付託失人遺恨事敗家有兆聽邪回一朝萋菲終成錦媚上從來是鴆媒

竟律以春秋之義不嫌小題大做耶一笑

（八）先知

閥閱家風白髮侵兒孫繞膝晚年心笙歌院落歡難久富貴滄桑夢易沈溺愛由來滋禍水仁慈太過縱驕淫春光老去園林暮萱草荒凉自古今

一結頗有感慨

（九）抉雲

八十餘年也刹那大觀園裏一春婆身膺極品榮華選夢醒羣花零落多頑石通靈鍾戀愛苦珠薄命任蹉跎痴聾誤學家翁樣況復牢籠就鳳娥

不無一二可採語

（十）李滴

五福祥呈享暮齡及時行樂眼垂青令傳花鼓新成趣德種萱庭廣送經餘產犧牲明

大義孤雛繾綣惜伶仃榮寗兩府人多少博得全歸是此星

亦有工夫惟無深意

劉老老十五首

（一）陳醫隱

雌伏田間已有孫飢寒相迫入侯門託孤未負王熙鳳報德深慚賈雨村濁世趨承寧獨爾幾人患難不忘恩莫將權術輕相議悃欵能令薄者敦

將老老身分極力擡高絕不作一嘲笑語識高筆超言下有無窮感慨具此眼光方可與論世可與言詩

（二）翟楚材

侯門揖客女靈光也解周旋粉黛場盃盞何妨前席借笑啼都爲別人忙偏饒俠骨攜雛鳳贏得頭銜錫母蝗太息羣芳零落盡着花老樹自生香

淡淡寫來輕輕落筆所謂成似容易却艱辛者

（三）農樾

莫道村婆見井蛙曾從粉黛話桑麻稻花村裏餘生適蜃氣樓中老眼花杵臼肝腸肩

獨任敬亭諧謔口非誇雍門泣罷無多淚春夢方醒鬢已華

稻花一聯醰醰有味

（四）尤一郎

隨意詼諧善滑稽清談最足解人頤能藏弱息寧非俠故作痴憨好遂私老態濃時堪入畫村歌妙處勝彈絲莫言女界程嬰少如此權謀亦可師

腹聯形容入妙起結弱

（五）蕭湛華

戲謔能生席上風誰知老老亦英雄因奴識主朝雖鳳借趣承歡笑母虫幸託福緣遊櫳翠頓教酒氣莽怡紅饒他三次來榮府畢竟貧婆有始終

怡紅句着一莽字此點睛術也

（六）沈慕韓

村媪居然肝胆傾擇成深樹護雛鶯若將進退論時輩除却炎凉見世情絮語詼諧知味永風懷朗潔比秋清識人能在庸儔裏鳳姊推他一女英

能作慨世語自佳

（七）虞啓徵

葭末忝從榮禧堂，依門作客太荒唐。怡紅醉幻春婆夢，櫳翠恩頒玉女漿。席上被譏聞樂獸，闈中曾戲綰携蝗。爲憐雛鳳聲凄怨，計出偏師脫虎狼。

同一用事而造句獨妙

（八）三山

婉轉殷勤善揣摩，朱顏白髮氣融和。公門兩進承恩重，酒令三宣惹笑多。放蕩忘形偏撞鏡，詼諧信口便開河。村言總是他年讖，今昔興衰意若何。

好語如珠穿一一

（九）許晴庵

休嫌皤髩入花叢，會看羣芳鬬紫紅。識透世情由閱歷，吃驚禮數故愚蒙。解圍也有陳平計，諧座偏多曼倩風。莫道村嫗非健者，佳名嬴得母蝗虫。

痴嫗活現趣筆也

（十）楊亦墨

侯門再到結因緣。得與羣花列綺筵。妙作奇談堪絕倒。老於世態解周旋。同來櫳翠茶先品。誤入怡紅醉欲眠。喜極臨行多餽贈。聲聲惟誦口頭禪。

結聯獨妙非心靈手敏者不能道也。

（十一）淸虛

傀儡登塲第一人。誰從鄉僻覔窮親。馮驩畫策何曾讓。曼倩詼諧竟絕倫。娓娓淸談皆入妙。醰醰醉態盡傳神。侯門珠履三千客。杵臼誰知屬老身。

寫老老身分不溢一絲。

（十二）李漪

野花移置壯丹叢。自有天眞趣亦工。投我機緘權傀儡。撩人謔浪故痴聾。圖成大嚼渾閑事。局到將殘見俠風。曾向灌愁河畔過。優游獨羨母蝗虫。

作者殆老老化身歟不然何以能寫出其心事也。

（十三）張嘉樹

不諳禮數太荒唐。口似懸河髮似霜。酒令三宣供戲謔。侯門再至判炎涼。慈懷獨自憐雛鳳。美譽無端錫母蝗。一霎名花凋謝盡。揮殘老淚感滄桑。

骨肉停匀。

（十四）陶樂魚

侍宴芳園樂事長。鮮花狂插白頭香。隨遊櫳翠嘗茶味。誤入怡紅當睡鄉。貴族繁華心自訝。田家清苦語難忘。衰顏莫笑侯門客。雛鳳他年賴秘藏。

次句詩中有畫。腹聯亦有意味。

（十五）洪鐘

兩入侯門不厭貧。驟聆環珮訝天人。醉眸憨對窗前鏡。大嚼新嘗席上珍。生具婆心頻誦佛。話原信口本無因。宵芸夜績尋常事。弱息扶持仗老身。

如題布置亦自楚楚。

王熙鳳十首

（一）陳醫隱

石頭記題詞　　　　三十四

治繁理劇邁同倫小小才華亦可人專制性成誇辣手全權獨攬皷柔肩早知作事留餘地奚必臨危更禱神末路奸豪咸若此深閨少婦又何論

他人詠此題多作責備語此作獨爲鳳姐出脫非好與人異也正其眼光獨到處也放寬一步透過一層可以警迷可以悟道統觀隱君諸作多獨闢蹊徑不落窠臼知其讀書養氣之功深矣鮿生不才當願一識其人以爲快

(二)陸律西

儀態眞堪表萬方明璫翠羽自端詳閨帷久擅牢籠術蘭麝新開運動場小試酸風知手辣別饒銅臭雜脂香情懷撩亂何從着暗折芙蓉袖裏藏

君房言語妙天下

(三)許晴庵

才華獨冠綺羅叢巾幗鬚眉余智雄不塞涓流成禍水橫行香國起酸風身餘孽債償嬌女罪擬爰書累阿翁往事那堪回首憶心機有盡恨無窮

三春忙過蜂怨蝶愁不啻爲鳳姐懺悔也

錦囊

(四)沈慕韓

金釵斜壓鬢蟠雲。放誕風流最出羣。舌粲蓮花迷五色。心藏機械刻三分。生前惟妬鴛鴦譜。刦後空傷蛺蝶裙。雛鳳飄零憐息弱。定知幽怨鬱孤墳。

意刻而詞工。鳳姐有知當稱知已。

(五)方仁後

驚才絕艷壓狂奴。眉有鋒稜眼有波。爾許貪殘留跡少。自由交際寄情多。生成狡獪瞞夫壻。撒盡嬌痴騙祖姑。畢竟陰謀基禍本。榮歸衣錦問如何。

通體妙肖。直畫出一潑辣婦矣。惜姑韻出不然。當從醫隱君之後。

(六)黃琴庭

俏語嬌聲嫵媚娘。宮花初試露華香。舌如鸚鵡心如搗。玉作肌膚鐵作腸。十載承歡親色笑。一場幻夢變滄桑。可憐盛氣消磨盡。贏得羞慚淚一行。

詩態極妍。詩心甚辣。

(七)遜園

石頭記題詞 三十六

阿瞞心迹甄妃色巧笑承歡獨擅長小有才能邀信任大施威福露鋒芒貪心如虎窺
權利辣手摧人妙主張寢夢不忘惟妬意嬌嬈自喜媚新妝

小人得志無不如是豈獨一鳳姐哉

(八)旡知

大觀園中幹練才翻雲覆雨費人猜治喪信足誇能手潑水居然震鬼胎金玉因緣疑
且妬瀟湘愁病冷相催豪門搖落秋風裏休怪儂家不復來

胎讖奇警

(九)扶雲

巾幗奸雄一世橫誤卿總是太聰明逢迎誰解牢籠術笑語偏多柔媚情醋海風潮頻
攪擾和嶠嗜癖恰生成試看巧構相思局博得頭銜鳳辣名

句亦柔媚有情

(十)蕭湛華

始終賺得太君憐兩府咸推內助賢秘戲宮花簪一對貪囊水月飽三千淫威有術箝

錦　　囊

夫壻色綱何辜陷少年滿積私財還在否心機用盡總徒然

平鋪直叙亦有可觀

賈元春六首

(一)沈慕韓

芳流彤管重虞廷恩准寧親駕彩軿夾道香塵花似霧連天燈火月如星言能匡弟情何摯夢不離家涕欲零一自乘鸞仙去後朱門寥落冷車軨

頸聯華瞻甚且得鍊字訣一結餘韻悠然

(二)翟楚材

胭脂山色照花顔璧月姮娥許列班曾共寒鴉依日影不因娟豸妬雲鬟黃粱入夢家原起綠葉成陰子尙艱華表鶴歸明月夜芳魂應唱念家山

無一字不倜儻無一意不醞釀

(三)張傲

上元不夜鬧新春賢德班姬返省親顔色六宮輕粉黛侯門兩世重人倫太虛幻境原

無着富貴浮雲莫認眞千古驕狂惟外戚是誰清澈悟前身

倫韻堂皇結咏雋永惟太虛一聯太嫌鬆懈

(四)許晴庵

叨承雨露已殊榮敢向君王百媚生閨閣多才隆鳳藻宮闈戒旦凛鷄鳴傳宣安有家庭樂唱和遙深弟妹情虎兎相逢塵夢醒春風凄絕珮環聲

夫惟大雅卓爾不羣

(五)張嘉樹

省親詔下別丹除衣錦歸來耀里閭十里笙歌諧鳳吹六街燈火送鸞輿君王拔擢才原美弟妹團圞樂有餘兩世邀榮多幸福門楣光彩快何如

興韻有聲有色餘有嫩句

(六)病羊

上林春色有誰如一夢繁華付子虛紫禁何年除鳳藻紅燈到處駐鸞輿省親共荷君恩重愛弟肯教國體居打醮神前拈戲出南柯本接笏床餘

尚能用意選詞

賈探春三首

(一)翟楚材

生來芝草本無根俯仰乾坤淚有痕若輩愛憎權在手故交寥落鬼煩寃萍踪涵後人

千里蓮社歸來酒一尊今古海疆多事故蘄王桴鼓美人魂

波瀾獨老成毫髮無遺憾

(二)沈慕韓

三娘才調見英奇桃李容顏冰雪姿遍簡聯吟先啓社片言判事怎停棋花明海國妖

知警月暗湘雲淚不支豈是榮寧應衰歇此身竟使屬蛾眉

此才可惜我亦云然

(三)李漪

爲爭閒氣舌藏鋒鳳出鴉羣秀所鍾社結吟壇雄樹幟議衡家政力當衝玫瑰戲擬花

多刺甘蔗旁生味更濃寄語昔年蕉下客海疆何日返歸踪

句句切定頗見工夫

賈迎春三首

(一)翟楚材

漫道庸庸厚福多命宮偏被蝎來磨黃鸝隔葉音何澀彩鳳羅㲀法又苛五夜聲凄啼

血鳥一生悶煞沒頭鵝楊花落盡棠梨萎同向東風怨逝波

姻緣大惡因果難明有情人讀之能不淚下

(二)許晴庵

可歎優柔誤事多女權不振氣消磨差池昊味乖琴瑟有淚歸寧濕綺羅舊日香閨縈

夢想此生薄命怨誰何紫菱花落秋風裏了悟塵緣一刹那

詩不甚佳是題本不易出色也

(三)黃琴庭

太息靑蛾弱質柔中山惡獸誤鴛儔呑聲霧鬢風鬟恨嗚咽雲飛雨散愁紅褪香消心

獨苦琴焚鶴煑淚雙流俚言到此眞堪信不是寃家不聚頭

結用現成語恰合

●賈惜春五首

(一)李漪

暖香小塢送斜暉獨坐儼開掩繡幃姊妹行中齡最幼繁華境裏念偏非閨留畫稿經年就棋悟仙機一着微如此聰明原可惜竟將衲襖換羅衣

李君既稿甚多惟此作可稱完璧第六句原本押園韻易以微韻似較玄妙李侶深知此中甘苦者或不佁我

(二)許晴庵

一步何能到太初閒敲棋子靜觀書藕香深處塵心滌羅綺叢中艷福無伴影劇憐新佛火惱人撞破好家居天生孤僻難諧俗櫳翠容敎作尾閭

大好家居戀他無味光明佛火照我有情此惜春之所以爲惜春也

(三)翟楚材

燕子樓台日易斜酴醾開後已春殘詩城坐困嗟儕輩棋局閒敲誤女冠弔影只緣身

世感逃禪方覺夢魂安可堪回首前塵憶圖畫園林墨未乾

能道出惜春心事

(四)竹西楊柳

莫將世態問炎涼勘破三春景不長薄命也能知懺悔孤心便是有行藏青燈明滅禪初定落葉蕭疎漏更長回首金釵原十二那堪重憶舊黃粱

並不刻意求工亦自結構

(五)黃琴庭

畫圖一幅未描成雲散飛流黯黯驚眼見紅梅留雪影忍聽黃葉送秋聲花飛水逝春光冷月落鵑啼夜氣清擺脫樊籠君莫笑痴情人自誤聰明

結語中肯餘泛

李紈三首

(一)許晴庵

自茁蘭芽失寶珠故吾空教痛今吾品題詩社推盟主刺繡璇闈伴小姑幾次心驚

錦囊

燕老一生魂斷鳳鸞孤稻香村裏秋光好十二金釵後福輸

此冷艷也不易着筆此詩能於淡處落墨有太原公子不衫不履氣象

（二）沈慕韓

光殘菱鏡賦離鸞別後音容想像難質冷豈爭桃李艷節堅能傲雪霜寒風臨燕樹心

雖喜淚漬熊丸力已殫賢母懿輝流北闕遙知泉下也心安

詩人之詩麗以則

（三）翟楚材

省識繁華水上漚村居只與稻粱謀心如古井波難起詩鍊冰壺句亦酬繞膝每娛黃

髮老離魂還替絳珠愁生來缺陷天難補富貴花開幾白頭

楚楚有致

●香菱七首

（一）陸律西

鳳泊鸞飄憶昔時自憐嬌小但憨癡才人舊例隨厮養香草深情託楚詞蹟涴榴裙春

石頭記題詞

旖旎寒生翠袖月參差繁華舊夢都消歇茉莒無靈恨轉滋

語含深痛筆有餘妍

（二）史友湘女士

荳蔻香生二月枝嬌憨情態耐人思閒尋花艸消春晝冷抱衾裯入夢時俯仰渾妄身世感苦吟寧脫女兒痴良材自古招天妬人欲同聲一哭之

是兒一味天眞此詩妙在能寫天眞所謂性靈詩也

（三）沈慕韓

謫將塵世不堪論未證菩提淨六根一縷素絲空抱怨半簾冷月豁吟魂柔腸欲碎獅聲吼淸夜難禁鵑語喧最是石榴裙解後菱歌銷歇黯秋痕

第四句驚心動魄精神全在一豁字將香菱學詩情態一語寫盡

（四）蕭湛華

平生遭際實堪傷弱質難禁妬婦狂金桂花含蜂蠆性石榴裙解麝蘭香臨風泣涕家何處對月吟哦夜正長學得詩成應自喜薛林旗鼓也相當

錦囊

工於琢句淵淵有金石聲

（五）抉雲

無端燈火話元宵。一別金閶夢已遙。萍梗飄零原是命。蓮心堅苦本難描。橫遭桂子頻相妬。笑把虞姬爲解嘲。誰道嬌憨生小慣。詩書略識亦曹昭。

同作覇王姬香菱何不幸

（六）嚴復

夫婿名傳獃覇王。傷心鎮日九廻腸。菱花別具秋光好。桂子難禁夏日狂。午夜吟懷題怨月。中宵寃獄起飛霜。茜裙紅解斜陽裏。底事情虛秘憨郎。

桂子句終覺牽强

（七）竹西楊柳

憨態生成未解愁。覇王何福享風流。詩求姊妹原能學。草鬬夫妻也可羞。妬婦津眞同海闊。痴虁命合似雲浮。可憐方到團圞日。一霎香消冷畫樓。

信筆寫來恰到好處

秦可卿二首

（一）黃琴庭

霧縠香飄羅帶輕得人憐處最多情自搴珠箔深藏玉誰解氤氳撮合卿笑向風前花欲語歡留衾底夢初成怪他小字無端喚驚破銷魂第一聲

結聯擅一篇之勝卿韻亦跌宕有致

（二）病羊

舊擅風情第一關太虛人不住巫山寺中輿櫬勞珠守夢裏姻緣警石頑佳婦自應頒紫誥小名誰解喚紅顏三春景盡勞勞語月下依稀綠鬢鬟

紅紫分明殊可賞也

薛寶琴二首

（一）病羊

絕世丰姿不亞林裘披鳧氅亦泥金婚姻信卜紅梅折字句謎猜腐草深大地己周遊女迹新詩誰解美人吟憐他獨處瀟湘子淚觸蘅蕪有妹臨

上半能以詞勝下半更以意勝

（二）許晴庵

生小聰明貌絕塵阿嬌本是掌中珍燕支雖媚羞汚頰皃靨何修穩稱身白雪聯吟儕衆美紅梅爭艷占先春瀟湘才調衡蕪品除却斯人孰比倫

如見亭亭倩影

鴛鴦四首

（一）沈慕韓

參透情天證佛天可憐紫玉忽縈煙鳳鸞本是淩霄種狙儈應無俗世緣顧我萍縱能自定勞他絮語悪相牽瑤池會上重回首淸淚頻揮阿母憐

詩意何其激烈詩情又何其委婉

（二）顧鍾五

拚將一死脫牢籠勢利繁華到眼空血性生成兒女子驕淫愧煞主人翁寗榮片土無乾淨釵黛多情鮮克終自是潔身懷遠識豈徒殉義效孤忠

鴛鴦得此可以無恨

(三)許晴庵

不羨明珠十斛量尋常願作侍兒粧惱公一唱無餘子酒令三宣領衆芳塵世難容丫角老瑤池許住片心傷彩鸞終傍西王母殉主標題姓氏香

春容爾雅詩如其人

(四)尤一郎

願將身世始終全不見金夫女德完卓識豈隨羶競附靈心早覺燕難安情甘老死庸流異景謝繁華叔季難錫爾嘉名非浪得休將比翼慕鶼鶼

心思細膩

●紫鵑二首

(一)拜林女史

茜窻燈火冷清清生死難明去就輕小草有情憐獨活子規無血咽三聲獨來花塚聞長歎合向蒲團了此生只有撼風千个竹替人似作不平鳴

錦囊

詩情悽苦極矣作者其有深怨乎

(二)趙秋蝶

侍藥調羹倍有情知音算是報鞶卿當前已料緣無合過後空教恨不平閱盡淒涼難效死願歸清淨了餘生青燈古佛重尋主怕聽新人歡笑聲

善於寫怨讀之令人不堪

金釧二首

(一)陸律西

正是春風解事時困人天氣日遲遲荷囊分藥初消渴櫻顆含香早度脂誅到竊鉤嗟母悖拚將埋玉報郎痴金釵井底先成讖淚灑凌波倩女祠

脂韻艷絕痴韻痛絕通首宛欵一往情深

(二)蕭湛華

偶聞褻語便生嗔被逐含羞喪此身眉黛傳情佯閉目口脂散馥乍沾唇戲言豈料驚慈母野祭何妨借洛神落井金釵竟成讖可憐玉骨化爲塵

錦囊

湛華作此豈化身作女兒耶

玉釧三首

(一)草陰

底事朱唇浸玉巵蓮羹輕潤度胭脂已成宿怨哀亡姊肯賭嬌嗔賽可兒香唾幾曾經計賺芳心無那避情痴杯傾莫謂柔荑弱一往纏緜不自持

善寫兒女情態足可抗手古人

(二)許晴庵

丰神淡淡態盈盈含笑含嗔總是情念姊因羞拚葬玉忿郎無賴賺嘗羹推恩弱質深慈愛待字芳年重女貞別有幽思和暗恨人前未敢訴分明

隨筆寫來自然入情入理視刻意求工費盡氣力終嫌隔膜者有間矣

(三)沈慕韓

剛現優曇一瞬終憐他滅盡幾分紅無言枉自怨流水有恨空教哭晚風落落能逃情障外超超竟出刲塵中畢生長抱靑琴臥不怨緣慳怨命窮

錦囊

傳神在個中

平兒六首

（一）尤一郎

無意含嗔自可人斡旋手腕着精神花因貼地風難妬竹到虛心節易伸別有溫和銷怨謗不將權術沒天眞一羣羅綺嗟星散婪尾餘香獨殿春

花貼地竹虛心平兒身世二語寫盡虧他想得出

（二）許晴庵

金屋曾經貯阿嬌依違暮暮與朝朝不爲鸚鵡侈言巧能炙倉鶊治妒消鎖鑰料知扃怨府衾裯何意阻藍橋三春去後花零落回首當年鹿覆蕉

不用白描却無滯態便是佳詩

（三）翟楚材

心着聰明手著春愛憎從不學夫人波涵叔度津難妒塵撲元規扇亦嗔幕上巢空嗟卵墮泥中絮果證蘭因買絲合把平原繡玉輭香溫幾輩眞

善融化又善黏合不着些兒痕跡讀此種詩應撲去俗塵三斛

(四)楊亦墨

名喚平兒恨未平爲卿常抱不平鳴既知分定居人後敢恃才高與命衡憐婢自然能掩過庇郎端的是多情看他決獄行權日肯讓而今審判明

又溫柔又細膩

(五)沈慕韓

護他雛鳳與桐陰俠骨丹忱自足欽難得奇方醫婦妒慣將婉語試郎心淒涼玉殞輸金帛燦爛星光釋繡衾却羨百花齊放艷玉人顏色酒痕深

心韻穩切

(六)蕭湛華

俏麗如卿豈忍殘夫狂婦妬兩相安性聰從不遭人忌臂助尤能得主歡檢物代藏千綹髮理妝爲剪一枝蘭幸他施惠貧家媼雛女依劉另眼看

此作稍薄矣

錦　囊

小紅六首

(一)許晴庵

半惹人憐半惹嘲十分春意上眉梢此生命帶桃花恨初日晴烘荳蔻苞遺帕相思誰解得傳言伶俐不須教奈何天裏情難補木石姻緣一例拋

首聯神來之筆頸聯語似普通細思却切定小紅移別人不得致韻生而穩

(二)貞慧女士

東君識面太遲遲玉貌如花只鏡知已覺微波興醋海敢期恩露及旁枝情絲飄蕩渾無主春夢迷離亦自痴撲蝶人來聲悄悄禁他私語說相思

温厚和平得風人之旨

(三)翟楚材

生來紅豆種心苗淚和鵑聲帶血澆春襲香衾愁壓夢羞凝嬌頰暈如潮幺蠶作繭絲原脆雙燕棲梁語便驕報答眉顰卿識否東風吹瘦沈郎腰

詩語亦驕甚楚材其詩界之驕子歟

（四）沈慕韓

頻開菱鏡惜花容愿締良緣意未慵數語纏緜驚撲蝶一春心事妒遊蜂情多用處情嫌濫夢到濃時夢轉濃豈是靈和生就種飄零常逐白雲踪

遊蜂句極有心思上句惜對不過耳

（五）陶樂魚

遺來繡帕惹相思香夢迷離春晝遲公子多情猶見棄女兒失意總心痴沁芳橋畔羞逢處滴翠亭中私語時却幸懷才投鳳姐居然身也上高枝

寶玉云各人得各人眼淚卽此旨也

（六）袁君樹

伶俐聰明誤一生無端遺帨感芳春怡紅春醉花前酒滴翠烟迷樹外人蝶粉何知偏射怨蜂腰留約倍傷神此身已入迷津渡夢影迷離辨不眞

景生情耶情生景耶還以問之小紅還以問之作者

● 襲人三首

（一）拜林女史

絮泊萍飄自在身斷雲零雨憶難眞前頭鸚鵡工翻舌低處薔薇慣刺人金玉良緣噐畫餅鶯花小夢刦殘春儂家自有風流壻含笑開箱檢舊巾

比喻確切襲人身分如是如是

（二）張蒓樹

佯歡淺笑蓄陰謀林薛心機遜一籌蜂蠆刺人芒最細狐貍惑主態偏柔不矜崖岸多中立別抱琵琶是下流姊妹如花半凋謝恨他小草獨長留

義正詞嚴

（三）黃琴庭

落花無奈逐風斜野渡歸來伴狎邪好夢驚回金粉地紅絲曾繫美伶家新歡省識樓頭柳舊恨空迷洞口霞孤負多情痴公子令人千古歎桃花

吾讀此詩吾直欲將桃葉桃根一齊斫盡

●鶯兒三首

石頭記題詞

(一)許晴庵

言語輕靈百囀鶯女兒如此算聰明商量絡玉勞纖手煩惱編籃聽叱聲有福終爲隨嫁婢含情端的太憨生問卿可記茜窗下金鎖由來細說淸

宜嗔宜笑不即不離

(二)張嘉樹

牡丹剛被惡風吹露滴猩紅弱不支覿面難忘初見日消魂最是再來時慧心編竹饒奇技小步分花逞艷姿玉齒珠喉聲瀝瀝鶯兒的是可人兒

頸聯殊委宛作者亦可人兒也

(三)病羊

倚床斜坐態盈盈結絡工夫組織精玉罼雙肩看秀削絲抽十指任縱橫花團已覺翻新樣絮語尤憐話小名更把柳條輕折取編籃餘技亦聰明

是小鋪排非大結撰

傻大姐二首

錦囊

(一)翟楚材

不解纏綿但羣眞百花深處事奔輪胸無城府難藏拙口沒遮攔每誤人滿院嬌鶯爭曉樹一囊香藹縛餘春池塘水被風吹皺卅六鴛鴦化劫塵

一起便活畫出一傻大姐其下亦語語緊切且有深意是題絕作也

(二)農樾

前身本是綠鸚哥拾得人言便嘵囉脈脈不知春畫意喃喃如誦葬花歌只緣痴婢偏多事翻惹佳人喚奈何兒訴衷情娘有恨愛河今夜起風波

一起作非非之想竟體尠泛泛之詞

(三)蕭湛華

半是痴獃半是蠢全憑浣濯用工夫猜詳秘戲疑妖魅洩漏春光死絳珠不辨媸妍同傀儡略諳麥菽總模糊賈家慧婢知多少爛熳天眞獨傻姑

自頂至踵多含傻態詩亦爲之落呆

●秦鍾二首

石頭記題詞

(一)翟楚材

大好寧馨數阿男潘安對影亦懷慚紘調錦瑟聲纔皷食伴侯門味竟甘簾箔尙因孤燕捲禪機偏向野狐參香泥難種無根樹待到花開只現曇

中間精神團結廿韻筆尖有刺惜首尾稍懈

(二)廿四橋邊客

憐人端合受人憐如此深情別有緣兩小意中相愛惜一生花裏總纏緜書齋帷護宜男艸禪室燈含並蒂蓮巫峽巫山都入夢忍敎雲雨損華年

腹聯屬對工穩意亦耐人尋味餘平平耳

(三)邢岫煙一首

蕭滌華

幽嫻貞靜最堪嘉何必才同詠絮誇貴戚依棲安我素貧家粧束本絮華小螺被謗誰相諒雛鳳能憐亦自嗟姊妹叢中豈多讓看他隨衆賦梅花

粧束無華句頗合岫煙身分

錦　　囊

尤二姐一首

許晴庵

只爲情絲暗地牽好姻緣作惡姻緣六州鑄鐵輕成錯一念吞金只自憐風雨摧殘尤妒蝶胭脂狠籍枉啼鵑今生了却前生孽龍珮鴛盟此恨綿

鑄鐵吞金對仗既工調意更悽惻動人二姐有知當呼負負

司棋一首

許晴庵

朱門一日似長門月夕花晨見淚痕紅葉都爲宮女怨繡囊欲斷美人魂婚姻有約鶯饒舌風雨無情鳥訟寃難得自由何惜死貞淫誰與定評論

哀怨纏綿淒然欲絕不僅爲司棋寫照也

芳官一首

許晴庵

妙舌靈心似有情嬌嗔畢竟誤聰明入宮見嫉誰憐汝傍榻醺眠我愛卿悟得繁華成

石頭記題詞　六十

幻夢甘將經卷了餘生皈依淸淨除煩惱不向人前訴不平

只憐汝愛卿一聯已形容得倜儻入畫何多求哉

齡官一首

許晴庵

梨香院靜日遲遲一片幽思祇自知脈脈似含楊柳怨懨懨懶唱牡丹詞花陰小立

低壁薔字頻書意若癡未免有情誰遣此檻鸞囚鳳不勝悲

楊柳怨牡丹詞的的妙句

藕官一首

病羊

逢場作戲歷年年優孟衣冠亦偶然豈料痴心成幻想錯疑結髮締良緣魂銷夜月埋

香玉腸斷春風泣紙錢撲朔迷離渾莫辨鸞膠今尙續新絃

幾分火候一片匠心

巧姐一首

黃琴庭

零落金張不可聞。月明華屋照啼痕。豺狼當道爭媒孽。燕子離巢幾斷魂。幸有賢鬟扶弱女。獨留漂母飯王孫。他年回首機窗下。玉盤金盆忍再論。

其詞沉鬱。其意深長。如怨如慕。可泣可歌。

柳五兒一首

許晴庵

女兒生小也工顰。願作怡紅院裏人。艷似芙蓉羞顧影。寃遭薏苡幸全身。百般運動心偏熱。半夜胡纒夢不春。花事闌珊蜂蝶去。來時遲暮倍傷神。

腹聯警句也。夢不春三字妙妙。

賈政一首

翟楚材

陰氏門楣傍麗華。樓台雖好日初斜。景升豚犬嗟兒輩。姬旦鴟鴞毀室家。不學庸知循吏傳。閉門難種故侯瓜。憑君再熟黃粱飯。只恐邯鄲路已差。

錦囊

冷嘲熱笑棒喝當頭

王夫人一首

翟楚材

心似仁慈質太愚一操家政卽糊塗獨容萋菲成偏聽慣爲猜疑殺不辜願了向平瓜
已摘政由寧氏局全輸九州鐵鑄生平錯鶯燕何能姆鳳雛

舌尖何銳利詩裡有春秋賈政夫婦爲公一網打盡矣

薛姨媽一首

翟楚材

花萼樓頭日正長枝連姊妹樹生香釀成獅吼家原索老去烏嗷子尚將千里依人同
庾信半生件食學東陽館甥自把蘅蕪誤托鉢何須歎壻鄉

詠此種題能動人目殊非易易吾不能贊一詞矣

柳湘蓮一首

翟楚材

嬌嬌雲龍劍影中爪鱗倏忽現西東恩仇着手歸遊戲身世飄萍付太空小草本來名遠志好花原不負東風藕絲縛住鵬搏翅淚灑啼鵑怨落紅

翩若驚鴻矯若遊龍筆花怒放化爲長虹

警幻仙姑一首

翟楚材

兜率宮中笑拍肩空花團影現嬋娟好居縹緲虛無境代了迷離撲朔緣不羡鴛鴦原解事欲携雞犬共昇天華鬘枉自抛心力幾輩能參夢裏禪

錬意錬詞錬字悉臻上乘吾無間然

癩和尚一首

蕉侍

漫將因果說當年目似明星貌似癩破衲盡藏羅綺恨芒鞋幾降太虛天魚聲有意驚痴夢鏡影誰能悟幻緣怕向紅塵掉長舌露花風絮太纏緜

羚羊挂角無迹可尋

跛道人一首

蕉侍

跛足蓬頭到處歌。長隨渺渺苦奔波。三生青埂緣如此。一角紅樓夢底多。不願蓬萊餐玉屑。欲從塵世喚情魔。袖中自有長生訣。爭奈蛾眉薄命何。

微旨。

甄士隱一首

淸虛

倦眼朦朧隱几眠。此身栩栩覺成仙。壺中日月難窮秘。袖裏乾坤不計年。一夢虛無開幻境。幾聲好了悟眞禪。如君打破塵寰劫。名利關門豈復然。

無甚深意存以補缺。

賈雨村一首

淸虛

寄跡浮屠善自藏。一朝拔擢氣飛揚。居心娶婢情何薄。無意聞僧氣亦降。瓜葛三番明

變態葫蘆一案識炎涼浮雲萬事今俱了起結紅樓夢一場

瓜葛一聯尚稱工穩

●曹雪芹一首

翟楚材

生就纏綿筆一枝替人兒女訴相思香花合供羣芳譜吟簡須題艷體詩抗手靈均騷是怨嘔心長吉血成絲感甄草就陳思賦洛水神妃本託詞

有詩如此可以壓錦囊之底矣吾愛楚材詩詩人多情種譜檢群芳詩吟艶體靈均騷怨長吉血絲楚材其自道歟

新歌謠(三)

偵探來哉　偵探來哉　閑人走
點開　閑人勿必驚　商家要小
心　謠言時時起　天下勿太平
無奈阿狗運勿好　造謠造得勿
湊巧　綯眉頭　心計較　還是
瞎七瞎八竹槓敲一敲